魏晋南北朝志怪小说引书考辨

张黎明 著

南開大學出版社
天津

图书在版编目(CIP)数据

魏晋南北朝志怪小说引书考辨 / 张黎明著. —天津：南开大学出版社，2023.12
ISBN 978-7-310-06528-8

Ⅰ. ①魏… Ⅱ. ①张… Ⅲ. ①志怪小说－小说研究－中国－魏晋南北朝时代 Ⅳ. ①I207.41

中国国家版本馆 CIP 数据核字(2023)第 237620 号

魏晋南北朝志怪小说引书考辨
WEI-JIN NAN-BEI CHAO ZHIGUAI XIAOSHUO YINSHU KAOBIAN

南开大学出版社出版发行
出版人：刘文华
地址：天津市南开区卫津路 94 号　　邮政编码：300071
营销部电话：(022)23508339　营销部传真：(022)23508542
https://nkup.nankai.edu.cn

河北文曲印刷有限公司印刷　全国各地新华书店经销
2023 年 12 月第 1 版　　2023 年 12 月第 1 次印刷
230×155 毫米　16 开本　17.25 印张　2 插页　238 千字
定价：96.00 元

如遇图书印装质量问题，请与本社营销部联系调换，电话：(022)23508339

本书为国家社会科学基金项目“魏晋南北朝志怪小说引书考辨”（17BZW085）的研究成果

目　录

绪　论

一、论题缘起

在魏晋南北朝志怪小说研究中，有一种诸家都有论及，但未有深入、系统讨论的现象，即这些志怪文本中很大一部分内容是博采众书的，作者为“撰”书，而非“著”书，对这一点，不管是志怪撰作者，还是后来的评论者，都毫不讳言[①]：

干宝《搜神记序》：“考先志于载籍，收遗逸于当时，盖非一耳一目之所亲闻睹也，亦安敢谓无失实者哉！……今之所集，设有承于前载者，则非余之罪也；若使采访近世之事，苟有虚错，愿与先贤前儒分其讥谤。”[②]

王嘉《拾遗记》卷九：“张华字茂先，挺生聪慧之德，好观秘异图纬之部，捃采天下遗逸，自书契之始，考验神怪，及世间闾里所说，造《博物志》四百卷，奏于武帝。”[③]

胡震亨《搜神记引》：“令升遘门闱之异，爰摭史传杂说，参所知见，冀扩人于耳目之外。”[④]

鲁迅《中国小说史略》中也多次提及这个问题，有七八部作品

---

① 这里只是举二三例证以兹说明，更多文献征引参看第一章。

②《搜神记序》，见李剑国辑校《新辑搜神记》，中华书局，2007 年，第 19 页。

③［晋］王嘉撰，［梁］萧绮录，齐治平校注《拾遗记》，中华书局，1981 年，第 210-211 页。本书中《拾遗记》文本皆出自此版，不另外出注。

④ 转引自［晋］干宝撰，汪绍楹校注《搜神记》，中华书局，1979 年，第 253 页。

都被提到是纂辑旧文而成，如“其书（《博物志》）今存，乃类记异境奇物及古代琐闻杂事，皆刺取故书，殊乏新异，不能副其名”[①]。志怪小说的这种“刺取故书”的方式不同于后世的小说创作，与小说研究中常论及的本事、重写或素材来源等论题相通，但又不完全相同。它是小说初创期的典型特点，既是一种成书方式，具有透视小说初期发展样貌的文学价值，也具有图书编撰意义，与传统“小说”观念及古代图书修撰史有关联，为表达更为切近，我们采用了“引书”这一表述。

本研究采用“引书”这一学术术语来架构志怪小说成书中的“刺取故书”现象，第一层考虑是因为这一术语可以较为直观地概括和反映这一文学现象。引书是一个外延较为宽泛但内涵非常清晰的概念，虽范畴不一，形式多样，但征引他书内容是其基本要素。魏晋南北朝志怪小说中除了存在行文中引书外[②]，其“刺取故书”的成书方式从本质来说即一种引书。第二层考虑在于引书研究是当代学术研究的分支之一，有成熟的研究体系和方法，虽然魏晋南北朝志怪小说中的引书问题更为侧重于文学层面，但在研究路径和研究方法上与文献意义上的引书研究有共同之处，已有的学术成果能为本研究提供借鉴，从而使本研究能有章可循，根植于枝繁叶茂的当代学术体系中。

二、研究综述

对志怪小说征引前书这一现象，目前研究的整体态势有两点：一是诸家小说史都提及志怪小说中的这一现象，但基本上是泛泛描述，未有展开论述者；二是某些专题论文开始关注到这一问题，切入的角度各有不同，比较来说，个案研究更为突出。另外，引书研究在文献学研究中占有重要位置，成果丰硕，其思路和方法与本研究也有相通之处。因此，与本研究紧密相关的已有成果有如下方面：

① 鲁迅《中国小说史略》，上海古籍出版社，1998 年，第 25 页。

② 志怪小说在行文中引书数量不多，但经、史、子、集皆有，在唐以后的小说中，仅“诗入小说”较为常见。

一是各小说史对志怪小说的“剌取故书”都有描述，但未见深入分析。在志怪小说研究走过的百余年历程中，对其发展史的梳理最为突出[①]，从鲁迅的《中国小说史略》始，行家里手不少，如程毅中、刘叶秋、李剑国、侯忠义、吴志达、刘勇强、陈文新等先生都对志怪小说史有所梳理。在他们的著作中，对志怪小说的引书问题的讨论集中在两个层面：第一个层面是结论式介绍，交代志怪小说具有从前人典籍中辑录素材的特点，如“作者们一般都是把怪异之事当作真事，按史家‘实录’原则如实记录下来，而且还常常从前人书中抄录，陈陈相因”[②]；“《列异传》中一些优秀的篇章，为《搜神记》所辑录”[③]；“《搜神记》约有二百余条，见于干宝以前的志怪书和其他书籍”[④]。第二个层面是列举征引典籍，但多是简单罗列，所举书目数量最多的是李剑国先生对《搜神记》引书的统计：“在现存遗文中，大部分是采录前载，采录的前人书有数十种，主要有《左传》、古本《竹书纪年》、《吕氏春秋》、《淮南子》、《史记》、《列仙传》、《孝子传》、《汉书》、《风俗通义》、《论衡》、《列异传》、谢承《后汉书》、司马彪《续汉书》、《三国志》、《博物志》、《玄中记》等。其中取自《列仙传》、《列异传》者尤多。亦有重见于《晋纪》者。”[⑤] 也有具体到某些代表性篇章的，如《中国文言小说史稿》：“就《博物志》本身来说，它是《搜神记》的取材来源之一。书中的《猴玃》、《千日酒》都被干宝所采取，且有所加工和发展。”[⑥]各家小说史在论及志怪小说征引故书时还有一种倾向需要注意，即对这一现象评价不高，鲁迅《中国小说史略》中的态度具有一定代表性，

---

① 可参看综述类论著，如宁稼雨《六朝小说研究的回顾、反省与展望》，《中国文学研究》2017 年第 2 期，第 37-41 页；赵章超《宋代志怪传奇小说研究百年综述》，《社会科学研究》2002 年第 5 期，第 141-143，148 页；袁文春《百年来笔记小说概念研究综述》，《学术界》2012 年第 12 期，第 214-222 页；谢明勋《六朝志怪小说研究述论：回顾与论释》，里仁书局，2011 年。

② 李剑国《唐前志怪小说史》，人民文学出版社，2011 年，第 27-28 页。

③ 吴志达《中国文言小说史》，齐鲁书社，1994 年，第 144 页。

④ 侯忠义《中国文言小说史稿》，北京大学出版社，1990 年，第 46 页。

⑤ 李剑国《唐前志怪小说史》，人民文学出版社，2011 年，第 369 页。

⑥ 侯忠义《中国文言小说史稿》，北京大学出版社，1990 年，第 81 页。

如“皆剌取故书，殊乏新异”[①]，“元明又十余种；大抵或取子史旧文，或拾同时琐事，殊不见有新意”[②]。其他小说史也延续了鲁迅的态度，如“材料大都取自旧书，如……均无新鲜之处”[③]；“同样具有多数篇章篇幅过短，‘大抵剽剟诸小说而成’，缺乏精心构思，有的甚至几不成文的缺点”[④]。缺乏新意的评价在一定层面上来说是正确的，魏晋南北朝志怪小说是小说兴起的初期阶段，还有很长的路要走，但这种说法又太流于表面，也失之偏颇，甚至影响后来的研究者去关注这个问题，使志怪小说的引书问题长久以来一直处于一种泛泛而论的研究动态中。

二是专题论文开始关注到志怪小说征引故书的问题，并对其重新认识和评价。从研究角度来看，这些论文可区分为两大类，一类是直接探讨志怪小说引书现象和特点，如潘建国先生的《〈搜神记〉的形成：以前代故事文本辑采为例》通过分析《搜神记》取自《五行志》《风俗通义》《列异传》中的篇章，探讨干宝在辑录旧籍中的新变之处[⑤]，文章非常具有启发性；张传东博士的《魏晋南北朝志怪小说集成书研究》一文专门探讨志怪小说的成书问题，对志怪小说的编著者、命名和体例、作品来源等问题加以探讨，其中在作品来源问题中着重谈及从典籍中取材这一途径[⑥]；笔者的论文《〈搜神记〉文本辑采来源考辨》详细统计了《搜神记》辑采旧典的书目，并总结了《搜神记》在引书上的特点[⑦]。另一类是探讨志怪小说对某一部典籍或某类典籍的征引，如《风俗通义》与志怪小说的关系就颇受人关注，曹道衡先生《〈风俗通义〉和魏晋六朝小说》认为六

① 鲁迅《中国小说史略》，上海古籍出版社，1998 年，第 25 页。

② 鲁迅《中国小说史略》，上海古籍出版社，1998 年，第 43 页。

③ 李剑国《唐前志怪小说史》，人民文学出版社，2011 年，第 317 页。

④ 侯忠义《中国文言小说史稿》，北京大学出版社，1990 年，第 135 页。

⑤ 潘建国《〈搜神记〉的形成：以前代故事文本辑采为例》，《中国高校社会科学》2019 年第 4 期，第 87-98，159 页。

⑥ 张传东《魏晋南北朝志怪小说集成书研究》，山东大学博士论文，2018 年。

⑦ 张黎明《〈搜神记〉文本辑采来源考辨》，《沈阳大学学报》（社会科学版）2021 年第 6 期，第 671-675 页。

朝的志人、志怪都有从《风俗通义》中取材[①]；张建国先生《〈风俗通义〉与〈搜神记〉创作对比研究》一文通过梳理《搜神记》取材《风俗通义》的篇章，对比分析二者创作上的关联[②]。这一类论著还多侧重于探讨志怪小说对史书的征引，如《考先志于载籍，收遗逸于当时——〈搜神记〉灾异说研究》一文探讨《搜神记》的灾异说，研究角度之一就是分析"《搜神记》对《汉书·五行志》和《续汉书·五行志》的内容与思想征引"[③]；《六朝小说与史书的互渗研究》则分析了六朝小说与史书的相互取用现象[④]。总体来说，这些论著开始以个案的形式探讨志怪小说的引书问题，数量虽不多，一些研究角度也并非立足引书问题，但都启发了学界对此问题的关注。

三是考察单篇故事源流变化的文章往往涉及梳理故事的来源及不同文献对其的引录，这一方面论著的研究对象虽并非引书，但其思路与本研究紧密相关。这一方向的探讨早在《中国小说史略》中已有尝试，鲁迅先生在分析吴均《续齐谐记》中《阳羡书生》一文时，指出同类记载在佛典和《灵鬼志》中都有记载，经过了一个从佛典到"国有"、从外国道人到中国书生的变迁[⑤]。后来学界也多承袭这种研究路径，一些"故事群"的研究颇引人关注，如"洞窟故事""传书故事""复生故事"等等，代表性论文如李剑国《六朝志怪中的洞窟传说》[⑥]、王昕《汉唐洞窟志怪的文化史研究——以文学性的生发为线索》[⑦]、王瑜锦《"传书"类小说演变考述》[⑧]、阳清

① 曹道衡《〈风俗通义〉和魏晋六朝小说》，《文学遗产》1988 年第 3 期，第 10-17 页。

② 张建国《〈风俗通义〉与〈搜神记〉创作对比研究》，《太原学院学报》（社会科学版）2016 年第 3 期，第 39-43 页。

③ 薛雨《考先志于载籍，收遗逸于当时——〈搜神记〉灾异说研究》，山东大学硕士论文，2015 年。

④ 段闪闪《六朝小说与史书的互渗研究》，浙江师范大学硕士论文，2015 年。

⑤ 鲁迅《中国小说史略》，上海古籍出版社，1998 年，第 29-31 页。

⑥ 李剑国《六朝志怪中的洞窟传说》，《天津师大学报》1982 年第 6 期，第 75-79 页。

⑦ 王昕《汉唐洞窟志怪的文化史研究——以文学性的生发为线索》，《清华大学学报》（哲学社会科学版）2019 年第 2 期，第 56-66 页。

⑧ 王瑜锦《"传书"类小说演变考述》，《社会科学论坛》2019 年第 6 期，第 76-85 页。

《秦“大梓牛神”传说及其巫文化气质》[①]、李剑锋《源于行业传说的志怪小说〈千日酒〉》[②]、张黎明《魏晋南北朝志怪故事〈怒特祠〉的流变及民俗文化渊源》等[③]。在这里，还需要特别提及的是《唐前志怪小说辑释》一书，除了校勘、注释外，书中论说部分重在提供故事源流，厘清同一故事的记载情况，这样的文献梳理工作也是本书引书研究的思路之一[④]。

四是引书研究是现代学术中的重要分支，其研究范式和方法为本书提供了有益借鉴。引书研究成果丰硕，以研究对象来区分的话，主要有三大类：第一类是传统注释学中的引书考订，如“四大名注”中动辄都有上百部的引书[⑤]，郑德坤《水经注引书考》、郭继红《〈水经注〉注引文献研究》、郭蓉《〈文选〉李善注征引式训诂研究》、张明《刘孝标〈世说新语注〉引书研究 经部和子部》、程金造《史记索隐引书考实》等都是从引书考论方面探讨这些注书的成就[⑥]。第二类是对常见典籍的引书研究，像《左传》《国语》《吕氏春秋》《淮南子》《白虎通义》《论衡》《史通》《乐府诗集》等典籍的引书情况都引起了学界关注[⑦]。第三类是总结和分析类书、丛书中的引书

① 阳清《秦“大梓牛神”传说及其巫文化气质》，《黑龙江民族丛刊》2007年第3期，第157-162页。

② 李剑锋《源于行业传说的志怪小说〈千日酒〉》，《民俗研究》2007年第3期，第222-231页。

③ 张黎明《魏晋南北朝志怪故事〈怒特祠〉的流变及民俗文化渊源》，《文学与文化》2011年第4期，第93-99页。

④ 李剑国辑释《唐前志怪小说辑释》，上海古籍出版社，2011年。

⑤ “四大名注”的说法不一，这里采用最常见的说法，裴松之《三国志注》、刘孝标《世说新语注》、郦道元《水经注》、李善《文选注》。

⑥ 郑德坤《水经注引书考》，艺文印书馆，1974年；郭继红《〈水经注〉注引文献研究》，安徽大学博士论文，2016年；郭蓉《〈文选〉李善注征引式训诂研究》，山东大学博士论文，2007年；张明《刘孝标〈世说新语注〉引书研究——经部和子部》，东北师范大学出版社，2015年；程金造编著《史记索隐引书考实》，中华书局，1998年。

⑦ 这一方面的论著较多，列举一二为代表，如马宗霍《说文解字引群书考》，科学出版社，1959年；马铁浩《〈史通〉引书考》，学苑出版社，2011年；喻意志《〈乐府诗集〉成书研究》，湖南文艺出版社，2012年；中津滨涉《引用书考》，载《乐府诗集之研究》，汲古书院，1970年；岳宗伟《〈论衡〉引书研究》，复旦大学博士论文，2006年；侯酉娟《基于〈本草纲目〉引文的溯源与分析研究》，中国中医科学院博士论文，2019年。

情况，尤其是类书。如被称为“小说家渊薮”的《太平广记》中的引书问题就受到多家关注，卢锦堂先生《〈太平广记〉引书考》对《太平广记》的引书做了一一考证[①]；张国风先生《〈太平广记〉版本考述》也对《太平广记》的版本和引书作了深入研究[②]；其他如盛莉《〈太平广记〉仙类小说类目及其编纂研究》也是从引书角度探讨《太平广记》[③]。

引书研究还有两类工具书的编撰值得关注，一类是引书索引，这是从目录学角度来整理引书，具有工具书价值，最突出的就是哈佛燕京学社引得编纂处编制有六十四种引得，其中十四种是引书引得成果。

另一类是借助计算机技术来对古籍进行一些梳理，其中引书是较好的尝试途径，如《古籍计算机全文数据库及内容挖掘研究：以〈方志物产·广东〉为例》一书中就有《〈方志物产·广东〉计算机之引书研究》一章，展示了计算机检索技术在引书中的应用[④]。单篇论文方面也有一些尝试，如《基于我国古籍引经据典现象的引文分析研究》《引书的自动识别及文献计量学分析》等[⑤]。当然，计算机技术在古籍方面的应用还方兴未艾，未来的探索还是值得期待的。

除了上文所述，港台学者对志怪小说的引书问题也有关注，王国良、周次吉、谢明勋、李丰楙等都是研究志怪小说方面的专家，在引书方面也是侧重于引书书目梳理和同类故事的流变两个方面，如王国良《魏晋南北朝志怪小说研究》中第四章《志怪小说之资料来源》，罗列了《博物志》《搜神记》《冤魂志》的引书目录[⑥]；唐久

---

① 卢锦堂《〈太平广记〉引书考》，花木兰文化出版社，2006 年。

② 张国风《〈太平广记〉版本考述》，中华书局，2003 年。

③ 盛莉《〈太平广记〉仙类小说类目及其编纂研究》，华中师范大学博士论文，2006 年。

④ 衡中青《古籍计算机全文数据库及内容挖掘研究——以〈方志物产·广东〉为例》，安徽师范大学出版社，2013 年。

⑤ 舒非、丰鹂萱、邱均平、舒仕斌、Vincent Lariviere《基于我国古籍引经据典现象的引文分析研究》，《情报学报》2021 年第 12 期，第 1338-1346 页；黄水清、周好、彭秋茹、王东波《引书的自动识别及文献计量学分析》，《情报学报》2021 年第 12 期，第 1325-1337 页。

⑥ 王国良《魏晋南北朝志怪小说研究》，文史哲出版社，1984 年，第 53-55 页。

宠《博物志校释》一书序言中整理了《博物志》引书目录[①]；谢明勋著有《六朝志怪小说故事考论：传承、虚实问题之考察与析论》和《六朝小说本事考索》[②]，二书多是从故事传承流变入手，分析一个故事或一类故事在不同文献间的记载，从而梳理其发展过程，如“陈宝祠”故事、“如愿”故事等。这些研究成果与本书的研究对象一样，研究方向有共通之处，是本书展开研究的他山之石。

① 唐久宠《博物志校释》，学生书局，1980年，第6-7页。

② 谢明勋《六朝志怪小说故事考论：传承、虚实问题之考察与析论》，里仁书局，1999年；《六朝小说本事考索》，里仁书局，2003年。

第一章　魏晋南北朝志怪小说的引书

第一节　古书中的引书

引书是指引用其他典籍中的语句、观点、材料或文意等，与“引文”“引用”的意思相通，本研究在行文中也灵活用到“征引”“辑采”“引录”“掇拾”等表达，但“引书”的提法更为强调典籍出处。

一、引书释义

先秦时期，典籍中征引他书已司空见惯，但“引书”一词并未出现。入汉以后，“引诗”“引经”等意义类似的表达较为常见，如《论语》何晏集解中常引汉初孔安国之说，《论语·八佾》中“子曰：‘赐也，始可与言《诗》已矣，告诸往而知来者。’”句，孔安国曰：“诸，之也，子贡知引《诗》以成孔子义，善取类，故然之。”①《论语·尧曰》中“敢昭告于皇皇后帝”句，孔安国曰：“皇，大。后，君也。大，大君。帝，谓天帝也。《墨子》引《汤誓》，其辞若此。”②《汉书》卷八十九《龚遂传》：“遂为人忠厚，刚毅有大节，内谏争于王，外责傅相，引经义，陈祸福，至于涕泣，蹇蹇亡已。”③以上例句中，不管是孔安国所说“引《诗》以成孔子义”“《墨子》引《汤誓》”，还是《汉书》中的“引经义”，在语意上与“引书”是一样的。

---

① [三国]何晏注，[宋]邢昺疏《论语注疏》，中国致公出版社，2016年，第13页。

② 同上，第310页。

③ [汉]班固撰，[唐]颜师古注《汉书》，中华书局，1962年，第3637页。

“引书”固定为一词较早出现在《说文解字》中，卷五：“篆，引书也。从竹，彖声。”[①]许慎用“引书”来注解“篆”这种字体，这里的“书”为“书写”之意，并非“典籍”之意，但拿笔书写于竹简木简，即为完成典籍。“引书”一词非常明确地表达“征引书籍”之意出现在魏晋南北朝时期：

《世说新语·规箴第十》中“晋武帝既不悟太子之愚”条刘孝标注引《晋阳秋》曰：“帝后悉召东宫官属大会，令左右赍尚书处事以示太子，令处决。太子不知所对。贾妃以问外人，代太子对，多引古词义。给使张弘曰：‘太子不学，陛下所知，宜以见事断，不宜引书也。’”[②]

《文心雕龙·才略》云：“然自卿渊已前，多俊才而不课学；雄向已后，颇引书以助文……”[③]

这两例中的引书都是指在行文中的引经据典，通过征引他书中说法来表达文意，《文心雕龙》中的“助”字颇见精髓。不过《文心雕龙》认为扬雄、刘向之后的作者才略不足才“颇引书”，这不免有点以偏概全。同时，在魏晋南北朝时期的文献记载中，“引经”“引文”“引用”等词也非常普遍：

《三国志》卷二十二《魏书·卢毓》：“太祖曰：‘毓执之，是也。又引经典有意，使孤叹息。’”[④]

葛洪《抱朴子外篇自序》：“既性暗善忘，又少文，意志不专，所识者甚薄，亦不免惑。而著述时犹得有所引用，竟不成

① 王贵元《说文解字校笺》，学林出版社，2002年，第187页。

② [南朝宋]刘义庆著，[南朝梁]刘孝标注，余嘉锡笺疏《世说新语笺疏》，上海古籍出版社，1993年，第555页。

③ [南朝梁]刘勰著，[清]黄叔琳注，[清]李详补注，杨明照校注拾遗《文心雕龙校注》，中华书局，2021年，第635页。

④ [晋]陈寿撰，[南朝宋]裴松之注，卢弼集解，钱剑夫整理《三国志集解》，上海古籍出版社，2009年，第1790页。

纯儒，不中为传授之师。”[①]

杜预《春秋经传集解序》：“先儒以为制作三年，文成致麟，既已妖妄，又引经以至仲尼卒，亦又近诬。”[②]

《后汉书》卷四十四《徐防传》：“臣以为博士及甲乙策试，宜从其家章句，开五十难以试之。解释多者为上第，引文明者为高说；若不依先师，义有相伐，皆正以为非。”[③]

《后汉书》卷六十下《蔡邕传》：“诸生竞利，作者鼎沸。其高者颇引经训风喻之言，下则连偶俗语，有类俳优。”[④]

由此可见，到魏晋南北朝时，“引书”一词已经成为通用语，其含义与今天没有太大区别，相应地，“引诗”“引文”“引经”与“引书”可称为同义词，虽具体所指不尽相同，但本质上都是“征引典籍”之意。

刘知几《史通》中有《采撰》一篇，谈史书之取材与编撰。“采撰”即“征求异说，采摭群言”，刘知几也直接采用“引书”一词以概之，《史通·采撰》：“嵇康《高士传》，好聚七国寓言；玄晏《帝王纪》，多采《六经》图谶；引书之误，其萌始于此矣。”[⑤]此意与本书之“引书”说基本相同。

二、古代引书的类型

古代引书非常普遍，集其要者，主要有三种形式：行文中的引经据典、传统注释学中的引书和一种图书编撰方式，如类书。

借引书以济己意在古今撰文中都常见，早在先秦时已较为普遍。《左传》是较早、较为典型地反映征引他书的典籍，其所引“既有《易》《书》《诗》等流传于今的文献，也有如《史佚之志》《军志》《虞殡》

---

① 《抱朴子外篇自叙》，见王明《抱朴子内篇校释》，中华书局，1985 年，第 371 页。

② 杜预《春秋经传集解序》，见[南朝梁]萧统编《昭明文选（第 5 册）》，华夏出版社，2000 年，第 1809 页。

③ [南朝宋]范晔撰，[唐]李贤等注《后汉书》，中华书局，1965 年，第 1501 页。

④ 同上，第 1996 页。

⑤ [唐]刘知几撰，黄寿成校点《史通》，辽宁教育出版社，1997 年，第 34 页。

等今日已经亡佚的文献”[①]，其中以引《诗》最为突出，数据统计有一两百处之多[②]。在行文中引经据典与士人自觉的知识传承有很大关联，所谓“辨然否，通古今之道，谓之士”[③]。《左传·昭公八年》有“君子之言，信而有征，故怨远于其身。小人之言，僭而无征，故怨咎及之”[④]之言，不仅说明了对知识传承的自觉，而且强调君子之言之所以会令人信服，是因为“有征”，即有古事、古言为据，可以服众，也可以避免祸害及身。孔子自言“述而不作，信而好古”（《论语·述而》），这正是“君子之言，信而有征”士子传统的开始，《论语》可为例证。《论语》记孔子及其弟子们的言行，《诗》《书》《礼》《乐》中的说法或观点就常被征引[⑤]，而且引书很灵活，既有原文征引的，也有概括式引用，如引《尚书》，共计两次：

> 《论语·为政》：“或谓孔子曰：‘子奚不为政？’子曰：‘《书》云：“孝乎惟孝，友于兄弟，施于有政。”是亦为政，奚其为为政？’”
>
> 《论语·宪问》：“子张曰：‘《书》云：“高宗谅阴，三年不言。”何谓也？’子曰：‘何必高宗？古之人皆然。君薨，百官总己，以听于冢宰，三年。’”

前一条引书出自《尚书》中的《周书·君陈》，引文与原经文一样。后一条引文来自《周书·无逸》，原经文为：“其在高宗，时旧劳于外，爰暨小人。作其即位，乃或亮阴，三年不言。”在具体字词上有

① 张伟《〈左传〉〈国语〉文献征引与先秦地域文化考论》，山东大学硕士论文，2017年，第11页。

② 具体的数字多有不同，如王化钰《〈春秋左氏传〉引〈诗〉考略》[《吉林师范学院学报》（哲学社会科学版）1984年第4期]统计有244处引诗；曾小梦《先秦典籍引〈诗〉考论》（陕西师范大学博士论文，2008年）则统计有266处。其他一百多、三百多等数字也有。

③ [汉]刘向撰，向宗鲁校证《说苑校证》，中华书局，1987年，第479页。

④ 杨伯峻编注《春秋左传注》，中华书局，2016年，第1442页。

⑤ 曹珺奇《〈论语〉引“书”与引“诗礼乐”考异》，《宁夏大学学报》（人文社会科学版）2019年第4期，第82-87页。

不同，句子上删减不少，引文也只是概述其意。不仅《论语》，先秦的其他典籍也多征引《尚书》，而且形式多样，引文也有同有异，成为后人考察《尚书》成书的重要途径[①]。毋庸讳言，就行文中引书来说，先秦时期已有完善且成熟的表现，而且具有突出的文献价值。

行文中引书源远流长，著者、学者在长期实践中也形成了一些对引文的理性思考，清人陈澧有《引书法示端溪书院诸生》提出不少引书原则，大部分都能使用于今日之学术研究中的引用文献[②]。

注释学是古代的“显学”，有着颇为系统，也行之有效的义理和方法，其中通过征引他书来释掌故、溯源出处和对事、文互证等非常普遍，也是传统注释学的特色所在。自《春秋》三家注始，对经、史、子、集的注释都蔚为大观，小说方面，首推刘孝标的《世说新语注》。刘孝标《世说新语注》以旁征博引著称，达四百余种，是注释学引书的突出代表，明胡应麟的评价颇为中肯：“裴世期之注《三国志》，刘孝标之注《世说》，傍引博据，宏洽淹通，而考究精严，辨驳明审，信两君之深于史学也。迄今三国六代小说逸事，往往覆赖二注以存。而二书无注，亦大有茫然不可读者。故余谓著书诚难，而注书尤难，能注若二君可也。”[③]

类书是将各种文献中的材料分类汇辑在一起的一种书籍，具有“资料汇编”的性质，可称为中国古代的“百科全书”。自曹丕《皇览》始，我国历朝历代都有编撰类书的传统。一为文化之盛事，尤其是一些官方类书，篇幅浩大，是盛世修书的体现；二来也是文人博闻强记之需。焦竑《国史经籍志》中的说法可为代表：“流览贵乎博，患其不精；强记贵乎要，患其不备；古昔所专，必凭简策，综贯群典，约为成书，此类家所由起也。……韩愈氏所称‘钩玄提要’者，其谓斯乎。盖施之文为通儒，厝于事为达政，其为益亦甚巨

① 陈梦家《尚书通论》第一章《先秦引书篇》，商务印书馆，1957年，第11-35页。马士远《周秦〈尚书〉学研究》（中华书局，2008年）讨论了出土文献、传世文献等引《书》情况。

② 姚军《从〈引书法示端溪书院诸生〉谈引文规范》，《沈阳大学学报》2008年第4期，第57-59页。

③［明］胡应麟《少室山房类稿》卷101《读三国志裴注》，文渊阁四库全书本，台湾商务印书馆，1983年。

已。”[①]类书之体例最主要的为两端：一是分类，二是引书。类书引书丰赡，也非常复杂。有注明出处的，也有不言出处的，即便是注明出处的，其标注的方式也不同，同一本类书中也有前后矛盾、讹误的情况，甚至确定引书的确切数字都极为不易。如《太平广记》作为小说类类书，其引书研究历来是重要的研究分支，但其引书数字却众说纷纭[②]。

以上三类引书在古书中都非常普遍，以现在的学术体系看，第一类属于修辞学范畴，第二、第三类则可看作图书编撰史中的体例选择范畴。志怪小说中的引书则二者兼有，有行文中的引文，也有引书以成书的编撰方式，后者是本书的主要研究对象。

第二节 志怪小说中的引书

志怪小说中的引书主要有两类：一是在行文中征引他书、他文以证明、引申或补充文意；二是通过从他书中辑采素材来编撰文本，我们称之为“文本辑采类引书”，简称为“辑采类引书”。前者在志怪小说中数量较少，后者才是主体，也是本研究主要探讨的问题。另外，在本书的讨论中，有引文是判定引书的条件，只出现书名非引书。

一、行文中引书

在志怪小说中，这一类引文的数量并不多，在各志怪书中也多少不一，如《列异传》、祖冲之《述异记》、《冤魂志》等没有此类引书，《搜神后记》中 1 处，《幽明录》中 1 处，《异苑》中 5 处。《搜神记》《拾遗记》《述异记》行文中引书略多。《拾遗记》引文有 22 处，因有多处征引同一部典籍的情况，所以征引典籍的数量为 19

① [明]焦竑《国史经籍志》卷四下“类家小序”，中华书局，1985 年，第 237 页。

② 参见曾礼军《〈太平广记〉的文献学研究综述》，《文献》2010 年第 4 期，第 117-125 页。

部；任昉《述异记》引文43处，征引典籍23部；最多的是《搜神记》，引文55处，征引典籍22部。总体来说，行文中的引书在志怪小说中数量较少，存在感也非常低。这也与小说文体相符合，小说的核心还是讲故事，志怪小说又多是神鬼妖怪等不经之论，引录他说非其必要。

行文中的引书一般都比较容易确定，绝大多数都标明书名，书名加引文最为常见。极少数是以篇名、著者名来标识，如《异苑》卷一："古语有之，曰：古者有夫妻，荒年菜食而死，俱化成青绛。故俗呼美人虹。郭云：'虹为雩，俗呼为美人。'"[①]这里的"郭"指的是郭璞，《尔雅·释天》："螮蝀谓之雩，螮蝀，虹也。"郭璞注："俗名为美人虹，江东呼雩。音芌。"[②]《搜神记》卷十、卷十一中有多条有"刘向以为"这样的表达，这是指刘向的《洪范五行传论》。引书方式上绝大多数都是直接引用，常以"某书云""某书曰"等表达作为前置词，后面接引文。有少数为意引，如《搜神记》卷十七《张小》："余外姊夫蒋士先，得疾下血……《周礼》庶氏以嘉草除蛊毒，其蘘荷乎？"[③]《周礼·秋官·庶氏》中的原文为："庶氏掌除毒蛊，以攻说禬之，嘉草攻之。凡驱蛊，则令之，比之。"[④]

行文中引书的作用主要是辅助主体叙事，首先表现为提供论据，从而使所讲故事更令人信服，如《幽明录》："汉武帝在甘泉宫，有玉女降，常与帝围棋相娱。女风姿端正，帝密悦，乃欲逼之。女因唾帝面而去，遂病疮经年。故《汉书》云：'避暑甘泉宫'，正其时也。"[⑤]汉武帝欲轻薄玉女，被玉女唾面而生疮，此事发生在汉武帝在甘泉宫时，文末引用《汉书》来证明汉武帝曾在甘泉宫避暑，讲

---

① ［南朝宋］刘敬叔撰，范宁校点《异苑》，中华书局，1996年，第1页。本书中《异苑》文本皆出自此版，不另外出注。

② ［晋］郭璞注，王世伟校点《尔雅》，上海古籍出版社，2015年，第97页。

③ ［晋］干宝撰，李剑国辑校《新辑搜神记》，中华书局，2007年，第283页。本书中《搜神记》文本皆出自此版，不另外出注。

④ 崔高纬校点《周礼》，辽宁教育出版社，1997年，第70页。

⑤ ［南朝宋］刘义庆撰，郑晚晴辑注《幽明录》，文化艺术出版社，1988年，第145页。本书中《幽明录》文本皆出自此版，不另外出注。

此事就是发生在那时。当然，汉武帝在位五十四年，去甘泉宫不下几十次，《幽明录》引《汉书》“避暑甘泉宫”以证事件发生的时间，实际上是较为模糊的说法，但引书以证无疑体现出撰者借此来表明“实录”的态度。《拾遗记》中有两处引到《吕氏春秋》，也是以引书为主体叙事提供论据的例证：

卷三“鲁僖公”：“种仁寿木，木似柏而枝长柔软，其花堪食，故《吕氏春秋》云：‘木之美者，有仁寿之华焉。’即此是也。”

卷十“员峤山”：“多大鹊，高一丈，衔不周之粟。粟穗高三丈，粒皎如玉。鹊衔粟飞于中国，故世俗间往往有之。其粟，食之历月不饥。故《吕氏春秋》云：‘粟之美者，有不周之粟焉。’”

这两处征引都见于《吕氏春秋·本味》，一曰“菜之美者：昆仑之苹，寿木之华”，一曰“饭之美者，玄山之禾，不周之粟”[①]，并不是逐字引用，文字小异，这对古人引用来说是常见现象[②]。《拾遗记》引用《吕氏春秋》的说法，为所描述的“仁寿木”“不周之粟”提供了有力佐证，更让人信服。

行文中引书的辅助作用还体现在补充文意方面，其引书提供出更多与主体叙事相关的内容，使整个文本更为丰富，举两例以兹说明：

《搜神记》卷十六《贲羊》：“季桓子穿井，获如土缶，其中有羊焉。使问之仲尼曰：‘吾穿井而获狗，何耶？’仲尼曰：‘以丘所闻，羊也。丘闻之：木石之怪，蚯蚑魍魉；水中之怪是龙罔象；土中之怪曰贲羊。’《夏鼎志》曰：‘罔象如三岁儿。赤目，

① 王利器《吕氏春秋注疏》，巴蜀书社，2002 年，第 1424-1435 页。

② 清人俞樾《古书疑义举例》中有“古人引书每有增减例”一节，举了各种例证以说明“盖古人引书，原不必规矩然求合也”，往往有“用其意而略其文”“合两句为一句”假借用字等各种情况。另外，《拾遗记》卷三“鲁僖公”的这段文字在《太平广记》中有载，其引用《吕氏春秋》为“寿木之华”，与今本《吕氏春秋》同，《太平广记》卷四六三：“种仁寿之木，木似柏而枝长软，其花堪食。故《吕氏春秋》云：‘木之美者，有寿木之华。’即此是。”

黑色，大耳，长臂，赤爪，索缚则可得食。'《王子》曰：'木精为毕方，火精为游光，金精为清明也。'"

《异苑》卷三："吴孙皓时临海得毛人。《山海经》云：'山精如人而有毛，此蒋山精也。'故《抱朴子》曰：'山之精形如小儿而独足，足向后，喜来犯人，其名曰蚑，知而呼之，即当自却耳。'一名曰超空，可兼呼之。又或如鼓，赤色一足，其名曰浑。又或如人，长九尺，衣裘戴笠，名曰金累。又或如龙，有五色赤角，名曰飞龙。见之皆可呼其名，不敢为害。《玄中记》：山精如人，一足，长三四尺，食山蟹，夜出昼藏。"

《搜神记》例证中，主体叙事是季桓子穿井得羊，孔子解释其为土之怪，并提到水中之怪为"龙罔象"，引书《夏鼎志》即描述了"罔象"，《王子》则补充说明"木精"，这两处引书都对主体叙事中所叙及事物加以介绍，起到一种补充说明的作用。《异苑》的例证与《搜神记》类似，《山海经》《抱朴子》《玄中记》都是在补充说明"临海毛人"为山精。这些引书的内容对主体叙事加以补充，也使整个文本在内容上更加丰富了。

志怪小说在行文中引书尤为值得关注的是对诗歌的引用。小说与诗歌有着紧密关联，"诗入小说"的现象出现得较早，如早在《穆天子传》中，西王母与穆天子的对话就是"四言诗"的形式，既是借诗歌以抒发人物情感，也烘托了氛围。在唐以后的小说发展中，这类用诗更为普遍，尤其在四大名著中，不仅数量多样，而且在写人状物方面各有作用。小说中的诗歌大体可分为两类①：一是小说

① 因角度不同，研究者对唐前小说中诗歌的分类也不同，崔际银《诗与唐人小说》一书根据唐前小说的用诗情况，将其分为"作诗、引诗、述诗"。作诗是小说中人物所作的诗歌；引诗是引用的诗歌；述诗实际上不是诗歌，而是指与诗有关的事件。参见崔际银《诗与唐人小说》，天津古籍出版社，2004年，第211–212页。也有用诗歌体裁分类的，马易旋《魏晋南北朝志怪小说用诗研究》（杭州师范大学硕士论文，2020年）分为歌、谣、谶、诗。徐永丽《魏晋南北朝小说中的诗歌研究》（见《文艺评论》2016年第10期，第28–35页）则以不同角度来划分，以诗体分有"三言、四言、五言、六言、杂言诗"；以是否完整分为"融入诗歌、融入的诗句"；以方式分为"小说作者创作的诗歌和小说作者引用的诗歌"。文章角度很细腻，但对诗歌数量的统计则不够完备。

人物创作的诗歌，一是引用的诗歌[①]，所以说引诗是“以诗入小说”的表现形式之一。这一现象在魏晋南北朝小说中已有典型表现，如《世说新语》中多次引用到《诗经》和《古诗十九首》等。引用诗歌也是志怪小说“行文中引书”占比最突出的部分，构筑起小说发展初期阶段用诗的基本范式。

志怪引诗可以分为两类：一是引用《诗经》，一是引用其他文人创作。在古代典籍里，引用《诗经》非常常见，志怪小说也不例外：

> 《博物志》卷四《物性》：“取桑蚕则阜螽子咒而成子，《诗》云‘螟蛉之子，蜾蠃负之’，是也。”[②]
>
> 《搜神记》卷十七《蜮》：“汉中平年内，有物处于江水，其名曰‘蜮’，一曰‘短狐’。能含沙射人，所中者则身体筋急，头痛发热，剧者至死。江人以术方抑之，则得沙石于肉中。诗所谓‘为鬼为蜮，则不可得’也。今俗谓之溪毒。先儒以为南方男女同川而浴，乱气之所生也。”
>
> 《拾遗记》卷一《少昊》：“俗谓游乐之处为桑中也。《诗》中《卫风》云：‘期我乎桑中。’盖类此也。”
>
> 任昉《述异记》卷下：“杜陵有金李。李大之者谓之夏李，尤小者呼为鼠李。桃之大者谓之木桃，诗云‘投我以木桃’是也。”[③]
>
> 任昉《述异记》卷下：“卫有淇园，出竹，在淇水之上。诗云‘瞻彼淇澳，绿竹猗猗’是也。”

这些例证中对《诗经》的引书在形式上都比较统一，全部标了书名。

---

① 引用的诗歌不乏民间歌谣，基于唐前小说的“民间性”，这部分内容数量可观，这些歌谣也借此能流传下来，所以这类引用具有突出的文献价值，由于“引书”的限定，此内容非本研究的讨论对象。

② [晋]张华撰，范宁校证《博物志校证》，中华书局，1980年，第45页。本书中《博物志》文本皆出自此版，不另外出注。

③ [南朝梁]任昉《述异记》，丛书集成初编本，中华书局，第19页。本书中任昉《述异记》文本皆出自此版，不另外出注。

这些引诗并不太关注诗句所表达的意蕴和情感，而是更为侧重“名物”。除引《诗经》外，对其他文人诗赋作品的引用多为魏晋以来的当代诗人，这些引诗不仅有利于丰富叙事，也有一定的文献价值，如曹丕、嵇康、陆机的诗都曾被引用：

《述异记》卷下：“湘州栖霞谷，昔有桥顺二子于此得仙，服飞龙一丸，十年不饥。故魏文诗曰：‘西山有仙童，不饮亦不食。’即此也。”

“东北严海畔有大石龟，俗云鲁班所作。夏则入海，冬复止于山上。陆机诗云：‘石龟尚怀海，我宁忘故乡。’”

《续齐谐记》：“汉宣帝以皂盖车一乘，赐大将军霍光，悉以金铰具。至夜，车辖上金凤凰辄亡去，莫知所之，至晓乃还。……帝取其车，每游行，即乘御之。至帝崩，凤凰飞去，莫知所在。故《游仙》诗云：‘翩翩凤辖，逢此网罗。’是也。”[①]

“京兆田真兄弟三人，共议分财。生资皆平均，惟堂前一株紫荆树，共议欲破三片，人各一分，明日就截之，其树即枯死，状如火然。……树应声荣茂。兄弟相感，合财宝，遂为孝门。真仕至大中大夫。陆机诗云：‘三荆欢同株。’”

“西山有仙童，不饮亦不食”为曹丕的《折杨柳行》，原诗为“西山一何高，高高殊无极。上有两仙童，不饮亦不食”。陆机的“三荆欢同株”出自《豫章行》，应该是离别亲友、去乡北上洛阳之作[②]。《豫章行》为乐府旧题，主旨即为“与根株分离之苦”，魏晋南北朝时的拟作不少，陆机的《豫章行》虽增加了前路不定、羁旅之叹等，但别离之苦依旧是主线，而且“三荆欢同株”应是今天所见最早有关“田真兄弟分荆”的吟咏[③]。《续齐谐记》引用陆机的诗无疑是对“田

① 王国良著《续齐谐记研究》，文史哲出版社，1987年，第23-24页。本书中《续齐谐记》文本皆出自此版，不另外出注。

② [晋]陆机著，杨明校笺《陆机集校笺》，上海古籍出版社，2016年，第345-349页。

③ 《太平御览》卷九五九引周景式《孝子传》曰：“古有兄弟，忽欲分异。出门见三荆同株，接叶连阴。叹曰：‘木犹欣然聚，况我而殊哉？’遂还，为雍和。”下有注曰：“一曰田真兄弟。”田真兄弟的故事大约流传颇广，《续齐谐记》的记载或取自《孝子传》。

真故事”的总结和印证，有着后世小说“有诗为证”的影子。陆机的“石龟尚怀海，我宁忘故乡”和嵇康的“翩翩凤辖，逢此网罗”则都是佚诗，目前所见只此残句，正是借助小说而留存下来，志怪小说的这类引用具有一定的文献价值。这类引用在任昉《述异记》中最为集中，本书第九章中对此有较为详尽的论析，可参看。

从引书类型看，“行文中引书”是经、史、子、集皆有，与“辑采类引书”的类型差异较大。几部志怪小说代表作品的引用书目如下：

《博物志》：《诗含神雾》《诗经》《东方朔传》《周礼》《礼记》《辩道论》《仙传》《法言》《新论》《荆州图经》《春秋公羊传》《曾子》《周易》

《搜神记》：《尚书·洪范》、《洪范五行传论》、《周易》、《诗经》、《老子》、《周礼》、《管子》、京房《易传》、京房《易妖》、《淮南万毕术》、《蚕书》、《说石图》、《运斗枢》、《论语摘辅像》、《瑞应图》、《夏鼎志》、《王子》（即王逸《正部论》）、《尸子》、《白泽图》、《名山记》、《西京赋》、《典论》

《拾遗记》：《游沙海》《春秋传》《诗经》《西王母神异传》《汉书·艺文志》《采药》《宝瓮铭》《世语》《游南岳七言赞》《尚书》《吕氏春秋》《古史考》《落叶哀蝉曲》《吕氏春秋》《楚辞》《淮南子》《洛书》《史记·五帝本纪》《金蓥赋》

《幽明录》：《汉书》《九歌》

《异苑》：《尔雅》注、《山海经》、《抱朴子》、《玄中记》

任昉《述异记》：《帝尧功德铭》、《宫赋》、袁宏表、《果赋》、《七命》、《闲居赋》、陆机《失题诗》、《除橘籍上表》、《汉书·货殖传》《新论》、《望海赋》、《诗经》、《因灾异上表》、《左传》、《怀旧赋》、《养生论》、《海南地记》、《汉魏宫志》、《汉官仪》、《折杨柳行》、《九微志》、《海赋》

从以上引书书目可以看出，“行文中引书”在类型上较为散乱，很难说哪一类型占有绝对优势。相对来说，诗赋类作品要多一些，这与我们上文所分析的“以诗入小说”相呼应。除此之外，谶纬类书籍占有一定比例，如《诗含神雾》《运斗枢》《论语摘辅像》《瑞应图》《白泽图》《洛书》等，这说明谶纬思想、谶纬典籍在魏晋南北朝时期还是广为流传的，它们也是志怪小说形成和发展的源头之一。此外，有几部书出现的频率比较高，如《山海经》《诗经》《吕氏春秋》《汉书》等，在“辑采类引书”中，除了《诗经》外，其他也都是常见的被引典籍，如《汉书》在《搜神记》中被征引次数最多。

二、文本辑采类引书

志怪小说中的另一种引书是指从旧籍中撷取素材，这也是志怪小说占主导地位的成书方式[①]。

现存有干宝的《搜神记序》，对《搜神记》的素材来源有非常清晰的表达，这也是对志怪小说成书方式最有代表性、最具概括力的说法：

> “虽考先志于载籍，收遗逸于当时”；“缀片言于残阙，访行事于故老”；“今之所集，设有承于前载者，则非余之罪也，若使采访近世之事，苟有虚错，愿与先贤前儒分其讥谤”；“群言百家，不可胜览，耳目所受，不可胜载”。[②]

在这反反复复的申说中，干宝强调《搜神记》素材主要来自两个方面，一是“承于前载”，二是“采访近世之事”，即撷采诸书和口耳相传，而前者更具有普遍性。在汉魏六朝时期，类似的说法屡见记载：

> 《列仙传叙》：“遂辑上古以来及三代秦汉，博采诸家言神仙事者，约载其人，集斯传焉。”[③]

---

① 其实不仅志怪小说，魏晋南北朝的志人小说，如《世说新语》亦是多采撷旧文，本书只是针对志怪小说立论。

② ［晋］干宝撰，李剑国辑校《新辑搜神记》，中华书局，2007年，第19页。

③ 转引自丁锡根编著《中国历代小说序跋集》，人民文学出版社，1996年，第31页。

葛洪《西京杂记跋》："歆欲撰《汉书》，编录汉事，未得缔构而亡，故书无宗本，止杂记而已，失前后之次，无事类之辨。后好事者以意次第之，始甲终癸为十帙，帙十卷，合为百卷。洪家具有其书，试以此记考校班固所作，殆是全取刘书，有小异同耳，并固所不取，不过二万许言。今抄出为二卷，名曰《西京杂记》，以裨《汉书》之阙。"①

葛洪《神仙传序》："余今复抄集古之仙者，见于《仙经》、服食方及百家之书，先师所说，耆儒所论，以为十卷，以传知真识远之士。"②

萧绮《拾遗记序》："王子年乃搜撰异同，而殊怪必举，纪事存朴，爱广尚奇，宪章稽古之文，绮综编杂之部，《山海经》所不载，夏鼎未之或存，乃集而记矣。辞趣过诞，意旨迂阔，推理陈迹，恨为繁冗。多涉祯祥之书，博采神仙之事，妙万物而为言，盖绝世而弘博矣！"③

《述异记序》④："大梁天监二年，昉迁中书舍人，家藏书三万卷，故多异闻，采于秘书，撰新《述异记》上下两卷，皆得所未闻。"⑤

上面所引序跋，都是当时人所论，显见博采诸书是当时的惯常做法，而且从表述语气来看，古人对此不仅毫不讳言，且持一种颇为肯定的态度，大约这也符合中国人一直有的"尊先崇古"的心理，前人所说、典籍所载更为令人信服。

唐以后学人也多述及文本辑采类引书，如宋人章如愚《群书考索》卷四十六《博物》："华又撰《博物志》十卷，采录杂说异闻，名类不一而足。"⑥明人胡应麟《四部正讹》下："盖汉末文士因太

① [晋]葛洪撰，周天游校注《西京杂记》，三秦出版社，2006年，第275页。
② [晋]葛洪撰，胡守为校释《神仙传校释》，中华书局，2010年，第1-2页。
③ [晋]王嘉撰，[梁]萧绮录，齐治平校注《拾遗记》，中华书局，1981年，第1页。
④ 此序见南陵徐氏随弇刊本，据《唐前志怪小说史》，此序大约为梁朝后期人所撰。
⑤ 转引自丁锡根编著《中国历代小说序跋集》，人民文学出版社，1996年，第70页。
⑥ [宋]章如愚撰《群书考索》，书目文献出版社，1992年，第311页。

史《庆卿传》增益怪诞为此书（《燕丹子》），正如《越绝》等编掇拾前人遗秩而托于子胥、子贡云耳。”[①]明人沈士龙《搜神记引》：“若令升所载，皆出前史及诸杂记，故晋、宋《五行志》往往采之。”[②]《四库全书总目》也多次论及：

> （《燕丹子》）其文实割裂诸书燕丹、荆轲事杂缀而成。其可信者，已见《史记》。[③]
>
> （《搜神记》）至于六卷、七卷，全录两汉书五行志。[④]
>
> （《述异记》）其书文颇冗杂，大抵剽剟诸小说而成。[⑤]

《四库全书总目》一方面认为志怪小说文本多掇拾诸书，另一方面又将这种博采众书看作后人伪作志怪小说的证据，后来的学者已多方驳斥了《四库全书总目》的“伪书”之论，后文将论及，在此不赘。还需要注意的是，《四库全书总目》虽注意到志怪小说在文本形成上的这一特点，但态度上显然没有魏晋南北朝人那么坦荡和中肯，而是持一种批判的姿态。这一态度或多或少会影响到后来者，鲁迅《中国小说史略》的论说具有一定代表性：

> （《博物志》）其书今存，乃类记异境奇物及古代琐闻杂事，皆刺取故书，殊乏新异，不能副其名[⑥]……
>
> （《幽明录》）其书今虽不存，而他书征引甚多，大抵如《搜神》《列异》之类；然似皆集录前人撰作，非自造也。
>
> 今惟颜之推《冤魂志》存，引经史以证报应，已开混合儒释之端矣……

---

① [明]胡应麟撰《少室山房笔丛》，上海书店出版社，2022年，第316页。

② 转引自[晋]干宝撰，汪绍楹校注《搜神记》，中华书局，1979年，第253页。

③ [清]永瑢等撰《四库全书总目》，中华书局，1965年，第1215页。

④ 同上，第1207页。

⑤ 同上，第1214页。

⑥ 鲁迅撰《中国小说史略》，上海古籍出版社，1998年，第25页。本书引《中国小说史略》皆出自此版，不另外出注。

然《世说》文字，间或与裴郭二家书所记相同，殆亦犹《幽明录》《宣验记》然，乃纂缉旧文，非由自造……

梁武帝尝敕安右长史殷芸（471—529,《梁书》有传）撰《小说》三十卷，至隋仅存十卷，明初尚存，今乃止见于《续谈助》及原本《说郛》中，亦采集群书而成，以时代为次第，而特置帝王之事于卷首，继以周汉，终于南齐。

《启颜录》今亦佚，然《太平广记》引用甚多，盖上取子史之旧文，近记一己之言行，事多浮浅，又好以鄙言调谑人，诽谐太过，时复流于轻薄矣。

元明又十余种；大抵或取子史旧文，或拾同时琐事，殊不见有新意。

鲁迅先生的这些评说一方面再次说明辑采类引书在唐前小说中非常普遍；另一方面，“殊乏新异”“不见新意”是鲁迅先生对这一引书式成书方式的主导态度。这一批评态度在一定意义上说也有道理，但太表面化了，失之偏颇。志怪小说的这种引书式成书方式虽带有小说初期阶段的不成熟性，但并非简单地陈陈相因，而是在引书中有继承，有变化，一直处于动态的发展中，而且直接影响到了后世的叙事文学，值得全面加以审视。

第二章 “文本辑采类引书”的数理统计及对比考察

就“魏晋南北朝志怪小说引书”这一命题来说，其狭义的指向其实就是“文本辑采类引书”，这一类引书不仅反映小说材料来源，同时也是魏晋南北朝小说最主要的一种成书方式。本章拟从整体上观照这一类引书的发展变化，在数理统计的基础上形成对“文本辑采类引书”的大体认识。

第一节 “文本辑采类引书”的数理统计

“文本辑采类引书”在魏晋南北朝志怪小说中较为普遍，但绝大多数都没有标明出处，考索引书出处是考察这一问题的起点。当然，完全明确其引书出处也有一定难度，一是由于魏晋南北朝志怪小说文本多残缺不全，有些只遗留数条或十多条，已无法窥见全貌；二是由于唐前典籍佚失严重，纵然有些条目从行文来看应是取自前人典籍，但现存文献资料往往无法提供文本依据。基于这样的文献基础，笔者选择了部分保存条目较多的志怪小说作品加以考察，除了现代学者的辑校本以外，多数作品以《古小说钩沉》为文本依据。

表 1 “文本辑采类引书”数理统计

书名	篇目总条数	能确定辑采来源的篇目数	辑采典籍数量
《列异传》	50	9	4
《博物志》	323	163	69①
《搜神记》	343	177	59
《灵鬼志》②	24	2	1
《搜神后记》	90	13	7
《幽明录》	265	41	17
祖冲之《述异记》	90	20	10
《冥祥记》	131	25	8
任昉《述异记》	311	105	53
《续齐谐记》	22③	7	5
《录异传》	27	13	6
《冤魂志》	60	41	22
《稽神异苑》	29	25	11
《小说》	154	145	48

表 1 中共统计了十四部小说，包括了一般被看作志人小说的殷芸《小说》，主要因为殷芸《小说》多数篇章标注了出处，又加上余嘉锡、周楞伽等学者的搜罗，其引书出处基本已比较明晰，对讨论志怪小说的辑采式引书具有重要的参照意义。

从表 1 可以看出，“文本辑采类引书”在魏晋南北朝志怪小说中的普遍性毋庸置疑，与“行文中引书”的零星数据相比，“文本辑采类引书”在条目和引书数量方面都较为可观。另外，表 1 中统计的数据对每一本具体作品来讲，可能还存在比较大的增量空间，一方面是因为唐前文献佚失严重，一些条目的引文出处已无从考察；另

① 《博物志》篇章较为零碎，其中注明出处的 33 部引书中应也有很大一部分属于“辑采类引书”，但为了更加清楚明了，并未统计在内。

② 《灵鬼志》成书年限不可考，推测为东晋中后期，与《搜神后记》《幽明录》相去不远，应是首次出现佛教故事的魏晋小说。《灵鬼志》多晋事，能考知的“辑采类引书”不多，但后来诸书常征引此书。

③ 通行本仅 17 条。王国良《续齐谐记研究》，文史哲出版社，1987 年，又辑佚 5 条。

一方面笔者鄙陋，研究中会有不少疏漏之处。所以，“文本辑采类引书”的数量应该远远大于表1中的统计数字。

第二节 “文本辑采类引书”的类型

张舜徽先生曾从内容来源角度将我国古代文献分为三大类——著作、编述、抄纂：“第一是‘著作’，将一切从感性认识所取得的经验教训，提高到理性认识以后，抽出最基本最精要的结论，而成为一种富于创造性的理论，这才是‘著作’。第二是‘编述’，将过去已有的书籍，重新用新的体例，加以改造、组织的功夫，编为适应于客观需要的本子，这叫作‘编述’。第三是‘钞纂’，将过去繁多复杂的材料，加以排比、撮录，分门别类地用一种新的体式出现，这成为‘钞纂’。”[①]而后两种之间“根本不同之点，便在于钞纂的书，大半必须标明资料的出处，以说明它是有根据的。‘编述’便不然，乃是将那些来自不同时间和不同空间的资料，经过整理、熔化的工作，使成为整齐划一的文体，以崭新的面貌出现。那么，这些材料，既已由各自分立的旧质变为综合统一的新质了，用不着再来标明它的出处”[②]。志怪小说的引书则介于“编述”和“抄纂”之间，或者说兼有“编述”和“抄纂”。志怪小说中有很大一部分引书是“陈陈相因”，即主要为“抄”，但也有部分引书变化较大，有着撰者改造，甚至是再创作的工作在里面。再者，从是否注明出处来看的话，虽今天所见绝大多数魏晋南北朝时期的小说都不注出处，但也有少量作品标注了出处，如殷芸《小说》和《稽神异苑》等。所以，为方便统计，借助张舜徽先生的说法，以是否标注出处、抄纂异同为标准对文本辑采类引书加以分类讨论。

① 张舜徽《中国文献学》，中州书画社，1982年，第32页。

② 同上，第36页。

一、以是否标注出处区分

从是否标注出处看，我们今天所见的魏晋南北朝小说多数都没有说明引书出处，有标注的数量极少，如现本《博物志》323 篇[①]，其中标明出处的不足 20 篇[②]；《搜神记》共计 343 篇[③]，只有 4 篇标明了出处。其他如《搜神后记》《幽明录》《异苑》《拾遗记》《冤魂志》则几乎没有标注出处的条目。志人小说《世说新语》也是博采众书，文本中也未见直接标明来源的文字。例外的是殷芸《小说》和《稽神异苑》，从目前所见佚文看，这二书中大部分条目都直接标明了出处。殷芸《小说》是第一部以“小说”命名的书籍，其主体是琐言和逸事，但志怪和地理博物的内容也有不少。殷芸《小说》有不少名家辑佚，多辑自宋元时的类书，尤其是《续谈助》《说郛》应该保存了此书原貌，即每条必注书名，余嘉锡云：“考芸所纂集，皆取之故书雅记，每条必注书名，体例谨言，与六朝人他书随手抄撮不著出处者不同。援据之博，盖不在刘孝标《世说注》以下，实六朝人所著小说中之较繁富者。”[④]今天所见殷芸《小说》辑本并非每条都注明了引用书目，但有学者借助余嘉锡、周楞伽的考辨作了引书统计：“《殷芸小说》共引录 44 种古书（包括部分文章），原注出处加上今天可考出处的约 135 条。在 44 种古书中，40 种均无传本。其中既有《语林》《幽明录》《郭子》等人们较为熟悉的六朝小说，更有一些非常罕见的文献载籍，如《简文谈疏》《宋武帝手诏》《俞益期笺》《鬼谷先生书》《张良书》《濑乡记》等。”[⑤]殷芸《小说》以刺取故书以成书与其他魏晋南北朝小说相同，但每条都注明引书

---

① 以[晋]张华撰，范宁校证《博物志校证》，中华书局，1980 年，为文本依据。

② 《博物志》的文本非常零散，问题也较多，标明出处的明引约 40 篇，但其中有不少属于行文中的引书，另外有些征引非常简短，零碎不成篇，也不好分辨是行文中的引书还是辑采类引书。具体分析参见第三章。

③ 以李剑国辑校《新辑搜神记》，中华书局，2007 年，为文本依据。

④ 余嘉锡《殷芸小说辑证》，见《余嘉锡论学杂著》，中华书局，1963 年，第 280-281 页。

⑤ 武丽霞、罗宁《〈殷芸小说〉考论》，《华中科技大学学报》（社会科学版）2004 年第 1 期，第 81-82 页。数字上与笔者统计略有出入，引书目录详情见第十章。

出处的体例则并不常见。《稽神异苑》是另一本大部分条目都标明出处的小说，《稽神异苑》今不存，《类说》卷四十存14条佚文，《永乐大典》《吴郡志》《施注苏诗》有15条佚文，大部分条目都标注了引书，多数都较为常见，如《洞冥记》《博物志》《搜神记》《江表记》，有些则不为今人所熟悉，如《三吴记》《九江记》《六朝录》《征途记》等。还有少数条目未标出处，但能考知的有《异苑》《拾遗记》等[①]。推测《稽神异苑》也应与殷芸《小说》一样，每条必注出处，这在魏晋南北朝小说中是比较独特的，与类书的编撰体例相同。不过二书似未见分类，还不能以类书目之[②]。

二、以抄纂异同区分

以抄纂异同来加以区分的话，借鉴上文所引张舜徽先生的说法，大体可以分为三类：抄纂类、编述类、本事类。当然，异同的标准并不是很好把握，古人并没有严谨的引书观念，纵然是明言引自某书，也多随意改动，是古人的"书钞"[③]，而非今人的"抄书"。但为了区分清楚，我们的标准还是立足于今天的"引书""抄录"等要求，以表述的异同作为主要的评判标准。故事、文字表达大体相同的篇章为抄纂类；故事相同，文字表达也有类似之处，但又有比较明显增删内容的归为编述类；只是故事相同，文字表达没有关联的则称之为本事类。

第一，抄纂类引书。这是指那些与原文相比，内容一样，文字相同或大体相同的篇章。如果以引用术语来表达的话，明引和原文引用都属于这个范畴。在整个志怪小说的引书中，这一类占有主导

---

① 参见李剑国《唐前志怪小说史》，人民文学出版社，2011年，第572-579页。

② 《世说新语》的分类比较明确，《博物志》也有分类，但今本所见分类应不是原本样貌。有学者推测《搜神记》也是分类编撰。

③ 书钞不能简单理解为"书抄"，如古代图书分类中的"史钞"类，《四库全书总目》就将其分为"离析而编纂之""简汰而刊削之""采摭文句而存之""割裂词藻而次之"四种。再比如冯梦龙撰《太平广记钞》，其《小引》曰："予自少涉猎，辄喜其博奥，厌其污秽，为之去同存异，芟繁就简，类可并者并之，事可合者合之，前后宜更置之，大约削简十三；灭句字复十二。所留才半，定为八十卷。"

地位，是最主要的引书方式，如《博物志》《搜神记》《幽明录》《冤魂志》等志怪小说代表作品的引书中，抄纂类引书都达到半数以上。抄纂类引书有一部分是“原文照搬”，即从行文到内容基本一致，偶有个别文字上的不同大约是辗转传抄所致，可以忽略不计；还有一部分是“大体相同”，多因古人抄书的随意性，文字上略有不同，但不影响整个故事内容。比如《博物志》中有一处明引《史记・封禅书》，能看出古人引书的“随意性”以及强调“大体相同”的着意所在：

《史记・封禅书》：“自威、宣、燕昭使人入海求蓬莱、方丈、瀛洲。此三神山者，其傅在勃海中，去人不远；患且至，则船风引而去。盖尝有至者，诸仙人及不死之药皆在焉。其物禽兽尽白，而黄金银为宫阙。”①

《博物志》卷一：“《史记・封禅书》云：威宣、燕昭遣人乘舟入海，有蓬莱、方丈、瀛州三神山，神人所集。欲采仙药，盖言先有至之者。其鸟兽皆白，金银为宫阙，悉在渤海中，去人不远。”

《博物志》已明确标注“《史记・封禅书》云”，但二者在文字上还是有不同，一是行文次序，《封禅书》先言三神山位置，后说禽兽、宫阙特征，《博物志》则反之。二是细节的不同，如下画线所示，《博物志》中未引或更为简略。两段文字虽略有不同，但内容一样，都是三神山的神异。再比如《搜神记》从《列异传》中引书 19 篇，有 9 篇属于抄纂类引书，其中有 6 篇基本上是“原文照搬”，另外 3 篇是故事一样，但文字表达上并不是完全一致，如《戴侯祠》，其文字比对如下，《列异传》中的文字用 A 表示，《搜神记》用 B 表示②：

① [汉]司马迁撰，[宋]裴骃集解，[唐]司马贞索隐，[唐]张守节正义《史记》，中华书局，2011 年，第 1271 页。

② 这一例证及 AB 对照的方法借鉴潘建国先生的《〈搜神记〉的形成：以前代故事文本辑采为例》，《中国高校社会科学》2019 年第 4 期，第 87-98，159 页。

A 豫宁　　　　　　　　女子戴氏，久病，　　出

B 豫章有高山峻石，仰之绝脰。有戴氏女，久疾不瘥。出觅药，

A 见　小石，　　　　　　曰：“尔有　　　神？能差我　疾者，

B 见一小石，形像偶人，女礼之曰：“尔有人形，岂神？能差我宿疾者，

A 　当事汝。”　夜梦　人告之：“吾将祐汝。”后　渐差，

B 吾将事汝。”其夜，梦有人告之曰：“吾将祐汝。”自后疾渐差，

A 遂为立祠　，　名“石侯祠”。

B 遂为立祠山下，名“石侯祠”。戴氏为巫，故俗名“戴侯祠”。

两者在具体文字上有比较明显的差异，但故事脉络、主要情节都是一样的。《营陵道人》《细腰》两篇也与此类似，故事情节一样，但文字表达上只是“大体相同”，这些都可看作抄纂类引书。

在抄纂类引书中还有一种现象格外引人注目，即故事和文字都变化不大，但意蕴发生了变化或出现了偏移，如：

《搜神记》卷八《东海孝妇》：“《汉书》载：东海孝妇，养姑甚谨。姑曰：‘妇养我勤苦，我已老，何惜余年，久累年少。’遂自缢死。其女告官云：‘妇杀我母。’官收系之，拷掠毒治。孝妇不堪楚毒，自诬服之。时于公为狱吏，曰：‘此妇养姑十余年，以孝闻彻，必不杀也。’太守不听。于公争不得理，抱其狱辞哭于府而去。自后郡中枯旱三年。后太守至，思求其所咎，于公曰：‘孝妇不当死，前太守枉杀之，咎当在此。’太守即时身祭孝妇之墓，未反而大雨焉。长老传云：孝妇名周青。青将死，车载十丈竹竿，以悬五幡。立誓于众曰：‘青若有罪，愿杀血当顺下；青若枉死，血当逆流。’既行刑已，其血青黄，缘幡竹而上极标，又缘幡而下云尔。”

> 《汉书·于定国传》："东海有孝妇，少寡，亡子，养姑甚谨，姑欲嫁之，终不肯。姑谓邻人曰：'孝妇事我勤苦，哀其亡子守寡。我老，久累丁壮，奈何？'其后姑自经死，姑女告吏：'妇杀我母。'吏捕孝妇，孝妇辞不杀姑。吏验治，孝妇自诬服。具狱上府，于公以为此妇养姑十余年，以孝闻，必不杀也。太守不听，于公争之，弗能得，乃抱其具狱，哭于府上，因辞疾去。太守竟论杀孝妇。郡中枯旱三年。后太守至，卜筮其故，于公曰：'孝妇不当死，前太守强断之，咎党在是乎？'于是太守杀牛自祭孝妇冢，因表其墓，天立大雨，岁孰。郡中以此大敬重于公。"①

《东海孝妇》直接标注引自《汉书》，二者在文字上也只是"大体相同"，加下画线部分是二者不同处。东海孝妇的故事最早被记载于《说苑·贵德》，《汉书·于定国传》中的记载与其基本相同，《搜神记》则进一步从《汉书》中取材，文字只是"大体相同"，但二者的立意却显著不同，《汉书·于定国传》旨在颂扬于定国之父于公的功德，东海孝妇事是为了展现于公之德而举的例证；《搜神记·东海孝妇》中，孝妇的所言所行成为故事的主体，于公只是作为孝妇之冤的一个见证者。从《汉书》到《搜神记》，故事的主人公从于公转为东海孝妇，其主旨也从颂德转变为诉冤。

第二，编述类引书。这一类是指那些有比较明显增、删内容的引书，讲述的是同一个故事，但在情节上有明显的增添或删减的地方，这一类引书在文字上的差异远大于抄纂类，但又不是毫无关联，有部分文句表达上相同。从引用的角度看，节引、意引都可看作编述类引书，情节和文字上的较大改动体现了撰者更多的主观能动性，有着"创作"的功夫。如《搜神记》中的名篇《三王墓》取自《列异传》，对比来看，二者的联系和再创作之处非常明显：

① [汉]班固撰，[唐]颜师古注《汉书》，中华书局，1962年，第3041-3042页。

《列异传》：“干将莫邪为楚王作剑，三年而成。剑有雄雌，天下名器也，乃以雌剑献君，藏其雄者。谓其妻曰：‘吾藏剑在南山之阴，北山之阳；松生石上，剑在其中矣。君若觉，杀我。尔生男，以告之。’及至君觉，杀干将。妻后生男，名赤鼻，告之。赤鼻斫南山之松，不得剑；忽于屋柱中得之。楚王梦一人，眉广三寸，辞欲报仇。购求甚急，乃逃朱兴山中。遇客，欲为之报；乃刎首，将以奉楚王。客令镬煮之，头三日三夜跳，不烂。王往观之，客以雄剑倚拟王，王头堕镬中；客又自刎。三头悉烂，不可分别，分葬之，名曰‘三王冢’。”①

《搜神记》卷二五：“楚干将莫邪，为楚王作剑，三年乃成。王怒，欲杀之。其剑有雄雌。其妻重身当产，夫语妻曰：‘吾为王作剑，三年乃成，王怒，往必杀我。汝若生子是男，大，告之曰：“出户望南山，松生石上，剑在其背。”’于是即将雌剑，往见楚王。楚王大怒，使相之，剑有二，雄雌，雌来雄不来。王怒，诛杀之。莫邪子名赤比，后壮，问其母曰：‘吾父所在？’母曰：‘汝父为楚王作剑，三年乃成，王怒，杀之。去时嘱我：“语汝子：出户望南山，松生石上，剑在其背。”’于是子出户南望，不见有山，但睹堂前松柱下，石砥之上，则以斧破其背，得剑，日夜思欲报楚王。楚王梦见一儿，眉间广尺，欲报仇，王即购之千金。儿闻之，亡去。入山行歌，客有逢者，谓：‘子年少，何哭之甚悲耶？’曰：‘吾干将莫耶子也。楚王杀吾父，吾欲报之。’客曰：‘闻王购子头千金，将子头与剑来，为子报之。’儿曰：‘幸甚。’即自刎，两手捧头及剑奉之，立僵。客曰：‘不负子也。’于是尸乃仆。客持头往见楚王，楚王大喜。客曰：‘此乃是勇士头也，当于汤镬煮之。’王如其言煮头，三日三夕不烂，头踔出汤中，踬目大怒。客曰：‘此儿头不烂，愿王自临视之，是必烂也。’王即临之，客以剑拟王，王头堕汤中。客亦

① 《古小说钩沉·列异传》，见《鲁迅辑录古籍丛编》，人民文学出版社，1999 年，第 123-124 页。

> 自拟己颈，头复堕汤。三皆俱烂，不可识别。分其汤肉葬之，故通名‘三王墓’。今在汝南北宜春县界。”

仅从篇幅上，已能看出从《列异传》到《搜神记》有了明显的变化，文字增加了一倍以上。二者的故事脉络一致，而且重要的叙事要点完全相同，都是被杀藏剑、借助隐语寻剑、王梦眉间尺要复仇、逃亡遇客、客替眉间尺报仇、头煮不烂、客以剑拟王又自刎、三头俱烂、分葬之。二者的不同主要在于叙事的繁与简，如《列异传》中，母亲告诉眉间尺父亲被杀事，只曰“妻后生男，名赤鼻，告之”，而《搜神记》中不仅用了母子间的对话描写，而且用了铺陈手法，母亲的答语几乎是把开篇的内容又重复了一遍，是民间故事中常见的重复叙事手法。再如后面眉间尺与客之间、客与楚王之间，都借助了直接的对话描写，不仅更加形象生动，人物也更加立体、更加突出，体现出比较强烈的文人加工的痕迹。

编述类引书中还有部分篇章经过了一个由“繁”到“简”的过程，即撰者在征引素材时，只选择了部分内容，这种选择有时不太好探究背后的原因，如《列异传》中记汉桓帝冯夫人事：

> 《列异传》：“汉桓帝冯夫人病亡。灵帝时，有贼盗发冢，七十余年，颜色如故，但小冷；共奸通，至斗争相杀。窦太后家被诛，欲以冯夫人配食，下邳陈公达议：以‘贵人虽是先所幸，尸体秽污，不宜配至尊’。乃以窦太后配食。”①

冯贵人墓被盗发生在建宁三年（170），去曹丕未远，《列异传》所记可谓是对当时事的反映，也是目前所见对此事的最早记载，后来《后汉书》的《陈球传》《段颎传》也载有此事，《列异传》中“下邳陈公达”即陈球。《搜神记》中也载有此事，引自《列异传》，但更为

① 《古小说钩沉·列异传》，见《鲁迅辑录古籍丛编》，人民文学出版社，1999 年，第 128 页。

简略：

> 《搜神记》卷二一：“冯贵人死将百岁，盗贼发冢，贵人颜色如故，但肉微冷。群盗共奸之，致妒忌争斗，然后事觉。”

后来《搜神记》此文又被《幽明录》征引：“冯贵[人]，前汉（汉）桓帝贵人也。美艳绝双。死后卅余年，群贼发其冢，见贵人颜色如故，贼遂竞奸之，斗争相煞而死。”从《列异传》到《搜神记》和《幽明录》，最大的变化是《搜神记》删减了有关窦太后配食争议的记载。从叙事来说，删减后的故事更为集中，虽然简短，但更突出了异事。《搜神记》中有些删减过的引文则呈现出明显的规律性，能体现出作者的“再创作”处，如许多五行征兆类故事都引自《汉书·五行志》和《后汉书·五行志》（司马彪），《五行志》中对于自然和社会中发生的灾异事件基本都进行了较为详尽的政治阐释，即叙事重心在于政治事件。《搜神记》引文则侧重灾异事件，部分篇章中删减或未引相关的政治事件。这样，故事性就大为加强，而政治阐释明显弱化，这种删减在《搜神记》中多次出现，形成了一定规律性，从中可以推测这是干宝有意识主动再创作的结果[①]。

第三，本事类引书。本事即是指所本之事，初期主要指诗歌创作所依据的具体事件。后来这个词的运用范畴进一步扩大，小说、戏剧研究中也常用，指故事或情节最初的源头样貌。本事类引书是指志怪小说从他书辑采素材，但发生大幅度改变的篇章，从引书的角度看，这是一种非典型引书方式。从本事到故事，差异性较大，甚至在行文表达上没有什么关联，但事件本身是相同的，如《列异传》中记载有“陈宝祠”和“怒特祠”，它们都是秦王朝的国家祭祀[②]之一，本事见于《史记》。《史记·秦本纪》：“（秦文公）二十七年，伐南山大梓，丰大特。”[③]《列异传》中已是非常精彩的故事：

---

① 对于此问题的具体分析可参看第七章。

② 田天《春秋战国秦国祠祀考》，《中国典籍与文化》，2013年第1期，第35-47页。

③ ［汉］司马迁撰，［宋］裴骃集解，［唐］司马贞索隐，［唐］张守节正义《史记》，中华书局，2011年，第157页。

> 武都故道县有怒特祠，云神本南山大梓也。昔秦文公二十七年伐之，树疮，随合。秦文公乃遣四十人持斧斫之，犹不断。疲士一人，伤足，不能去，卧树下。闻鬼相与言曰："劳攻战乎？"其一曰："足为劳矣。"又曰："秦公必持不休。"答曰："其如我何？"又曰："赤灰跋，于子何如？"乃默无言。卧者以告，令士皆赤衣，随所斫，以灰跋；树断，化为牛，入水。故秦为立祠。①

这个故事还载于《搜神记》《录异传》等，与《列异传》中的记载差不多，应该都是征引《列异传》而来，后来张守节正义就引用了《录异传》来注解《史记》的这处史实，可见其源流关系。从《史记》到《列异传》，虽是同一事件，二者的差异是巨大的，《列异传》记录的是这一历史事件在民间的流传，神怪、巫术和历史掌故糅杂在一起，在一定程度上已掩盖了本事原貌。

本事类引书在魏晋南北朝志怪小说中并不占主体，但在唐以后的叙事文学中，依本事来演绎故事则一直是主流，如明清时期的小说、戏剧中常见本事类创作。

第三节 "文本辑采类引书"的对比考察

魏晋南北朝是志怪小说的高峰期，作品多样，内容也较为丰富，文本辑采类引书在各类志怪小说中都有存在，但如果比较来看的话，还是各有千秋。

一、《博物志》等博物体小说引书最广

博物体小说是魏晋南北朝志怪小说中的一类，不惟记怪，更重

---

① 《古小说钩沉·列异传》，见《鲁迅辑录古籍丛编》，人民文学出版社，1999 年，第 123 页。

在记物，山川动植、远国异民、奇珍异物或风土人情等都是博物体小说记载的重点。相比于杂记各类鬼神故事的志怪小说来说，博物体小说更为博杂，故事性略弱，知识性增强。从引书的角度看，博物体小说的引书更为广博。

《博物志》是博物体小说的典型作品，其引书的种类和数量在整个魏晋南北朝志怪小说中首屈一指。注明出处的引书有33部，可以考知的辑采类引书达69部，而且引书的类型经、史、子、集皆有，而非像其他志怪小说侧重于子、史两类。《述异记》是另一部代表性的博物体志怪小说，其引书数量同样可观，注明出处的行文中引书约19部，而且多征引当代的诗赋，是“引诗入小说”在唐前的最集中体现；辑采类引书有53部，以地理类和小说类最多。魏晋南北朝小说都具有博采众书的特点，但体现最明显的还是博物体小说，数量和引书类型都最为多样。因唐前典籍佚失严重，现今所能考知的篇目仅达半数，实际上的引书应远超这一数字。或许可以猜测，博物体小说中的引书或许能达到百分之九十以上，即绝大多数内容都应是来自典籍记载，而来自口耳相传的内容只占很小的一部分。

博物体小说引书广博有一个前提条件是撰作者能够博览群书。在纸张都未普及的魏晋南北朝时期，拥有大量藏书是难得的物质条件，张华有丰富的私人藏书，在当时可谓首屈一指，“尝徙居，载书三十乘。秘书监挚虞撰定官书，皆资华之本以取正焉。天下奇秘，世所希有者，悉在华所”①。任昉亦是如此，“家藏书三万卷。天监中，采辑前代之事，纂《新述异》”②。撰作者的博学以及博物体内容上的博杂使得引书成为博物体小说素材来源的核心途径，而这样一种倾向使得后来的博物体小说逐步类书化了，如宋人李石的《续博物志》，序言中曰：“张华述地理，自以禹所未志……余所志，视华岁时绵历，其有取于天，而首以冠其篇。其次仿华，说一事，续一事，不苟于搜求，与世之类书者小异，而比华所志加详。”③作为

① [唐]房玄龄等撰《晋书》，中华书局，1974年，第1074页。
② [宋]晁公武撰，孙猛校证《郡斋读书志校证》，上海古籍出版社，1990年，第546页。
③ [宋]李石撰，李之亮点校《续博物志》，巴蜀书社，1991年，第1页。

张华《博物志》的续作，李石虽刻意强调“与世之类书者小异”，但“由天地以及山海，由山海以及人物，固无之或遗矣”，已非常接近类书。明代董斯张的《广博物志》即广张华《博物志》，其体例分门隶事，《四库全书总目》：“斯张从而广之，遂全改华之体例，变为分门隶事之书。”[①]所以《广博物志》入子部“类书类”，但其内容还是与张华《博物志》一脉相承，并带有明显的志异特征，有学者称其为“类书体小说集”[②]。

二、《搜神记》《冤魂志》的引书最具有代表性

《搜神记》是魏晋南北朝志怪小说的典型代表，其谈鬼神记怪异的内容选择是志怪小说的主流，在成书方式上同样也最具代表性。留存下来的《搜神记序》，明言其成书二途：“承于前载”和“访行事于故老”，这也能代表整个唐前小说的素材来源方式。《搜神记》的“承于前载”具有典型意义，体现为三个方面，一是征引素材并不具名出处，整个《搜神记》的辑采类引书中，直接标明出处的只有四处，从比例来讲几乎可以忽略不计。征引素材不具出处是小说辑采类引书的特征之一，也是其与类书相区别之处。二是与原出处基本相同的直接引用和抄纂类引书在数量上占据主体，就我们目前的不完全统计看，其比例基本达到百分之五十以上。这与后世的小说创作相比，显得非常“原始”，是小说发展初期阶段的特征。三是部分编述类引书在删减或增益时体现出一定规律，这种变化在一定意义上也是一种创作“自觉性”的外化：其一是删减或增益突出文本的目的性，比如《搜神记》“发明神道之不诬”，《冤魂志》宣扬报应观念等；其二是艺术表现力上的提升，在叙事上更为完整。这种“自觉性”虽不宜与“有意为小说”等同起来，但其倾向是值得关注的。

① [清]永瑢等撰《四库全书总目》，中华书局，1965 年，第 1156 页。

② 刘天振《〈广博物志〉小说性质探论》，《中国文学研究》2012 年第 2 期，第 105-118 页；刘天振《类书体例与明代类书体文言小说集》，《明清小说研究》2010 年第 3 期，第 81-93 页。

三、《拾遗记》的引书最独特

《拾遗记》内容博杂，且充斥着诡异怪诞之风，常被认为是无任何依凭、完全向壁虚构的作品。其实不然，《拾遗记》也与其他志怪小说一样从其他典籍中取材，只是其呈现的形式迥异。《搜神记》等志怪小说的多数篇章都较为简短，从其他典籍中征引素材基本都能自成篇章，纵然有所增删，都是围绕一个故事展开，而《拾遗记》为史传体例，兼全书用铺陈手法，篇幅更长，一篇中连缀多个故事，所征引的内容非独立成篇，而成为架构一篇故事的相关因素，如叙事结构、具体情节等，《拾遗记》引书已初步显露出后世小说利用本事进行创作的艺术手法。

对《拾遗记》影响比较大的两部典籍是《洞冥记》和《帝王世纪》，有体例、结构、风格上的模拟，也有具体内容上的征引。有两方面特点尤为值得关注，一是征引内化为整体的叙事模式，大处体现为整体框架，小处则为文本叙事结构。《拾遗记》从整体框架上继承了《帝王世纪》的“世系体”，在帝系更迭的基础上叙事、记物。每一篇的叙事安排上则吸收了《洞冥记》的结构模式，即叙事单元连缀的方式，在帝王之下把异国、异人、异事、异物等罗列在一起，各内容相对独立，关联性并不强。《拾遗记》很巧妙地融合了《帝王世纪》和《洞冥记》的叙事模式，形成了框架和结构相辅相成的较为严密的叙事体系。二是情节的生发。《拾遗记》也从其他典籍中辑采了众多素材，但不像其他志怪小说的“丛残小语”式的单一、独立的小故事，而是融入新的叙事模式中，成为一个情节单元，如第一章的“三皇五帝”神话，集合了先秦以来的各类传说，又不落痕迹，如《皇娥宴歌》篇中，女节感生少昊氏的传说、水边的神女等都被吸收进来，成为一篇优美的神话恋歌。再比如《拾遗记》遍布远国异民、奇珍异物等，有少数见于其他典籍，如“波祇国”“梦草”等；也有部分是模拟，如“指星之木”与“指星麦”、“支祇国”与“祇支国”、“照魅金镜”与“照神之珠”等。前者基本出自《洞冥记》，从命名和神异功能上都能看出是仿拟，而不再是简单意义上的征引。

另外《拾遗记》中还有一类“情节嫁接”的情况，也属于征引上的新演绎、新生发，如汉武帝会西王母的故事自汉代以来就为人津津乐道，《汉武故事》《汉武帝内传》《洞冥记》中都有记载，《拾遗记》则将其嫁接到燕昭王身上，描述了燕昭王会西王母的美妙场景，而且叙事顺序、场景描述都类似，中间穿插的也都是能长生的仙物。很明显，《拾遗记》在汉武帝会西王母的基础上演绎出燕昭王会西王母的故事，后来杜光庭《仙传拾遗》又在此基础上进一步敷衍，形成了西王母故事的燕昭王这一脉。从以上例证可以看出，《拾遗记》的征引不同于其他志怪小说，不是原文照搬，也不是单纯增加或删除情节，而是有新的演绎和新的生发，已初步具有了唐以后小说借助本事进行创作的倾向。

第三章 “文本辑采类引书”的特点及嬗变

魏晋南北朝小说博采众书的成书方式并不独特，而是具有很强的普遍性，它是古代抄撰传统的表现之一，又与当时的小说观念密切相关，在后来的文学发展中，则分化为两脉，一是成为类书体小说集的编撰方式，从《太平广记》《续博物志》到冯梦龙的《情史》、“三言”等都是从各种典籍中征引素材以成书；二是古代小说、戏剧等叙事文学普遍存在本事，尤其是文本类本事较常见，虽说具体表现形式各有不同，但其内核和本质都与辑采类引书一脉相承。

第一节 “文本辑采类引书”的特点

魏晋南北朝志怪小说从前人典籍中征引材料以成书，对每一本作品来说，因内容和风格的不同，在引书上具有不一样的倾向和特点，但如果跳出具体作品，从整体上观照这一特殊的引书方式时，一些共有的特征值得关注。

一、“文本辑采类引书”是一种“古代典型”的引书类型

从现代引书或引用的概念来看，魏晋南北朝志怪小说中的“辑采类引书”不太符合通常对引书的看法，比如绝大多数引书都没有引书标识，引文上也较为随意等，但这些“不规范”之处在古人引书中较为常见，可谓“古代典型”。

大多数辑采类引书都没有引书标识，如书名、篇名、撰人等信息皆无，这增加了今人考察此类引书问题的难度，也与今天的引书惯例相左，但这种形式是自先秦以来借引经据典以立论的典型做法之一，并非个例。不管是先秦典籍，还是汉人的各家论说，引书都较为常见，如《左传》《孟子》《荀子》《吕氏春秋》《白虎通》《盐铁论》《潜夫论》等典籍的引书问题都引起了现代学术界的关注。在这些典籍中，没有任何引文标识，甚至化用式引用比比皆是，如《盐铁论》，"《盐铁论》的用书，化用先秦典籍者较易辨识，而化用汉人典籍，尤其是化用汉武帝时期的典籍，辨识难度较大。经审慎甄别，笔者认为，《盐铁论》化用先秦典籍近三十种……化用汉代典籍约二十种"①。从数字来看，都颇为可观。

"文本辑采类引书"在文本异同上的处理反映了古人引书的随意性，"古人引书不是十分严谨，引书方式没有定格，往往为了行文便利，古人或不标明引文出处，或改动原文，或凭记忆引书，或引书省略删节却不标明，或仅引书意文义"②。古人引书的随意性从文献辑佚的角度来说，是大为不利的，但就"文本辑采类引书"来说，这是有利的方面，这使志怪小说能较为轻易地挣脱出前人记载的束缚，在或增、或删，甚至原文征引的细微变化中体现出不一样的志趣所在，如《搜神记》辑采《列异传》《博物志》的篇章，有约半数的条目在篇幅上有着显著增加，情节和文字表达上的丰富性都有了变化，而"小说特质"就进一步鲜明起来，这无疑是一种积极的变化。

二、"文本辑采类引书"是一种成书方式

就魏晋南北朝小说来说，"文本辑采类引书"不仅是反映了素材来源，从本质上来说，这还是一种成书方式。其直接的源头是史书编撰方式的延续，而子书中引故事以论说则为小说家"近取譬论，以作短书"提供了样本。

---

① 龙文玲《〈盐铁论〉引书用书蠡测》，《中国典籍与文化》2010 年第 1 期，第 50-51 页。

② 文思启主编《史学概论》，云南大学出版社，1993 年，第 202 页。

“小说”一词早在《庄子·外物》篇已出现，但还不具有文体意义，《汉书·艺文志》则是现存文献中最早提出“小说家”的，说法中已触及引书以成书的方式：

《汉书·艺文志》：“小说家者流，盖出于稗官。街谈巷语，道听途说者之所造也。孔子曰：‘虽小道，必有可观者焉，致远恐泥，是以君子弗为也。’然亦弗灭也。闾里小知者之所及，亦使缀而不忘。如或一言可采，此亦刍荛狂夫之议也。”[①]

“稗官”说、“缀而不忘”之“缀”、“一言可采”之“采”等都流露出对“采录”“缀辑”“征引”等手段的应用。鲁迅论曰，“《汉志》乃云出于稗官，然稗官者，职惟采集而非创作，‘街谈巷语’自生于民间，固非一谁某之所独造也”[②]，即稗官能成为小说家缘起，则在于稗官有采集各种言说的职能所在，其说导源于颜师古《汉书》注引魏人如淳之言：“街谈巷说，其细碎之言也。王者欲知闾巷风俗，故立稗官使称说之。”[③]即稗官之于小说，则主要在于“采集”，具体而言主要体现为辑采各类或见于文本或闻于口传的杂闻异说，就魏晋南北朝志怪小说来说，则辑采于文本更为突出。罗宁《记录见闻：中国文言小说写作的原则与方法》一文认为文言小说写作的基本原则和主要方法是记录见闻，而不是创作和虚构[④]，良有以也。

《汉书·艺文志》的用语也暗示出小说的成书方式，如“一言可采”之“采”，指的是“采集”“采撷”，具有各处搜求、收集为一体的意思。“缀而不忘”之“缀”则是连缀、组合的意思，将分散的、不同来源的材料连缀在一起，记录下来，从而使其不被遗忘，纵然是小道，也有可观之处。魏晋南北朝志怪小说的命名中常有“搜”

① [汉]班固撰，[唐]颜师古注《汉书》，中华书局，1962年，第1745页。

② 鲁迅撰《中国小说史略》，上海古籍出版社，1998年，第6页。

③ [汉]班固撰，[唐]颜师古注《汉书》，中华书局，1962年，第1745页。

④ 罗宁《记录见闻：中国文言小说写作的原则与方法》，《文艺理论研究》2018年第5期，第118-131页。

“集”“录”等字眼，如《搜神记》《拾遗记》《幽明录》《集异记》《录异传》等，也反映出成书方式的着眼之处。

志怪小说征引、辑采以成书的方式从源头上说实际上是史书编撰方式的延续。司马迁《太史公自序》曾强调自己所作只是“整齐其世传”，并不是“作”，“余所谓述故事，整齐其世传，非所谓作也”[①]。干宝本身为史家，撰作《搜神记》时，不仅“考先志于载籍”，也比附于史家先贤，《搜神记序》：“卫朔失国，二《传》互其所闻；吕望事周，子长存其两说，若此比类，往往有焉。”干宝从前人典籍里辑录各种怪异非常之事，目的为“发明神道之不诬”，不过幽冥、怪异之说，难免会被人看作“失实”，故而以“二传”（《公羊传》和《谷梁传》）和“子长”（司马迁）来为佐证。所以，从本质上说志怪小说从前人典籍中辑采素材也是一种“述故事”之途，与史书编撰方式一脉相承。

引书以成书除继承史书“述故事”“整齐其世传”的撰作方式外，也受到秦汉诸子书中收罗故事式写法的直接影响。诸子书重在论说观点，但并非干巴巴地说理，所以先秦诸子的一大特点就是多寓言故事，自然也包括不少“志怪故事”。《墨子·明鬼》主张鬼神的存在，为证明这一点，墨子采集了记载于典籍中的鬼神故事，如“著在周之《春秋》”的杜伯故事、“著在燕之《春秋》”的庄子仪故事、“著在宋之《春秋》”的观辜故事、“著在齐之《春秋》”的中里徼故事，等等，这些故事从内容和编采方式来说都与志怪小说无异。《韩非子》中有《储说》《说林》篇，连缀各种故事为一篇，司马贞《史记索隐》曰：“《说林》者，广说诸事，其多若林，故曰‘说林’也。”[②]张传东博士认为“这种汇集故事的方式对于魏晋南北朝志怪小说集的形成具有启发意义”[③]。汉代以后，这种在一篇中汇集故事的写

① 《太史公自序》，见[汉]司马迁撰，[宋]裴骃集解，[唐]司马贞索隐，[唐]张守节正义《史记》，中华书局，2011年，第2858页。

② [汉]司马迁撰，[宋]裴骃集解，[唐]司马贞索隐，[唐]张守节正义《史记》，中华书局，2011年，第1904页。

③ 张传东《魏晋南北朝志怪小说集成书研究》，山东大学博士论文，2018年，第25页。

法依旧常见，如《列子·汤问》《风俗通义·怪神》中都是以民间传说、神话故事为主，而且是“故事连缀故事”，尤其是《风俗通义·怪神》，完全就可以看作一部志怪小说。《怪神》中的神怪故事既有征引前人典籍，如《管子》《晏子春秋》《汉书》《国语》等，也有应劭收集的各类民间传说或亲身经历之事，这与干宝撰集《搜神记》别无二致，而且《搜神记》也多次征引《怪神》篇中的故事。

三、辑采对象以史书和小说最多

魏晋南北朝志怪小说征引前典的数量和类型都较多。从数量来说，博物体小说最突出，《博物志》有 69 部，任昉《述异记》征引 53 部。以《搜神记》《幽明录》为代表的杂记体志怪小说在征引前典时则多少不一，《搜神记》征引了 59 部典籍，《搜神后记》只有 7 部，《幽明录》的引书数量也不多，有 17 部，其他《续齐谐记》《录异传》等则因保存下的文本不多，能提供的参考意义并不太大。虽数量多少不一，但引书式成书方式的普遍性毋庸置疑，只是在各志怪小说中比例不同。

从辑采典籍的类型来说，经、史、子、集皆有，但比较来看，还是史部和子部的典籍是最主要的征引对象，在博物体小说中，基本达到一半，在杂记类志怪小说中，则远超于半数。细分的话，史部书中的地理、史传、杂传等，子部书中的小说最常被征引，如《搜神记》的辑采类引书书目中，史部书最多，有 33 部典籍，可粗略分为三大类：正史类、传类和地理方志类。《搜神后记》、《幽明录》、祖冲之《述异记》、吴均《续齐谐记》、《稽神异苑》等征引材料都集中于同类小说，如《搜神后记》引书 7 部，其中 5 部为志怪小说；《录异传》引书 6 部，全部为志怪小说。

志人小说殷芸《小说》的引书类型也颇有代表性，共引书 48 部，除了与《小说》同属志人小说的《郭子》《语林》《世说新语》外，人物传记类的数量最多，达 16 部；地理类有 7 部，同时还有不少篇章来自志怪小说，如《幽明录》、东阳无疑《齐谐记》、《异苑》、《志怪》等。殷芸《小说》保存了大部分篇目的征引出处，这在辑采类引书中是不多见的。殷芸《小说》的引书类型也能说明史部和子部典籍是魏晋南北朝小说最主要的引书对象。

第二节 “文本辑采类引书”源于抄撰之传统

文明的进步离不开知识的积累，从无到有，积少成多。到目前为止，承载知识的主要载体还是图书。图书的形成是文献整理和编撰的过程，我国自古对“文献”的理解即注重传承，《论语·八佾》中有“夏礼吾能言之，杞不足征也。殷礼吾能言之，宋不足征也。文献不足故也”，朱熹注：“文，典籍也。献，贤也。”①不管是来源于典籍还是贤者见解，都反映了中国著述重传承、重实录的传统，“代圣人立言”“述而不作”等说法常被奉为圭臬。对“文献”的这一理解一直是古人的主导看法，如为人熟知的《文献通考·自序》中的界定：“凡叙事，则本之经史而参之以历代会要，以及百家传记之书，信而有证者从之，乖异传疑者不录，所谓文也。凡论事，则先取当时臣僚之奏疏，次及近代诸儒之评论，以至名流之燕谈，稗官之纪录，凡一话一言，可以订典故之得失，证史传之是非者，则采而录之，所谓献也。”②“文”为经史、历代会要、百家传记，即为典籍；“献”为臣僚、诸儒、名流等的论说、言谈。干宝《搜神记序》中“虽考先志于载籍，收遗逸于当时”“群言百家，不可胜览，耳目所受，不可胜载”的说法与《文献通考》之论可谓异曲同工，虽说《搜神记》为“不入流”之小说，而《文献通考》为贯穿古今之典志，但二者的修撰皆有“文献”支持，其成书方式都是走的自古以来的抄撰一途。

黄侃《文心雕龙札记·事类第十八》云：“逮及汉魏以下，文士撰述，必本旧言，始则资于训诂，继而引录成言，（汉代之文几无一

① [宋]朱熹集注《四书集注》，岳麓书社，1987年，第89页。
② [元]马端临《文献通考》，浙江古籍出版社，1988年，第3页。

篇不采录成语者，观二《汉书》可见。）终则综辑故事。”[①]抄撰之风的盛行有各种激发因素，其中之一应是因唐宋以前还是中国典籍的手抄时期，抄书是读书人的大事，“唐以前书籍无刻本，故钞书成要事，六朝士大夫，尤喜为此，至成风气。观上录数事，可见一斑。盖当时书籍流通，固恃钞写；而崇尚数典隶事之骈语，亦恃钞写以助记忆也”[②]。曹之先生研究中国图书编撰史，也认为“抄撰是魏晋南北朝时期的一种重要著作方式”[③]。

不惟魏晋南北朝时期，抄撰传统源远流长。在中国文化史上，孔子可称为第一位文献整理者，据说其修《春秋》、删《诗》《书》、订《礼》《乐》等，孔子自述是“述而不作，信而好古”，孔子整理典籍的方式为抄撰传统的形成打下了基础，《论语》被视作最早的抄撰典籍[④]。其后，《史记》的修撰又为抄撰传统赋予了新意，《太史公自序》云“余所谓述故事，整齐其世传，非所谓作也”[⑤]。《汉书·司马迁传》曰：“司马迁据《左氏》《国语》，采《世本》《战国策》，述楚汉春秋，接其后事，讫于[天]汉。”[⑥]司马迁秉承的依旧是孔子“述而不作”之意，但已不是单纯的“述”，而是“述往事，思来者”“以拾遗补艺，成一家之言，厥协六经异传，整齐百家杂语”，已是在“述”中完成了“作”，也是将抄撰提升到“一家之言”的高度，令后人秉承。

在图书抄撰历史中，还不能不提刘向校书和编撰图书之功。刘向奉命领校秘书，不仅著有目录学史上的肇始之作《别录》，更是整理各类散佚作品加以分类编排，重新成书，如《新序》《说苑》《列女传》《孝子传》《列士传》等，这些典籍都不避俚俗，多收集逸闻轶事，又颇具故事性，孕育着小说的雏形，有时也被研究者看作小

① 黄侃《文心雕龙札记》，商务印书馆，2017 年，第 177-178 页。

② 张涤华《类书流别》，商务印书馆，1985 年，第 27 页。

③ 曹之《中国古籍编撰史》，武汉大学出版社，1999 年，第 116 页。

④ 张舜徽《中国文献学》，中州书画社，1982 年，第 33 页。

⑤《太史公自序》，见[汉]司马迁撰，[宋]裴骃集解，[唐]司马贞索隐，[唐]张守节正义《史记》，中华书局，2011 年，第 2858 页。

⑥ [汉]班固撰，[唐]颜师古注《汉书》，中华书局，1962 年，第 2737 页。

说加以探讨[1]。从这一意义上说，刘向在中国小说形成史上的地位不容忽视，其作品不仅在内容上与后来的小说作品密切关联，在成书上也颇具代表性：既有他书征引，也有传闻记录。

由以上所述可知，在古代典籍的形成中，抄撰的方式源远流长，恰如结构主义理论所说："任何作品的文本都像许多引文的镶嵌品那样构成的，任何文本都是其他文本的吸收和转化。"[2]志怪小说也不例外，其"刺取故书"的引书式成书方式正是抄撰传统之一隅。

第三节 "文本辑采类引书"的嬗变

魏晋南北朝以后，小说的发展进入"快车道"，不管是内容、类型还是叙事手法、艺术成就等都在日渐丰富。志怪小说辑采类引书也发生了重要变化，表面看来，像志怪小说那样动辄过半篇目都是原文征引的情况几乎不存在了，只有少数还是以辑采旧籍为主，如《酉阳杂俎》中的很多故事都是直接征引自唐前典籍。唐后的辑采类引书已不像魏晋南北朝时期那么集中而突出，而是发生了外在和内在的转化。外化上，辑采类引书独立成为一种图书编撰方式，出现了专门的类书体小说集；内在上，不管是唐传奇，还是明清小说、戏剧，有本事依据非常普遍，而且绝大多数本事都来自典籍，这样的一种创作思路成为古典小说的一大特征。

一、辑采类引书方式保存在类书体小说集中

类书的源头常被认为是《皇览》，由曹丕组织当时的儒生撰作完成，同时曹丕也是《列异传》的撰作者，志怪小说和类书也都由此

① 马振方《〈新序〉、〈说苑〉之小说考辨》，《文艺研究》2008 年第 4 期；王守亮《〈新序〉〈说苑〉〈列女传〉为刘向编撰——兼谈刘向三书的小说史价值》，《浙江海洋学院学报》2011 年第 3 期；苏喜珍《〈说苑〉故事研究》，西北师范大学硕士论文，2017 年；王林《刘向三书小说叙事研究》，哈尔滨师范大学硕士论文，2016 年。

② 朱立元主编《现代西方美学史》，上海文艺出版社，1993 年，第 947 页。

在魏晋南北朝时期兴盛起来。表面看来，二者关联不大，但从辑采方式和修撰思路来看，二者是相通的，都是基于博采众书之上有目的地辑录，只是辑采内容上各有侧重。魏晋南北朝时期还有一类比较特殊的志怪小说尤为繁荣，即博物体小说，《博物志》是其中的突出代表，其博杂的内容、广引他书的成书方式、分类编排的体例都与类书接近，有学者已关注到《博物志》与魏晋类书编撰的关联，并认为《太平广记》等类书体小说直接导源于《博物志》[①]。这样的思路值得认可，只是将类书体小说的源头定于《博物志》则不免狭隘了。从编撰和源头来看，类书的出现和魏晋南北朝小说的确有着相似之处，类书体小说的出现既是类书发展的内在选择，同时也是对魏晋南北朝小说辑采类引书的全方位继承。

类书体小说集是近些年来部分学者对专门收录说部资料，并分门别类编纂而成的文言小说集的界定[②]，也有学者称其为小说类书[③]，代表性作品如《太平广记》《类说》《续博物志》《广博物志》《太平广记钞》《情史类略》等。其特征有三：一是专录小说类素材；二是从其他典籍中征引材料，史部和诸子是最主要的取材对象，并不只是依赖前人“小说”；三是分门别类，类书意为“类事之书”，分门别类是其体例特征之一，类书之祖《皇览》即“随类相从”[④]。类书体小说集自然也是以分类相属为第一要义。分类相属在魏晋南北朝小说中也常见，如《世说新语》是小说分类编排的典型代表，对

① 樊伟峻《博物体小说流变研究——从其与类书关系角度考察》，《集宁师范学院学报》2016 年第 6 期，第 5–11 页。

② 宋莉华《明清时期的小说传播》（中国社会科学出版社 2004 年，第 230 页）一书及韩国学者崔桓《明代类书、小说和邓志谟》（《东亚人文学》第九辑，2006 年 6 月）在论及明代文言小说集时均使用“类书体小说集”这一概念，刘天振《类书体例与明代类书体文言小说集》（《明清小说研究》2010 年第 3 期）等沿用了这一提法。

③ 秦川《丛书、类书与中国古代小说的流传》（《中华文化论坛》2007 年第 3 期）称“《太平广记》《类说》《阐义》《豪谱》等用的都是以类相从的编排方法，故为小说类书”。《中国大百科全书》第二版将《太平广记》称为“小说类书”。何春根《小说类书〈姬侍类偶〉考述》（《文献》2014 年第 2 期）也使用了“小说类书”概念。

④ [晋]陈寿撰，[南朝宋]裴松之注，卢弼集解，钱剑夫整理《三国志集解》，上海古籍出版社，2009 年，第 338 页。

后世影响巨大；《博物志》也是分类编纂，只是今本殆非张华原本，其分类不那么严密规范，《搜神记》推测也应该是分类的，李剑国先生《新辑搜神记》中存有今天可考知的部分类目。

由以上分析可知，类书体小说集在征引典籍、征引内容甚至表现体例上都与魏晋南北朝小说极为类似，辑采类引书的成书方式也最终演化为图书编纂方式，成为古代文言小说集编纂的特征之一。

二、辑采类引书内化为小说本事

明清时期，中国小说史进入了全面繁盛期，不管是文言小说还是白话小说，都佳作迭出，艺术表现手法与此前的小说相比更是有了翻天覆地的变化。明清小说的素材来源比较广泛，但最常见的还是从前人典籍中取材，而且多“世代积累型”作品，《三国演义》《水浒传》《西游记》都是典型代表，甚至学界曾很长时间讨论《金瓶梅》是否为世代积累型作品。具体内容情节上，也多有所依据，学界常称之为“本事”，而且大多数都是“文本性本事”，即来自典籍记载。明清小说史以及戏剧史的这一突出现象与今天创作论多强调作者从现实生活中取材的创作思路可谓大相径庭，是为中国传统创作论之一隅，而究其根源，则在于魏晋南北朝小说的辑采类引书。

如上文所述，在魏晋南北朝小说中，辑采类引书中也有本事类的，但数量较少。从唐传奇开始，这种情况发生了变化，“抄录前人书籍或对他人著作加以改写的情况，在唐小说集中较为多见”[①]。笼统来看，志怪体的多与魏晋南北朝小说引书类似，基本上在原文基础上有所增删，如《酉阳杂俎》多取唐前志怪故事，在文字上都有增删，但变化不大；再如卢求《报应记》从子、史典籍中取材，原文一般都记载较详，但《报应记》多概而述之，只为突出佛家灵异。传奇体有着更多“有意为小说”的创作追求，叙事委婉曲折，篇幅较长。传奇体唐小说从典籍中取材也非常常见，不乏名篇，如沈既济《枕中记》应来源于《搜神记》中的《焦湖庙巫》，李公佐《南

① 邵颖涛《论唐小说集的成书特征》，《北方论丛》2011 年第 3 期，第 20 页。

柯太守传》取材于约成书于北朝的《妖异记·审雨堂》，牛僧孺《杜子春》的情节安排则本于《大唐西域记》中的烈士池故事。另外，情节较为丰富的唐传奇在一篇小说中可能多处取材，如唐初句道兴也有一书名《搜神记》，其中佳作《田昆仑》，前半部分田昆仑窃天女羽衣成婚的故事显然与《搜神记》中豫章男子娶鸟女相似，后半部分智慧问道中大小之辨中的小人故事是从《庄子》和《神异经》取材。很显然，这些取材已超出征引、抄录的水平，与原出处之间只是故事上有关联，具体情节上则差异巨大，已经是非常典型的本事类创作，而非简单的故事辑采了。

到明清时期，本事类创作在小说、戏曲中都较为普遍，如“四大奇书”的本事研究一直都是小说研究的热点问题[①]。冯梦龙的“三言”有大半都能考知本事来源，谭正璧先生的《三言两拍资料》已考察得较为详备；胡士莹先生在《话本小说概论》中又有所补充，后来的学者也有进一步的探索[②]。《聊斋志异》有近一百四十篇作品有本事[③]。本事类创作在戏剧中也非常典型，金元戏剧已是如此，如《窦娥冤》的本事当是“东海孝妇”，出自《搜神记》；《西厢记》的本事是元稹的《莺莺传》，但在情节、人物和主旨方面都发生了重大变化。明代不管是日渐衰弱的杂剧还是蔚为大观的传奇也大多是本事类创作，如徐渭的杂剧《四声猿》，四部作品皆有所本，而且本事来源也并非只是一书一事，如《狂鼓史》中祢衡击鼓骂曹的故事在《三国志》和《后汉书》中有大致相同的记载，《三国演义》时已将此事演绎得更加生动，出现骂曹的具体内容。《玉禅师》则来源于两个原本不相关的故事，一个是至聪禅师破戒红莲的故事，最早载于《侍儿小名录拾遗》；另一个是元人所记明月和尚度柳翠的故事。

① 韩伟表《〈三国演义〉本事研究述评》，《明清小说研究》2006 年第 4 期，第 106-116 页；李蕊芹、许勇强《略论十七年时期〈水浒传〉的本事研究》，《名作欣赏》2012 年第 8 期，第 50-51 页；姚政《〈西游记〉本事摭录》，《明清小说研究》1985 年第 2 期，第 153-189 页。

② 张克哲《“三言”“二拍”本事资料拾遗》，《明清小说研究》1997 年第 3 期，第 236-239 页；黄大宏《唐人小说对“三言二拍”素材与成书方式的影响》，《延安大学学报》（社会科学版）2002 年第 3 期，第 90-94 页。

③ 朱一玄编《聊斋志异资料汇编》，南开大学出版社，2002 年。

汤显祖是能与莎士比亚比肩的东方戏剧巨匠，“临川四梦”的四部作品也各有来历，《紫钗记》《南柯记》《邯郸记》的本事皆是唐传奇，也比较明显，《牡丹亭》的本事则隐晦许多，汤显祖自言：“传杜太守事者，仿佛晋武都守李仲文、广州守冯孝将儿女事。予稍为更而演之。至于杜守收考柳生，亦如汉睢阳王收拷谈生也。”[①]“李仲文儿女事”见《搜神后记》，“冯孝将儿女事”见《幽明录》，“谈生事”见《列异传》，皆是六朝志怪小说，但这些只是《牡丹亭》的本事来源之一，学界则又就《杜丽娘记》《杜丽娘慕色还魂》为《牡丹亭》蓝本展开了一些讨论[②]。

总之，自唐传奇开始，本事类创作就非常普遍，成为古代小说、戏剧创作中的突出现象，也与今天的小说理论和小说创作差异较大。这种现象的出现可能有不少关联因素，但从源头上看，应与小说初创期魏晋南北朝小说多从前人典籍中征引材料一脉相承，这样一种取材方向积累成中国古代小说戏剧史的一大特色。

① ［明］汤显祖著，徐朔方、杨笑梅校注《牡丹亭》，人民文学出版社，1982 年，第 1 页。

② 向志柱《〈牡丹亭〉蓝本论争中的一些问题》，《光明日报》2020 年 9 月 14 日 13 版。

第四章　魏晋南北朝“小说观”与“引书式”成书

本章中的“引书”主要指辑采类引书，重点探讨这样一种成书方式的出现与当时小说概念和小说撰者创作理念之间的关系，从而能从源头上进一步理解这样一种成书方式的出现并非撰作者缺乏文体自觉性，恰恰相反，这正体现了魏晋南北朝时对小说概念的理解，志怪小说的这一成书方式具有一定“时代性”。

第一节　从“小说家”概念看志怪小说的引书

“小说”一词早在《庄子·外物》篇已出现，但还不具有文体意义，《汉书·艺文志》则是现存文献中最早提出“小说家”的，在小说理论史上具有开创意义，广被征引：

> 《汉书·艺文志》：“小说家者流，盖出于稗官。街谈巷语，道听途说者之所造也。孔子曰：‘虽小道，必有可观者焉，致远恐泥，是以君子弗为也。’然亦弗灭也。闾里小知者之所及，亦使缀而不忘。如或一言可采，此亦刍荛狂夫之议也。”[①]

这段话虽简短，但“系统论述了对小说起源、小说作者、小说特性

① [汉]班固撰，[唐]颜师古注《汉书》，中华书局，1962年，第1745页。

和小说功能的认识，是汉代小说观的典型概括，成为小说理论的经典”[①]。其实，不仅是小说起源等问题，这里也蕴含着对成书方式的暗示，“稗官”、“缀而不忘”之“缀”、“一言可采”之“采”等都流露出对“采录”“缀辑”等手段的应用。

“稗官说”被学界讨论甚广，从稗官是否实有到稗官在秦汉的语源使用，从稗官之具体职能到稗官与小说之关系等，不一而足，名家论述众多。除了在“稗”上做文章外，就其肯綮来说，鲁迅说法可谓中的，“《汉志》乃云出于稗官，然稗官者，职惟采集而非创作，‘街谈巷语’自生于民间，固非一谁某之所独造也”[②]，小说家出于稗官，则在于稗官有采集各种言说的职能所在，明人王同轨将其与汉人采风联系起来：“古昔帝王欲知闾阎风俗细琐之事，故立稗官，而三公举谣使者采风，爰酌人言以为政，登万里穷檐于殿陛曲旃之上，虑至深矣。”[③]《四库全书总目》“小说家”类序言中延续了《汉书·艺文志》的稗官说，“班固称小说家流盖出于稗官，如淳注谓‘王者欲知闾巷风俗，故立稗官，使称说之’，然则博采旁搜，是亦古制，固不必以冗杂废矣”[④]，尤其是强调小说“博采旁收”的成书途径，即稗官之于小说，则主要在于“采集”，具体而言主要体现为辑采各类或见于文本或闻于口传的杂闻异说。就魏晋南北朝志怪小说来说，辑采于文本更为突出，这大约也符合《四库全书总目》所说“是亦古制”。罗宁《记录见闻：中国文言小说写作的原则与方法》一文认为文言小说写作的基本原则和主要方法是记录见闻，而不是创作和虚构[⑤]。文章材料丰赡，论述很有启发性，魏晋南北朝小说，包括志人、志怪，其成书大抵也可归入“记录见闻”之列。结合魏晋南

① 李剑国《早期小说观和小说概念的科学界定》，见《古稗斗筲录——李剑国自选集》，南开大学出版社，2004年，第28页。

② 鲁迅撰《中国小说史略》，上海古籍出版社，1998年，第6页。

③ [明]王同轨撰，吕友仁、孙顺霖校点《耳谈类增》，中州古籍出版社，1994年，第5页。

④ [清]永瑢等撰《四库全书总目》，中华书局，1965年，第1182页。

⑤ 罗宁《记录见闻：中国文言小说写作的原则与方法》，《文艺理论研究》2018年第5期，第118-131页。

北朝小说实际作品来看，辑录于文本的征引式成书占据主流，而唐以后的文言小说发展，来自生平见闻、当世的奇闻逸事的更为多见。

除《汉书·艺文志》外，桓谭《新论》中对“小说家”的论述也为人所熟知：

> 若其小说家合丛残小语，近取譬论，以作短书，治身理家，有可观之辞。[①]

桓谭之说与《汉书·艺文志》有相近处，但更为积极，如“可观”之说，就剔除了《艺文志》中“致远恐泥”这样小心谨慎的贬抑之辞。桓谭对“小说家”的界定最令人关注的是“合丛残小语”之说，学者们多认为这一说法具有文本体制意义，是若干琐事连缀成文，篇幅上以“小”“短”“残”为特征，即常见的“条目式”[②]。但“合丛残小语”一句还意味着是集合、连缀各种书籍中的小道之说、不经之言为一体，《太平御览》卷六〇二引桓谭的另一段话，可以对此予以说明：

> 《新论》曰：……谭见刘向《新序》、陆贾《新语》，乃为《新论》。庄周寓言乃云“尧问孔子”，《淮南子》云“共工争帝地维绝”，亦皆为妄作，故世人多云短书不可用。然论天间莫明于圣人，庄周等虽虚诞，故当采其善。[③]

此说中提到“短书不可用”，又认可庄周虽虚诞，但有善可采，故而可说是将“庄周寓言”和《淮南子》中共工神话等所谓“不善”采集而成“短书”，魏晋南北朝志怪小说“辑采类引书”的引书目录和

---

① 《新论》已佚。此说法见《文选》卷三一江文通（淹）《拟李都尉从军》李善注，上海古籍出版社，2019 年，第 1482 页。

② 李剑国《早期小说观和小说概念的科学界定》，见《古稗斗筲录——李剑国自选集》，南开大学出版社，2004 年，第 25–47 页。

③ ［宋］李昉等撰《太平御览》，中华书局，1960 年，第 2710 页。

征引内容也能为桓谭这一说法提供充足论据。故而，“合丛残小语”之说不仅具有文本体例意义，也揭示出其成书的方式和途径。

总之，《汉书·艺文志》首列“小说家”，其对“小说家”的界定和解说是汉唐时期占有主导地位的小说理论。其中有“缀而不忘”“一言可采”的说法，这不仅是对小说价值的评判，在一定意义上也暗示出成书方式，从典籍中征引素材也是“采”“缀”的对象。

第二节　从史部杂传类看引书式成书

在古代目录学史上，魏晋南北朝志怪小说大多数都经历了一个由“史”到“子”的过程。《隋书·经籍志》是现存最早记载魏晋南北朝志怪小说的目录学典籍，今天常谈到的志怪小说代表作品都列于史部杂传类，如《列异传》、《搜神记》、《甄异传》、《灵鬼志》、祖台之《志怪》、孔氏《志怪》、《搜神后记》、《幽明录》、《异苑》、祖冲之《述异记》、《齐谐记》、《续齐谐记》、《冤魂志》等，以上所列也都是本书考察对象。学界对这一现象也非常关注，讨论的方向主要有两个方面，一是借此讨论小说与史书的关系，以说明古代小说在文体上的糅杂性[①]；二是通过观照古代目录学分类上的变迁，来探讨古人对小说概念的认识是如何发展和完善的[②]。志怪小说长时间以来被看作杂史杂传，除了“实录”的撰书态度以及故事、叙事手法上的一致性外，从成书方式来看，二者也具有共通的地方，辑采类引书的成书方式与史传的“述故事”本质相同。

---

① 这方面的讨论文章很多，略举一二，郑华萍《论先唐史书与志怪小说的关系——以〈搜神记〉为中心》，《南京师范大学文学院学报》2015年第4期，第37-41页；周昌梅《在史学与文学的边缘：对六朝小说文体的考察——以〈搜神记〉、〈世说新语〉为例》，《青岛大学师范学院学报》2006年第3期，第12-16页；何悦玲《中国古代小说中的“史传”传统及其历史变迁》，陕西师范大学博士论文，2011年。

② 王炜，丁凡《〈搜神记〉类别归属的调整与古代小说观念的嬗变》，《华中师范大学学报》（人文社会科学版）2020年第2期，第98-105页；解陆陆《六朝至北宋中叶“志怪”文体归属问题探赜——以目录学为中心的考察》，《社会科学论坛》2022年第4期，第64-74页。

司马迁在《太史公自序》中曾言“余所谓述故事，整齐其世传，非所谓作也，而君比之于《春秋》，谬矣”[①]，这里司马迁是自谦之意，但“述”和“作”在古人眼中确乎泾渭分明，史书不管是个人修撰，还是官方汇编，其最根本的就是据材料而言事，所以中国古代多是“国亡史成”，但依旧能无愧“实录”。刘勰《文心雕龙·史传》中，对撰史的准备工作言之甚详：“是以在汉之初，史职为盛，郡国文计，先集太史之府，欲其详悉于体国；必阅石室，启金匮，抽裂帛，检残竹，欲其博练于稽古也。”[②]要修史，必须广泛阅读，而且对于“稽古”务必要“博练”，意为渊博而练达，即对以往的掌故、典籍、故实等非常熟悉，其要义自然是为“述故事”做准备。《隋书·经籍志》将志怪小说归于史部杂传类，“杂传”之名始于王俭《七志》中的“经典志”，而《隋书·经籍志》主要承阮孝绪《七录》中的“杂传部”，本于人物传记，但亦侧重于纪事，其“杂传”小序开篇即言：“古之史官，必广其所记，非独人君之举。《周官》，外史掌四方之志，则诸侯史记，兼而有之。”[③]正是基于这样的理解，各志怪之书才进入了“杂传”类：

> 魏文帝又作《列异》，以序鬼物奇怪之事，嵇康作《高士传》，以叙圣贤之风。因其事类，相继而作者甚众，名目转广，而又杂以虚诞怪妄之说。推其本源，盖亦史官之末事也[④]。

关键是“史官之末事”的说法，《列异传》等书虽为“鬼物奇怪之事”，但依旧属于史官职责所在。《隋书·经籍志》在这里用了一个“序”字，有调顺、整理之意，应该说界定非常准确，非是自出己说，而是将已有材料加以梳理、编订。

---

① 《太史公自序》，见[汉]司马迁撰，[宋]裴骃集解，[唐]司马贞索隐，[唐]张守节正义《史记》，中华书局，2011年，第2858页。

② [南朝梁]刘勰著，[清]黄叔琳注，[清]李详补注，杨明照校注拾遗《文心雕龙校注》，中华书局，2021年，第225页。

③ [唐]魏徵等撰《隋书》，中华书局，1997年，第981页。

④ [唐]魏徵等撰《隋书》，中华书局，1997年，第982页。

魏晋南北朝志怪小说最主要的成书方式是辑采类引书，这符合《隋书·经籍志》所言“推其本源，盖亦史官之末事”。这些志怪书的作者除了少数佛教徒、道教徒外，俱为文人，不乏一时掌文翰者，如张华；也有爱好文艺，又能聚拢起当世文人的当权者，如曹丕、刘义庆、萧绎等；更有多任职秘书监，甚至本职为史官的，如干宝、任昉、吴均、殷芸等。他们都有刘勰所说“阅石室，启金匮，抽裂帛，检残竹”的条件，其撰作志怪小说也有“述故事”和“整齐”所集、所见闻材料的意图，最有代表性的是干宝《搜神记》，《太平御览》卷六〇一引《晋书》曰：

> 宝以此遂撰集古今神祇灵异人物变化，名为《搜神记》，凡三十卷。以示刘惔，惔曰：“卿可谓鬼之董狐也。”干宝表曰：“臣前聊欲撰记古今怪异非常之事，会聚散逸，使同一贯。博访知之者，片纸残缺，事事各毕。”[①]

今本《晋书·干宝传》中未见干宝此表，但《初学记》中也有引用，汪绍楹和李剑国校注的《搜神记》中都有收录。《晋书》以“撰集”来描述干宝撰作《搜神记》的行为可谓恰当，而干宝上表中强调“会聚散逸，使同一贯”，则体现了更为强烈的史家意识，与司马迁所说“述故事，整齐其世传”有异曲同工之妙。

刘知几《史通》中有《采撰》一篇，谈史书之取材与编撰，命名“采撰”，正是对修史路径的恰当表达，其文开篇即曰：“自非博雅君子，何以补其遗逸者哉？盖珍裘以众腋成温，广厦以群材合构。自古探穴藏山之士，怀铅握椠之客，何尝不征求异说，采摭群言，然后能成一家，传诸不朽。”[②]当然不止史书，“采撰”，抑或“抄撰”本就是中国古代图书史中占有重要地位的成书方式，史书修撰和魏晋南北朝志怪小说的“文本辑采类引书”都是其中的分支。当然，

① [宋]李昉等撰《太平御览》，中华书局，1960年，第2705页。

② [唐]刘知几撰，黄寿成校点《史通》，辽宁教育出版社，1997年，第34页。

刘知几是正统史学家，对于史书中出现的某些鬼神、怪诞之说极为排斥，他认为这是史书“引书”之误，应该引以为戒：

> 《史通·采撰》：“但中古作者，其流日烦，虽国有册书，杀青不暇；而百家诸子，私存撰录，寸有所长，实广闻见。其失之者，则有苟出异端，虚益新事，至如禹生启石，伊产空桑，海客乘槎以登汉，姮娥窃药以奔月。如斯踳驳，不可殚论，固难以污南、董之片简，沾班、华之寸札。而嵇康《高士传》，好聚七国寓言；玄晏《帝王纪》，多采《六经》图谶；引书之误，其萌始于此矣。”①

此段论述虽意在批评史家所采虚妄异说，但如果跳出窠臼，此论所表述的也可看作志怪小说的“文本辑采类引书”，夏启生于石、伊尹生于空桑、张骞乘槎、嫦娥奔月等都是志怪小说中的常见内容，正统史书中出现这些内容的确常为人诟病，如后人批评《晋书》，但当把这些内容引为一书时，志怪小说也就从史书中分离出来，实际上唐人已能够意识到二者的不同，同样为刘知几，在《史通·杂说中》中就谈到当时被看作“杂传”的志怪小说言多不经，或当为纳入“小说”，《史通·杂说中》云“夫学未该博，鉴非详正，凡所修撰，多聚异闻，其为踳驳，难以觉悟。按应劭《风俗通》，载楚有叶君祠，即叶公诸梁庙也。而俗云孝明帝时，有河东王乔为叶令，尝飞凫入朝。及干宝《搜神记》，乃隐应氏所通，而收其流俗怪说。又刘敬升《异苑》称晋武库失火，汉高祖斩蛇，剑穿屋而飞，其言不经。故梁武帝令殷芸编诸《小说》”②。刘知几较早意识到了《隋书·经籍志》中入“史部杂传”的志怪小说应归入“小说家”。

从《隋书·经籍志》对魏晋南北朝志怪小说的分类来看，当时的人是将其作为“史家末事”来看待的，学界也多从实录原则、故

---

① [唐]刘知几撰，黄寿成校点《史通》，辽宁教育出版社，1997年，第34页。

② 同上，第139页。

事题材等方面对此加以理解。不仅如此，志怪小说“文本辑采类引书”的成书方式也是其被归入史部杂传的一大因素，即在撰作方法上，志怪小说与史书也是共通的。

第三节 从撰作者言看引书式成书

志怪小说的“文本辑采类引书”在今天的文学批评语境中常被看作小说发展不够成熟的表现，常受到贬抑，但如果从志怪小说撰作者们的立场来看，结论是相反的。其时，他们普遍不具有对小说的文体意识，自然不会以“小道”来对待自己的作品，往往会借助于博采众书来张目，对“辑采类引书”不仅毫不讳言，而且颇为骄傲于这样一种成书方式。

《山海经》多记神话，常被认为小说之滥觞，从志怪小说代表作品引书目录看，《山海经》也是先秦作品中被征引最多者。《山海经》的成书，刘歆有所猜想，《上山海经表》曰：“禹乘四载，随山刊木，定高山大川。益与伯翳主驱禽兽，命山川，类草木，别水土。四岳佐之，以周四方，逮人迹之所希至，及舟舆之所罕到。内别五方之山，外分八方之海，纪其珍宝奇物，异方之所生，水土草木禽兽昆虫麟凤之所止，祯祥之所隐，及四海之外，绝域之国，殊类之人。禹别九州，任土作贡；而益等类物善恶，著《山海经》。皆圣贤之遗事，古文之著明者也。”[①]即《山海经》为大禹及其臣属益、伯翳在治水时亲身经历的四海八方、各类异物等，记见闻之说恰是志怪小说的另一重要成书途径。清人吴任臣则认为《山海经》的各种奇怪之说也是有所依托的，《山海经广注序》载“而中间典籍略同者，若鸟鼠同穴与《禹贡》合，屏封、岐头与《王会解》合，明组、旄牛与《尔雅》合，昆仑、弇兹与《穆天子传》合，湘水二女与《离骚》合，焦侥、奇肱与《竹书纪年》合。他如禺强为禺京，司幽为思幽，

① 《上山海经表》，见袁珂校注《山海经校注》，巴蜀书社，1992年，第540页。

延维为委蛇，女丑为女仞，杂证《庄》、《列》、《管子》、《抱朴》诸书，逖览旁通，鸿纤毕贯"[①]。吴任臣所举典籍有来自《山海经》之前的，也有大半是《山海经》之后，这与志怪小说的"辑采类引书"类似。故而，志怪小说的成书方式在《山海经》时已有端倪。

汉代以来，采撰百家之言成一家之说更为常见，多本被今人看作小说的著作都是辑采前人载籍而成，如刘向撰《列仙传》，除了整理典籍的职责所在外，也因"见上颇修神仙事，……遂辑上古以来及三代秦汉，博采诸家言神仙事者"[②]，其撰书途径在于"博采诸家"。应劭《风俗通义》意在辨风正俗，"聊以不才，举尔所知，方以类聚，凡一十卷，谓之《风俗通义》，言通于流俗之过谬，而事该之于义理也"[③]，而应劭能撰此书，则在于其如张华一样为博学之人，《三国志·王粲传》注引华峤《汉后书》："子劭字仲远，亦博学多识，尤好事。诸所撰述《风俗通》等，凡百余篇，辞虽不典，世服其博闻。"[④]《风俗通义》中引书不少，具有突出的文献价值[⑤]。《西京杂记》是记载西汉遗闻轶事的代表作品，现存有葛洪《西京杂记跋》，言《西京杂记》是其从刘歆所撰《汉书》中辑采而来："歆欲撰《汉书》，编录汉事，未得缔构而亡，故书无宗本，止杂记而已，失前后之次，无事类之辨。后好事者以意次第之，始甲终癸为十帙，帙十卷，合为百卷。洪家具有其书，试以此记考校班固所作，殆是全取刘书，有小异同耳。并固所不取，不过二万许言。今抄出为二卷，名曰《西京杂记》，以裨《汉书》之阙。"[⑥]不管葛洪此说是否

---

① 吴任臣《山海经广注序》，见丁锡根编著《中国历代小说序跋集》，人民文学出版社，1996年，第12页。

② 佚名《列仙传叙》，见丁锡根编著《中国历代小说序跋集》，人民文学出版社，1996年，第31页。

③ [汉]应劭撰，王利器校注《风俗通义校注》，中华书局，1981年，第4页。

④ [晋]陈寿撰，[宋]裴松之注《三国志》，中华书局，1982年，第601页。

⑤ 林鹤韵《〈风俗通义〉述评与文献学价值初探》，复旦大学硕士论文，2012年；李权弟《〈风俗通义〉的编撰及其文献价值》，安徽大学博士论文，2014年。

⑥ [晋]葛洪撰，周天游校注《西京杂记》，三秦出版社，2006年，第275页。

切实，《汉书》以及《西京杂记》自然多有取资前典的地方，而葛洪言之凿凿地言抄撰以成书，刨除借古人张目的意图所在，也能看出古人是非常认同通过抄撰他人典籍来成书的方式。葛洪以“抄书”而著称，所撰《神仙传》《抱朴子》等同样都是抄录于众书，而且葛洪对这种成书方式非常认可：

> 《太平御览》卷六〇二引《抱朴子》曰：“余家遭火，典籍荡尽，困于无力，不能更得。故抄掇众书，撮其精要，用功少而所收多，思不烦而所见博。或谓洪曰：‘流无源则干，条离株则悴。吾恐玉屑盈车，不如金璧。’余答曰：‘咏圆流者采珠而捐蚌，登荆岭者拾玉而弃石，余之抄略，譬犹摘翡翠之藻羽，脱犀象之角牙。’”①

葛洪说抄撰的好处在于“用功少而所收多，思不烦而所见博”，所费不多，而所得甚广。而且葛洪所言也强调其并不是机械抄书，而是“撮其精要”，是有目的、有需要的抄录。所以，葛洪之抄书就如同志怪小说的“文本辑采类引书”，是从群书中征引、抄撮其所需，葛洪对待这种成书方式的态度具有一定代表性。

干宝撰《搜神记》是为了“明神道之不诬”，撰书的途径之一是“考先志于载籍”②，立志于“会聚散逸，使自一贯”③，其撰书态度可谓谨严。与干宝编撰《搜神记》目的类似的还有萧绎，其《金楼子》中有《志怪》篇，如独立出来，完全可以看作一部志怪小说。萧绎认为“夫耳目之外，无有怪者，余以为不然也”，即世间存在各种神奇怪诞之事。《志怪》篇共计五十四条，基本上都取自前人典籍。萧绎在《志怪》篇所体现的撰作目的和成文途径类同干宝《搜神记》，可以说“引书式”成书方式是基于撰作目的所做的自然选择，也是实现这一撰作目的的一种保障。

① [宋]李昉等撰《太平御览》，中华书局，1960年，第2709页。

② [晋]干宝撰，李剑国辑校《新辑搜神记》，中华书局，2007年，第19页。

③ 同上，第17页。

从以上材料可以看出，从他人典籍里征引素材是魏晋南北朝时期非常通行的方式，同时这种方式为时人所认可，有着用功少而所得多的优势。另外，“引书式”成书方式也符合志怪小说的撰作目的，是一种较为直接的“明神道之不诬”的方式。

第五章 《列异传》引书考辨

就魏晋南北朝志怪小说来说,《列异传》是出现较早而且艺术成就较为突出的作品，李剑国先生称其“是可考知的佚文较多的魏晋第一部杂记体志怪小说集”[①]。《列异传》早已佚失，目前所见佚文五十余条。从取材角度看，较为偏重轶事异闻，虽然能考知原文献出处的篇章不多，但特点较为鲜明，体现出《列异传》的选材特点和成书方式。

第一节 《列异传》的著者及佚文

一、《列异传》著者问题论析

中国古代目录书中对《列异传》的著录如下：

《隋书·经籍志》:《列异传》三卷，史部杂传类，魏文帝撰，杂传类小序又云:“魏文帝又作《列异》，以序鬼物奇怪之事。”

《旧唐书·经籍志》:《列异传》三卷，杂传类鬼神目，张华撰。

《新唐书·艺文志》:《列异传》一卷，子部小说家类，张华撰。

《通志·艺文略》:《列异传》三卷，史部传记类，魏文帝撰。

从以上目录书记载看,《列异传》约在宋初时已散乱佚失。《隋书·经籍志》《旧唐书·经籍志》都著录三卷，但到《新唐书·艺文志》就只有一卷，而《通志·艺文略》所记不仅有现存的著作，一

① 李剑国《唐前志怪小说史》，人民文学出版社，2011年，第289页。

些散佚亡缺的作品也在列，《列异传》大约就是这种情况，此后，《列异传》多不见载于目录书中。《隋书·经籍志》《旧唐书·经籍志》虽都将《列异传》列于杂传类，但也都意识到其所记是“鬼物奇怪之事”，《新唐书·艺文志》就已目其为小说类，就《列异传》内容看，是非常典型的志怪小说。

存在比较大争议的是《列异传》的作者问题，《隋书·经籍志》明确其为魏文帝曹丕的作品，但《旧唐书》和《新唐书》则将著作权归于张华。这两种说法也都有“佐证”，《后汉书·光武帝纪下》李贤注、虞世南《北堂书钞》、徐坚《初学记》、《太平御览》均载为曹丕所著。宋王钦若《册府元龟》卷五五五载：“张华撰《列异传》三卷。”[①]明胡应麟《少室山房笔丛》卷三六曰“自汉人驾名东方朔作《神异经》，而魏文《列异传》继之”[②]。而目前所见《列异传》佚文中，有多篇记载曹丕身后事，但又在张华之前[③]，或有传抄、辑佚错误，但数量不在少数则不好解释，故而姚振宗《隋书经籍志考证》提出了张华续书说，“意张华续文帝书而后人合之”[④]，李剑国先生认为其说可从[⑤]。

魏文帝曹丕（187—226），字子桓，沛国谯县（今安徽省亳州市）人，其事载《三国志·魏书·文帝纪》。曹丕善文学，与曹操、曹植并称“三曹”，是汉末建安文学的突出代表。曹丕虽为政治人

---

① [宋]王钦若《册府元龟》，中华书局，1989年，第1562页。

② [明]胡应麟《少室山房笔丛》，上海书店出版社，2022年，第363-364页。

③ 李剑国先生《唐前志怪小说史》中罗列有九条记载出于魏文帝之后、张华之前：一，“王臣”事在魏明帝景初中；二，“华歆”条称“后果为太尉”，据《三国志》本传，歆明帝即位拜太尉；三，“王周南”事在齐王正始中；四，“蒋济”条称蒋济为领军，又称作侯，据《三国志》本传，齐王曹芳时济徙领军将军，进封昌陵亭侯；五，“傅尚书”条指傅嘏，据《三国志》本传，傅官尚书在齐王嘉平中；六，“公孙达”事在甘露中；七，“栾侯”亦事在甘露中；八，“鄱阳彭姓”条又见今本《异苑》卷八，系晋武帝咸宁中事；九，“弦超”原出晋初张敏《神女传》，约作于晋武帝太康中。见李剑国《唐前志怪小说史》，人民文学出版社，2011年，第290页。

④ 王承略、刘心明主编《二十五史艺文经籍志考补萃编》第十五卷，清华大学出版社，2014年，第885页。

⑤ 李剑国《唐前志怪小说史》，人民文学出版社，2011年，第290页。

物，但颇以著述为要，史载："好文学，以著述为务，自所勒成垂百篇。"[①]裴松之注引《魏书》也称其"博贯古今经传诸子百家之书"[②]，曹丕自己也曾论及于此，《典论·自叙》："余是以少诵诗、论，及长而备历五经、四部，《史》、《汉》、诸子百家之言，靡不毕览。"[③]而且曹丕有着著书立说的自觉性，将其作为不朽价值的体现，《三国志·文帝纪》裴松之注引《魏书》载："帝初在东宫，疫疠大起，时人凋伤，帝深感叹，与素所敬者大理王朗书曰：'生有七尺之形，死唯一棺之土，唯立德扬名，可以不朽，其次莫如著篇籍。疫疠数起，士人凋落，余独何人，能全其寿？'故论撰所著《典论》、诗赋，盖百余篇，集诸儒于肃城门内，讲论大义，侃侃无倦。"[④]《隋书·经籍志》著录曹丕有集二十三卷、《典论》五卷、《列异传》三卷，并令臣下编撰中国古代典籍史上第一部类书《皇览》，可惜均已散佚，明清以来多有学者辑佚。从曹丕的才学和志向看，其完全有撰集《列异传》的可能，而且从裴松之所引《魏书》记载看，其成书时期当在曹丕被立为东宫之后，据《三国志·王粲传》，曹丕在建安二十二年（217）被册立为魏太子，延康元年（220）代汉自立，改元黄初，称帝后应该不会撰写这等"鬼物奇怪"之书，所以推测《列异传》的成书当在建安二十二年至延康元年（217—220）。

曹丕撰《列异传》的目的应该与张华撰《博物志》差不多，多半是炫博之作。曹丕颇为博学，《三国志·文帝纪》评价其"天资文藻，下笔成章，博闻强识，才艺兼该"[⑤]，曹丕自己应该也以此为傲，葛洪《抱朴子内篇·论仙》曰"魏文帝穷览洽闻，自呼于物无所不经"[⑥]。严可均《全三国文》卷八辑入一段魏文帝所记"诸物相似乱者"："武夫怪石似美玉，蛇床乱蘼芜，荠苨乱人参，杜衡乱

① [晋]陈寿撰，[宋]裴松之注《三国志集解》，中华书局，1982 年，第 88 页。
② 同上，第 57 页。
③ 夏传才、唐绍忠校注《建安文学全书曹丕校注》，河北教育出版社，2013 年，第 252 页。
④ [晋]陈寿撰，[宋]裴松之注《三国志》，中华书局，1982 年，第 88 页。
⑤ 同上，第 89 页。
⑥ 王明《抱朴子内篇校释》，中华书局，1985 年，第 15 页。

细辛，雄黄似石留（榴）；黄鳊鱼相乱，以有大小相异；敌休乱门冬，百步似门冬，房葵似狼毒；钩吻堇与荇华相似，拔楔与卑解相似，一名狗脊。菊有二种，苗花如一，唯味小异，苦者不中食。野葛食之杀人，家葛种之，三年不收，后旅生，亦不可食。”[①]认为其出自《典论》，这段被张华《博物志》引用，载卷四《物类》。另外，曹丕为帝时，还召集儒生编撰《皇览》，内容广博，是史载第一部大型类书。《皇览》佚失殆尽，有引自《冢墓记》的条目略多，从其内容看，不惟“撰集经传”[②]，而是有不少民间传言，如《太平御览》卷五百六十“礼仪部”引曰：

> 《皇览·冢墓记》曰：孔子冢在鲁城北便门外，南去城一里。冢茔方百亩，冢南北广十步，东西十步，高丈二尺。冢为祠坛，方六尺，与地方平，无祠堂。冢茔中树以百数，皆异种。鲁人世世皆无能名其树者。民云孔子弟子异国人，各持其国树来种之。孔子茔中不生荆棘及刺人草。伯鱼墓在孔子冢东，与孔子并，大小相望。子思冢在孔子冢南，大小相望。[③]

这里介绍孔子冢墓，没有煊赫的祭祀场景，而是津津乐道于花草树木，冢茔中树种繁多，以“民云孔子弟子异国人，各持其国树来种之”来解释，虽是民间传言，但也合情合理，而且充满了人伦温暖，另有“不生荆棘及刺人草”的说法，则为孔子冢增加了神秘色彩，更具有浓厚的民间色彩。《冢墓记》的这种纪事风格与《列异传》多传闻轶事有着共通之处，换言之，曹丕作为一古代帝王，也是传统的儒家文人，但并不排斥民间的“道听途说”，这应该是其能编撰《列

① [清]严可均辑《全三国文》，商务印书馆，1999年，第86页。

② [晋]陈寿撰，[南朝宋]裴松之注，卢弼集解，钱剑夫整理《三国志集解》，上海古籍出版社，2009年，第338页。

③ [宋]李昉等撰《太平御览》，中华书局，1960年，第2531页。

异传》的基本条件之一[①]。

二、《列异传》的佚文整理

《列异传》佚文散见于魏晋以来的各类典籍中，如《三国志》裴松之注、《水经注》、《齐民要术》、《文选》李善注、《后汉书》李贤注、《史记》司马贞索隐、《北堂书钞》、《艺文类聚》、《初学记》、《太平广记》和《太平御览》等。后来有学者的辑佚之作，民国吴增祺《旧小说》甲集辑录佚文七条，其中的“泰山黄原”条当出自《幽明录》。鲁迅《古小说钩沉》辑佚文五十条，是目前所见最为完备的辑佚本，其中有一些漏辑、误辑的问题已经有学者加以探讨[②]。郑学弢《列异传等五种》以《古小说钩沉》为底本，对条目有些调整，并合并了部分篇章，故而目录共计四十六条，其中“韩凭夫妇”一条为增补，郑本《列异传》有简单注释，并为各篇命名，是为一普及本[③]。另外，据李春燕《百余年间〈列异传〉辑校研究综述》，《列异传》还有日本学者富永一登的《鲁迅辑〈古小说钩沉〉校释——〈列异传〉》，是为“校释本”，在校勘方面用力颇勤，学术价值很高，可惜原文为日文，不为国内学界熟识[④]。对于《列异传》的佚文，

① 已有学者关注到曹丕思想中有质疑神仙之说的部分，这与《列异传》的主要内容相冲突。张庆民、汪春霞、吴清凤《〈列异传〉研究》[《河南教育学院学报》（哲学社会科学版）2003 年第 2 期，第 64 页]认为曹丕思想中交织儒家和法家之说，以儒家思想为主，但并不排斥阴阳灾异天人感应、谶纬神学等，但《列异传》中的确有与曹丕思想冲突的地方，“与曹丕欲示博学之撰述意图有直接关系。《列异传》广泛收录当时的传闻，兼容并蓄；而对于故事包蕴的思想内涵，则以宽容的态度予以接纳——不因为思想相左，就排斥之”。孔德明《论〈列异传〉与曹丕文章价值观念的抵牾和契合》（《昆明学院学报》2018 年第 5 期，第 123-128 页）则认为曹丕崇尚文章奇异美与《列异传》主题思想相合。

② 王国良《六朝志怪小说考论》（文史哲出版社，1988 年，第 52-53 页）认为“黄帝葬桥山”条实际出《列仙传》，“潘阳彭姓猎人”条当出《异苑》，这两条应删除。第二、第三两则，第四、第五两则，第十五、第十六与第十七三则，第二十四与第二十五两则，第三十六与第三十七两则都应合并。《太平御览》卷八八六引桂阳太守张叔高斫白头翁事，《艺文类聚》卷九二、《文选注》卷九、《分门集注杜工部诗》卷九等引韩凭夫妻化为鸳鸯事都应出自《列异传》。李剑国《唐前志怪小说史》（人民文学出版社，2011 年，第 289-290 页）则进一步认为“江严”条是误辑于《录异传》，并有“王臣”等九条出自曹丕之后，应该是张华续书的内容。

③ [魏]曹丕等撰，郑学弢校注《列异传等五种》，文化艺术出版社，1988 年。

④ 李春燕《百余年间〈列异传〉辑校研究综述》，《天中学刊》2019 年第 5 期，第 57-62 页。

除了王国良和李剑国提到的“韩凭夫妇”和“张叔高”两条外，李剑锋《唐前小说史料研究》又增益两条，共计四条[①]：

1. 宋康王埋韩冯夫妻，宿夕文梓生，有鸳鸯、雌雄各一，恒栖树上，晨夕交颈，音声感人。(《艺文类聚》卷九二引)

2. 汉宣帝祀五畤，时有赤光，长十余丈，从雉城来入祠中。(唐虞世南撰、明陈禹谟补注四库本《北堂书钞》卷八九“赤光入祠”条)[②]

3. 桂阳太守张叔高，家居鄢陵，里中有树，大十围，遣客斫之，树大血出。客惊怖，叔高曰：“树老汁赤耳。”斫之，血大流出。空处有一白头翁出走，高以刀斫杀之。所谓木石怪夔魍魉乎？(《太平御览》卷八八六引)

4. 楚有铁柱。(明董说撰《七国考》卷四“秦殿”条云“见《列异传》”)

第二节　源于《史记》的“陈宝祠”和“怒特祠”

“陈宝祠”：

秦穆公时，陈仓人掘地得异物；其形不类狗，亦不似羊，众莫能名。牵以献穆公，道逢二童子。童子曰：“此名为媪，常在地下食死人脑。若欲杀之，以柏插其头。”媪复曰：“彼二童子，名为‘陈宝’；得雄者王，得雌者霸。”[③]陈仓人舍媪，逐二童子，童子化为雉，飞入平林。陈仓人告穆公，穆公发徒大猎，果得其雌。又化为石，置之汧渭之间。至文公，为立祠，

① 李剑锋《唐前小说史料研究》，山东教育出版社，2016年，第88-89页。

② 李剑锋《唐前小说史料研究》认为此条当与“陈宝祠”属于同一条。

③ “媪复曰”这部分，《太平广记》卷四六一亦引，略有不同，文曰：“媪曰：‘此二童子名为鸡宝，得雄者王，得雌者伯。’”

> 名“陈宝”。雄飞南集，今南阳雉县其地也。秦欲表其符，故以名县。每陈仓祠时，有赤光长十余丈，从雉县来，入“陈宝”祠中，有声如雄鸡。[①]

陈宝祠最早被记载于《史记》中，《十二诸侯年表》将建陈宝祠的时间系于秦文公十九年（前 747），《秦本纪》也载秦文公“十九年，得陈宝”[②]，这是秦文公的十大功绩之一，但纪事非常简略。《史记·封禅书》中的记载更为详细：

> 作鄜畤后九年，文公获若石云，于陈仓北阪城祠之。其神或岁不至，或岁数来，来也常以夜，光辉若流星，从东南来集于祠城，则若雄鸡，其声殷云，野鸡夜雊。以一牢祠，命曰陈宝。……唯雍四畤上帝为尊，其光景动人民唯陈宝。故雍四畤，春以为岁祷，因泮冻，秋涸冻，冬塞祠，五月尝驹，及四仲之月月祠，[若]陈宝节来一祠。

《列异传》中秦文公立祠、名陈宝是本于《史记》，但所记主要是民间传说，而且将秦文公与秦穆公前后倒置，这大约是因秦穆公在秦朝的发展史中，功业更突出，名列“春秋五霸”之一，更切合“得雌者霸”的故事寓意。

陈宝祭祀曾在秦汉祭祀中地位尊崇，在东汉之前都位列国家祭祀[③]，以太牢之礼祀之，其后其影响力绵延上千年[④]。学界对陈宝祠的关注也由来已久，侧重于陈宝为何物的考索，说法不一，以“陨

① 《古小说钩沉·列异传》，见《鲁迅辑录古籍丛编》，人民文学出版社，1999 年，第 122-123 页。

② [汉]司马迁撰，[宋]裴骃集解，[唐]司马贞索隐，[唐]张守节正义《史记》，中华书局，2011 年，第 156 页。

③ 田天《春秋战国秦国祠祀考》，《中国典籍与文化》2013 年第 1 期，第 35-47 页。

④ 吕敏《陈宝祠——历史发展与现况》，见傅飞岚、林富士主编《遗迹崇拜与圣者崇拜》，允晨文化实业股份有限公司，2000 年，第 233-295 页。

石说”为主导[①]。从汉至唐，典籍中对陈宝祠的记载很多，除《史记》外，其他如《汉书·成帝纪》、《汉书·郊祀志》、《三秦记》、《列异传》、《晋太康地志》、《搜神记》、《宋书·符瑞志》、《水经注·渭水上》、《括地志》卷一《陈仓县》、《元和郡县图志》卷二《宝鸡县》等都有记载。在这众多的典籍传承中，《列异传》对陈宝祠的记载糅杂了史传之说和民间传说，内容最为丰富，同时也是“童子化鸡，鸡化陈宝”这一完整民间叙事的最早记录者。可以推想，有关陈宝祠的民间传闻应该出现很早，《史记》中的记载虽然力求客观，但与其他祭祀相比，陈宝祭祀还是充满了神秘性，其神时来时不来，来时“光辉若流星”，像雄鸡，“其声殷云”，这正奠定了其广被传播的基础。

《史记·封禅书》司马贞索隐也引到《列异传》对陈宝祠的记载，与《古小说钩沉》所辑佚来自《太平御览》《太平广记》者略有不同，“索隐案：《列异传》云‘陈仓人得异物以献之，道遇二童子，云：“此名为媦，在地下食死人脑。”媦乃言云：“彼二童子名陈宝，得雄者王，得雌者伯。”乃逐童子，化为雉。秦穆公大猎，果获其雌，为立祠。祭，有光，雷电之声。雄止南阳，有赤光长十余丈，来入陈仓祠中’。”张守节正义还引用载于《晋太康地志》的陈宝祠传说，《晋太康地志》云：“秦文公时，陈仓人猎得兽，若彘，不知名，牵以献之。逢二童子，童子曰：‘此名为媦，常在地中，食死人脑。’即欲杀之，拍捶其首。媦亦语曰：‘二童子名陈宝，得雄者王，得雌

① 王国维在《观堂集林》卷一中认为陈宝“质在玉石间”，其得名来自《尚书·顾命》中的“陈宝”。见王国维《观堂集林》，中华书局，1959年，第67-68页。吴郁芳《“陈宝”考》一文认为陈宝祠是秦先人所制的鸡形“祀神偶像”，见《文博》1985年第2期，第18-19、24页。认为陈宝是陨石的文章较多，如马非百《秦集史》认为《史记》《汉书》中所记“光辉若流星”为星初陨之景象，“野鸡夜雊”是流星陨落的声音使野鸡受惊而鸣，而“质如石，似肝”则因为陨石多铁。见骈百《秦集史》，中华书局，1982年，第7-8页。苏秉琦《斗鸡台沟东区墓葬》也认为陈宝不过是“流星”“陨石”，见苏秉琦《苏秉琦考古学论述选集》，文物出版社，1984年，第6-8页。李零也认同陨石说，并认为出土画像石中有一种鸡首人身怪，应该就是陈宝。见李零《〈史记〉中所见秦早期都邑葬地》，《文史》第二十辑，1983年；李零《陈宝怒特解：陨铁与羚牛》，《读书》2021年第11期，第51-57页。

者霸。’陈仓人乃逐二童子，化为雉，雌上陈仓北阪，为石，秦祠之。”从以上这些记载可以看出，陈宝祠的传说流传很广，而《列异传》的记载最早，也最详尽。《列异传》把史传中的记载和民间传说集于一体，虽不免抵牾之处，但鲜活生动，展现了“街谈巷议”“道听途说”的原始面貌。

《列异传》中对“怒特祠”的记载与“陈宝祠”类似，本事也源于《史记》。《秦本纪》：“（秦文公）二十七年，伐南山大梓，丰大特。”纪事还非常简略，从史实看，这里记载了秦文公时的一起祥瑞事件，“丰”意为“逢”，伐树时遇到一头神骏的大公牛，又因秦人受羌人文化的影响，祭祀青牛的怒特祠因此而设[①]。《列异传》所记是因怒特祠而衍生出来的民间故事，“武都故道县有怒特祠，云神本南山大梓也。昔秦文公二十七年伐之，树疮，随合。秦文公乃遣四十人持斧斫之，犹不断。疲士一人，伤足，不能去，卧树下。闻鬼相与言曰：‘劳攻战乎？’其一曰：‘足为劳矣。’又曰：‘秦公必持不休。’答曰：‘其如我何？’又曰：‘赤灰跋，于子何如？’乃默无言。卧者以告，令士皆赤衣，随所斫，以灰跋；树断，化为牛，入水。故秦为立祠。”[②]怒特祠的故事也见载于多本志怪小说中，除《列异传》外，《搜神记》《录异传》也有收入，是比较典型的志怪小说“一事多引”现象。《列异传》是目前所见此条故事的最早载录者，糅杂有植物精怪及各种巫术[③]，是一篇精彩的民间的故事，虽导源于《史记》，但基本史实已开始被湮没。

---

① 张黎明《〈史记·秦本纪〉“丰大特”释义的民俗文化考辨》，《古典文学研究》第五辑。

② 《古小说钩沉·列异传》，见《鲁迅辑录古籍丛编》，人民文学出版社，1999 年，第 123 页。

③ 张黎明《魏晋南北朝志怪故事〈怒特祠〉的流变及民俗文化渊源》，《文学与文化》2011 年第 4 期，第 93-99 页。

第三节 引自《列士传》的“三王冢”和“魏公子无忌”

“三王冢”是《列异传》中的名篇，出自刘向《列士传》，以精彩的故事、丰富的意蕴而传播广泛，影响深远：

《列异传》：干将莫邪为楚王作剑，三年而成。剑有雄雌，天下名器也，乃以雌剑献君，藏其雄者。谓其妻曰：“吾藏剑在南山之阴，北山之阳；松生石上，剑在其中矣。君若觉，杀我；尔生男，以告之。”及至君觉，杀干将。妻后生男，名赤鼻，告之。赤鼻斫南山之松，不得剑；忽于屋柱中得之。楚王梦一人，眉广三寸，辞欲报仇。购求甚急，乃逃朱兴山中。遇客，欲为之报；乃刎首，将以奉楚王。客令镬煮之，头三日三夜跳，不烂。王往观之，客以雄剑倚拟王，王头堕镬中；客又自刎。三头悉烂，不可分别，分葬之，名曰“三王冢”。①

《太平御览》卷三百四十三引《列士传》曰：

干将莫耶为晋君作剑，三年而成。剑有雄雌，天下名器也。乃以雌剑献君，留其雄者。谓其妻曰：“吾藏剑在南山之阴，北山之阳，松生石上，剑在其中矣。君若觉，杀我，尔生男以告之。”及至君觉，杀干将。妻后生男，名赤鼻，具以告之。赤鼻斫南山之松，不得剑，思于屋柱中得之。晋君梦一人，眉广三寸，辞欲报仇。购求甚急，乃逃朱兴山中。遇客，欲为之报；乃刎首，将以奉晋君。客令镬煮之，头三日三夜跳，不烂。君

① 《古小说钩沉·列异传》，见《鲁迅辑录古籍丛编》，人民文学出版社，1999 年，第 123–124 页。

> 往观之，客以雄剑倚拟君，君头堕镬中；客又自刎。三头悉烂，不可分别，分葬之，名曰：“三王冢。”[①]

在《太平御览》的这段记载后面，有注文曰：“《列异传》曰：莫耶为楚王作剑，藏其雄者。《搜神记》亦曰：为楚王作剑。余悉同也。”对比《列士传》和《列异传》这两段文字，的确除“楚王”和“晋君”之异外，二文几乎无差异[②]。但进一步追寻文献的话，我们有理由相信《列士传》的文本应该更为丰富。《分门集注杜工部诗》卷一五中《前出塞》其八“雄剑四五动”句杜修可注引《烈（列）士传》曰：

> 眉间尺者，谓眉间广一尺也，楚人干将莫邪之子。楚王夫人常于夏纳凉而抱铁柱，心有所感，遂怀孕，后产一铁。楚王命莫邪铸此精为双剑，三年乃成。剑一雌一雄，莫邪乃留雄而以雌进楚王。剑在匣中常有悲鸣，王问群臣，群臣对曰：“剑有雌雄，鸣者雌，忆其雄也。”王大怒，收莫邪杀之。眉间尺乃为父杀楚王。[③]

这段文字中的情节都不见于《太平御览》所引《列士传》或《列异传》，详写了两个情节，一是铸剑材料的来源是楚王夫人感孕而生铁，二是剑在匣中悲鸣，楚王因而发现干将莫邪留有雄剑，进而杀之。有学者抄录了流传到日本的阳明文库本和船桥本《孝子传》中的三王冢故事，比较完整，感生、复仇等情节皆有[④]，二文相近，以阳

① [宋]李昉等撰《太平御览》，中华书局，1960年，第1576页。

② 《法苑珠林》卷二七引《搜神记》，故事内容要更为详细，不同于《太平御览》所说“余悉同”。参见李剑国辑校《新辑搜神记》，中华书局，2007年，第410-413页。

③ [唐]杜甫撰，[宋]王洙注《分门集注杜工部诗》，四部丛刊景宋刊本。

④ “三王冢”这个故事流传甚广，《孝子传》《吴越春秋》《搜神记》等载有这个故事，晋伏滔《北征记》、袁山松《郡国志》、宋乐史《太平寰宇记》等地志都记有三王冢的遗迹，而南宋龚明之《中吴纪闻》、范成大《吴郡志》、王象之《舆地纪胜》等也载有干将墓的情况。参见李剑国《唐前志怪小说史》，人民文学出版社，2011年，第292页；李剑国辑释《唐前志怪小说辑释》，上海古籍出版社，2011年，第356-363页。

明文库本为例：

> 眉间尺者，楚人干将、莫耶之子也。楚王夫人当暑，抱铁柱而戏，遂感铁精而怀任（妊），后乃生铁精。而王乃命干将作剑，剑有雄雌，将雄者还王，留雌有舍。王剑在匣中鸣，王问群臣，群臣曰："此剑有雄雌，今看雄剑，故鸣。"王怒，即将煞（杀）干将，干将已知应死，以剑内置屋前松柱中，谓妇曰："汝若生男，可语之曰：出北户望南山石松上，剑在中间。"后果生一子，眉间一尺。年十五，问母曰："父何在？"母具（俱）说之。即便思惟得剑欲报王。王乃夜梦见一人，眉间一尺，将欲煞（杀）我，乃命四方能得此人者，当赏金千金。眉间尺遂入深山慕觅贤人勇。忽逢（逢）一客，客问曰："君是孝子眉间尺耶？"答曰："是也。"客曰："吾为君报雠（仇），可不？"眉间尺问曰："当须何物？"客答曰："唯须君剑及头。"即以剑割头授与之客。客去便遂奏，王闻之重赏。其客便索镬，煑（煮）之，七日不烂。客曰："当临面镬咒之，即便可烂。"王信以面之，客乃以剑煞（杀）王头，落镬中共煑（煮）。二头相残齿。客恐间尺头弱，自剑止［己］头入釜中，一时俱烂，遂不能分别，仍以三头葬（葬）之。今在淮南宜（宜）春/悬（县）也。所谓"忧人事成人之名"云云。[①]

阳明文库本《孝子传》大约形成于六朝时期。金王朋寿《增广分门类林杂说》卷一《孝行篇》也引用了《孝子传》，与阳明文库本《孝子传》行文上有些差异，但故事情节基本相同，刘向也有《孝子传》，

---

① 转引自王琨《古〈孝子传〉和画像石中的眉间尺故事》，《宁夏师范学院学报》2019年第6期，第13页。

但这里的《孝子传》应该不是刘向编撰的[①]。结合上文所说《分门集注杜工部集》中引《烈（列）士传》的故事情节与《孝子传》相同来看，推测《孝子传》中三王冢的故事大约是刘向《列士传》全貌，即刘向《列士传》所记三王冢故事应该包括这样一些情节：楚王夫人感孕、干将藏雄剑、雌剑匣中悲鸣致事发、眉间尺发现雄剑并要为父报仇、路遇客愿替其报仇、楚王煮头三日不烂、客斫楚王头并己头入镬、葬三王墓，当然是否文字表达上也与《孝子传》相似则不得而知。《列异传》从《列士传》中征引这个故事时，只保留了干将铸剑被杀和眉间尺复仇的过程，而删减了楚王夫人感孕和雌剑匣中悲鸣两大情节，这样的改动使整个故事更加集中，而且进一步突出了复仇主题。在《列异传》的记载中干将穷尽三年铸剑，留下雄剑并不为过，但因此被杀突出了楚王的残暴，眉间尺为父报仇的行为具有了更为强烈的情感力量。《列士传》原有的感孕、悲鸣两情节削弱了干将无辜被杀的悲剧性,《列异传》的改动可称点睛之笔。总结来说，在三王冢故事的流变过程中,《列异传》应该处于一个转折点上，从《列士传》到《列异传》，再到《搜神记》形成了一个叙事体系[②]，一步步使复仇主题强化起来。

“魏公子无忌”也是出自《列士传》，同“三王冢”的引用方式类似，也在内容上有所删减：

> 魏公子无忌曾在室中读书之际，有一鸠飞入案下，鹞逐而杀之。忌忿其搏击，因令国内捕鹞，遂得二百余头。忌按剑至

① 《太平御览》卷三百四十三也引《孝子传》曰：“眉间赤名赤鼻，父干将，母莫耶。父为晋王作剑，藏雄送雌。母孕尺，父曰：‘男，当告之曰：出户望南山，松生石上，剑在其巅。’及产，果男。母以告尺，尺破柱得剑，欲报晋君。客有为报者，将尺首及剑见晋君。君怒，烹之，首不烂。王临之，客以拟王，王首坠汤中，客因自拟之。三首尽糜不分，乃为三冢，曰‘三王冢’也。”叙事远远比我们所引《孝子传》简略，但应该也不是刘向《孝子传》,《太平御览》中引用刘向《孝子传》时，一般都加了撰者刘向名，显然是为了与其他《孝子传》区分开来。汉魏以来,《孝子传》众多，不易完全梳理清楚，这篇所引言“晋君”，与《太平御览》卷三百四十三引《列士传》同，但开篇言“赤”，后又言“尺”，显得非常混乱。

② 《搜神记》中的“三王墓”应引自《列异传》，故事和叙事脉络都一样，但增加了不少细节，叙事艺术提升了一大截。

笼曰："昨搦鸠者，当低头服罪，不是者可奋翼。"有一鹞俯伏不动。①

《列士传》中的记载在《艺文类聚》《太平御览》中都有征引，差异不大，以《艺文类聚》卷九一为例：

《列士传》曰："魏公子无忌方食，有鸠飞入案下，公子使人顾望，见一鹞在屋上飞去，公子乃纵鸠，鹞逐而杀之，公子暮为不食，曰：'鸠避患归无忌，竟为鹞所得，吾负之，为吾捕得此鹞者，无忌无所爱。'于是左右宣公子慈声旁国，左右捕得鹞二百余头，以奉公子，公子欲尽杀之，恐有辜，乃自按剑至其笼上曰：'谁获罪无忌者耶？'一鹞独低头，不敢仰视，乃取杀之，尽放其余，名声流布，天下归焉。"②

《太平御览》中的征引在故事情节上一样，行文也基本相同，只有一处差异比较明显，即捕鹞的数量，《艺文类聚》记"二百余头"，《太平御览》为"三百余头"。另外，《太平御览》卷九二六征引《论衡》曰："儒书称魏公子方欲与客饮，有鹯击鸠，鸠逃公子案下，鹯追杀之于公子之前。公子使人设网捕鹯，得数十，责杀鸠之罪，击鸠之鹯俯头不敢仰视，公子乃杀之。此虚言也，鹯有千数，击鸠飞去，安可复得？或是捕鹯者折其颈也。"③这里的"儒书"或即指刘向《列士传》，王充《论衡》驳斥鹞认罪俯头之说，并给出了一个现实中可操作的因由，体现了一个思想家的辨识精神。《论衡》是将魏公子这则善举作为其论说的例证，所以以概述的方式来征引，只有故事大略，具体细节基本删略不用。《列异传》的征引也有所删略，但又不同于《论衡》，《列士传》有较多表现信陵君仁德形象的描写，如"使

① 《古小说钩沉·列异传》，见《鲁迅辑录古籍丛编》，人民文学出版社，1999 年，第 124 页。

② [唐]欧阳询撰，汪绍楹校《艺文类聚》，上海古籍出版社，1982 年，第 1589 页。

③ [宋]李昉等撰《太平御览》，中华书局，1960 年，第 4116 页。

人顾望”，明了鸠和鹞的强弱关系；“暮为不食”，并下令不遗余力捕杀此鹞；“欲尽杀之，恐有辜”，进而才有鹞低头的神异表现；最后“尽放其余，名声流布，天下归焉”。通过这些层层递进的描写，信陵君魏无忌怜悯弱小、善恶分明、仁德及物的形象跃然纸上。而《列异传》对这些都删略不用，只简略叙述鹞杀鸠，信陵君下令捕杀鹞之事，比较看，鹞低头这一情节更为完整，虽保留了信陵君的话，但内容不一样，《列士传》：“谁获罪无忌者耶？”《列异传》：“昨搦鸠者当低头服罪，不是者可奋翼。”前者强调了魏无忌的权威感，而后者则体现了鹞的通灵和神异。《列异传》还删除了魏无忌杀鹞，只以“有一鹞俯伏不动”结尾，表面看来似乎征引不全或有所佚失，而结合全文来看，这是一非常精妙的结尾，不枝不蔓，整个故事的重点落脚于鹞的灵异之上，而非颂扬信陵君魏无忌的仁德。

总之，《列异传》中引自《列士传》的“三王冢”和“魏公子无忌”都是难得的精彩之作，与原出处相比，《列异传》都有不同程度的删减，使得整个故事更加紧凑，而且主旨突出。对于这样的变化，或有认为是辑佚不全，但更有可能是曹丕在修撰《列异传》时有意为之，目前所见《列异传》五十余条，从内容看非常集中，而不像《博物志》等有“大杂烩”的倾向，而“三王冢”“魏公子无忌”这两条虽有所删减，但整个故事非常完整，而且使主旨更加鲜明。所以，比较来看，本书更倾向这种删减应该是行文中有意为之。

第四节 引自《风俗通义》的“鹄奔亭”“刘伯夷”和“张叔高”

“鹄奔亭”的故事是魏晋南北朝志怪小说中的名篇，在《列异传》《搜神记》《冤魂志》中都有记载，其他非志怪小说类典籍亦多见载，如谢承《后汉书》和《水经注》等。《列异传》中的“鹄奔亭”故事虽较为简略，但首尾完整，魏晋时期多数志怪小说都是如此面目：

苍梧广信女子苏娥，行宿高安鹄奔亭，为亭长龚寿所杀，及婢致富，取其财物，埋致楼下。交阯刺史周敞行部宿亭，觉寿奸罪，奏之，杀寿。[①]

这一故事最早被载于《风俗通义》，陶宗仪《南村辍耕录》卷一四引《风俗通义》曰："汉何敞为鬼苏珠娘，按诛亭长龚寿。"可惜具体记载已佚，无法窥其全貌。就这一残句来看，女鬼的名字有所出入，多数记载都为"苏娥"，《风俗通义》为"苏珠娘"，《水经注》卷三七《泿水》曰"始珠"，其文曰："县有鹄奔亭。广信苏施妻始珠，鬼讼于交州刺史何敞处。事与斄亭女鬼同。"[②]这样的不同应该不是传抄之误，多半是因为民间传言的不确定性导致的。与此类似的还有"鹄奔亭"，在谢承《后汉书》中写作"鹊巢亭"。何敞为东汉人，史传称其"性公正"，但据《后汉书》卷四三《朱乐何列传》看，何敞并未有任"交阯刺史"的经历。另外，《水经注》中有言"事与斄亭女鬼同"[③]，也从侧面说明了苏娥讼冤的传言性质，这种女鬼诉冤报仇的故事最为民间喜闻乐见。

"鹄奔亭"是女鬼报冤亭故事的典型代表，也堪称最早的公案小说之一[④]。《列异传》所记篇幅短小，全篇只有六十余字，但时间、地点、人物、起因、经过、结果齐备，是非常完整的一个叙事范本，

① 《古小说钩沉·列异传》，见《鲁迅辑录古籍丛编》，人民文学出版社，1999 年，第 126 页。

② [北魏]郦道元著，陈桥驿校证《水经注校证》，中华书局，2007 年，第 872 页。

③ "斄亭女鬼"事在《后汉书》《水经注·渭水》《冤魂志》中都有记载，以《后汉书》所载为例，《后汉书》卷八一《独行列传》曰："（王忳）举茂才，除郿令。到官，至斄亭。亭长曰：'亭有鬼，数杀过客，不可宿也。'忳曰：'仁胜凶邪，德除不祥，何鬼之避！'即入亭止宿。夜中闻有女子称冤之声。忳咒曰：'有何枉状，可前求理乎。'女子曰：'无衣，不敢进。'忳便投衣与之。女子乃前诉曰：'妾夫为涪令，之官过宿此亭，亭长无状，杀妾家十余口，埋在楼下，悉盗取财货。'忳问亭长姓名。女子曰：'即今门下游徼者也。'忳曰：'汝何故数杀过客？'对曰：'妾不得白日自诉，每夜陈冤，客辄眠不见应，不胜感恚，故杀之。'忳曰：'当为汝理此冤，勿复杀良善也。'因解衣于地，忽然不见。明旦召游徼诘问，具服罪，即收系，及同谋十余人悉伏辜，遣吏送其丧归乡里，于是亭遂清安。"

④ 李剑国、张玉莲《汉魏六朝志怪小说中的亭故事》，《南开学报》（哲学社会科学版）2008 年第 3 期，第 51-61 页。

如以人物来说，《列异传》中四个人物都出现了：苏娥、龚寿、婢女致富、何敞，四个人物之间的关系一目了然。主要的情节有龚寿贪财杀人、何敞发觉龚寿罪责，缺乏的唯一关键性情节是苏娥鬼魂自讼，这是这个故事后来发展的核心部分，到《搜神记》《冤魂志》中非常完备，也非常精彩，兹将《搜神记》所载记录如下：

汉九江何敞为交阯刺史，行部到苍梧高要县，暮宿鹄奔亭。夜犹未半，有一女子从楼下出，呼曰："明使君，妾冤人也！"须臾，至敞所卧床下跪曰："妾本居广信县，修里人。早失父母，又无兄弟，嫁与同县施氏，薄命先死。有杂缯帛百十匹，及婢致富一人。妾孤穷羸弱，不能自振，欲之旁县卖缯。从同县男子王伯赁牛车一乘，直钱万二千，载缯，妾乘车，致富执辔，乃以前年四月十日到此亭外。时日暮，行人断绝，不敢复进，因即留止。致富时暴得腹痛，妾之亭长舍乞浆取火，而亭长龚寿操刀持戟，来至车旁，问妾曰："夫人何从来？车上何载？丈夫何在？何故独行？"妾应曰："何劳问之？"寿因持妾臂曰："年少爱有色，冀可乐也。"妾惧怖不应，寿即持刀刺胁下，一疮立死。又刺致富，亦死。寿掘楼下合埋，妾在下，婢在上。取财物而去，杀牛烧车，车钉及牛骨贮在亭东空井中。妾既冤死，痛感皇天，无所告诉，故来自归于明使君。"敞曰："今欲发之，汝何以为验?"女子曰："妾上下着白衣、青丝履，皆未朽也。妾姓苏，名娥，字始珠。愿访乡里，以散骨归死夫。"掘之，果然。敞乃驰还，令吏捕寿，拷问具服。问广信县，与娥语合。寿父母兄弟，皆捕系狱。敞表："寿常律杀人。不至于族。然寿为恶，隐密经年，王法所不得治。今鬼神自诉者，千载无一。请皆斩之，以明鬼神，以助阴教。"上报听之。初掘时，有双鹄奔其亭，故曰"鹄奔亭"。①

① [晋]干宝撰，李剑国辑校《新辑搜神记》，中华书局，2007年，第376-377页。

从整个魏晋南北朝志怪小说的艺术成就来说,《搜神记》中的这则“鹄奔亭”都可称为难得的佳作,通篇采用了鬼魂自诉的方式,使整个故事的推进都场面感十足,给读者身临其境的感觉。而且整个叙事中的细节描写非常突出,如女子“从楼下出”,事件发生时“日暮,行人断绝”,龚寿出现时是“操刀持戟”,一连四问,咄咄逼人,苏娥是一“羸弱”女子,“一疮立死”等。《列异传》中对“鹄奔亭”的记载与《搜神记》相比,的确还非常粗疏,只保存着这一传言的初期面貌。

除“鹄奔亭”外,《列异传》中还有一则“亭故事”同样取自《风俗通义》,“刘伯夷”条曰:

> 汝南北部督邮西平刘伯夷,有大才略,案行到惧武亭夜宿。或曰:“此亭不可宿。”伯夷乃独住宿,去火,诵诗、书、五经讫,卧。有顷,转东首,以絮巾结两足,以帻冠之,拔剑解带。夜时,有异物稍稍转近,忽来覆伯夷,伯夷屈起,以袂掩之,以带系魅,呼火照之,视得一老狸,色赤无毛,持火烧杀之。明日发视楼屋间,见魅所杀人发数百枚。于是亭遂清静。旧说“狸髡千人得为神”也。[①]

《风俗通义·怪神》中“世间多有精物妖怪百端”下有两则例证,其一曰:

> 北部督邮西平郅伯夷,年三十所,大有才决,长沙太守郅君章孙也,日晡时到亭,敕前导人,录事掾白:“今尚早,可至前亭。”曰:“欲作文书,便留。”吏卒惶怖,言当解去,传云:“督邮欲于楼上观望,亟扫除。”须臾便上,未冥楼灯,阶下复有火,敕:“我思道,不可见火,灭去。”吏知必有变,当用赴

① 《古小说钩沉·列异传》,见《鲁迅辑录古籍丛编》,人民文学出版社,1999年,第136页。

照，但藏置壶中耳。既冥，整服坐诵《六甲》《孝经》《易本》讫，卧有顷，更转东首，絮巾结两足帻冠之，密拔剑解带，夜时，有正黑者四五尺，稍高，走至柱屋，因覆伯夷，伯夷持被掩足，跣脱几失，再三，徐以剑带系魅脚，呼下火上，照视老狸正赤，略无衣毛，持下烧杀，明旦发楼屋，得所髡人结百余，因从此绝。伯夷举孝廉，益阳长。①

不同于“鹊奔亭”，这是一则“捉怪（鬼）”故事，刘（郅）伯夷有大才略，而且正气凛然，不惧鬼怪，以自身力量抓住老狸，“人”的形象鲜明突出。“人怪（鬼）斗法”的故事在《列异传》中有多篇，可单独成一类，如“宗定伯捉鬼”“何文识破细腰”“王周南不惧鼠怪”等篇章都属于这一类，而且都是以人的胜利而结束，这大约也可窥见魏晋时人强烈的生命意识，“人之自觉”显出端倪②。《列异传》在征引这则故事时，在文字上也有所减省，上文加下画线部分都未被引用，其删减集中在两个方面，一是推动情节发展的一些细节刻画，如录事掾的领路、吏卒的惶恐等，《列异传》是以概述、介绍的方式讲述故事，所以这些细节未征引；二是对伯夷的介绍，如年龄、出身等。在征引的文字中，也有些许不同，一是《列异传》中的文字更为简洁，如“伯夷屈起，以袂掩之，以带系魅，呼火照之”，《风俗通义》中作“伯夷持被掩足，跣脱几失，再三，徐以剑带系魅脚，呼下火上”，两相比较看，《风俗通义》更注重交代细节，而《列异传》用语更加简洁齐整，侧重事件的进程。二是伯夷所读之书完全不同，《风俗通义》中是《六甲》《孝经》《易本》，据王利器注，《易本》或就是《易经》。《六甲》《易经》的神异之处自不必说，《孝经》在古人眼中也具有驱邪避难的神奇作用，《太平御览》卷七〇八引《东观汉记》曰：“尚书令王允奏云：‘太史令王立说《孝

① [汉]应劭撰，王利器校注《风俗通义校注》，1981 年，第 427-428 页。

② 罗宗强《魏晋南北朝文学思想史》（中华书局，2002 年，第 6 页）论建安士人思想曰：“随着经学的解除，正统观念的淡化，思想出现了活跃的局面，僵化了的内心世界让位于一个感情丰富细腻的世界。重个性、重欲望、强烈的生命意识成了建安士人内心生活的中心。”

经》六隐事，能消却奸邪。’”[①]所以，在《风俗通义》中，郅伯夷不仅是一儒生，文中也暗示着其精通方术。在《列异传》中，伯夷所读之书只是“诗、书、五经”，没有方士、方术的色彩，儒家士子的形象更为纯粹。三是二文的结尾完全不同，《风俗通义》是“伯夷举孝廉，益阳长”，《列异传》则改成“旧说‘狸髡千人，得为神’也”，前者立足对伯夷的称颂，后者则用俗语解释了文中出现的老狸杀人留发，进一步强化了整个故事的神怪色彩。从以上具体分析可以看出，“刘（郅）伯夷”一文从《风俗通义》被引入《列异传》，除了行文上有所删减和不同外，风格和立意也有了根本性变化。《风俗通义》叙事更详尽，以对刘（郅）伯夷的肯定和称颂为主，而《列异传》在叙事上更加简洁，以概述故事始末为要，而且更加突出老狸作怪，故事的神异色彩更加浓厚。

《列异传》中还有一篇未收入《古小说钩沉》的佚文也是取自《风俗通义》，“张叔高”条：

> 《太平御览》卷八八六：《列异传》曰：桂阳太守张叔高，家居鄢陵。里中有树，大十围。遣客斫之，树大血出，客惊怖，叔高曰：“树老汁赤耳。”斫之，血大流出，空处有一白头翁出走，高以刀斫杀之。所谓木石怪夔蝄蜽乎？[②]

《风俗通义·怪神》“世间多有伐木血出以为怪者”条：

> 桂阳太守江夏张辽叔高，去鄢令，家居买田，田中有大树十余围，扶疏盖数亩地，播不生谷，遣客伐之，六七血出，客惊怖，归具事白叔高。叔高大怒曰：“老树汁出，此何等血？”因自严行，复斫之，血大流洒，叔高使先斫其枝，上有一空处，白头公可长四五尺，忽出往赴叔高，叔高乃逆格之，凡杀四头，

① [宋]李昉等撰《太平御览》，中华书局，1960年，第3154页。
② [宋]李昉等撰《太平御览》，中华书局，1960年，第3936页。

左右皆怖伏地，而叔高恬如也。徐熟视，非人非兽也，遂伐其树。其年司空辟侍御史、兖州刺史，以二千石之尊，过乡里，荐祝祖考；白日绣衣，荣羡如此，其祸安居？《春秋国语》曰："木石之怪夔魍魉。"

二者的篇幅差距较大，文中加下画线部分是《列异传》未征引的内容，与对"刘（郅）伯夷"的征引类似，《列异传》主要是概述故事，而且侧重对精怪的描写。《搜神记》也从《风俗通义》中征引过"张叔高"一文，行文基本相同，但未引《风俗通义》中应劭的议论，从而弱化了对张叔高的赞美，成为一篇人怪相斗的精彩故事，在这一点上，《列异传》还略有不及，只引用了故事概貌，在故事讲述上较为粗疏。

除了上文所分析的这些篇章外，《列异传》中还有少数篇目可以考知引文出处，如"济北弦超神女来游"条成于曹丕之后，应是张华续作，出自晋张敏作《神女传》，叙济北弦超遇神女事，《列异传》的记载非常简略，后《搜神记》也记载弦超智琼故事，叙事详尽。"老子西游"条当出于《列仙传》，也非常简略，"老子西游，关令尹喜望见其有紫气浮关，而老子果乘青牛而过"，怀疑是残句。

第五节 《列异传》引书的特点

上文已分篇讨论了《列异传》中从前代典籍中引用的篇目，也体现出一些较为明显的共同特点，如数量不多，与后来的志怪小说《博物志》《搜神记》《述异记》等比较，似乎《列异传》从前典中取材并不积极。除此外，《列异传》在刺取旧文方面体现出三方面特点。

一、取材来源较为集中

《列异传》的取材主要是《史记》《列士传》《风俗通义》《列仙传》等，其中《列仙传》《风俗通义》也常被其他志怪小说征引，尤其是《风俗通义》最受青睐，其中收集了民俗传闻，正切合志怪小说的题材重点，如其中的《怪神》篇，虽意在“辨风正俗”，对一些怪力乱神之说提出批评，但事例典型，故事讲述精彩，而且是分类阐发，这与志怪小说的审美倾向是相通的，这一方面是因为《风俗通义》本身具有较高的文学价值，另一方面也因为早期的典籍在类型风格上多具有多元文化特质，尤其子部杂家更是如此，如刘向《列士传》。《列士传》始著录于《隋书·经籍志》，入史部杂传类，其小序云：“刘向典校经籍，始作《列仙》《列士》《列女》之传。皆因其志尚，率尔而作，不在正史。”相比于《列仙传》和《列女传》，《列士传》的影响较小，并不为后世所熟知，其所存佚文也不多，清王仁俊《玉函山房辑佚书补编》中辑有一条，学者熊明有《刘向〈列士传〉佚文辑校》一文是目前所见辑录佚文最全者[①]，计十四条。从现存佚文内容来看，所录虽都是历史上的人物，但的确多“杂以虚诞怪妄之说”，小说色彩浓厚。《列异传》中很大一部分作品都是历史性异闻故事，即人物是真实存在的，在史传中有迹可循，但所涉事件则怪诞不常，具有鲜明的传说特色，这与《列士传》所载内容和记事风格类似，这大约是《列士传》不被其他志怪小说征引但很受《列异传》青睐的因素。

二、征引方式上以“概述”为主

《列异传》从《列士传》《风俗通义》中选取素材，无一例外地都比原文简省，即以交代故事的始末为主，而不注重故事的讲述是否精彩，这似乎与曹丕的文学才能不相符。不过结合曹丕的文学观念和《列异传》的整体风格来看，这征引上的变化也“有迹可循”。曹丕的《典论·论文》是我国文学批评史上第一篇专门的文学理论文章，提出诸多重要的文学理念，曹丕重视文章价值，提出“经国之大业，不朽之盛事”的功用论，是文学自觉的重要突破，而且指出各种文体风格不一，“盖奏议宜雅，书论宜理，铭诔尚实，诗赋欲

① 熊明《刘向〈列士传〉佚文辑校》，《文献》2003年第2期，第18-24页。

丽”，可见曹丕具有明确且宽和的文学批评的态度。但就文学功用和由文辞技巧所支撑的风格而言，曹丕显然更注重前者，“理不胜辞”是曹丕所不取的，“优游案衍，屈原之尚也；穷侈极妙，相如之长也。然原据托比喻，其意周旋，绰有余度矣。长卿、子云，意未能及已。余观贾谊《过秦论》，发周秦之得失，通古今之制义。洽以三代之风，润以圣人之化，斯可谓作者矣”[①]；“孔融体气高妙，有过人者，然不能持论，理不胜辞，至于杂以嘲戏”，屈原、司马相如都是文辞繁富者，但在曹丕看来皆不及贾谊，而孔融虽然是“过人者”，但“理不胜辞”，至于逞文辞机变的嘲戏之言则更为曹丕不喜，即便是要求“丽”的诗赋上，也应当“不虚其辞”，《答卞兰教》云：“赋者，言事类之因附也；颂者，美盛德之形容也，故作者不虚其辞，受者必当其实。”[②]《繁钦集序》云：“钦笺还，与余盛叹之。虽过其实，而其文甚丽。”[③]可见曹丕虽不废文辞，但明显是以“意”为先，至于文辞藻饰超过“意”的表达，大约就过犹不及，属于“虚辞”之类了。《列异传》所记为“鬼物奇怪之事”，自然不属于曹丕所论“文章”之列，但审美要求应是相通的，从《列异传》征引的篇章看，如取自《列士传》和《风俗通义》的内容，都做了减省化处理，对一些人物对话或渲染性文字都删减不引，或用较为平实的语言概括，这与曹丕在文论中体现出的“不虚其辞”在本质上类同。同时，就目前所见《列异传》的五十余条故事来看，以介绍式、概述式的表述为主，只有少数篇章较为详细、精彩。《列异传》中还有不少篇章只是一两句话，但意思的表达都较为完整，如“胡母班为太山府君赍书请河伯，贻其青丝履，甚精巧也”和“蒋子文汉末为秣陵尉，自谓骨青，死当为神”等，这几则记载都非常简略，但基本上可以概括本故事的核心要义。所以，推测来说，《列异传》这些记事简略的篇章，或有辑佚不全之处，但估计原本也应较为简略，不大可能

① 此段应是《典论·论文》佚文，《北堂书钞》卷一〇〇引出自《典论》，严可均《全三国文》卷八辑录。

② 魏宏灿校注《曹丕集校注》，安徽大学出版社，2009年，第254页。

③ 同上，第308页。

如《搜神记》等记载那样委婉详尽，较为注重渲染之功[①]。

三、征引内容偏重“历史性传说”

上文提到有明确来源出处的有七篇故事：“陈宝祠”“怒特祠”“三王冢”“魏公子无忌”“鹄奔亭”“刘伯夷”“张叔高”。它们除了在来源上有交叉外，在内容上也有一定倾向性，都是带有一定历史性的怪异传闻：“陈宝祠”“怒特祠”是对历史事件的民间衍说；“魏公子无忌”“刘伯夷”“张叔高”三篇都是关于历史名人的传说故事；而“三王冢”和“鹄奔亭”虽说都是典型的民间传说，但都与真实历史人物联系起来，推究雏形，也应是真实历史事件在口耳相传中渐次丰富起来。

从《列异传》在征引内容上的这一倾向性也能看出《列异传》在整体选材上的特点，故事虽大体属于神鬼怪异一类，但大部分都与真实的历史人物或历史事件有关联，而完全的关乎于日常百姓的“街谈巷议”则并不多见。《列异传》中有一则“鲍氏骢”的记载，能较为鲜明地体现出“历史性传说”的特点，“鲍氏骢”中的“鲍宣”事与《后汉书·独行传》所记王忳事基本相同：

> 《列异传》：故司隶校尉上党鲍宣字子都，少时举上计掾，于道中遇一书生，独行无伴，卒得心痛，子都下车为按摩，奄忽而卒。不知姓字，有素书一卷，银十饼。即卖一饼以殡殓，其余银以枕之，素书著腹上。哭之，谓曰：“若子灵魂有知，当令子家知子在此。今奉使命，不获久留。”遂辞而去。至京师，有骏马随之；人莫能得近，唯子都得近。子都归，行失道；遇一关内侯家，日暮住宿，见主人，呼奴通刺。奴出见马，入白侯曰：“外客盗骑昔所失骏马。”侯曰：“鲍子都上党高士，必应有语。”侯问曰：“君何以致此马？昔年无故失之。”子

① “胡母班传书”“鹄奔亭”“蒋子文”这三篇都在《搜神记》中有记载，而且都是篇幅较长、颇富叙事技巧的佳作。

都曰："昔年上计，遇一书生，卒死道中。"具述其事。侯乃惊愕曰："此吾儿也！"侯迎丧，开椁，视银书，如所言。侯乃举家诣阙上荐，子都声名遂显。至子永孙昱，并为司隶。及其为公，皆乘骢马。故京师歌曰："鲍氏骢，三入司隶再入公。马虽疲。行步工。"①

《后汉书·独行传》：王忳字少林，广汉新都人也。忳尝诣京师，于空舍中见一书生疾困，愍而视之。书生谓忳曰："我当到洛阳，而被病，命在须臾，腰下有金十斤，愿以相赠，死后乞藏骸骨。"未及问姓名而绝。忳即鬻金一斤，营其殡葬，余金悉置棺下，人无知者。后归数年，县署忳大度亭长。初到之日，有马驰入亭中而止。其日，大风飘一绣被，复墯忳前，即言之于县，县以归忳。忳后乘马到雒县，马遂奔走，牵忳入它舍。主人见之喜曰："今禽盗矣。"问忳所由得马，忳具说其状，并及绣被。主人怅然良久，乃曰："被随旋风与马俱亡，卿何阴德而致此二物？"忳自念有葬书生事，因说之，并道书生形貌及埋金处。主人大惊号曰："是我子也。姓金名彦。前往京师，不知所住，何意卿乃葬之。大恩久不报，天以此章卿德耳。"忳悉以被马还之，彦父不取，又厚遗忳，忳辞让而去。时彦父为州从事，因告新都令，假忳休，自与俱迎彦丧，余金俱存。忳由是显名②。

这两则记事只有三处不同：主人公不同；《独行传》中马伴随绣被出现，《列异传》中只有马；结局略有差异，《列异传》中言及子孙，《独行传》只说王忳由此知名。除此外，二文在故事、结构甚至人物言语的设置上都是相同的，但主人公一为鲍宣，一为王忳，二人都于史有征，鲍宣在《汉书》卷七十二《王贡两龚鲍传》有载，未记施恩得报事，二人一为西汉末年人，一为东汉人，俱是刚直有德之

① 《古小说钩沉·列异传》，见《鲁迅辑录古籍丛编》，人民文学出版社，1999 年，第126-127 页。

② 王先谦撰《后汉书集解》，中华书局，1984 年，第 936 页。

人。不过就目前所见资料分辨不出此事到底发生在谁身上，最大的可能性还是这种因果报应的故事最为喜闻乐见，会依附于各种名人而流传。

《列异传》这种选材上的历史性特点非常鲜明，其人物多是真实的历史人物，其行迹在他书中有记载，甚至具有一定当下性，即故事发生时间与《列异传》成书时相距不远。应该说，以真实历史人物为主人公在汉唐古小说中并不鲜见，但像《列异传》这样比较集中的出现还是非常引人注目的[①]。《列异传》中故事发生时间在汉代以前的有四篇——“老子西游”“魏公子无忌”“陈宝祠”和“怒特祠”，其余的都是汉以后的故事，尤其有“费长房”“胡母班”“华歆”等16篇发生在东汉末，对于曹丕来说，这些内容都属于“本朝故事”。《列异传》选择素材注重历史性和当下性大约与曹丕反对“尊古卑今”的思想有关联，《典论·论文》曰：“常人贵远贱近，向声背实，又患暗于自见，谓己为贤。”所以曹丕在文中多论“今之文人”，而且不吝赞词，这一态度非常通脱，具有极大的包容性，这在一定程度也可以解释曹丕并不完全相信神鬼之道，却能撰作《列异传》的因缘所在。

① 《幽明录》是另一本取材有非常明显历史性的典籍。

第六章　《博物志》引书考辨

《博物志》是博物体小说的代表性作品，撰者为西晋张华。现存《博物志》在文献问题上还存在一定争议，但后人的拾掇、整理也能部分显示张华原作的样貌和特征，广泛地征引前人典籍是其最主要的撰作方式。

第一节　《博物志》成书及文献问题

张华（232—300），字茂先，范阳方城（今河北固安）人，西晋政治家、文学家，《晋书》卷三六有传。史载张华少孤贫，曾牧羊，但学业优博，著《鹪鹩赋》寄托其志向，阮籍见后赞其“王佐之才”，由此知名。魏末，起家为太常博士，后任佐著作郎、长史兼中书郎等职。入晋后，历任黄门侍郎、中书令、度支尚书、都督幽州诸军事、领护乌桓校尉、安北将军、太子少傅、太常、中书监等职，官终司空，领著作，世称张司空。晋武帝时，张华力主伐吴，进封为广武县侯；晋惠帝时，贾后专权，张华“遂尽忠匡辅，弥缝补阙，虽当暗主虐后之朝，而海内晏然，华之功也”[①]；永康元年（300），赵王司马伦起兵讨贾后，张华被杀，终年69岁。张华为煊赫一时之人物，其生平经历早为学界关注，有多本年谱问世：

1. 姜亮夫《张华年谱》[②]，除年谱外，还有世系表、张华著述

---

① ［唐］房玄龄等撰《晋书》，中华书局，1982年，第1072页。

② 姜亮夫《张华年谱》，古典文学出版社，1957年。

考、张华诗文列目等。

2. 中国台湾学者廖蔚卿的《张华年谱》。[①]

3. 陆侃如《中古文学系年》中从卷五太和六年（232）开始到卷六永康元年（300），录有张华文学系年和张华仕宦经历。[②]

4. 徐公持《张华评传》对其人、其文做了评析。[③]

5. 曹道衡、沈玉成《中古文学史料丛考》一书中卷二有《张华仕历》《〈晋书〉记“司空张华”》《张华〈鷦鷯赋〉作年》等章节。[④]

6. 姜剑云《西晋重要作家文学编年》中录有张华编年。[⑤]

以上论著对了解张华生平及著述有不容忽视的价值，其中也有错漏或彼此矛盾的地方，有其他学者做了进一步的补充完善，如沈玉成《〈张华年谱〉、〈陆平原年谱〉中的几个问题》[⑥]，硕士论文《张华年谱汇考》等[⑦]。

张华的著作有多种，但记载不一，《晋书》本传记“华著《博物志》十篇，及文章并行于世”[⑧]，传文中还提及《鷦鷯赋》和《女史箴》。《隋志》载《博物志》十卷、《晋司空张华集》十卷，录一卷，另有《张公杂记》一卷、《杂记》十一卷，注释《神异经》一卷。《宋史·艺文志》地理类著录有《异物评》二卷。张华著作大部分都已佚失，今天所见有《博物志》十卷，明末人张溥辑《张茂先集》一卷。

张华以博物著称，《晋书》本传载：“雅爱书籍，身死之日，家无余财，惟有文史溢于机箧。尝徙居，载书三十乘。秘书监挚虞撰定官书，皆资华之本以取正焉。天下奇秘，世所希有者，悉在华所。

① 廖蔚卿《张华年谱》，《台湾大学文史哲学报》1978年第27期，后收录于廖蔚卿《中古诗人研究》，台北里仁书局，2005年。

② 陆侃如《中古文学系年》，人民文学出版社，1985年，第502-793页。

③ 吕慧鹃、刘波、卢达编《中国历代著名文学家评传（续编一）》，山东教育出版社，1989年。

④ 曹道衡、沈玉成《中古文学史料丛考》，中华书局，2003年。

⑤ 姜剑云《太康文学研究》，中华书局，2003年。

⑥ 沈玉成《〈张华年谱〉、〈陆平原年谱〉中的几个问题》，《文学遗产》1992年第3期，第27-34页。

⑦ 刘雅莉《张华年谱汇考》，上海师范大学硕士论文，2015年。

⑧ [唐]房玄龄等撰《晋书》，中华书局，1982年，第1077页。

由是博物洽闻，世无与比。”[①]并记有张华辨识海凫毛、龙肉、蛇化雉、斗牛剑气等事，虽不免受小说家言之讥，但足以展现张华博学多识的君子风范，亦可见张华撰作《博物志》不仅是其志趣所在，也有足够的文献资料作为支撑。

《博物志》十卷，诸目录书所记卷数皆相同，但归类则徘徊于小说家类和杂家类之间，各目录书的著录如下：

丁国钧《补晋书艺文志》丙部子录杂家类：《博物志》十卷，张华，见《隋志》，本传作十篇。考《北史常昊传》，有删正《博物志》语，是世所传本，已非张氏之旧。段公路《北户录》及《文选注》所经各本，多出今本之外，疑据景未删之旧笈。

同书丙部子录小说类：《博物志》十卷，张华。

文廷式《补晋书艺文志》小说家类：张华《博物志》十卷，今存。按《隋志》入杂家，今改入小说。

《隋书·经籍志》子类杂家：《博物志》十卷。张华撰。

《日本国见在书目录》杂家：《博物志》十，张华撰。又《博物志章》十。

《旧唐书·经籍志》丙部子录小说家类：《博物志》十卷，张华撰。

《崇文总目》卷三小说类：《博物志》十卷。

《新唐书·艺文志》丙部子录小说家类：张华《博物志》十卷。

《郡斋读书志》子部小说类：周卢注《博物志》十卷，卢氏注六卷。右晋张华撰。载历代四方奇物异事。两本前六卷略同，无周氏注者稍多而无后四卷。周名日用。《西京赋》曰：“小说九百，起自虞初。”周人也，其小说之来尚矣，然不过志梦卜、纪谲怪、记谈谐之类而已。其后史臣务采异闻，往往取之。故近时为小说者始多及人之善恶。甚者肆喜怒之私，变是非之实，以误后世。至于誉桓温而毁陶侃、褒卢杞而贬陆贽者有之。今以志怪者为上，褒贬者为下云。

陈振孙《直斋书录解题》子部杂家类：《博物志》十卷。（按：此书另有注本，互见小说家）晋司空范阳张华茂先撰，多奇闻异事。

---

① [唐]房玄龄等撰《晋书》，中华书局，1982年，第1074页。

华能辨龙鲊，识剑气，其学固然也。

同书子部小说家类：周、卢注《博物志》十卷，卢氏注六卷，晋张华撰。

《四库全书简明目录》子部小说家类：《博物志》十卷，旧本题晋张华撰。实则原本散佚，后人采其遗文，裒合成编，又杂取他说附益之。故证以诸书所引，或有或无，或合或不合也。[①]

我们今天将《博物志》看作博物体小说，其记载博杂，内容广泛。现通行本有十卷，分类编排，前三卷记地理、外国、物产、动植等；卷四、卷五侧重物理、药性及方术；卷六为杂考，如人名考、文籍考、地理考、典礼考、乐考、服饰考、器名考等；卷七异闻；卷八史补；卷九、卷十杂说；后四卷中经史、杂传、传闻、轶事皆有，有些故事性较强的作品。

《博物志》的版本问题争议较大。今天能见到的《博物志》的版本可分为两个系统，一是通行本，一是士礼居本。前者"收在《古今逸史》、《广汉魏丛书》、《格致丛书》、《稗海》、《快阁丛书》、《秘书廿一种》、《四库全书》、《增订汉魏丛书》、《百子全书》等丛书中，单行刻本亦多"[②]，中华书局出版范宁整理的《博物志校证》即这个系列，以《秘书廿一种》为底本，参校14种其他版本[③]，着力尤多。此本十卷，又分三十九类目。后者见清藏书家黄丕烈刊刻的《士礼居丛书》，据黄氏序跋云，此本是汲古阁影抄宋连江叶氏刻本，出自北宋蜀大字本，"因检予向所刻汲古阁《秘本书目》中有北宋版《博物志》一本，估价四两云，其次序与南宋版不同，系蜀本大字，真奇物也。影钞当出于此"[④]，又被收入《指海》《龙溪精舍丛书》《四

---

① 关于《博物志》的目录提要类资料还有不少，范宁《博物志校证》附录中已转引了部分内容。后来学者又做过更为细致的收集，可参看王齐洲、毕彩霞编著《〈新唐书·艺文志〉著录小说集解》，岳麓书社，2009年，第28页；张嫚《补魏晋南北朝史〈艺文志〉著录小说集解》，华中师范大学硕士论文，2013年，第77-96页；[西晋]张华编纂《博物志 中国古代第一博物学奇书》，张恩富译，重庆出版社，2007年，第196-203页。

② 李剑国《唐前志怪小说史》，人民文学出版社，2011年，第315页。

③ [晋]张华撰，范宁校证《博物志校证》，中华书局，1980年，第3-4页。

④ 同上，第153页。

部备要》等书中。中国台湾学者唐久宠著有《博物志校释》即以士礼居本为底本[①]。此本亦有十卷，但不分类目。周中孚《郑堂读书记》据是否分类认为通行本不是张华原本，“颇近类事之书，考《读书志》、《书录解题》皆不言其分类隶事，此则非张氏原书之明证也”[②]，而士礼居本“当为原书”[③]。其实二者内容相同，只是次序不一，“此本亦十卷，与通行本内容全同，唯卷四‘司马迁’条（按：通行本在卷五）下周日用注为通行本脱载。……二本的不同处是次第迥异，条文分合亦不尽同，且士礼居本只分卷不分细目”[④]。可见通行本和士礼居本都当是源自宋本，只不过通行本经过后人编排分类。当然，宋本也非张华原本，“殆亦唐五代残存卷钞而传刻者欤”[⑤]，自然中间不免误抄误入之处，但基本上是可信的。

除了十卷本外，《博物志》还存在着大量佚文，其辑佚工作自清人就已开始，有辑佚本多种：

1. 王谟辑《博物志》一卷，载《汉唐地理书钞》。目录中又题为张华《博物地名记》，辑文后有一篇“跋”，主要考索“汉唐蒙造《博物记》”一说为句读错误而导致。

2. 马国翰《博物记》一卷，辑 52 条，题汉唐蒙撰，载《玉函山房辑佚书》子编杂家类。

3. 周心如《〈博物志〉补遗》二卷，载《纷欣阁丛书》。

4. 钱熙祚《〈博物志〉佚文》一卷，载《指海》及《丛书集成初编》。

5. 王仁俊《〈博物志〉佚文》，载《经籍佚文》，收佚文 122 条。

6. 范宁《博物志校证》辑佚文 212 条。王媛《范宁〈博物志佚文〉补正》一文又补佚文 110 条，并认为范宁辑本中有 78 条疑误辑。[⑥]

7. 李剑锋《唐前小说史料研究》一书中辑 83 条，但作者也疑

① 唐久宠《博物志校释》，学生书局，1980 年。
② [清]周中孚撰《郑堂读书记》，中华书局，1993 年，第 333 页。
③ 同上，第 333 页。
④ 李剑国《唐前志怪小说史》，人民文学出版社，2011 年，第 315 页。
⑤ 唐久宠《博物志校释》，学生书局，1980 年，第 5 页。
⑥ 王媛《范宁〈博物志佚文〉补正》，《古籍整理研究学刊》2009 年第 5 期，第 103-112 页。

有出于林登《博物志》、李石《续博物志》者。[①]

对于《博物志》佚文众多这一点，学者们也众说纷纭，主要有四种说法：（一）佚文为张华原本，通行的十卷本为伪书。《四库提要》据《博物志》佚文多有未见十卷本者而认为十卷本乃“好事者掇取诸书所引《博物志》而杂采他小说以足之”[②]，实际上十卷本虽非张华原本，但也是渊源有自，非简单辑录而成。（二）出自《张公杂记》。胡应麟、黄丕烈及周中孚都认为佚文出自《张公杂记》，然诸书引文时均题有《博物》，没有《张公杂记》之说。（三）出自《博物记》。周密《齐东野语》卷七、杨慎《丹铅总录》卷一一、马国翰《玉函山房辑佚书·博物记序》中都持这种观点，王谟《汉唐地理书钞》、余嘉锡《四库提要辨证》、范宁《博物志校证·后记》等都辨明这是因句读错误而导致的误读[③]，《博物记》与《博物志》为同一书。（四）删落说，一为张华自删所遗，一为常景删减所遗。王谟认同前者，证据为王嘉《拾遗记》卷九载：“造《博物志》四百卷，奏于武帝。帝诏诘问：‘卿才综万代，博识无伦，远冠羲皇，近次夫子，然记事采言，亦多浮妄，宜更删翦，无以冗长成文！昔仲尼删《诗》《书》，不及鬼神幽昧之事，以言怪力乱神；今卿《博物志》，惊所未闻，异所未见，将恐惑乱于后生，繁芜于耳目，可更芟截浮疑，分为十卷！’”[④]《拾遗记》小说家言，四百卷之说惊人耳目，并不足以为据，但张华会自己删减著作，据常理推测应有可能。常景删减说见于《北史》卷四二《常景传》，曰：“删正晋司空张华《博物志》。”[⑤]丁国钧《补晋书艺文志》等据此认为通行十卷本就是常景删减之后的内容，佚文就是被删掉的，此说也缺乏旁证，说服力不强。实际上，诸家都认为现存十卷本非张华原本，本质上也是一残缺本，其中也多有割裂琐碎文意不全者，自然会产生众多佚文，

---

① 李剑锋《唐前小说史料研究》，山东教育出版社，2016 年，第 96-104 页。

② [清]永瑢等撰《四库全书总目》，中华书局，1965 年，第 1214 页。

③ 范宁《博物志校证》中附有“历代书目著录及提要”“前人刻本序跋”等，以上所引学者的论说大多被载入，可参看。

④ [晋]王嘉撰，[梁]萧绮录，齐治平校注《拾遗记》，中华书局，1981 年，第 211 页。

⑤ [唐]李延寿撰《北史》，吉林人民出版社，1995 年，第 835 页。

只是其中具体过程因年代久远无法落实，《博物志》文献整理问题还有待完善。

第二节 《博物志》引书问题的已有讨论

《博物志》博采众书的文本特点非常鲜明，故而早已为学者关注，诸家或指出《博物志》的这一成书特点，持论中正，也有因引书有后于《博物志》者而认为《博物志》是伪书，兹罗列一二以窥前人观点。

最早提出《博物志》成书过程的是王嘉《拾遗记》，卷九曰“张华字茂先，挺生聪慧之德，好观秘异图纬之部，捃采天下遗逸，自书契之始，考验神怪，及世间闾里所说，造《博物志》四百卷”[①]。这段记载可以与《晋书·张华传》载张华典籍众多、为人博学的说法相互印证。《拾遗记》认为《博物志》成书有两途——“捃采天下遗逸”和“世间闾里所说”，即从典籍中撷取材料和收集各类民间传言，这基本上是魏晋南北朝小说最主要的素材来源方式。现存《博物志》文本也为这一说法提供了充足证据，首先其引书之广泛远超于其他小说作品，有不少已直接注明出处，同时《博物志》中也有不少不见他书记载、民间传说色彩浓重的篇章，如卷三《异兽》中猴玃盗妇故事，卷十《杂说下》中“八月槎”记人乘浮槎入银河，遇见牛郎织女的故事，同卷“千日酒”记载能让人一醉三年的酒，颇有几分行业传说的面目。

《四库全书总目》从引书角度探讨过《博物志》版本及流变问题，这篇提要丰赡精深，不论观点是否妥当，其论述过程都足见考据之功，为后人称赏：

> 裴松之《三国志注·魏志》太祖纪、文帝纪、濊传，《吴志·孙

① [晋]王嘉撰，[梁]萧绮录，齐治平校注《拾遗记》，中华书局，1981年，第210-211页。

> 贵传》引《博物志》四条，今本惟有太祖纪所引一条，而佚其前半，余三条皆无之。……晁公武《读书志》称卷首有理略，后有赞文，今本卷首第一条为地理，称地理略。自魏氏曰以前云云，无所谓理略。赞文惟地理有之，亦不在卷后。又赵与旹《宾退录》称张华《博物志》卷末载湘夫人事，亦误以为尧女。今本此条乃在八卷之首，不在卷末。皆相矛盾，则并非宋人所见之本。或原书散佚，好事者掇取诸书所引《博物志》，而杂采他小说以足之。故证以《艺文类聚》《太平御览》所引，亦往往相符。其余为他书所未引者，则大抵剽剟《大戴礼》《春秋繁露》《孔子家语》《本草经》《山海经》《拾遗记》《搜神记》《异苑》《西京杂记》《汉武内传》《列子》诸书，饾饤成帙，不尽华之原文也。①

四库馆臣的说法旨在说明当时的十卷本非前人所见之《博物志》，“非宋、齐、梁时所见之本”“非唐人所见之本”“非宋人所见之本”，论据就是前人典籍所引《博物志》多有未见于今本者。此说学者们已多有辨析，自清代以来的学者多认为现存十卷本虽非张华原本，但本质上是一残缺本。此外，四库馆臣还认为有部分条目并非出自《博物志》，而大抵出自“《大戴礼》《春秋繁露》《孔子家语》《本草经》《山海经》《拾遗记》《搜神记》《异苑》《西京杂记》《汉武内传》《列子》诸书”，这里所列十多部著作有成书较早者，也有晚于《博物志》者，四库馆臣认为这是《博物志》为后人伪作的证据。这一说法的论据并不充分，其实不仅《博物志》会从前人典籍中汲取素材，后于《博物志》者也会将其作为取材对象，如《四库提要》所列明确晚于《博物志》者主要有《搜神记》《异苑》《拾遗记》三本，它们都属于志怪小说，其成书也是广引他书，《博物志》也是其中之一。

兹以同载于《博物志》和《搜神记》的篇章为例，进一步说明

① [清]永瑢等撰《四库全书总目》，中华书局，1965 年，第 1213-1214 页。

二者的源流关系。共计有12篇在《博物志》和《搜神记》中都有记载，以载于《博物志》来考察，这12篇分别为：卷二“蒙双民”“鲛人”“江陵猛人”，卷三“猴玃”“冶鸟”“落头民”“吴王鲙余”，卷四“大腰”，卷七“澹台子羽”“孤竹君”“忠孝侯印”“代城”。将这12篇记载加以比对，还是能很清楚地看出是《搜神记》引书于《博物志》，而非如《四库全书总目》所说后人从《搜神记》等书中撷取材料成为伪作《博物志》。论据有三：一是有些篇目也记载于《博物志》《搜神记》之前的典籍，如“蒙双民”又载于《外国图》，“鲛人”载于《洞冥记》，从文字异同来看，《博物志》中的记载征引自这些前代典籍。二是有两篇在二书中显著不同——“猴玃”和“落头民”。《博物志》中只寥寥数笔，而《搜神记》中则是篇幅较长的精彩故事，这显然是《搜神记》在《博物志》的基础上再创作的结果。三是有几篇故事在二书中略有不同，如“忠孝侯印”“澹台子羽”“孤竹君”等，其文字不同之处虽不占主体，但《搜神记》中的叙事更为完整，而《博物志》则粗疏很多。如“忠孝侯印”，《博物志》开篇先记“京兆都张潜”，由其听说而转述张颢“忠孝侯印”事，这样的“枝蔓”对故事表达来说实无必要。《搜神记》就删去了这些，只保留“忠孝侯印”事，叙事集中而清晰。“孤竹君”也是如此，早就有学者指出从《博物志》到《搜神记》的变化之处，《中国民间文学史》曰：“对某些相关传说进行比较，有助于推知风物传说的形成过程。例如《博物志》与后于它的《搜神记》（东晋干宝著）都有关于孤竹君的故事，大意相同，也有区别，二者的区别之处正可说明一般异闻是如何向风物传说演化的。”① 所以说，种种迹象都可以说明《搜神记》引书《博物志》，而非反之。

四库馆臣之后，黄丕烈在《刻连江叶氏本博物志序跋》中再次论及《博物志》“撮取载籍”而成，不过与四库馆臣态度相反，黄氏认为这是《博物志》的成书特点，且有区分卷目的意义，曰“尝取而读之，乃知茂先此书大略撮取载籍所为”“如卷首《括地象》毕，方继以《考灵耀》是也。以下虽不能条举所出，然《列子》、《山海

---

① 祁连休、程蔷、吕微主编《中国民间文学史》，河北教育出版社，2008年，第204页。

经》、《逸周书》等，皆显然可验”[①]。黄丕烈所刊刻的士礼居本的确有同一卷中临近数条引自同一典籍的特征，但如果说整书顺序按照引书来排列，则未免绝对。《博物志》中也有不少引自同一典籍的材料并没有排列在一处，王媛《〈博物志〉的成书、体例与流传》一文中曾对此举例说明，可参看[②]。

近代以来的学者也多有讨论《博物志》引书问题的，如鲁迅先生采用了《四库全书总目》中的说法：“其书今存，乃类记异境奇物及古代琐闻杂事，皆刺取故书，殊乏新异，不能副其名，或由后人缀辑复成，非其原本欤？今所存汉至隋小说，大抵此类。”[③]李剑国先生《唐前志怪小说史》罗列过数本《博物志》取材典籍：“前三卷全记地理动植。……材料大都取自旧书，如女娲补天取《淮南子》，轩辕国、君子国、三苗国、驩（欢）兜国等取《山海经》、《括地图》、《河图玉板》等，鲛人取《洞冥记》，续弦胶、胡人猛兽取《十洲记》，等等，均无新鲜之处。”[④]

近现代学者中，讨论这一问题最详尽的是唐久宠，其《博物志校释》序言中以士礼居本为对象，分两部分整理了《博物志》中的引书问题：一是明引的，即标明了引书出处的；一是未注明出处，但见于他书者。不仅有前于《博物志》者，也有后出者，如《搜神记》《抱朴子》《后汉书》等。具体书目如下：

今本《博物志》明引诸书：《河图括地象》、《考灵耀》、《史记·封禅书》、《老子》、《庄子》、《异说》、《东方朔传》、《神仙传》、桓谭《新论》、《河图玉版》、《周官书》、《诗含神雾》、《周书》、《春秋经》、《春秋公羊传》、《左氏传》、《礼记》、《南荆赋》、《墨子》、《列子》、《曾子》、《荆州图语》、《神农经》、《孔子家语》、魏文帝《典论》、曹植《辩道论》、左元放《荒年法》、《列传》、

① 转引自[晋]张华撰，范宁校证《博物志校证》，中华书局，1980年，第152页。
② 王媛《〈博物志〉的成书、体例与流传》，《中国典籍与文化》2006年第4期，第58-67页。
③ 鲁迅撰《中国小说史略》，上海古籍出版社，1998年，第25页。
④ 李剑国《唐前志怪小说史》，人民文学出版社，2011年，第317页。

《徐偃王志》

《博物志》未注所引书名，而实见今本他书者：《尔雅》、《援神契》、贾谊《新书》、《搜神记》、《淮南子》、《国语》、《汉书》、《魏志·东夷传》、《后汉书·华佗传》、《魏略》、《皇览·冢墓记》、《越绝书》、《吴越春秋》、《燕丹子》、《十洲记》、《归藏易》、《山海经》、《养生经》、《抱朴子》、《竹书纪年》、《西京杂记》、《晏子春秋》、《论衡》、《韩诗外传》、《徐州地理志》、《交州记》、《括地图》、《关中记》、《大戴礼记》、《战国策》、《春秋繁露》、《风俗通义》①

后来学者讨论这个问题也多在唐久宠统计基础上加以增删，如王国良《魏晋南北朝志怪小说研究》曰："《博物志》引用旧籍，今可考者有：《归藏》、《春秋》、《左氏传》、《公羊传》、《周官》、《大戴礼记》、《小戴礼记》、《韩诗外传》、《尚书考灵曜》、《尚书中候》、《诗含神雾》、《河图玉板》、《河图括地象》、《洪范五行传》、《周书》、《战国策》、《国语》、《史记》、《越绝书》、《墨子》、《庄子》、《晏子春秋》、《孔子家语》、《列子》、《贾子新书》、《淮南子》、《新论》、《论衡》、《申鉴》、《典论》、《神农本草》、《山海经》、《仙传》、《尔雅》等三十余种。如士礼居本卷十'犬戎文马'、'(泰)华山肥遗蛇'、'崇丘山之虻鸟'、'轩辕国不寿者八百岁'、'渚沃之野'、'白民国乘黄'、'夸父逐日'、'呕丝之野'、'三株树'等，并出《山海经》。"②王媛《〈博物志〉的成书、体例与流传》一文中考订书目48种："目前可以考知的书目大概如下：《河图括地象》、《考灵耀》、《援神契》、《史记·封禅书》、《东方朔传》、《神仙传》、《桓谭新论》、《河图玉板》、《周官书》、《诗含神雾》、《周书》、《春秋经》、《春秋公羊传》、《左氏传》、《礼记》、《南荆赋》、《墨子》、《列子》、《曾子》、《荆州图语》、《神农经》、《孔子家语》、魏文帝《典论》、曹植《辩道论》、左元放《荒年法》、《列

① 唐久宠《博物志校释》，学生书局，1980年，第5-7页。

② 王国良《魏晋南北朝志怪小说研究》，文史哲出版社，1984年，第53-54页。

传》和《徐偃王志》、《淮南子》、《新书》、《国语》、《越绝书》、《魏志东夷传》、《皇览冢墓记》、《十洲记》、《竹书纪年》、《归藏易》、《山海经》、《论衡》、《晏子春秋》、《括地图》、《徐州地理志》、《韩诗外传》、《春秋繁露》、《风俗通义》、《战国策》、《魏略》、《抱朴子》、《西京杂记》等。”①

王国良和王媛在各自的文章中都明言参考了唐久宠的研究，不可否认唐久宠先生所厘定书目有开创之功，但也有明显不足，如所用文本为士礼居本，虽与通行本内容大体一致，但次序迥异，在使用上会有诸多不便；再如将《博物志》引书和他书引《博物志》混为一谈。另外，所统计书目还是不够全面，其他学者的补充大有助益，但依旧有不少缺漏之处，如有少数几篇不是标注书名，而是作者名，就容易被忽视。本书即以通行本范宁《博物志校证》为文本依据，对《博物志》引书问题加以考索，以期对学界成说有所补益。

第三节 《博物志》中注明出处的辑采类引书

《博物志》引书众多，而且有不少是直接注明出处，唐久宠先生称之为“明引”。本书在罗列引书目录时多与唐久宠先生的统计相比对，唐久宠先生并未区分这些引书是行文中引用还是具有成书意义的辑采类引书，为了比对方便，本书在统计总的引书目录时也不加以区分，而在后文做进一步的分类。

一、《博物志》“明引”书目

《博物志》明引书目如下：

《河图括地象》（卷一 1②），《考灵耀》（卷一 21），《史记》（卷一 29《封禅书》、卷五 197《伯夷列传》），《援神契》（卷一 33），《河

① 王媛《〈博物志〉的成书、体例与流传》，《中国典籍与文化》2006 年第 4 期，第 58 页。

② 括号中显示的是具体的条目，数字指在范宁《博物志校证》中的序列。

图玉板》(卷二 61),《诗含神雾》(卷二 63),《墨子》(卷二 75),《周书》(卷二 83),《诗经》(卷四 122),《庄子》(卷四 136),《神仙传》(卷四 150、卷九 296),《神农经》(卷四 153、卷四 154、卷四 155、卷四 173[①]),《东方朔传》(卷四 176),曹植《辩道论》(卷五 179、卷五 182),仲长统《昌言》(卷五 179、卷五 195),曹丕《典论》(卷四 144[②]、卷五 179、卷五 182、卷五 194、卷五 195),《周礼》(卷四 131[③]、卷五 179),《礼记》(卷五 179、卷八 274),《新论》(卷五 185、卷五 197),《孔子家语》(卷五 189),《仙传》(卷五 189),《法言》(卷五 197),《明堂月令论》(卷六 209[④]),《荆州图经》(卷六 219),《南荆赋》(卷六 220),《徐偃王志》(卷七 251),《春秋》(卷八 277、卷九 308),《公羊传》(卷八 277),《左传》(卷八 278),《列传》(卷八 285),《老子》(卷九 290),《曾子》(卷九 291、卷九 297),《归藏·明夷》(卷九 302),《异说》(卷十 312)。

以上共计 33 部典籍,与唐久宠先生统计对比,不同处有这样几处,本书所做统计中没有《列子》和左元放《荒年法》,《博物志》中的确有不少篇目引自《列子》,但未见直接标注者。左元放《荒年法》见卷五:"(187)左元放荒年法:择大豆粗细调匀,必生熟按之,令有光,烟气彻豆心内。先不食一日,以冷水顿服讫。其鱼肉菜果

---

① 卷四 173 则中书名为《神农本草》:"《神农本草》云:'鸡卵可作琥珀,其法取伏卵段黄白浑杂者煮,及尚软随意刻作物,以苦酒渍数宿,既坚,内著粉中,佳者乃乱真矣。此世所恒用,作无不成者。'"

② 卷四 144 则:"魏文帝所记诸物相似乱者:武夫怪石似美玉;蛇床乱蘼芜;荠苨乱人参;杜衡乱细辛;雄黄似石流黄;鳊鱼相乱,以有大小相异;敌休乱门冬;百部似门冬;房葵似狼毒;钩吻草与荇华相似;拔揳与萆薢相似,一名狗脊。"今本《曹丕集》中将这段文字收入"书"类,题名《诸物相似乱者》。很大可能应出于《典论》,严可均《全三国文》中也将其收入,并有按语曰:"按《博物志》言魏文帝所记,而上文多引《典论》,明此亦《典论》也。"

③ 卷四 131 则载:"《周官》云:'狢不渡汶水,上鸜不渡济水',鲁国无鸜鹆,来巢,记异也。"书名为《周官》,此条出自《周礼·冬官·考工记》:"橘逾淮而北为枳,鸜鹆不逾济,狢逾汶则死,此地气然也。"

④ 卷六 209 则曰:"太古书今见存有《神农经》、《山海经》,或云禹所作。《周易》,蔡邕云:《礼记·月令》周公作。"蔡邕《明堂月令论》曰:"文义所说,博衍深远,宜周公之所著也。"

不得复经口，渴即饮水，慎不可暖饮。初小困，十数日后，体力壮健，不复思食。”左元放即左慈，汉末著名方士，《博物志》卷五中多次提及。这里所提“荒年法”应是能使人不饥、度过荒年的服食方法，《太平御览》卷八四一引过此条，即作“左元放度荒年法”，《太平御览》所引不仅有“左元放度荒年法”，还有“大较法”，在今本《博物志》中，作“鲛法”，并与“左元放度荒年法”条分作两条，可见都属于服食名目，而非典籍名。

本书的统计增加了唐久宠未列的《诗经》和《仙传》二书，《诗经》见卷四：“（122）取桑蚕或阜螽子咒而成子，《诗》云‘螟蛉之子，蜾蠃负之’，是也。”以往的研究中从未把《诗经》统计在内，概因《博物志》与《诗经》在文体上存在巨大鸿沟，而且自汉代以来，“引《诗》”在典籍中最为常见，所以常被忽视。从引用看，其引用方式和起到的作用与引用《诗含神雾》《荆州图经》等类似，都属于行文中引文以资说明，既然《诗含神雾》《荆州图经》等被统计为引书目录，《诗经》也不应被遗漏。《仙传》见卷五，曰：“（189）《孔子家语》曰：‘食水者乃耐寒而苦浮，食土者无心不息，食木者多而不治，食石者肥泽而不老，食草者善走而愚，食桑者有丝而蛾，食肉者勇而悍，食气者神明而寿，食谷者智慧而夭，不食者不死而神。’《仙传》曰：‘虽食者，百病妖邪之所钟焉。’”笔者推测，其他学者可能将《仙传》与《神仙传》作为一书看待，《博物志》中有卷四和卷九的两则记载直接引用到《神仙传》。这里的《神仙传》自然不是葛洪所撰，从所引内容看也非刘向《列仙传》。秦汉以来，神仙思想日渐畅行，仙传作品也应运而生，葛洪《神仙传序》中曾言：“昔秦大夫阮仓所记有数百人，刘向所撰又七十一人。”[①]《隋书·经籍志》杂传类小序曰“又汉时，阮仓作《列仙图》，刘向典校经籍，始作《列仙》、《列士》、《列女》之传”[②]。隋朝费长房《历代三宝记》卷二载：“平帝世大夫刘向自称：‘余览典籍，往往见有佛经。’

① [晋]葛洪撰，胡守为校释《神仙传校释》，中华书局，2010年，第1页。
② [唐]魏徵等撰《隋书》，中华书局，1997年，第982页。

及删《列仙传》云：‘得藏书，缅寻太史创撰《列仙图》，自六代迄到于今七百余人。向检虚实，定得一百四十六人，其七十四人已见佛经。’”[①]从以上材料可知，阮仓《列仙图》、刘向《列仙传》都是早期的仙传作品，而且所记仙人数量较为可观。今天所见《列仙传》也有学者认为并非刘向原作，应是东汉或魏晋方士所作[②]，或汉末原存在《列仙传》古本[③]，抑或非成于一人一代，而是有逐渐丰富的过程[④]。《博物志》所引《神仙传》《仙传》大约应是东汉以来流传仙传作品，因没有更多材料，无从考证其具体面貌，故而本书保持《博物志》所记，将《神仙传》和《仙传》分别列之。

另外，卷八中有两则记事分别出自《止雨祝》和《请雨》，“(272)《止雨祝》曰：天生五谷，以养人民，今天雨不止，用伤五谷，如何如何，灵而不幸，杀牲以赛神灵，雨则不止，鸣鼓攻之，朱丝绳萦而胁之。”“(273)《请雨》曰：皇皇上天，照临下土，集地之灵，神降甘雨，庶物群生，咸得其所。”范氏标注以书名号，应是以典籍来对待。翻检《博物志》之前著作，《春秋繁露》的确载有《求雨》和《止雨》篇，其中所记止雨祝语相类，但请雨祝语不同，《春秋繁露·止雨第七十五》：“祝曰：‘嗟！天生五谷以养人，今淫雨太多，五谷不和。敬进肥牲清酒，以请社灵，幸为止雨，除民所苦，无使阴灭阳。阴灭阳，不顺于天。天之意，常在于利人，人愿止雨，敢告于社。’鼓而无歌，至罢乃止。凡止雨之大体，女子欲其藏而匿也，丈夫欲其和而乐也。开阳而闭阴，阖水而开火。以朱丝萦社十周，衣赤衣赤帻，三日罢。”《春秋繁露·求雨第七十四》：“祝曰：‘昊天生五谷以养人，今五谷病旱，恐不成实，敬进清酒、膊脯，再拜请雨，雨幸大澍，即奉牲祷。’”[⑤]《博物志》所记虽与《春秋繁露》有相同之处，尤其是“止雨祝”，不过古代民间祭祀繁多，其所用祝祷之词

---

① 张春雷、王春阳等校《历代三宝记》，河南人民出版社，2013年，第15页。

② [宋]陈振孙撰，徐小蛮、顾美华点校《直斋书录解题》，上海古籍出版社，1987年，第682页。

③ 陈洪《〈列仙传〉成书时代考》，《文献》2007年第1期，第45-52页。

④ 王青《〈列仙传〉成书年代考》，《滨州学院学报》2005年第1期，第42-44页。

⑤ 张世亮、钟肇鹏、周桂钿译注《春秋繁露》，中华书局，2012年，第583-595页。

带有一定相似性，也具有随意性，《春秋繁露》就记载多篇类似祝词。所以《博物志》所记应是当时流传祭祀用词，不必出于前人典籍所载，故而本书所列《博物志》明引书目中未列出这二书名目。

二、“明引”标识形式例析

《博物志》的明引在标注出处时不尽相同，大体有这样几种形式：第一，多数标以书名，有少数几篇冠以篇名，或书名、篇名联署。联署的有《史记·封禅书》（见卷二 29 则），署篇名的有《周官》（见卷四 131 则）、《明夷》（见卷九 302 则）、《王制》（见卷五 179 则）。第二，有几处书名为简称，如卷四：“（176）蜥蜴或名蝘蜓。以器养之，以朱砂，体尽赤，所食满七斤，治捣万杵，点女人支体，终年不灭。唯房室事则灭，故号守宫。《传》云：‘东方朔语汉武帝，试之有验。’”这里的《传》是指《东方朔传》，又称为《东方朔别传》。再如卷八：“（285）《列传》云：聂政刺韩相，白虹为之贯日；要离刺庆忌，彗星袭月；专诸刺吴王僚，鹰击殿上。”这里的《列传》应是《史记·刺客列传》[①]。第三，有一两处明引未标书名，而以著者表示，典型的如卷四：“（144）魏文帝所记诸物相似乱者：武夫怪石似美玉；蛇床乱蘼芜……”卷五：“（197）司马迁云：无尧以天下让许由事。扬雄亦云：夸大者为之。扬雄又云：无仙道，桓谭亦同。”这里的“魏文帝所记”应为《典论》，可惜原文佚失。“司马迁云”应是指《史记·伯夷列传》，其中有载：“太史公曰：余登箕山，其上盖有许由冢云。孔子序列古之仁圣贤人，如吴太伯、伯夷之伦详矣。余以所闻由、光义至高，其文辞不少概见，何哉？”[②]《博物志》在这里只是概述其意。“扬雄亦云”则引自扬雄《法言·问明》：“或问：‘尧将让天下于许由，由耻，有诸？’曰：‘好大者为

① 《史记·刺客列传》中未记要离，记聂政、专诸，也无白虹贯日、鹰击殿上之说。《博物志》中此言应出自《战国策》，《魏策四》载：“夫专诸之刺王僚也，彗星袭月；聂政之刺韩傀也，白虹贯日；要离之刺庆忌也，仓鹰击于殿上。”《博物志》中称引自《列传》，不知是原本如此，还是后人收集残卷时误辑误收。

② ［汉］司马迁撰，［宋］裴骃集解，［唐］司马贞索隐，［唐］张守节正义《史记》，中华书局，2011 年，第 1883 页。

之也。'”[①]后文“扬雄又云：无仙道，桓谭亦同”则分别出自扬雄《法言》和桓谭《新论》，二者都是概述式的意引，《法言·君子》言世间无仙人，有生必有死，曰：“或问：‘人言仙者，有诸乎？’‘吁！吾闻虙羲、神农殁，黄帝、尧、舜殂落而死。文王，毕；孔子，鲁城之北。独子爱其死乎？非人之所及也。仙亦无益子之汇矣！'”[②]桓谭《新论·辨惑》载：“无仙道，好奇者为之。”再如卷五：“（179）右十六人魏文帝、东阿王、仲长统所说，皆能断谷不食，分形隐没，出入不由门户。”卷六：“（209）《周易》，蔡邕云：《礼记·月令》周公作。”这里的“魏文帝、东阿王、仲长统所说”指的是曹丕《典论·论方术》、曹植《辩道论》和仲长统《昌言》；“蔡邕云”指蔡邕的《明堂月令论》。

《博物志》出现明引的这些篇章中，多数都是以“某书曰（云）”的方式标识，除大部分原文照搬外，还有一些篇章与今天所见在文字上存在差异，如出自《老子》《庄子》《周书》《曾子》等的引文都不见载于今本，应该属于佚文类：

> 卷二：（83）《周书》曰：“西域献火浣布，昆吾氏献切玉刀。”
>
> 卷四：（136）《庄子》曰：“地三年种蜀黍，其后七年多蛇。”
>
> 卷九：（290）老子云：“万民皆付西王母，唯王、圣人、真人、仙人、道人之命上属九天君耳。”
>
> 卷九：（291）曾子曰：“弟子不学古知之矣，贫者不胜其忧，富者不胜其乐。”
>
> 卷九：（297）曾子曰：“好我者知吾美矣，恶我者知吾恶矣。”

有些意思相同或相近，但文字表达有差异，如卷四：“（131）《周官》云：‘狢不渡汶水，鸜不渡济水’，鲁国无鸜鹆，来巢，记异也。”这里的《周官》指《周礼·冬官·考工记》，原文曰：“橘逾淮而北为枳，鸜鹆不逾济，狢逾汶则死，此地气然也。”意思虽相近，但

① 汪荣宝撰，陈仲夫点校《法言义疏》，中华书局，1987年，第204页。

② 同上，第517页。

文字表达在次序和字句上都有些许差异，这样的情况在《博物志》的明引中并不罕见，如卷一引《史记·封禅书》、卷五引曹植《辩道论》、卷八引《礼记》都与原文有出入，不过意思都表达完整，并没有割裂之感，古人引书较为随意，张华亦如是。

第四节 《博物志》中未注明出处的辑采类引书

今本《博物志》共计 323 则，其中引书注明出处者只有 40 则，其余的绝大部分均无标注。据笔者统计，约 163 则能够判定从何书中征引，另有约 120 则未见载于《博物志》之前的典籍①。

一、未注明出处的引书书目

据粗略统计，《博物志》中未注明出处的引书达 69 部，数量颇为可观。在考辨引书出处时，事同、文同是最重要的准则，但《博物志》的体例是条目式，或许是因收集残卷而成书，所以多有零散残句，或散乱不成篇者，为考订引文出处增加了难度，下文所列书目中，或有不确者，以加脚注的形式简要说明判定引书出处的缘由。

《尚书》(卷一 3、卷一 23、卷六 200、卷六 230②)，《列子》③(卷一 18、卷四 121、卷六 203、卷八 275、卷八 280、卷八 281、卷八 282、卷八 298、卷十 316、卷十 317)，《河图始开图》(卷

① 这其中有不少则故事具有明显的民间传说色彩，当出于当时传闻，被张华记录下来，但也有不少篇目从行文来看应该有所本，只是唐前文献遗失严重，已无从探知其源流。

② 卷六 230 则记“赤刀”，可惜只是一残句，无上下文，无法窥其全貌，文曰：“赤刀，周之宝器也。”赤刀最早见载于《尚书》，郑玄注其为周武王的宝刀，《尚书·顾命》：“越玉五重，陈宝，赤刀、大训、弘璧、琬琰，在西序。”郑玄注：“赤刀者，武王诛纣时刀，赤为饰，周正色。”

③ 清代以来学者多怀疑《列子》为伪书，其中有东晋张湛撺掇旧书之说。《列子》自然不是列御寇之作，但其成书较早，后来有所散佚而被晋人增补应该还是可信的，所以《博物志》有机会征引到《列子》。从引文来看，来自《列子》的大部分篇章都是原文征引，但并非一字不差，细微的文句差异处也能看出是《博物志》征引《列子》，而非反之。

一 19），《孝经援神契》（卷一 20、卷一 32），《太平经》（卷一 22），《史记》（卷一 26、卷四 128、卷五 190、卷六 234），《淮南子》（卷一 30、卷一 34、卷一 35、卷一 36、卷一 37、卷一 38、卷一 41、卷四 134、卷四 135、卷七 246、卷七 247、卷九 301），京房《易传》（卷一 31[①]），《白虎通义》（卷一 45[②]），《河图玉板》（卷二 58[③]），《括地图》（卷一 47、卷二 54、卷二 56、卷二 57[④]、卷二 60、卷二 66、卷二 71、卷三 96、卷三 116），《山海经》（卷一 47、卷二 49、卷二 50、卷二 53、卷二 55、卷二 56、卷二 59、卷二 64、卷二 65、卷二 70、卷三 93、卷三 97、卷三 98、卷三 99、卷三 104、卷三 115、卷四 152、卷六 198、卷六 219、卷七 252、卷九 299），《河图括地象》（卷一 48、卷二 51、卷九 307[⑤]），《外国图》

---

① 卷一："（31）江河水赤，名曰泣血。道路涉骸，于河以处也。""泣血"一词早在《周易》中已出现，《周易·屯》："上六，乘马班如，泣血涟如。"而水为地之血之说也应该出现较早，《管子·水地篇》载："水者，地之血气，如筋脉之通流者也。"但二者融为一说目前所见是载于京房《易传》："流水化为血，兵且起。"另《水经注·河水》引京房《易妖》曰："河水赤，下民恨。"故认为卷一第 31 则记载出自京房《易传》。

② 卷一的 44、45、46 则记载皆是谈五行相生相和之道，类似的说法见于《春秋繁露》《白虎通义》和谶纬书中，但从文字来看，鲜有相同者，唯第 45 则与《白虎通义·封禅》中的表述有相同之处："天下太平，符瑞所以来至者……德至草木则朱草生，木连理；德至鸟兽则凤皇翔，鸾鸟舞，麒麟臻，白虎到，狐九尾，白雉降，白鹿见，白鸟下；德至山陵则景云出，芝实茂，陵出黑丹，阜出莲莆，山出器车，泽出神鼎；德至渊泉则黄龙见，醴泉通，河出龙图，洛出龟书，江出大贝，海出明珠。"

③ 此条记"穿胸国"事，《括地图》亦载，但文字略简，《河图玉板》所记与《博物志》基本相同，只有个别字句不同，以下画线标识，《博物志》卷二："（58）穿胸国，昔禹平天下，会诸侯会稽之野，防风氏后到，杀之。夏德之盛，二龙降之。禹使范成光御之，行域外。既周而还至南海，经房风，房风之神二臣以涂山之戮，见禹使，怒而射之，迅风雷雨，二龙升去。二臣恐，以刃自贯其心而死。禹哀之，乃拔其刃疗以不死之草，是为穿胸民。"《河图玉板》："禹平天下，会诸侯会稽之野，防风氏后到，杀之。夏德之盛，二龙降之，禹使范成光御之。行城外，既周而还。至南海，经防风，防风氏之二臣，以涂山之戮见禹，使怒而射之，迅雷风雨，二龙升去。二臣恐，以刃自贯其心而死。禹哀之，乃拔其刃，疗以不死之草，是为穿胸氏。"

④ 亦见于《外国图》。

⑤ 亦见于《外国图》。

（卷二 53、卷二 67），《国语》（卷二 62、卷三 63、卷九 305[①]），《谷梁传》（卷二 62），《汉书》（卷二 63、卷三 92、卷三 102），《三国志》（卷二 68、卷二 77、卷三 110、卷六 204、卷六 205[②]、卷六 224、卷六 225），《洞冥记》（卷二 69），《墨子》（卷二 73、卷二 74[③]），《十洲记》（卷二 80、卷二 82、卷三 87），《异说》（卷二 85），《异物志》（卷三 89、卷三 101、卷三 107、卷三 108），《神异经》（卷三 91、卷三 105），《逸周书》（卷三 93、卷三 210、卷八 269、卷九 292、卷九 293、卷九 294、卷九 295），《庄子》（卷四 118、卷四 119、卷四 175、卷七 257），《列仙传》（卷三 109[④]），《论衡》（卷三 114、卷四 120、卷四 130、卷七 245），《说文解字》（卷四 125），《尔雅》（卷四 124、卷六 239），《周官》（卷四 132），《本草经》（卷四 146、卷四 148），《淮南万毕术》（卷四 170、卷四 171、卷四 176），《典论》（卷五 179、卷五 181），《辩道论》（卷五 180），《昌言》（卷五 184），《仙传》（卷五 191），《汉武故事》（卷五 192、卷五 193[⑤]、卷八 288、卷八 289），《新论》（卷五 196），《论语》（卷六 199），《孔丛子》（卷

① 亦见《孔子家语・辨物》《史记・孔子世家》。

② 卷六 205 则记王粲事，从风格来讲，颇有些文人轶事的志人小说风貌。文中述蔡邕赠书王粲，在粲子被杀后，归于王业，后有补序王粲与族兄王凯避乱依附刘表，刘表嫌弃王粲貌陋，将女儿嫁王凯，生王业。《三国志・魏书・王粲传》中记蔡邕赠书、王粲因貌寝不为刘表所重以及粲二子被诛事，但不及王业。《博物志》记王粲事的用语也与《三国志・王粲传》不同，所以此条记载是否出于《三国志・王粲传》还有待探讨。张华重视陈寿史才，《博物志》也从《三国志》中取材多条，故而本研究暂认定其源于《三国志》。

③ 第 73、74、75 三条记载亦见《列子・汤问》，文字也基本相同，但 75 条中曰“此事见《墨子》”，故而这三条都应该出自《墨子》。

④ 《文选》卷五左思《吴都赋》注引《列仙传》引有此条，但作越王之事。今本《列仙传》未载。

⑤ 卷五第 193 则概述钩弋夫人成仙事，非常简略：“钩弋夫人被杀于云阳，而言尸解柩空。”钩弋夫人尸解事见载于《列仙传》和《汉武故事》，《列仙传》卷下：“后武帝害之，殡尸不冷而香。一月间，后昭帝即位，更葬之，棺内但有丝履，故名其宫曰钩翼。后避讳改为弋。”《汉武故事》：“既殡，香闻十里余，因葬云陵。上哀悼，又疑非常人，发冢，空棺无尸，唯衣履存焉。”《博物志》这里并非原文征引，只是概述其意，只是《博物志》从《汉武故事》中取材多条，故而认为此则记载出自《汉武故事》。

六200），《大戴礼》（卷六213、卷八271、卷九291），《皇览》（卷六215[①]），《关中记》（卷六217），《魏略》（卷六218、卷九299），《仪礼》（卷六221[②]），蔡邕《独断》（卷六222），挚虞《决疑要注》（卷六226），《傅子》（卷六228），《吴越春秋》（卷六229），《越绝书》（卷六229），《吕氏春秋》（卷六231、卷七254），《穆天子传》（卷六232、卷六235），《左传》（卷六233），《公羊传》（卷六236），吕忱《字林》（卷六238），《尚书中候》（卷七242），《新书》（卷七249[③]），《晏子春秋》（卷七250），《韩诗外传》（卷七255、卷八287），《西京杂记》（卷七256），《伏侯古今注》（卷七264），《竹书纪年》（卷八266），《论语比考谶》（卷八276），《燕丹子》（卷八279），《战国策》（卷八283），《归藏》（卷九302、卷九304），《白泽图》（卷九305[④]）

二、具体征引方式辨析

从上文的罗列来看，《博物志》引书的数量颇为可观，在整个魏晋南北朝志怪小说中都首屈一指。当然，目前所认定的引书也只是一部分，《博物志》本就是残卷收集而成，与原书有一定差距，而唐前文献遗失严重，张华当时所见图书，十之八九都已淹没于历史尘埃中，目前所厘定引书可能只是很小的一部分。

---

① 《皇览》为类书，其所录来自诸书，佚失严重，唯《冢墓记》所存有八十余条记载，或许《博物志》卷六《地理考》中的第214、第215、第216则均出自《冢墓记》，但能辨明的只有第215则。《博物志》卷六："（215）盗跖冢在大阳县西。"裴骃《史记集解》曰："《皇览》曰：盗跖冢在河东大阳，临河曲，直弘农华阴县潼乡。"

② 卷六："（221）三让：一曰礼让，二曰固让，三曰终让。"《仪礼·士冠礼》："主人戒宾，宾礼辞许。"郑玄注："礼辞，一辞而许也。再辞而许曰固辞。三辞曰终辞，不许也。"

③ 卷七第249则记晋文公道遇大蛇事，叙事也非常简略，只是概述事情始末。此事贾谊《新书·春秋》、刘向《新序·杂事》以及应劭《风俗通义·怪神》三书中的记载都比较详细，有比较多的人物对话。

④ 卷九："（305）水石之怪为龙罔象，木之怪为夔罔两，土之怪为羵羊，火之怪为宋无忌。"其中前三句又见于《国语·鲁语下》《孔子家语·辨物》《史记·孔子世家》中，但"火之怪为宋无忌"见《白泽图》："火之精曰宋无忌。"

从《博物志》引书书目看，其丰富性和多样性皆备，经、史、子、集皆有，其中有两类典籍所占比重较大，第一类是谶纬类，如《论语比考谶》《河图玉板》《括地图》《括地象》《援神契》《河图始开图》《考灵耀》《诗含神雾》《尚书中候》等，而且从一书中取材往往不止一篇。《晋书·张华传》载张华“图纬方伎之书莫不详览”，其对纬书的重视可见一斑。第二类是志怪小说，如《洞冥记》《汉武故事》《外国图》《神异经》《十洲记》《异说》等等，基本上囊括了汉代至魏晋时期最主要的古小说作品，这一方面说明《博物志》取材之广泛，的确为“博物”之作，另一方面也从侧面说明《博物志》的志怪小说性质。另外，这些引书中还有一类典籍应引起关注，即成书于西晋时期的典籍，如《三国志》、《关中记》、《傅子》、吕忱《字林》、挚虞《决疑要注》等，另外《竹书纪年》《逸周书》都是在西晋初年刚被发现的“汲冢书”，它们都距《博物志》未远，而张华能从这些“新作典籍”中取材，足以说明其“雅爱书籍，身死之日，家无余财，惟有文史溢于机箧”。同时，我们也注意到未注明出处的引书和注明出处的引书在所引典籍上重叠率是比较高的，绝大多数明引的典籍也出现在未注明出处的引书名目中，这说明《博物志》的辑采书目还是有轨迹可寻的。

将《博物志》中的记载与原出处引文对比来看的话，其引书方式更为多样，总结来看，有如下特点：

第一，有 70 多条属于原文征引，即文字上与原出处基本相同，从数量看，将近达到全部未注明出处引文的半数，结合明引的篇章，原文征引基本占全部能考订有引文出处篇章的半数以上，其数量还是较为可观的，这一比例与《搜神记》的原文照搬式征引的占比数基本持平，这进一步说明魏晋时期的小说作为中国小说史的初创阶段，其成书方式还带有较多粗糙之处，离唐传奇的“自觉”还有一段距离。

在这些原文引录的篇章中，体现出一定集中化倾向，即出自某些典籍的篇章多原文引录，如取自《列子》的篇章有 10 篇，其中 8 篇可以归为原文引录；取自《括地图》的有 9 篇，也有 8 篇属于原文征引；取自《河图括地象》《十洲记》《外国图》的篇章皆是原文引录。从内容上进一步审视这些原文征引，又大体可以分为两大类型，一类是叙事相对完整的篇章，一般都篇幅稍长，对所叙对象的描述略详，有不少篇章具有一定故事性；一类是残句式，即很简短的一两个句子，多描述或论断谋事。以征引《列子》的篇章为例，简要说明这两种类型。《列子》中有 8 篇原文征引，其中卷一第 18 则、卷八第 275 则、卷八第 280 则、卷八第 281 则、卷八第 282 则都属于第一种类型，都是故事性较为突出的篇章，其中前 4 则都出自《列子·汤问》，最后一则出自《列子·黄帝》，引文和原文之间仅有个别字句上的差异，如卷一："（18）天地初不足，故女娲氏练五色石以补其阙，断鳌足以立四极。其后共工氏与颛顼争帝，而怒触不周之山，折天柱，绝地维。故天后倾西北，日月星辰就焉；地不满东南，故百川水注焉。"《列子·汤问》："天地亦物也。物有不足，故昔者女娲氏炼五色石以补其阙；断鳌之足。以立四极。其后共工氏与颛顼争为帝，怒而触不周之山，折天柱，绝地维；故天倾西北，日月辰星就焉；地不满东南，故百川水潦归焉。"[①]二文差异主要在开篇一句中，《列子·汤问》是一篇篇幅较长的论说形式的文章，"天地亦物也"句是承接上文而来，而"物有不足"则是引起下文。到《博物志》中，将二句连缀成"天地初不足"，改动不大，但非常巧妙，成为非常独立的一篇神话故事。

另一原文引录形式是残句式，都比较简单，如出自《列子》的卷九第 298 则、卷十第 316 则、卷十第 317 则均属于此种类型。卷十："（316）人藉带眠者，则梦蛇。""（317）鸟衔人之发，梦飞。"《列子·周穆王》原文："觉有八征，梦有六候……藉带而寝则梦蛇，飞鸟衔发则梦飞。"可以看出，这种引用多是从原出处中采撷只言片语，虽能表达完整的意思，但也比较零散，这多半是因为《博物志》本就是收集残卷而成，而通行本又分类分条目编排，虽眉目更加清晰，但也有割裂之弊，如 316 则、317 则就应是一则记载，不应割

① 杨伯峻《列子集释》，中华书局，1979 年，第 150-151 页。

裂为两则。这种引自一处但被割裂成两则的并非孤例，卷一的 20 则与 33 则都引自《援神契》，一处未注明出处，一处明引，二者应该是一则。再如卷二 60 则与卷三 116 则都出自《括地图》，也应该属于同一则记载。卷二：“（60）孟舒国民，人首鸟身。其先主为雪氏，训百禽，夏后之世，始食卵。孟舒去之，凤皇随焉。”卷三：“（116）止些山，多竹，长千仞，凤食其实。去九疑万八千里。”《括地图》原文载：“孟亏人首鸟身，其先为虞氏，驯兽。夏后之末世，民始食卵，孟亏去之，凤凰随焉。止于丹山，去九疑万八千里。此山多竹，长千仞，凤凰食竹实，孟亏食木实。”[①]

第二，未注明出处的引文中，除了原文征引外，半数以上都属于一种概述式征引，即意思相同，但文字只有部分相同，《博物志》在引用的基础上有所总结，或进一步阐发，如卷六：“（199）殷三仁：微子、箕子、比干。”此说来自《论语·微子》：“微子去之，箕子为之奴，比干谏而死。孔子曰：‘殷有三仁焉。’”再如卷六 203 则：“古之善射者甘蝇，蝇之弟子曰飞卫。”征引自《列子·汤问》：“甘蝇，古之善射者，彀弓而兽伏鸟下，弟子名飞卫，学射于甘蝇，而巧过其师。”这种概述式征引还有这样一种情况，即一则记载征引自不同的典籍，或者同一本典籍的不同篇章，如卷二：“（49）夷海内西北有轩辕国，在穷山之际，其不寿者八百岁。渚沃之野，鸾自舞，民食凤卵，饮甘露。”引自《山海经》中两处记载，《海外西经》：“轩辕之国在此穷山之际，其不寿者八百岁。在女子国北。人面蛇身，尾交首上。”《大荒西经》：“西有王母之山、壑山、海山。有沃之国，沃民是处。沃之野，凤鸟之卵是食，甘露是饮。凡其所欲，其味尽存。……鸾凤自歌，凤鸟自舞，爰有百兽，相群是处，是谓沃之野。”这种一则记载糅杂不同引书的方式在《博物志》中也很常见，如卷二的“外国”“异人”篇除上文所引条目外，其他如第 56 则、第 62 则、第 63 则、第 64 则、第 66 则都是如此。这一糅杂性最为突出的是卷八的第 269 则，分别取自《逸周书》中的四处记载，其具体引

① [清]王谟辑《汉唐地理书钞》，中华书局，1961 年，第 50 页。

文所出见表 2 所示：

表 2 《博物志》引《逸周书》列表

《博物志》	《逸周书》
大姒梦见商之庭产棘，乃小子发取周庭梓树，树之于阙间，梓化为松柏棫柞。觉惊以告文王，文王曰：慎勿言。	《程寤》：大姒梦见商之廷产棘，小子发取周庭梓树于阙间，化为松柏棫柞。寤惊，以告文王，文王乃召太子发占之于明堂。
冬日之阳，夏日之阴，不召而万物自来。	《大聚》：譬之若冬日之阳、夏日之阴，不召而民自来。此谓归德。
天道尚左，日月西移；地道尚右，水潦东流。	《武顺》：天道尚右，日月西移；地道尚左，水道中流。
天不享于殷，自发之夫生于今十年，商羊在牧，水潦东流，天下飞鸿满野，日之出地无移照乎。	《度邑》：王曰："呜呼，旦，惟天不享于殷，发之未生，至于今六十年，夷羊在牧，飞鸿过野。"

清钱熙祚《刻博物志跋》曾以此篇为例来说明今本《博物志》乃连江叶氏删节原本而成，所以才连缀多篇，杂乱不伦："脱简自一二字至数行不等。其他前后复见杂出不伦者甚夥。至太姒梦见商之庭产棘条，掇拾《周书》程寤、大聚、武顺、度邑四篇文，连合为一，尤属巨谬。窃意宋初原书尚存，故《预览》《广记》引《博物志》往往出今本外。此系叶氏删节之本，未免移易改窜。"[①]今本《博物志》不同于张华原本毋庸置疑，但这种一篇记载连引多篇文献而成应不是因删节而造成的，张华原本的体例应该就是如此：广引诸书以论说或介绍一种事物或一种见解，所以征引的内容虽然来自不同典籍或篇目，但文意是连贯的。如"大姒梦见商之庭产棘"这则，虽四篇原出处并无关联，甚至原出处中的意思与《博物志》这里并不一样，如"冬日之阳，夏日之阴，不召而万物自来"句，在《逸周书·大聚》中原意是颂扬"得"，而《博物志》则是谈"天命"问题、自然之道，但这四处引用构成一篇，却毫无"违和"之处，共同说明周灭商是天命所在，整篇在文意的表达上比较连贯，这一点

① [晋]张华撰，范宁校证《博物志校证》，中华书局，1980 年，第 155 页。

钱熙祚也没法否认，甚至对自己的判断产生怀疑，在《指海》本《博物志》中“大姒梦见商之庭产棘”条下，钱熙祚有校语曰：“此合《周书》四篇语为一条，张华不应有此巨谬，疑为后人删并，然文理又似相属，何也？”实际上这是因钱熙祚未明了张华《博物志》原本体例而导致的误读，这种一篇中征引不同典籍或篇目的情况在《博物志》中多次出现。

第五节 “张华史汉遒”：从《博物志》引书《史记》《汉书》说起

唐诗人沈佺期的《三日独坐驩州思忆旧游》一诗中曰：“束皙言谈妙，张华史汉遒。”其中“张华史汉遒”句用典《世说新语·言语》，文载：“诸名士共至洛水戏。还，乐令问王夷甫曰：‘今日戏乐乎？’王曰：‘裴仆射善谈名理，混混有雅致；张茂先论史汉，靡靡可听；我与王安丰说延陵、子房，亦超超玄箸。’”[①]此事也被记入《晋书》，细节上略有不同。“史汉”一词指的是《史记》《汉书》，泛指的话，也可以代称史学知识或史部典籍。早在张华之前，“史汉”并称已经出现，如曹丕《典论·自序》：“五经四部，史汉诸子，百家之言，靡不毕览。”

《世说新语·言语》的这条记载常被人征引，是魏晋清谈的有力佐证，也表明清谈的内容不只是玄学，而是有较为丰富且具有现实针对性的谈论内容。对于张华善谈《史》《汉》这一点，刘孝标注引《晋阳秋》曰：“华博览洽闻，无不贯综。世祖尝问汉事，及建章千门万户。华画地成图，应对如流，张安世不能过也。”[②]同样的内容在《晋书·张华传》中也有记载：“华强记默识，四海之内，若指

① [南朝宋]刘义庆著，[南朝梁]刘孝标注，余嘉锡笺疏《世说新语笺疏》，上海古籍出版社，1993年，第85页。

② 同上，第85页。

诸掌。武帝尝问汉宫室制度及建章千门万户，华应对如流，听者忘倦，画地成图，左右属目。”[①]显然，刘孝标是以张华熟知汉朝故事来理解“张茂先论史汉，靡靡可听”的，这正是张华一贯的博物君子形象[②]，《晋阳秋》方之于汉代张安世[③]。自然，张华熟知汉事不仅因其博闻强记，还因其有足够的藏书，《博物志》中也多次征引到《史记》《汉书》，这应对进一步理解张华善史汉有所助益。

依据上文统计，来自《史记》或《汉书》的约 9 篇，其大体内容如表 3 所示：

表 3 《博物志》引《史记》《汉书》列表

《博物志》	《史记》	《汉书》
卷一：“（26）汉北广远，中国人鲜有至北海者。汉使骠骑将军霍去病北伐单于，至瀚海而还，有北海明矣。”	《史记・卫将军骠骑列传》：“（霍去病）封狼居胥山，禅于姑衍，登临翰海。”	《汉书・卫青传》：“封狼居胥山，禅于姑衍，登临翰海。”
卷一：“（29）《史记・封禅书》云：威宣、燕昭遣人乘舟入海，有蓬莱、方丈、瀛州三神山，神人所集。欲采仙药，盖言先有至之者。其鸟兽皆白，金银为宫阙，悉在渤海中，去人不远。”	《史记・封禅书》：“自威、宣、燕昭使人入海求蓬莱、方丈、瀛洲。此三神山者，其傅在勃海中，去人不远；患且至，则船风引而去。盖尝有至者，诸仙人及不死之药皆在焉。其物禽兽尽白，而黄金银为宫阙。”	—

① [唐]房玄龄等撰《晋书》，中华书局，1982 年，第 1070 页。

② 也有学者对此的解释侧重于“靡靡可听”：“《世说新语·言语篇》谓张华‘论史汉，靡靡可听’，指的也就是他们在这个史叙传统上颇为侵淫，故能在此加工，使它愈发文学化。讲起来，比从前史叙更为靡丽动人。张华《博物志》今本较简素，不太看得出它如何华靡，但那是因原书多达四百卷，送给晋武帝看时，武帝认为书中‘多浮妄’之语，故删削成十卷使然。若不削删，我估计其体当类似后来干宝《搜神记》。”见龚鹏程《中国文学史》，东方出版社，2009 年，第 165-166 页。

③ 《汉书》卷五十九《张汤传》：“安世字子孺，少以父任为郎。用善书给事尚书，精力于职，休沐未尝出。上行幸河东，尝亡书三箧，诏问莫能知，唯安世识之，具作其事。后购求得书，以相校无所遗失。上奇其材，擢为尚书令，迁光禄大夫。”

续表

《博物志》	《史记》	《汉书》
卷二："（63）秦始皇二十六年，有大人十二见于临洮，长五丈，足迹六尺。东海之外，大荒之中，有大人国僬侥氏，长三丈。《时含神雾》曰：东北极人长九丈。[①]"	—	《汉书・五行志下之上》："史记秦始皇帝二十六年，有大人长五丈，足履六尺，皆夷狄服，凡十二人见于临洮。"
卷三："（92）大宛国有汗血马，天马种，汉、魏西域时有献者"。	—	《汉书・西域传》："大宛国……宛别邑七十余城，多善马。马汗血，言其先天马子也。"
卷三："（102）江南山溪中水射上虫，甲类也，长一二寸，口中有弩形，气射人影，随所着处发疮，不治则杀人。今鹦螋虫溺人影。亦随所着处生疮。"	—	《汉书・五行志下之上》："刘向以为蜮生南越。越地多妇人，男女同川，淫女为主，乱气所在，故圣人名之曰蜮。蜮犹惑也，在水旁，能射人，射人有处，甚者至死。南方谓之短弧，近射妖，死亡之象也。"
卷四："（128）龟三千岁游于莲叶，巢于卷耳之上。"	《史记・龟策列传》："余至江南，观其行事，问其长老，云龟千岁乃游莲叶之上，蓍百茎共一根。"	—
卷五："（190）西域有蒲萄酒，积年不败，彼俗云：'可十年饮之，醉弥月乃解。'"	《史记・大宛列传》："宛左右以蒲陶为酒，富人藏酒至万余石，久者数十岁不败。俗嗜酒，马嗜苜蓿。"	《汉书・西域传》："大宛左右以蒲陶为酒，富人藏酒至万余石，久者至数十岁不败。俗耆酒，马耆目宿。"

① 此篇颇为杂乱，"僬侥氏"疑为篡入，僬侥是矮人的代表，《国语・鲁语下》："仲尼曰：僬侥氏，长三尺，短之至也。"

续表

《博物志》	《史记》	《汉书》
卷五:“(197)司马迁云:无尧以天下让许由事。扬雄亦云:夸大者为之。扬雄又云:无仙道,桓谭亦同。”	《史记·伯夷列传》:“太史公曰:余登箕山,其上盖有许由冢云。孔子序列古之仁圣贤人,如吴太伯、伯夷之伦详矣。余以所闻由、光义至高,其文辞不少概见,何哉?”	—
卷六:“(234)项羽有骓。”	《史记·项羽本纪》:“骏马名骓,常骑之。”	—

根据表 3,《博物志》对《史记》《汉书》的征引在数量上并不突出,这与《博物志》的文体属性有关。作为志怪小说中的“博物体”,《博物志》以记“物”为主,写法上也主要是描绘和介绍,而史书则以人、事为要,写法上侧重叙事。《博物志》征引“史汉”虽数量不占优,但在征引内容和征引方式上都较有代表性。从征引内容看,主要是地理和方物两大类,卷一中“北海”“三神山”都是述地理,而“汗血马”“射工虫”“西域葡萄”“骓马”等是各类方物。从《博物志》来说,这些内容非常具有代表性,是核心内容之一,但对《史记》和《汉书》来说,则属于“边角碎料”,张华对这些材料的征引一方面是按“需”索取,另一方面也能说明其对《史记》《汉书》极为熟悉。从征引方式看,除了卷一“三神山”和卷五“司马迁云”两则标明出处外,其他都无任何引文标识。另外,所有的篇章都与原出处有一定差异,纵然“三神山”条直引《史记·封禅书》,二者文字上也有不同,这表明张华并非是着意于材料或某些内容的收集,不同于类书,而是侧重于应用,以“史汉”材料来佐证观点,延续的是秦汉以来诸子的治学态度。

张华善“史汉”,首先是指熟悉汉代的历史,包括各种典章、制度、风俗、物理等,所以刘孝标以张华熟悉“建章千门万户”来注释“张茂先论史汉”。此外，从《博物志》对《史记》《汉书》的征引及运用看，还有两点有助于对张华善“史汉”的理解：

第一，儒学之士的信史观念。《史记》《汉书》作为记载汉家历史最权威的史书，毋庸置疑会为后人所重，并作为讲论或判断事物的依据，如卷七载：“（261）汉末发范友明冢，奴犹活。友明，霍光女婿。说光家事废立之际多与《汉书》相似。此奴常游走于民间，无止住处，今不知所在。或云尚在，余闻之于人，可信而目不可见也。”范友明家奴事大约在魏晋时流传较广，《三国志·魏书·明帝纪》注引《世语》曰：“并州刺史毕轨送汉故度辽将军范明友鲜卑奴，年三百五十岁，言语饮食如常人。奴云：‘霍显，光后小妻。明友妻，光前妻女。’”张华在这里言“余闻之于人”，所记来自道听途说，但认为可信，究其原因应是此奴“说光家事废立之际多与《汉书》相似”，大约一个为奴仆的，能够说霍光家事，并且能与《汉书》印证，这在古人眼里颇不寻常，自然应该是亲历者。

第二，博物君子的补史之说。《博物志》卷一有这样一篇记载：“（27）汉使张骞渡西海，至大秦。西海之滨，有小昆仑，高万仞，方八百里。东海广漫，未闻有渡者。”这条记载与我们所认识的史实不相符，从《史记·大宛列传》《汉书·张骞李广利传》看，张骞未至大秦，《博物志》此条显然属于误记，对于善“史汉”的张华来说，有点难以理解。《博物志》中与史不符者还有不少，仅就张骞出使西域所带物种来说，就难以与史籍相印证，《博物志》卷六“物名考”：“（240）张骞使西域还，乃得胡桃种。”《齐民要术》引《博物志》佚文：“张骞使西域，得大蒜胡荽。”《昭明文选》李善注引《博物志》佚文：“张骞使大夏，得石榴。李广利为贰师将军伐大宛，得蒲陶。”《太平御览》卷九九六引《博物志》佚文：“张骞使西域，所得蒲桃、胡葱、苜蓿。”在《史记·大宛列传》和《汉书·西域传》中明确提到的植物只有葡萄和苜蓿，是否就是张骞引入也不太明晰，学界有考察外来植物引入史的，提出了一些不一样的说法，如《我国汉代苜蓿引入者考》一文中广征文献，认为苜蓿为汉使带入而非张骞带入[①]。那么，该如何理解《博物志》中的这部分内容呢？简单归结为来自民间传言难以服众，何况对于张华这样一个精通“史汉”者。推测来讲，排除流传过程中致误的可能性外，大约张华是将其作为“史实”记录在案的，这或许可以称之为一种博物君子的“补史”意识，即补以往典籍所不载者，现存《博物志》卷首有一段类似“自序”性质的文字：“余视《山海经》及《禹贡》、《尔雅》、《说文》、地志，虽曰悉备，各有所不载者，作略说。”虽说是专论“地理”，但大体也适用于整个《博物志》的撰作，“虽曰悉备，各有所不载者”正是其机杼所在，其着重点不仅在于“不载”，还在“各”字上，即各种说法“悉备”，但也各自为说，不能成为“集大成”之说，所以《博物志》会广征诸书，成为“博物”之作。推测《博物志》中的这些与史籍关联但又于史无征的内容应该也是有所来历的，有不为我们所知，甚至也不是当时人所熟知的文献来源，而张华又认可这些记载，故而将其采入《博物志》中。

要之，《博物志》对《史记》《汉书》的引用虽在数量上不多，但在征引内容和征引方式上具有突出特点，即内容上是零散的，并不是史书中占主导地位的人、事，而且几乎全部都是概述式征引，这从侧面说明张华对《史记》《汉书》是极为熟悉的。刘孝标对“张茂先论史汉”的注解是从张华博闻强记方面解说，从《博物志》对《史记》《汉书》的征引来看，这一注解的确正中肯綮所在。

第六节　从引书看《博物志》的体例与文献问题

现所存两种《博物志》版本系统内容相同而体例有别，二者皆有十卷，但一个分类编排，另一个不分细目，而且排列次序迥异。现今学界通行的乃分类本，共有 38 小类，共计 323 条，绝大多数都

① 孙启忠、柳茜、那亚、李峰、陶雅《我国汉代苜蓿引入者考》，《草业学报》2016 年第 1 期，第 240-253 页。

是“丛残小语”式，很多条不足十字，篇幅最长的是卷七引自《徐偃王志》的有关徐偃王兴衰的一段纪事，全文为279字。今本的这种分类标目的体例常为人诟病，如钱熙祚《刻博物志跋》曰：“逮全帙既亡，后人觉叶本不安，辄以意强析门类，卒不知其愈失愈远也。”[①]黄丕烈则更认同连江叶氏本不分类目的方式，认为这是一种因引文而自成一体的独创体例，“其体例之独创者，则随所撮取之书分别部居，不相杂厕。如卷首《括地象》毕，方继以《考灵耀》是也”[②]。上文已举例说明黄丕烈此说不免过于武断，与《博物志》实际情况不符，但黄氏此说也为我们提供了思考《博物志》体例问题的另一思路，从引书上或许能窥见《博物志》原本体例的些许面目。

在《博物志》中，一书多引的现象较为普遍，而且有集中于一个类目下的特点，最突出的如卷四“药论”共3则，全部引自《神农经》；再如卷五的“方士”与“辨方士”中，有多篇从仲长统《昌言》、曹植《辩道论》、曹丕《典论》中取材，见第179、180、181、182、194、195则，而且诸篇内容有重合之处。再者，《博物志》在征引时，不仅多概述式引用，甚至是很灵活地将原文化为己用，如第180、182则都来自曹植《辩道论》：

(180) 魏时方士，甘陵甘始，庐江有左慈，阳城有郄俭。始能行气导引，慈晓房中之术，善辟谷不食，悉号二百岁人。凡如此之徒，武帝皆集之于魏，不使游散。甘始老而少容，曹子建密问其所行，始言本师姓韩字世雄，尝与师于南海作金，投数万斤于海。又取鲤鱼一双，鲤游行沉浮，有若处渊，其无药者已熟而食。言此药去此逾远万里，已不可行，不能得也。

(182) 文帝《典论》曰：陈思王曹植《辩道论》云：世有方士，吾王悉招至之，甘陵有甘始，庐江有左慈，阳城有郄俭。始能行气，俭善辟谷，悉号三百岁人。自王与太子及余之兄弟

① [晋]张华撰，范宁校证《博物志校证》，中华书局，1980年，第155页。
② 同上，第152页。

咸以为调笑，不全信之。然尝试郄俭辟谷百日，犹与寝处，行步起居自若也。夫人不食七日则死，而俭乃能如是。左慈修房中之术，可以终命，然非有至情，莫能行也。甘始老而少容，自诸术士咸共归之，王使郄孟节主领诸人。

曹植《辩道论》：世有方士，吾王悉所招致，甘陵有甘始，庐江有左慈，阳城有郗俭。始能行气导引，慈晓房中之术，俭善辟谷，悉号数百岁。本所以集之于魏国者，诚恐斯人之徒，接奸诡以欺众，行妖慝以惑民，故聚而禁之也。岂复欲观神仙于瀛洲，求安期于边海，释金辂而顾云舆，弃六骥而羡飞龙哉？自家王与太子及余兄弟，咸以为调笑，不信之矣。然始等知上遇之有恒，奉不过于员吏，赏不加于无功，海岛难得而游，六黻难得而佩，终不敢进虚诞之言，出非常之语。余尝试郗俭，绝谷百日，躬与之寝处，行步起居自若也。夫人不食七日则死，而俭乃如是。然不必益寿，可以疗疾，而不惮饥馑焉。左慈善修房内之术，差可终命，然自非有志至精，莫能行也。甘始者，老而有少容，自诸术士咸共归之。然始辞繁寡实，颇有怪言。余尝辟左右，独与之谈，问其所行；温颜以诱之，美辞以导之。始语余："吾本师姓韩，字世雅。尝与师于南海作金，前后数四，投数万斤金于海。"又言："诸梁时，西域胡来献香罽腰带、割玉刀，时悔不取也。"又言："车师之西国，儿生，擘背出脾，欲其食少而努行也。"又言："取鲤鱼五寸一双，令其一著药，俱投沸膏中，有药者奋尾鼓鳃，游行沉浮，有若处渊，其一者已熟而可啖。"余时问言："率可试不？"言："是药去此逾万里，当出塞，始不自行，不能得也。"

第180则是概括式引用，在文字上做了改动，《辩道论》中是曹植的"现身说法"，用的是人物对话的形式，颇见说话人的情态，《博物志》则是介绍、概述的表达方式，所以变人物对话为第三人称介绍，在表达上更为简洁客观。第 182 则是引用中套引用，标注了引文出处，但删略不少。从内容看，以上两则以及第 194、195 则其实都是论说方士术法，所谈集中于围绕三曹身边的诸多方士，很明显地这些内容应该属于同一处记载。推测来看，《博物志》原书的体例应该不是这种“丛残小语”式，极有可能与汉代以来的论说文类似，是整篇的大段论述。《博物志》应该也是分篇隶事，有可能每篇都是前有序，文末有论赞，而正文应该是博引诸书以资说明，既有明引，也有暗引，目前第一卷中“地理”篇能帮助后人窥见一点形貌。总之，推测《博物志》在体例上应还是继承了汉代以来论说文的篇章形式，但基于“博物”的目的，使得其内容又迥异于表述观点和思想的论说文，而以介绍、描述“物”为主，所以说，《博物志》长时间来被看作“杂家”也不算完全错误，在体例上也是一脉相承，《博物志》正体现了在小说发展初期阶段的混沌状态和文体上的模糊性以及多元包容性[①]。

考察《博物志》引书问题，在引文对比的过程中，会发现今本《博物志》文本上存在不少问题，这容易造成阅读上的困难，不利于此书的传播。王媛《〈博物志〉文献问题及其原因》一文通过比较《博物志》与唐宋类书、丛书等典籍中引用《博物志》的条文，已经指出《博物志》中的部分文献问题，如疏漏舛误、将两条或多条合二为一、将一条拆分为二、条目重复等[②]，在此基础上，本书从引书角度入手，除上文所论体例问题外，另发现文献问题有二：

---

① 唐前的小说观念一直处于混沌不清而又因循守旧的过程中，从《汉书·艺文志》到《隋书·经籍志》强调其“小道”，即“街谈巷议、道听途说”，侧重于内容上的“民间性”，在体例上则没有明确的说法。桓谭《新论》中有一段广被征引的话：“若其小说家合丛残小语，近取譬论，以作短书。”由此，体例上的短小是后人考察唐前小说的主要切入点，但就实际创作来说，唐前小说在体例上没有明确说法，《隋书·经籍志》录二十五部小说，第一篇为《燕丹子》一卷，体例上与《笑林》《世说新语》等迥异，今天被学界认定为志怪小说的作品在体例上也差异较大，如《拾遗记》在体例上是典型史传体，所以魏晋南北朝志怪小说在体例上还未形成定例，具有多元包容性，这既是一种发展初期阶段的特点，也是其蓬勃发展生命力的体现。

② 王媛《〈博物志〉文献问题及其原因》，《古籍整理研究学刊》2013 年第 4 期，第 6–9 页。

一是内容重复，表现为一处引文被多次征引，内容上有明显重复之处，如上文所引第180则和第182则中，“甘陵有甘始，庐江有左慈，阳城有郄俭”和“甘始老而少容”两句完全相同，这是因为二者实际上都出自曹植《辩道论》，原本应为一篇记载。再如：

卷一：“(20)泰山一曰天孙，言为天帝孙也。主召人魂魄。东方万物始成，知人生命之长短。”

卷一：“(33)《援神契》曰：五岳之神圣，四渎之精仁，河者水之伯，上应天汉。太山，天帝孙也，主召人魂。东方万物始成，故知人生命之长短。”

这两条中，“天帝孙也。主召人魂魄。东方万物始成，知人生命之长短”一句重复，应该也是一条记载，引自《援神契》，疑后人整理残卷时，因一处有直接出处，一处则无，容易让人忽视二者的关系。

二是源自同一条引文相关联的内容被割裂为两条或多条，如不参照原文的话，很容易对文本产生误读，如：

卷二：“(60)孟舒国民，人首鸟身。其先主为雩氏，训百禽，夏后之世，始食卵。孟舒去之，凤皇随焉。”

卷三：“(116)止些山，多竹，长千仞，凤食其实。去九疑万八千里。”

此两则都出自《括地图》，而且为一条记载，《太平御览》卷九一五引《括地图》曰：“孟亏人首鸟身，其先焉虞氏，驯百禽。夏后之末世，民始食卵，孟亏去之，凤凰随焉。止于此山，多竹，长千仞，凤凰食竹实，孟亏食木实，去九疑万八千里。”第116则中的“止些山”应该为“止于此山”之误，因形近而误，而“此山”疑为“丹山”，元李衎《竹谱》卷六：“丹山竹，出夷陵。《括地图》曰：‘丹山之竹长千仞，而凤食其实。’”《博物志》这里就将《括地图》前后连贯的一条记载割裂为两条，容易误导读者。与此相类的还有同取自《墨子·节葬》的卷二第73、第74和第75则，都引自《墨子·节葬》，内容都是谈丧葬异俗。卷二的第68则和77则分属不同类目，前者属“异人”，后者属“异俗”，但同取自《三国志·魏书·乌丸鲜卑东夷传》，而且为同一内容：

卷二：“(68) 有一国亦在海中，纯女无男。又说得一布衣，从海浮出，其身如中国人衣，两袖长二丈。又得一破船，随波出在海岸边，有一人项中复有面，生得，与语不相通，不食而死。其地皆在沃沮东大海中。”

卷二：“(77) 毋丘俭遣王领追高句丽王宫，尽沃沮东界，问其耆老，言国人常乘船捕鱼，遭风吹，数十日，东得一岛，上有人，言语不相晓。其俗常以七夕取童女沉海。”

《三国志·魏书·乌丸鲜卑东夷传》载：

毋丘俭讨句丽，句丽王宫奔沃沮……王颀别遣追讨宫，尽其东界。问其耆老：“海东复有人不？”耆老言：“国人尝乘船捕鱼，遭风见吹数十日，东得一岛，上有人，言语不相晓。其俗常以七月取童女沉海。”又言“有一国，亦在海中，纯女无男”。又说“得一布衣，从海中浮出，其身如中国人衣，其两袖长三丈。又得一破船，随波出在海岸边，有一人项中复有面，生得之，与语不相通，不食而死”。其域皆在沃沮东大海中。①

可见这两则所记应该为一篇纪事，割裂为两则殊为不当。《太平广记》卷四百八十《蛮夷》篇中有“沃沮”条，注出《博物志》：“毋丘俭遣王倾追高丽王官，尽沃沮东东界。问其耆老，海东有人不。耆老言，国人尝乘船捕鱼，遭风，见吹数十日，东得一岛。上有人，言

① [晋]陈寿撰，[南朝宋]裴松之注，卢弼集解，钱剑夫整理《三国志集解》，上海古籍出版社，2009年，第2234页。

语不相晓。其俗尝以七月，取童女沉海。又言有一国，亦在海中，纯女无男。又说，得一布衣，从海中浮出，其身如中人衣，其两袖长二丈。又得一破船，随浪出，在海岸边。有一人，项中复有面，生得之，与语不相通，不食而死。其地皆在沃沮东大海中。”[①]可见宋初所见《博物志》原是一条记载，估计后来残缺，再次整理时因散乱而成为两条。

再如卷四第144则、148则、149则以及151则应该都来自曹丕的文章，《博物志》则将其割裂为多条，而且分属“物类”和“药类”两个类目下。现行《曹丕集》收有《诸物相似乱者》一文，文体归为“书”类[②]，即以上几条的整合之文。由此可知，卷四的这四条记载当为一篇，《博物志》割裂为四条，并分列两类目下，容易让人忽视其关联，也使得文本过于零散，影响了意蕴的表达。

① [宋]李昉等撰《太平御览》，中华书局，1960年，第3959页。

② 严可均认为此文出自《典论》。严可均《全三国文》卷八注：“按《博物志》言魏文帝所记，而上文多引《典论》，明此亦《典论》也。”

第七章 《搜神记》引书考辨

《搜神记》是魏晋南北朝志怪小说的代表性作品，在引书问题上，也是最具代表性的，不管是行文中的引书还是文本辑采式引书都数量较多，涉及面广，为我们提供了审视志怪小说引书问题的最佳范本。

第一节 《搜神记》引书问题的已有讨论

现存有干宝的《搜神记序》及一篇有关编撰《搜神记》的上表，都反复提到从前人载籍中辑采素材以成书：

> 《搜神记序》："虽考先志于载籍，收遗逸于当时""今之所集，设有承于前载者""群言百家，不可胜览"。
>
> 《撰搜神记请纸表》："臣前聊欲撰记古今怪异非常之事，会聚散逸，使自一贯，博访知古者。"[①]

明人胡震亨的《搜神记引》开篇即承继干宝《搜神记序》的说法："令升遘门闱之异，爰摭史传杂说，参所知见，冀扩人于耳目之外。"[②]明沈士龙《搜神记序》亦曰："若令升所载，皆出前史及诸杂记，故

---

① [晋]干宝撰，李剑国辑校《新辑搜神记》，中华书局，2007年，第17-19页。另外，此表的名称为辑校者李剑国先生加。

② 转引自[晋]干宝撰，汪绍楹校注《搜神记》，中华书局，1979年，第253页。

晋、宋《五行志》往往采之。”[①]《四库全书总目》也注意到了《搜神记》大量援引古书，如“至于六卷、七卷，全录两《汉书·五行志》”[②]，当然四库馆臣的用意非讨论《搜神记》成书问题，而是要以此证明明清流传的《搜神记》为明人伪造。关于《搜神记》的基本文献问题可参看李剑国《新辑搜神记》前言，其中对这一问题论述甚详[③]。

对于《搜神记》采撷众书的这一特点，各家史论著多有介绍，只是未见深入探讨，如《唐前志怪小说史》：“《搜神记》取材一方面是‘承于前载’，‘会聚散逸’，一方面是‘访行事于故老’，‘采访近世之事’，‘博访知之者’。”[④]侯忠义《汉魏六朝小说史》：“《搜神记》从其材料来源看，来自三个方面：一、‘乘于前载’。《搜神记》约有二百余条，见于干宝以前的志怪书和其他书籍，有的还进行了加工和再创作；二、‘广收遗逸’，即广泛搜集流传于民间尚未形成文字记载的传说故事；三、‘采访近世之事’，即以魏晋之世为重点，包括自编和自撰两种。”[⑤]刘守华《中国民间故事史》：“它们有的‘承于前载’，录自前人著述之中；有的则由作者‘采访近世之事’，来自当时人们的口头传说。”[⑥]

也有论著罗列了《搜神记》辑采素材来源的部分“前载”，《唐前志怪小说史》：“在现存遗文中，大部分是采录前载，采录的前人书有数十种，主要有《左传》、古本《竹书纪年》、《吕氏春秋》、《淮南子》、《史记》、《列仙传》、《孝子传》、《汉书》、《风俗通义》、《论衡》、《列异传》、谢承《后汉书》、司马彪《续汉书》、《三国志》、《博物志》、《玄中记》等。其中取自《列仙传》、《列异传》者尤多。亦有重见于《晋纪》者。”[⑦]王国良《魏晋南北朝志怪小说研究》：“《搜

① 转引自[晋]干宝撰，汪绍楹校注《搜神记》，中华书局，1979年，第253页。
② 这里所提“六卷、七卷”是明刊本，汪绍楹校注《搜神记》即以此为底本，可参看。
③ [晋]干宝撰，李剑国辑校《新辑搜神记》，中华书局，2007年，第19-113页。
④ 李剑国《唐前志怪小说史》，人民文学出版社，2011年，第369页。
⑤ 侯忠义《汉魏六朝小说史》，春风文艺出版社，1989年，第53页。
⑥ 刘守华《中国民间故事史》，商务印书馆，2012年，第81页。
⑦ 李剑国《唐前志怪小说史》，人民文学出版社，2011年，第369页。

神记》引书，可考者有：《孝经右契》、《孝经援神契》、《竹书纪年》、《史记》、《汉书》、《续汉书》、谢承《后汉书》、《三国志》、《华阳国志》、《三辅决录》、《东观汉记》、《孝子传》、《列仙传》、《吴录》、《陈留耆旧传》、《益部耆旧传》、《魏氏春秋》、《吕氏春秋》、《淮南子》、《说苑》、《论衡》、《风俗通》、《傅子》、《古文琐语》、《列异传》、《博物志》等二十余种。如通行本卷一'赤松子'、'赤将子舆'、'宁封子'、'偓佺'、'彭祖'、'师门'、'葛由'、'冠先'、'琴高'、'陶安公'、'阴生'、'平常生'、'钩弋夫人'十三则，并见《列仙传》。"[1]

其他触及这一问题的论著中，首先需要提及的是汪绍楹先生校注的《搜神记》，本书在每条文本之下都标注"本事见"某书或"亦见"某书，其用力之深让人佩服。但汪先生的侧重点在于"本事"，即故事、情节在他书（前于《搜神记》，抑或后于《搜神记》）中的记载，并不比对文字异同，也不讨论其源流关系，也就无法体现《搜神记》故事的"载籍"出处，尤其是那些"本事"多出的篇章，如卷八"汤祷雨"条[2]，下注曰："本事见《墨子·兼爱》下、《吕氏春秋·顺民》篇、《尸子》、《淮南子·修务》、《论衡》《感虚》及《感类》篇、《帝王世纪》。"[3]要判定《搜神记》到底是承于哪部"前载"者还是需要进一步比对、勘定。后来涉及这个问题的著述并不多见，仅有的几篇论文也多是从"承继关系""影响"等角度切入，如《〈风俗通义〉与〈搜神记〉创作对比研究》《论先唐史书与志怪小说的关系——以〈搜神记〉为中心》等[4]。近期发表的潘建国先生的《〈搜神记〉的形成：以前代故事文本辑采为例》则是为数不多的佳作之一，甚至可以说是首篇集中而深入论述《搜神记》成书方式的论文。但潘文主要从个案入手，选取了史志《五行志》《风俗通义》《列异

① 王国良《魏晋南北朝志怪小说研究》，文史哲出版社，1984 年，第 54 页。

② 此条在李剑国新辑本《搜神记》中为卷二四"汤祷桑林"。

③ [晋]干宝撰，汪绍楹校注《搜神记》，中华书局，1979 年，第 110 页。

④ 张建国《〈风俗通义〉与〈搜神记〉创作对比研究》，《太原学院学报》（社会科学版）2016 年第 3 期，第 39-43 页；郑华萍《论先唐史书与志怪小说的关系——以〈搜神记〉为中心》，《南京师范大学文学院学报》2015 年第 4 期，第 37-41 页。

传》为代表，借此探讨了观念、文体及叙事等小说史基本问题①。基于这种研究现状，本书将从具体的文本对比入手，全面展示《搜神记》引书问题。通过这种全面的梳理，我们会发现《搜神记》引书不仅具有一定文献价值，而且干宝对“承于前载”也自有章法，既不是一味照搬，也不是竭力追求“另起炉灶”，这些问题是值得认真总结的。

第二节 《搜神记》行文中引书

《搜神记》行文过程中，也常引用他书说法以资说明、补证或加强表达效果，一般出现在文中或文尾，而且都直接标明了出处。据统计，这样的引录共有 55 处，征引到 22 部典籍②，分别为：《尚书·洪范》、《洪范五行传论》、《周易》、《诗经》、《老子》、《周礼》、《管子》、京房《易传》、京房《易妖》、《淮南万毕术》、《蚕书》、《说石图》、《运斗枢》、《论语摘辅像》、《瑞应图》、《夏鼎志》、《王子》（即王逸《正部论》）、《尸子》、《白泽图》、《名山记》、《西京赋》、《典论》。总结来看，这类引用体现出以下特点：

第一，原文引用占了大部分，只有少数意引、节引的地方。55 处引用中，42 处是直接的原文引用，表达方式也非常清晰，基本上以“某书曰”“某书云”“某书载”等来表述，如《搜神记》引《老子》两次，卷二《左慈》：“左慈，字元放，庐江人也。有神通……《老子》曰：‘吾之所以为大患者，以吾有身也。及吾无身，吾有何患哉！’若老子之俦，可谓能无身矣，岂不远哉也！”卷十七《刀劳鬼》：“临川间诸山县有妖魅……《老子》曰：‘昔之得一者，天得一以清；地得一以宁；神得一以灵；谷得一以盈；侯王得一，以为天下贞。’”

① 潘建国《〈搜神记〉的形成：以前代故事文本辑采为例》，《中国高校社会科学》2019 年第 4 期，第 87-98，159 页。

② 《搜神记》中，全部标明出处的引书共有 59 处，征引典籍 26 部，其中有 4 部属于文本辑采类引书，下文将论及。

除直接引用外，其余的 13 处为节引和意引，其中节引只有 1 处。卷十四《炊饭化螺》："永熙初，卫瓘家人炊饭，堕地，尽化为螺，出足起行。螺被甲，兵象也，于《周易》为《离》，《离》为戈兵。明年，瓘诛。""《离》为戈兵"的说法见于《周易·说卦》："离为火，为日，为电，为中女，为甲胄，为戈兵。"[①]意引主要是引述大意，如卷十七《张小》："余外姊夫蒋士先，得疾下血。……《周礼》庶氏以嘉草除蛊毒，其囊荷乎？"《周礼》句的原文为："庶氏掌除毒蛊。以攻说禬之，嘉草攻之。凡驱蛊，则令之比之。"[②]《搜神记》中还有 5 处提到《五行志》，都是意引的方式，《五行志》即《汉书·五行志》，在行文中以"《五行志》以为"来标目，如卷十一《下密人生角》："汉景帝二年九月，胶东下密人，年七十余，生角……《五行志》以为人不当生角，犹诸侯不当举兵向京师也，其后有七国之难起。"在《汉书·五行志》中，详细解释了老人、生角与七国之乱的征兆联系之处，字数达百余，《搜神记》中的引录则只是概述其意，字数较少。

第二，这类引书多数以书名出之，少数涉及篇名。在全部引书中，出现篇名的有 3 处：《周礼·春官宗伯》、《洪范》(《尚书·洪范》)、《天官》(《周礼·天官》)。注明出处的引书也多数未提撰者，提到撰者的只有京房、刘向、程猗、张衡四人，京房、程猗和张衡与书名联署：京房《易传》、京房《易妖》、程猗《说石图》和张衡《西京赋》，而刘向论著只以"刘向以为"标明，这里指的是刘向的《洪范五行传论》。

第三，从类别看，与辑采类引书多来源于史部、子部不同，这 22 部标明出处的典籍多集中于经、子类，征引次数多少不等。大体按《隋书·经籍志》的分类标准看，有 9 部著作属于经部——《尚书·洪范》、《洪范五行传论》、《周易》、京房《易传》、京房《易妖》、

---

① [魏]王弼注，[唐]孔颖达疏，卢光明、李申整理，吕绍刚审定《周易正义》，北京大学出版社，2000 年，第 392 页。

② [汉]郑玄注，[唐]贾公彦疏，赵伯雄整理，王文锦审定《周礼注疏》，北京大学出版社，1999 年，第 1150-1151 页。

《诗经》、《周礼》、《运斗枢》、《论语摘辅像》，其中后两部属于纬书。可以归入子部的有 11 部——《老子》《尸子》《管子》《王子》《蚕书》《典论》《淮南万毕术》《说石图》《瑞应图》《夏鼎志》《白泽图》，而后五部作品的内容则侧重于阴阳五行以及万物变化之道。其他，《名山记》可以归入史部，《西京赋》入集部。从征引次数来看，最多的是京房《易传》，共 14 次征引，其他征引次数较多的有《汉书·五行志》5 次、京房《易妖》5 次、《周礼》3 次、《周易》2 次、《老子》2 次、《淮南万毕术》2 次，其余的基本上只征引过 1 次。

在这些标明出处的引书中，有少数作品比较陌生，较少被论及，又与志怪小说关系密切，可以略作提要，以待方家指正。

1.《瑞应图》

> 卷十四《任侨妻》：建兴四年……时内史吕会上言："案《瑞应图》云：'异根同体，谓之连理；异亩同颖，谓之嘉禾。'"

《瑞应图》，撰者不详。《隋书·经籍志》"子部·五行"载《瑞应图》三卷和《瑞图赞》二卷，都不载撰者，另《瑞图赞》下有小注曰："梁有孙柔之《瑞应图记》、孙氏《瑞应图赞》各三卷，亡。"[①]《瑞应图》应是一种记载祥瑞之物的图谱，图文相配，以图为主。中国历史上各个时期都有《瑞应图》流行，最早或出现在汉代，汉代五行、谶纬思想盛行，献瑞物、说灾异成为一时之风气，这应是《瑞应图》产生的时代因素之一。从汉到唐，有多种文献都征引到这种撰者不明的《瑞应图》，有学者认为它们很可能为同一书，或由朝廷组织编撰，是用作备查、按验符瑞的专书[②]。

2.《夏鼎志》

《搜神记》中两次引用《夏鼎志》，见于卷十六的《贲羊》和《犀犬》，内容都是介绍"怪物"：

---

① [唐]魏徵等撰《隋书》，中华书局，1973 年，第 1038 页。

② 胡晓明《图说精灵瑞物——论〈瑞应图〉》，《社会科学战线》2014 年第 11 期，第 84-93 页。

卷十六《贲羊》：季桓子穿井……《夏鼎志》曰："罔象如三岁儿，赤目，黑色，大耳，长臂，赤爪，索缚则可得食。"

卷十六《犀犬》：元康中……《夏鼎志》曰："掘地而得狗，名曰贾；掘地而得豚，名曰邪；掘地而得人，名曰聚。聚，无伤也。此物之自然，无谓鬼神而怪之。"

《夏鼎志》，撰者、年代不详，各家书目也未见记载。《宋书·五行志二》《晋书·五行志中》也征引到《夏鼎志》，都比《搜神记》所引简略，仅曰："掘地得犬，名曰贾。"《夏鼎志》的书名得于大禹铸九鼎，图像万物的说法，《左传》："昔夏之方有德也，远方图物，贡金九牧，铸鼎象物，百物而为之备，使民知神、奸。故民入川泽、山林，不逢不若。螭魅罔两，莫能逢之。"①应该是精怪谱一类的作品，有图有文，与此相类的还有《白泽图》《百鬼录》《九鼎记》等，应该是出于巫觋方士或道徒之手②。

3.《名山记》

卷十八《阿紫》：后汉建安中……《名山记》曰："狐者先古之淫妇也，其名曰'阿紫'，化而为狐，故其怪多自称'阿紫'也。"

《名山记》，撰者不详，《隋书·经籍志》未见著录，后世书目中载有多本《名山记》，但均非此书。《搜神记》所引此条亦见于《初学记》《太平御览》《艺文类聚》及清吴宝芝的《花木鸟兽集类》等，内容基本相同，唯《初学记》卷二十九题曰《道士名山记》。在唐宋类书中，有多条《名山记》佚文，如《太平御览》共有 7 条记载来自《名山记》，其中卷九百九十六《百卉部三》载："《名山记》曰：道士朱孺子，吴末入王笥山，服菊花，乘云升天。"朱孺子，《续神仙传》中有载，其为三国吴永嘉人，而《搜神记》又引用到《名山

① 杨伯峻编注《春秋左传注》，中华书局，2016 年，第 731-732 页。
② 李剑国《唐前志怪小说史》，天津教育出版社，2005 年，第 252-255 页。

记》，由此可推测《名山记》最有可能成书于西晋时期。从现存佚文来看，《名山记》的内容应与道家的“洞天福地”思想有关，中间充斥了神仙思想和各种神怪变化类等说法，如《太平御览》卷六百六十三《道部五》：“《名山记》曰：岳洞方百里，在终南太一间。或名桂阳宫，多诸灵异。王屋山洞周回万里，名曰小有清虚天。”卷七百六十二《器物部七》：“《名山记》曰：罗浮山有道士赍铁臼杵，欲合丹，未成而仙化。”由此可见，《名山记》撰者应该是方士或道士。《名山记》的这一著述方式不乏后继者，如苻秦道士王嘉也有《名山记》一卷，即《拾遗记》的第十卷，描绘了“昆仑山”“昆吾山”等光怪陆离的各方仙山；唐末道士杜光庭有《洞天福地岳渎名山记》；《四库全书总目》“史部·地理类存目”中录“《名山记》四十八卷，《图》一卷，《附录》一卷”，其“《附录》一卷，则荒怪之说，《神异经》《十洲记》之类也”[①]。这些典籍的内容和风格都与《名山记》相类，或者说它们的成书或许受到西晋《名山记》的影响。

4.《黄帝书》[②]

> 卷二四《荼与郁垒》：《黄帝书》云：上古之时有二神人，一名荼与，二名郁垒，性能执鬼。度朔山上有大桃树，二人依树而住。于树东北有大穴，众鬼皆出入此穴。荼与、郁垒主统领简择万鬼，鬼有妄祸人者，则缚以苇索，执以饴虎。于是黄帝作礼欧之，立桃人于门户，画荼与、郁垒与虎以象之。今俗法，每以腊终除夕饰桃人，垂苇索，画虎于门，左右置二灯，象虎眼，以祛不祥。

神荼、郁垒二神人的传说在古书中记载颇繁，一说出自《山海经》，《论衡·订鬼》篇、《史记·五帝本纪集解》、《后汉书·礼仪志中》注及《初学记》卷二八征引《山海经》；一说出自《黄帝书》，

① [清]永瑢等撰《四库全书总目》，中华书局，1965年，第677页。

② 《黄帝书》属于辑采类引书，但具有较为突出的文献价值，所以在这里略加补充。

除《搜神记》的引用外,《风俗通义·祀典》篇也载征引自《黄帝书》。

战国中期以后，黄老之说盛行,《史记·五帝本纪》“赞语”中有“百家言黄帝”之说,《淮南子·修务训》亦曰:“世俗之人，多尊古而贱今，故为道者必托之于神农、黄帝而后能入说。”[①] 据《汉书·艺文志》，托名黄帝君、臣之书的共有二十七种，分布于道家、阴阳家、小说家、兵家、天文、五行、医经、神仙等类中，但无一书命名直接为《黄帝书》[②]。汉魏六朝时期，征引到《黄帝书》的除了《风俗通义》《搜神记》外，主要还有《列子》，其中《天瑞》篇中有两处，一是“谷神不死，是谓玄牝。玄牝之门，是谓天地之根。绵绵若存，用之不勤”[③]；一是“形动不生形而生影，声动不生声而生响，无动不生无而生有”[④]；另《列子·力命》篇也引曰:“《黄帝之书》云:‘至人居若死，动若械。’”[⑤]胡应麟《少室山房笔丛·四部正讹中》论曰:“《汉志》道家有《伊尹》五十一篇,《黄帝书》四种共三十八篇。”下有小注:“《列子》所引《黄帝书》当出此四家。”[⑥]胡应麟所说乃是《汉志》中的“《黄帝四经》四篇”。如果按照胡氏的思路,《风俗通义》《搜神记》所引《黄帝书》或也出自其中之一，只是神荼、郁垒的神话传说与《列子》中的引文在内容和风格上都差异颇大，应当不是一篇。

第三节　《搜神记》文本辑采类引书

一、《搜神记》辑采“前载”的数理分析

《搜神记》的原本早在南宋时就已佚失，明人的辑本虽多数从唐

① 张双棣撰《淮南子校释》，北京大学出版社，2013年，第2050页。
② 吴光《黄老之学通论》，浙江人民出版社，1985年，第118-121页。
③ 杨伯峻撰《列子集释》，中华书局，1979年，第3-4页。
④ 同上，第18页。
⑤ 同上，第207页。
⑥［明］胡应麟《少室山房笔丛》，中华书局，1958年，第398页。

宋类书、前人注疏中辑入，但也有不少混入者，故而鲁迅称其为“一部半真半假的书籍”[①]。李剑国先生又遍寻诸书，详加考辨，完成了新辑本《搜神记》三十卷，计 343 篇，本书即以新辑本为文本依据。

343 篇故事中，共确定 177 篇有比较明确的“前载”出处，其中有 4 篇直接标明出处的：卷四中《麟书》，篇首为“《孝经右契》曰”；卷八的《东海孝妇》，篇首为“《汉书》载”；卷二四的《荼与郁垒》，篇首为“《黄帝书》云”；卷二五的《扶南王》，篇首为“《扶南传》云”。另有 31 篇虽然无法判定其确定的来源载籍，但从所叙故事及文本表述看，应该是有所本。剩余 135 篇都是首见于《搜神记》，有不少篇章有比较明显的民间传闻色彩，如卷二的《焦湖庙巫》《天竺胡人》，卷六的《如愿》，卷七的《黄祖》《丁姑》等；也有少量应来自干宝亲历或亲朋事例，如卷十四的《江淮败屩》、卷三中有关郭璞的数条故事等。

经过比对和考索，可知有明确前载的有 177 篇故事，共取自 59 部著作，主要分布于史部和子部，简要列为表 4：

表 4 《搜神记》引书及其类别

类目	书名
经	《周礼》《发蒙记》《孝经右契》《春秋演孔图》
史	《国语》、《战国策》、《史记》、《汉书》、《后汉书》（谢承撰）、《续汉书》（司马彪撰）[②]、《三国志》、《晋书》（王隐撰）、《古文琐语》、《竹书纪年》、《东观汉记》、《越绝书》、《吴越春秋》、《帝王世纪》、《吴书》（韦昭撰）、《吴纪》（环济撰）、《吴录》（张勃撰）、《三辅决录》、《孝子传》、《列仙传》、《清泠传》、《神女传》（张敏著）、《列女传》（皇甫谧撰）、《广州先贤传》、《东方朔别传》、《蔡邕别传》、《陈留耆旧传》、《益部耆旧传》、《九州要记》、《扶南传》（康泰撰）、《江表传》、《南中八部志》、《太康地记》

① 鲁迅《中国小说的历史的变迁》，见《中国小说史略》，人民文学出版社，2006 年，第 316 页。

② 记载东汉历史的史书除今人熟知的《东观汉记》和范晔《后汉书》外，还有多家著述，但皆已散佚。自清人始，多有辑佚，如汪文台的《七家后汉书》，其中就包括谢承《后汉书》及司马彪《续汉书》。本书所列典籍，为今人熟知者或撰者不详者只记书名，同名者或不常见者则著者和书名皆列。

续表

类目	书名
子	《山海经》《庄子》《韩非子》《吕氏春秋》《黄帝书》《新序》《淮南子》《淮南万毕术》《论衡》《本草经》《风俗通义》《晏子春秋》《西京杂记》《神异经》《列异传》《博物志》《古今注》《外荒记》《外国图》《玄中记》
集	《西京赋》薛综注、《三都赋》刘奎注

对于以上辑采书目的判定，有三点需要加以说明：

第一，经史子集的分类依据主要参照《四库全书总目》。当然，有很多书籍已经佚失，未见于《四库全书》，则根据内容大体上加以区分。

第二，有几本书容易引起争议，这里略加说明。首先是《孝子传》，目前统计有6条故事出自《孝子传》：卷五《应妪》，卷八《曾子》《丁兰》《董永》《郭巨》《阳雍伯》。汉代以来，《孝子传》众多，在《隋书·经籍志》中就载有6家《孝子传》，《搜神记》卷八的《丁兰》《董永》《郭巨》三篇可以确定出自刘向《孝子传》，其他则不能确定，所以只统称《孝子传》。其次是王隐《晋书》，《搜神记》中共有10条故事又见载于王隐《晋书》，而且文字的重合度很高。王隐与干宝同时，曾共修国史，《建康实录》卷五："初置史官，立太学，以干宝、王隐领国史。"[①]不过干宝应该官居著作郎，王隐、郭璞、虞预等则为佐著作郎[②]，而且有传言王隐《晋书》的部分内容为其父所作，成书较早，"隐虽好著述，而文辞鄙拙，芜舛不伦。其书次第可观者，皆其父所撰；文体混漫义不可解者，隐之作也"[③]。干宝撰《搜神记》也起于著作郎时，但是在撰《晋纪》之余，而且非一时成书，所以，干宝从王隐《晋书》中辑采材料极有可能。同样，郭璞《玄中记》的情况与此相类，也当早于《搜神记》的成书。最

① [唐]许嵩撰，张忱石点校《建康实录》，中华书局，1986年，第127页。

② 李剑国《干宝考》，《文学遗产》2001年第2期，第14-29页。

③ [唐]房玄龄等撰《晋书》，中华书局，1974年，第2143页。

后，《外荒记》属于博物体小说之列[①]，但具体年代不详，李剑国《唐前志怪小说史》认为其出汉至六朝间[②]。博物体小说的繁荣期在东汉到两晋之间，远循《山海经》，又受汉代的地理发现和谶纬思想影响，一时作品纷出。《外荒记》从命名以及所存《飞涎鸟》的佚文看，明显受到《山海经》以及《神异经》的影响，这里我们姑且认为其成书早于《搜神记》。

第三，在考察《搜神记》引书时，常遇到“一文多出”的情况，即一个故事被《搜神记》之前的多部典籍记载，本书在判定源流时首先考虑文字的异同，文字相同时则首选时代早者。如卷一《河伯》，所记冯夷得仙为河伯事又见于《庄子·大宗师》、《经典释文》引《清泠传》、《淮南子·齐俗训》高诱注、《龙鱼河图》、《博物志》卷七、《后汉书·张衡传》注引《圣贤冢墓记》等，但各书的文字表达繁简不一，唯有《清泠传》和《圣贤冢墓记》的记载与《搜神记》基本一致。《清泠传》原文不详，《经典释文》转引西晋司马彪曰：“司马（彪）云：‘《清泠传》曰：冯夷，华阴潼乡隄首人也，服八石，得水仙，是为河伯。’”[③]郭象注释《庄子》亦曾引用此内容。《圣贤冢墓记》是晋人朝议大夫李肜的著作，其具体生平不详，但该书成书毫无疑问晚于《清泠传》，而且司马彪和郭象对《清泠传》的引用也从侧面说明此书在魏晋时期的流行程度，所以我们认为《河伯》篇引录于《清泠传》。

二、征引方式辨析

将《搜神记》的文本与征引原文相比较，以文字异同为评判标准，借鉴引用的术语表达，大体可分为原文引录、节引和意引三种类型。

1. 原文引录

在177条故事中，最容易辨别的是那些原文引录的篇章，它们

---

① 《搜神记》卷二八有一篇《飞涎鸟》，《太平广记》卷四六三亦有引用，注出自《外荒记》。
② 李剑国《唐前志怪小说史》，人民文学出版社，2011年，第650页。
③ ［唐］陆德明撰《经典释文》，商务印书馆，1936年，第1457页。

故事一样，叙事次序一致，相同的文字都在百分之九十以上，略有分歧的地方也多是辗转传抄之故，不影响文意的表达；或有些原文特有的文字，如著者自述或议论等，干宝做了修改或删减，如卷三《童彦兴》有这样几句："还床又见，心大恐。其旦，应劭往候之，玄告，劭曰：'乡人有童彦兴者……'"此篇引自《风俗通义·怪神》篇："还床复见之，心大悸动。其旦，予适往候之，语次相告；因为说：'乡人有董彦兴者……'"[①]《风俗通义》是著者自述，《搜神记》则改为第三人称。

经统计，约有86条记载属于原文引录，比较有代表性且征引次数较多的有以下篇目：

引自《列仙传》共14篇故事，有11篇原文引录：卷一《赤松子》（卷上《赤松子》）[②]、《宁封子》（卷上《宁封子》）、《赤将子轝》（卷上《赤将子轝》）、《偓佺》（卷上《偓佺》）、《彭祖》（卷上《彭祖》）、《葛由》（卷上《葛由》）、《王子乔》（卷上《王子乔》）、《冠先》（卷上《冠先》）、《琴高》（卷上《琴高》）、《阴生》（卷下《阴生》）、《乡卒常生》（卷上《平常生》）

引自《汉书》共27篇故事，有11篇原文引录：卷八《东海孝妇》（卷七十一《于定国传》），卷十《魏女子化丈夫》（卷二十七《五行志下之上》），卷十一《赵邑蛇斗》（卷二十七《五行志下之上》）、《茅乡社大槐树》（卷二十七《五行志中之下》）、《鼠巢》（卷二十七《五行志中之上》）、《长安男子》（卷二十七《五行志中之上》）、《燕生雀》（卷二十七《五行志中之下》）、《零陵树变》（卷二十七《五行志中之下》）及《长安女子》（卷二十七《五行志下之上》），卷十六《池阳小人》（卷九十九《王莽传中》），卷二一《田无啬儿》（卷二十七《五行志下之上》）

引自《列异传》共19篇故事，有9篇原文引录：卷二《营陵道人》，卷四《陈宝》，卷六《陈节方》《戴侯祠》，卷十五《王周南》，

---

① ［汉］应劭撰，王利器校注《风俗通义校注》，中华书局，1981年，第441页。

② 括号内为被引文献中具体的卷次和篇目，一般都核实于现今常见通行本，如王叔岷撰《列仙传校笺》、范宁《博物志校证》等。下文括号内的文字皆为此意。

卷十六《怒特祠》，卷十九《细腰》，卷二二《宗定伯》，卷二三《谈生》

引自《博物志》共12篇故事，有7篇原文引录：卷五《忠孝侯印》（卷七《异闻》），卷十六《治鸟》（卷三《异鸟》），卷十七《猳国》（卷三《异兽》），卷二十《蒙双氏》（卷二《异人》），卷二五《澹台子羽》（卷七《异闻》），卷二七《代城》（卷七《异闻》），卷二八《鲛人》（卷二《异人》）

引自《风俗通义》共9篇故事，有6篇原文引录：卷一《叶令王乔》（卷二《正失》），卷三《许季山》（卷九《怪神》）和《童彦兴》（卷九《怪神》），卷十六《白头老公》（卷九《怪神》），卷十八《张汉直》（卷九《怪神》），卷十九《沽酒家狗》（卷九《怪神》）

引自《竹书纪年》共5篇故事，都是原文引录：卷十《马化狐》（《周纪》）、《郑女生四十子》（《晋纪》）、《御人产龙》（《魏纪》）、《齐地暴长》（《魏纪》），卷二十《玉化蜮》（《晋纪》）

原文引录在文字表述上基本相同，多数在故事讲述和意蕴表达上也保持了“原汁原味”，如引自《山海经》《列仙传》《列异传》《博物志》等的篇章。这些典籍与《搜神记》在体例和撰文倾向上都有相通之处，所以来源于此的原文引录从行文到意蕴没有太大变化。另外一些原文引录则情况不同，虽然行文上保持原貌，但在文体和意蕴上却发生了明显变化。如《搜神记》中有多篇故事来自《风俗通义·怪神》，此篇是将多个小故事连缀成篇，来多方面阐释应劭的怪力乱神不可信的观点：“淫躁而畏者，灾自取之，厥咎响应，反诚据义，内省不疚者，物莫能动，祸转为福矣。”[①]而《搜神记》则是一个个单独的故事，其目的是“发明神道之不诬也”。从《风俗通义》到《搜神记》，故事和文字基本都一致，但意蕴发生了巨大转变，兹举一例以说明，如卷十六的《白头老公》：

> 贵阳太守江夏张辽，字叔高，居鄢陵。田中有大树，十余围，盖六亩，枝叶扶疏，蟠地不生谷草。遣客斫之，斧数下，

① [汉]应劭撰，王利器校注《风俗通义校注》，中华书局，1981年，第386页。

树大血出。客惊怖，归白叔高。叔高怒曰："老树汁赤，此何得怪！"因自斫之，血大流出。叔高更斫枝，有一空处，白头老公长四五尺，突出趁叔高。叔高以刀逆斫，杀之，四五老公并死。左右皆惊怖伏地，叔高神虑恬然如旧。诸人徐视，似人非人，似兽非兽。此所谓木石之怪夔蝄蜽者乎？其伐树年中，叔高作辟司空侍御史、兖州刺史。

《风俗通义·怪神》的记载如下：

桂阳太守江夏张辽叔高，去隝令，家居买田，田中有大树十余围，扶疏盖数亩地，播不生谷，遣客伐之，六七血出，客惊怖，归具事白叔高。叔高大怒曰："老树汁出，此何等血？"因自严行，复斫之，血大流洒，叔高使先斫其枝，上有一空处，白头公可长四五尺，忽出往赴叔高，叔高乃逆格之，凡杀四头，左右皆怖伏地，而叔高恬如也。徐熟视，非人非兽也，遂伐其树。其年司空辟侍御史兖州刺史，以二千石之尊，过乡里，荐祝祖考；白日绣衣，荣羡如此，其祸安居？《春秋国语》曰："木石之怪夔魍魎。"物恶能害人乎？[1]

两相比对一下，《风俗通义》主要赞美张叔高不惧鬼怪的凛然风度，所以作者击节赞赏："以二千石之尊，过乡里，荐祝祖考；白日绣衣，荣羡如此，其祸安居？"感情色彩非常强烈。《搜神记》中虽然故事基本相同，但对张叔高的赞美却减弱很多，文本呈现的是一个纯客观的叙事。干宝讲述了一个伐木出血的物怪故事，很冷静，条理清晰，又有生动的细节，无一不展现了这个故事的"真实性"。潘建国先生《〈搜神记〉的形成：以前代故事文本辑采为例》一文中以辑采《风俗通义》为例，认为干宝从其中辑采神怪故事资源，使这些故事

① [汉]应劭撰，王利器校注《风俗通义校注》，中华书局，1981年，第434页。

脱离了原来的子史文体，成为一篇篇独立的小说[①]。其实不仅是《风俗通义》，其他取自《国语》《庄子》《淮南子》《汉书》《竹书纪年》等典籍的原文引录，也都体现了这一变化。

总之，对于原文引录的篇章，我们除了关注故事和文字外，故事意蕴是否改变也值得深思。

2. 节引

节引是指节选式征引，与原出处相比，只征引了部分内容。据统计，节引的篇章大约有 28 篇，有代表性的如：

引自《列仙传》：卷一《尹喜》（卷上《老子》）、《祝鸡翁》（卷上《祝鸡翁》）、《钩弋夫人》（卷下《钩翼夫人》）

引自刘向《新序》：卷二五《熊渠》（《杂事第四》）

引自《汉书·五行志》：卷十《洧渊龙斗》（卷二十七《五行志下之上》）、《马生人》（卷二十七《五行志下之上》）、《五足牛》（卷二十七《五行志下之上》），卷十一《龙见温陵井》（卷二十七《五行志下之上》）、《下密人生角》（卷二十七《五行志下之上》）、《乌斗》（卷二十七《五行志中之下》）、《辂軨厩鸡变》（卷二十七《五行志中之上》）、《大厩马生角》（卷二十七《五行志下之上》）、《赵春》（卷二十七《五行志下之上》）

引自《孝子传》：卷五《应妪》

引自《西京杂记》：卷七《灵女庙》（卷三《戚夫人侍儿言宫中乐事》）

引自司马彪《续汉书·五行志》：卷十二《人状草》（《五行志二》）、《怀陵雀斗》（《五行志二》）

引自《三国志》：卷十三《鱼集武库屋上》（《魏志·三少帝纪》）和卷十五《公孙渊》（《魏志·公孙渊传》）

引自《列异传》：卷二一《冯贵人》

在文字上，与原出处相比，节引的篇章都有所删减，而且并不

① 潘建国《〈搜神记〉的形成：以前代故事文本辑采为例》，《中国高校社会科学》2019 年第 4 期，第 87–98，159 页。

只是单纯少数文字上的减少，而是体现在故事或重要情节的缺失，如卷一的《钩弋夫人》："初，钩弋夫人有罪，以谴死，殡尸不臭而香。及昭帝即位，改葬之，棺空无尸，独丝履存焉。"前于《搜神记》，对钩弋夫人的记载颇多，《史记》《汉书》《汉武故事》《列仙传》都有，只有《列仙传》中的叙事顺序和用词用句与《搜神记》最为接近，但《列仙传》记载了钩弋(翼)夫人三件事：右手拳且有贵人气，武帝披其手得钩，死后尸不臭且棺空。《搜神记》只节取了最有神仙意味的尸解一事。

那么，这种节引是作者有意为之吗？有些篇章的确很难判定，如卷七的《灵女庙》，李剑国先生在校勘此条时加案语曰"此事原载《西京杂记》卷三，乃戚夫人侍儿贾佩兰所说宫内风俗等事，末载戚夫人死后侍儿皆为民妻。本条采自《西京杂记》，然佚文仅此一节，不知是否取全文"[①]。但有些节引显然是有意为之，如取自《五行志》的节引就体现出一定规律性，如：

《搜神记》卷十《马生人》："秦孝公二十一年，有马生人。昭王二十年，牡马生子而死。刘向以为马祸也。故京房《易传》曰：'方伯分威，厥妖牡马生子。上无天子，诸侯相伐，厥妖马生人也。'"

《汉书·五行志下之上》："史记秦孝公二十一年有马生人，昭王二十年牡马生子而死。刘向以为皆马祸也。孝公始用商君攻守之法，东侵诸侯，至于昭王，用兵弥烈。其象将以兵革抗极成功，而还自害也。牡马非生类，妄生而死，犹秦恃力强得天下，而还自灭之象也。一曰，诸畜生非其类，子孙必有非其姓者，至于始皇，果吕不韦子。京房《易传》曰：'方伯分威，厥妖牡马生子。亡天子，诸侯相伐，厥妖马生人。'"[②]

《搜神记》卷十二《怀陵雀斗》："汉中平三年八月，怀陵上

① [晋]干宝撰，李剑国辑校《新辑搜神记》，中华书局，2007年，第115页。
② [汉]班固撰，[唐]颜师古注《汉书》，中华书局，1962年，第1469-1470页。

有万余雀，先极悲鸣，已因乱斗相杀，皆断头，悬著树枝枳棘。到六年，灵帝崩，夫陵者，高大之象也。雀者，爵也。天诫若曰：怀爵禄而尊厚者，自还相害，至灭亡也。”

《续汉书·五行志二》：“中平三年八月中，怀陵上有万余爵，先极悲鸣，已因乱斗相杀，皆断头，悬著树枝枳棘。到六年，灵帝崩。大将军何进以内宠外嬖，积恶日久，欲悉纠黜，以隆更始冗政，而太后持疑，事久不决。进从中出，于省内见杀，因是有司荡涤虔刘，后禄而尊厚者无余矣。夫陵者，高大之象也。天戒若曰：诸怀爵禄而尊厚者，还自相害至灭亡也。”①

很显然，《搜神记》在引用这些材料时，保存了对异常现象的描述，却删除了《五行志》中罗列的与灾异呼应的政治事件。这种删除如果只是个别出现的话则不足一提，但上文所提到的引自《汉书·五行志》以及司马彪《续汉书·五行志》的十多篇都是同一模式，应该不是偶然为之。在《五行志》中，这些政治解说是重中之重，灾异描写是为政治解说服务，而干宝并没有征引这部分内容，这样一来，原有的政治阐释随之弱化甚至消失，而灾异故事本身就突显出来。

3．意引

《搜神记》中，还有很大一部分引书是一种大意式征引，即故事内容大体一致，但在具体的文字表达上却有明显差异。与原出处相比，《搜神记》普遍在文字的篇幅上有所增加，情节化、细节化更突出，以一篇文字简短的小文为例：

《搜神记》卷二十《江夏黄母》：“汉灵帝时，江夏黄氏之母浴，伏盘水中，久而不起，变为鼋矣。婢惊走告，比家人来，鼋转入深渊。其后时时出现。初浴簪一银钗，犹在其首。于是黄氏累世不敢食鼋肉。”

① [晋]司马彪撰，[梁]刘昭注补《后汉书志》，中华书局，1965 年，第 3348 页。

引自《续汉书·五行志五》："灵帝时，江夏黄氏之母，浴而化为鼋，入于深渊，其后时出见。初浴簪一银钗，及见，犹在其首。"①

客观地说，《江夏黄母》在《搜神记》中并不属于出色之作，但与《续汉书》中的记载相比较，还是更具有可读性，这在于两处细节的增加，一是母浴"伏盘水中，久而不起"，一是婢女惊走呼告。这些细节增加了事件的可信度，也增添了画面感。

据统计，意引的篇章大约有50篇，代表性篇章如：

引自《吕氏春秋》：卷十九《秦巨伯》（卷二二《慎行论·疑似》）

引自《风俗通义》：卷八《阴子方》（卷八《祀典》），卷二四《盘瓠》（《风俗通义》佚文）

引自《列异传》：卷二《寿光侯》，卷六《胡母班》和《蒋子文》，卷十八《度朔君》，卷十九《文约》，卷二一《史姁》，卷二二《鹄奔亭》，卷二五《三王墓》和《韩冯夫妇》

引自《博物志》：卷二十《貙人》（卷二《异人》），卷二二《孤竹君》（卷七《异闻》），卷二八《土蜂》（卷四《物性》）

引自司马彪《续汉书》：卷十二《赤厄三七》（《五行志一》）、《夫妻相食》（《五行志五》）、《校别作树变》（《五行志二》）、《荆州童谣》（《五行志一》）、《山鸣》（《五行志三》），卷二十《江夏黄母》（《五行志五》），卷二一《李娥》（《五行志五》）

引自谢承《后汉书》：卷八《周畅》，卷十一《范延寿》，卷二六《徐栩》

引自《广州先贤传》：卷六《戴文谌》，卷八《罗威》

引自束皙《发蒙记》：卷七《白水素女》

与原文引录和节引不同，意引在文字上的相同率并不高，其征引关系的成立主要体现为故事相同和叙述次序一样，不同之处在于情节。《搜神记》通过情节的增加和刻画使得故事更加精彩，文学意

① [晋]司马彪撰，[梁]刘昭注补《后汉书志》，中华书局，1965年，第3348页。

味更加突出，这种变化首先就体现为文字上的增加，故事的篇幅更长。以《列异传》为例，如《胡母班》在《列异传》中约 22 字，《搜神记》中 500 余字；《蒋子文》在《列异传》中仅存 17 字，而《搜神记》中接近 380 字；《度朔君》在《列异传》中不足 100 字，《搜神记》中 500 余字。这些故事前后篇幅差异可谓巨大。

另外，《搜神记》的引书中还存在这样一种情况：一篇记载从不同的典籍中征引材料，组合在一起讲述了一个新故事。从文字的异同来看，这类引录多数属于意引，这种形式的引书有 10 余篇，如卷二五《养由基》，前半部分的养由基射猿出自《韩非子》[①]，后半部分更羸射鸟来自《战国策》。其他如卷四《黄玉刻文》分别出自《春秋演孔图》和《孝经右契》；卷十一的《马狗生角》及《牛祸》虽都引自《汉书·五行志》，但每一篇都包括来自不同条目的两个小故事；卷二三《紫珪》脱胎于《吴越春秋》及《越绝书》；卷二七的《由拳县》据考索应该是从《神异经》和环济《吴纪》中取材。当然，这一类意引在整个《搜神记》引书中只占少数，不是主要的引书方式。

第四节 《搜神记》引书史部的“信”与“变”

如上文所列，《搜神记》辑采来源隶属史部的有 33 部典籍，共涉及故事约 113 篇。从细目看可粗略分为三大类：正史类、传类、地理方志类。

正史类以《汉书》和司马彪《续汉书》为代表，篇目数量上占比最大，来自《汉书》的有 28 篇故事，来自《续汉书》的有 12 篇，而且绝大部分来自《五行志》，以讲述各种灾异变化、天人感应为主。其他来自正史类的篇目虽不是出自《五行志》，但其主旨类同，如源自《竹书纪年》的 5 篇故事也都是对阴阳运转、五行变化的形象化反映。

① 《吕氏春秋·博志》也载有养由基射猿一事，但从故事和叙事来看，不是出于此书。

传类以《列仙传》《孝子传》及《帝王世纪》最为集中，有 14 篇故事源于《列仙传》，6 篇故事来自《孝子传》，5 篇故事引自《帝王世纪》[①]。人物故事，尤其是历史人物的神迹、异事是《搜神记》取材的重点，不仅这些传类典籍，从正史中取材也多人物故事，如取材于《三国志》的有 5 篇故事，其中 3 篇涉及人物异事：卷三的《管辂筮怪》，卷十五的《公孙渊》《诸葛恪》。来自谢承《后汉书》有 4 条记载也都是关于人物异事的：卷五《三鳝鱼》记载的是汉代名臣杨震发迹前的瑞兆；卷八《周畅》讲述的是周畅的孝感故事；卷十一《范延寿》论范延寿断狱事；卷二六的《徐栩》记徐栩因执法公允而能使蝗虫过境不入。

地理方志类有《九州要记》、《扶南传》（康泰撰）、《江表传》、《南中八部志》、《太康地记》等，数量上略少于前两类。总之，《搜神记》引用的三十余部史部书中，史类和传类占主体，故事内容以五行变化和人物异事为主，符合其"发明神道之不诬"的创作目的。

引自史部书的这些篇章还有一突出特点，即与原文本对比的话，二者的文字重合度很高，基本属于原文照搬。如上文已提到的《列仙传》，14 篇中有 11 篇基本重合；来自《竹书纪年》的 5 篇故事基本相同；其他如取自《汉书·五行志》《续汉书·五行志》《三国志》《孝子传》等也都有接近三分之一的篇章与原文差别不大。据统计，《搜神记》中共有 86 篇属于原文照搬式引书，其中有 54 篇来自史部，这从侧面显示了干宝作为一位史家的自觉，对材料的征引追求"实""信"。干宝在《搜神记序》一开始就以史籍中也有二说来说明"实""信"之难："卫朔失国，二传互其所闻；吕望事周，子长存其两说。"进而强调其书会尽量避免"失实""虚错"："今之所集，设有承于前载者，则非余之罪也；若使采访近世之事，苟

① 中国古代目录学上的类目区分上常有变化，有多种小类，如在《隋书·经籍志》中，除《史记》《汉书》这样列传体的"国史"外，《竹书纪年》属于"古史"，《古文琐语》《吴越春秋》《帝王世纪》等都属于"杂史"。本研究在参照古代目录书的基础上，更为侧重从内容上加以区分，如皇甫谧的《帝王世纪》专述帝王世系及事件，因是以人物标目，故将其列入"传类"。

有虚错，愿与先贤前儒分其讥谤。”而且笔者注意到这些辑采自史书的故事，多数都篇幅不太长，其书写方式都是介绍式的——平铺直叙，无夸张，无藻饰，没有太多的文学性描写。这不是因为干宝不会讲故事，而是其作为史学家的自觉选择，这也是《搜神记》为后来史家所重的原因所在，正如明人沈士龙《搜神记引》所言：“若令升所载，皆出前史及诸杂记，故晋、宋《五行志》往往采之。”学界对干宝的史学意识以及《搜神记》的史料价值方面已有不少讨论，在此不赘①。

《搜神记》大量辑采于史部书说明了二者的天然关联，但《搜神记》已经迈出了“变化”的第一步：干宝将这些故事摘录出来，其最重要的意义在于脱离了史传的体系，不再以总结历史得失、人物功绩为目的，而是使故事有了独立存在的价值。如卷十六的《贲羊》：“季桓子穿井，获如土缶，其中有羊焉。使问之仲尼曰：‘吾穿井而获狗，何耶？’仲尼曰：‘以丘所闻，羊也。丘闻之：木石之怪，蚯蚑蝄蜽；水中之怪是龙罔象；土中之怪曰贲羊。’”此事在《国语·鲁语下》和《史记·孔子世家》中都有记载，主旨都是孔子的博学。干宝将其采辑入《搜神记》，强调的则是精怪变化，此文文尾还引用了《夏鼎志》和《王子》中的说法，皆是为证明此意。再如同卷十六的《池阳小人》：“王莽建国三年，池阳有小人景，长一尺余，或乘车，或步行，操持万物，大小各自称，三日止。《管子》曰：‘涸泽数百岁，谷之不徙，水之不绝者，生庆忌。’”此事基本照搬于《汉书·王莽传》，叙王莽施政不当，天降异象为其征兆，但在《搜神记》中，此意则完全消失，变成了一个池泽精怪的故事。

潘建国先生《〈搜神记〉的形成：以前代故事文本辑采为例》一文中谈及《搜神记》“妖怪篇”以五行灾异故事为主，多摘录于史书中的《五行志》，但表现出政治阐释弱化、妖异叙事增强的特点②。

---

① 可参看贾平《论干宝〈搜神记〉的撰写意图及文体定位》，《民族文学研究》2014年第1期，第164-172页；蒲二利《〈搜神记〉史料价值研究》，郑州大学硕士论文，2008年；黄剑华《干宝〈搜神记〉的价值和意义》，《文史杂志》2009年第4期，第25-27页。

② 潘建国《〈搜神记〉的形成：以前代故事文本辑采为例》，《中国高校社会科学》2019年第4期，第87-98，159页。

此论卓然，这也正是《搜神记》摆脱史学桎梏的第一步，是文学自觉的体现。

第五节　《搜神记》引书子部书的“游心寓目”之思

由本章第三节表格所示，《搜神记》辑采有 20 部子部典籍，涉及篇目最多的是 3 部：有 19 篇出自《列异传》，12 篇出自《博物志》，9 篇出自《风俗通义》。其余则只是零星篇章，一两篇或三五篇。已有学者讨论过《搜神记》取材《风俗通义》所体现的文体独立性[①]，所以本部分的论述将主要围绕《列异传》《博物志》展开。

《搜神记》辑采于《列异传》《博物志》的篇章虽也有不少全篇照搬的，但多数都有改动，而且这种改动不在于“细微处”，而是“大刀阔斧”式的。来自《列异传》的 19 篇故事中，有 10 篇差异较大：卷二《寿光侯》、卷六《胡母班》和《蒋子文》、卷十八《度朔君》、卷十九《文约》、卷二一《冯贵人》和《史姁》、卷二二《鹄奔亭》、卷二五《三王墓》和《韩冯夫妇》。而且除了卷二一的《冯贵人》是《列异传》中的记载更为详尽外，其余的在篇幅上都显著增加，如卷六的《胡母班》，在《列异传》中约 22 字，《搜神记》中则为 500 余字；卷六《蒋子文》在《列异传》中今存 17 字，而《搜神记》中接近 380 字；卷十八的《度朔君》近 500 余字，在《列异传》中不足 100 字；卷二二的《鹄奔亭》在《列异传》中仅 50 余字，《搜神记》中则不下 460 字。

出自《博物志》的 12 篇记载中，有 5 篇有较大改动：卷十七《落头民》、卷二十《貙人》、卷二二《孤竹君》、卷二八《余腹》和《土

① 张建国《〈风俗通义〉与〈搜神记〉创作对比研究》，《太原学院学报》（社会科学版）2016 年第 3 期，第 39-43 页。

蜂》。其中《余腹》篇是《博物志》的记载更为详尽，其他篇都是《搜神记》的内容更为丰富。对于这种差异，有学者认为是因佚文不完备，导致繁简有别，但从《搜神记》整个成书来看，这种不同更有可能是干宝有意为之。首先《搜神记》对辑采资料有增删非常普遍，而且增加的篇幅都较长，似乎不应只归因于佚失。另一点引人注意的是《列异传》中的那些记载虽然非常简略，但首尾完整，是一段很清晰的叙事，如《胡母班》篇，《列异传》载："胡母班为太山府君赍书请河伯，贻其青丝履，甚精巧也。"《鹄奔亭》篇，《列异传》载："苍梧广信女子苏娥，行宿高安鹄奔亭，为亭长龚寿所杀，及婢致富，取其财物，埋致楼下。交阯刺史周敞行部宿亭，觉寿奸罪，奏之，杀寿。"虽只是粗陈梗概，但所述事件非常完整，并非是佚文不完备。所以推测来讲，从《列异传》《博物志》到《搜神记》，干宝经过了"再创作"的过程。

从以上分析可看出，《搜神记》在辑采子部作品时，有更多"变化"的地方。如何看待这些变动，基于不同角度，可能有不同的发现，如有学者以《孤竹君》一文在《博物志》和《搜神记》中的不同为例来说明故事性质的转变："对某些相关传说进行比较，有助于推知风物传说的形成过程。例如《博物志》与后于它的《搜神记》（东晋干宝著）都有关于孤竹君的故事，大意相同，也有区别，二者的区别之处正可说明一般异闻是如何向风物传说演化的。"[①]刨除不同角度的审视，其实首先值得注意的是这些变化所带来的文学艺术上的巨大提升。"变化"最直接的体现是篇幅的增加，这一貌似简单的变化带来了连锁式反应：情节有了更多可以腾挪的空间，从而使故事更加精彩，人物丰满立体，文本的可读性、趣味性都大增；在一个比较长的篇幅中，各种文学手法才有了展现的余地，如对话描写、细节描写甚至场景铺陈、人物情态都能有所交代，能充分体现小说这一文体的魅力。如卷二二的《鹄奔亭》，在《列异传》中仅是粗陈梗概，而《搜神记》则是一篇精彩纷呈的佳作。故事一开篇就

① 祁连休、程蔷、吕微主编《中国民间文学史》，河北教育出版社，2008年，第204页。

营造了紧张而悬疑的氛围："夜犹未半，有一女子从楼下出，呼曰：'明使君，妾冤人也！'须臾，至敞所卧床下跪……"后文苏娥自述被害经过，叙事清晰，环环相扣，精彩片段俯拾即是，如："时日暮，行人断绝，不敢复进，因即留止。致富时暴得腹痛，妾之亭长舍乞浆取火，而亭长龚寿操刀持戟，来至车傍，问妾曰：'夫人何从来？车上何载？丈夫何在？何故独行？'妾应曰：'何劳问之？'寿因持妾臂曰：'年少爱有色，冀可乐也。'妾惧怖不应，寿即持刀刺胁下，一疮立死。"日暮人稀的环境，孤弱的主仆二人，婢女致富突发急症引来了贪婪、残暴的亭长。亭长甫一出现就是"操刀持戟"的样子，而"来至车傍"的细节不仅道其贪婪，更暗示其非常熟悉这种杀人越货的勾当。紧随而来的"四连问"咄咄逼人，将故事推进到令人窒息的阅读氛围中。整个情节体现出纯熟的叙事技巧，这是干宝文学才能的展现，也应是其创作追求"游心寓目"的内在要求。在《搜神记序》中，干宝除强调"明神道之不诬"外，在结尾处还郑重地提出希冀："幸将来好事之士，录其根体，有以游心寓目而无尤焉。"

对于如何理解"游心寓目"，学界还存在分歧，多数认为干宝在这里强调的是小说的娱乐作用[①]；也有学者认为"游心寓目"只是"留心观看"的意思，干宝没有以小说为消遣娱乐的意图[②]。笔者暂不评论二者孰是孰非，但有一点可以肯定的是能让人"游心寓目"者自然应该是精彩之物。如就"寓目"一词来说，很多用例也都着意突出了"寓目"对象的可观性甚至娱乐性，如《左传·僖公二十八年》："子玉使斗勃请战，曰：'请与君之士戏，君凭轼而观之，得臣与寓目焉。'"[③]《晋书·虞溥传》："溥从父之官，专心坟籍。时疆场阅武，人争视之，溥未尝寓目。"[④]由此推论，干宝对自己作品的可读性很有信心，而这种信心的来源应该就是这种"再创作"的过程，这是一种"踵其事而增华"的创作上的发酵，虽说干宝受

① 宁宗一主编《中国小说学通论》，安徽教育出版社，1995年，第117页。

② 张庆民《〈搜神记序〉初探》，《文学遗产》2013年第6期，第55-63页。

③ 杨伯峻编著《春秋左传注》，中华书局，2016年，第502页。

④ [唐]房玄龄等撰《晋书》，中华书局，1974年，第2139页。

时代所限，还没有明确的文体意识，但毫无疑问著作者的自觉要求弥补了这一缺憾，讲述了更为精彩纷呈的故事。

第六节 《搜神记》引书《汉书》例析

一、《搜神记》引书《汉书》的篇目及异同

据统计，《搜神记》中共有28篇取材于《汉书》，有少数在文中标明了取材出处，但多数未见任何标识。在具体文字表述上，少数属于原文照搬，但大多数篇章都有或多或少的改动之处。具体情况如表5所示：

表5 《搜神记》取材《汉书》篇目列表

《搜神记》卷次、篇目	《汉书》出处	是否有标明取材出处的文字	文字表述异同
卷二《少翁》	《汉书·外戚传·孝武李夫人列传》	无	有所删减
卷八《东海孝妇》	《汉书·于定国传》	有“《汉书》载”	基本相同
卷十《洧渊龙斗》	《汉书·五行志下之上》	无	有所删减
卷十《马生人》	《汉书·五行志下之上》	无	有所删减
卷十《魏女子化丈夫》	《汉书·五行志下之上》	无	有所删减
卷十《五足牛》	《汉书·五行志下之上》	无	概述其意
卷十一《龙见温陵井》	《汉书·五行志下之上》	无	有所删减
卷十一《马狗生角》	《汉书·五行志下之上》和《汉书·五行志中之上》两处记载	无	合二为一
卷十一《下密人生角》	《汉书·五行志下之上》	有“《五行志》以为”	概述其意
卷十一《犬豕交》	《汉书·五行志中之上》	有“《五行志》以为”	概述其意
卷十一《乌斗》	《汉书·五行志中之下》前后相连的两处记载	有“《五行志》以为”	合二为一

续表

《搜神记》卷次、篇目	《汉书》出处	是否有标明取材出处的文字	文字表述异同
卷十一《牛祸》	前一事取材于《汉书·五行志下之上》后一事出处不详	无	合二为一
卷十一《赵邑蛇斗》	《汉书·五行志下之上》	无	基本相同
卷十一《辂軨厩鸡变》	《汉书·五行志中之上》	有“《五行志》以为”	概述其意
卷十一《茅乡社大槐树》	《汉书·五行志中之下》	无	基本相同
卷十一《鼠巢》	《汉书·五行志中之上》	无	有所删减
卷十一《长安男子》	《汉书·五行志中之上》	无	基本相同
卷十一《燕生雀》	《汉书·五行志中之下》	无	基本相同
卷十一《大厩马生角》	《汉书·五行志下之上》	有“《五行志》以为”	有所删减
卷十一《零陵树变》	《汉书·五行志中之下》的两处记载	无	合二为一
卷十一《豫章男子》	《汉书·五行志下之上》	无	有所删减
卷十一《赵春》	《汉书·五行志下之上》	无	有所删减
卷十一《长安女子》	《汉书·五行志下之上》	无	有所删减
卷十五《鹏鸟赋》	《汉书·贾谊传》	无	概述其意
卷十五《翟宣》	《汉书·翟方进传》附《翟义传》	无	概述其意
卷十六《池阳小人》	《汉书·王莽传》	无	基本相同
卷十七《蜮》	《汉书·五行志下之上》	无	概述其意
卷二一《田无啬儿》	《汉书·五行志下之上》	无	基本相同

由表5可知，标明取材出处的篇章有6篇，以卷八的《东海孝妇》最为明显，开篇即曰“《汉书》载”，其他几篇在行文中有“《五行志》以为”这样的字样可以指示出处。另外，“《五行志》以为”也起到概括大意的作用，如卷十一《辂軨厩鸡变》，取自《汉书·五行志中之上》，原文有很长一段对“鸡变”的解说，文字可谓丰赡，到《搜神记》中，只概述为一句话：“《五行志》以为王氏之应也。”从叙事来说，非常简洁，而且这一变动使故事的重心也发生了变化，

《汉书·五行志中之上》是以对“鸡变”事的解说，尤其是政治性阐释为主，而《搜神记》概而述之，则使“鸡变”事本身凸显出来。

从行文的异同来看，“基本相同”的篇章有7篇，当然“基本相同”不排除少数字句上的差异，但这些差异对文意的表达没有影响，大约是年代久远，辗转传抄所致。“有所删减”的篇章有10篇，是最主要的取材方式，把这些篇章与原记载比较的话，其删减处都比较明显，也体现出一定规律性，兹举一例以说明：

> 《汉书·五行志下之上》：“惠帝二年正月癸酉旦，有两龙见于兰陵廷东里温陵井中，至乙亥夜去。刘向以为龙贵象而困于庶人井中，象诸侯将有幽执之祸。其后吕太后幽杀三赵王，诸吕亦终诛灭。京房《易传》曰：‘有德遭害，厥妖龙见井中。’又曰：‘行刑暴恶，黑龙从井出。’”①
>
> 《搜神记》卷十一《龙见温陵井》：“汉惠二年正月癸酉旦，有两龙见于兰陵廷东里温陵井中。京房《易传》曰：‘有德遭害，厥妖龙见井中。行刑暴恶，黑龙从井出。’”

《汉书·五行志》是汉代灾异论集大成者，汇集了对灾异的各家解释，“是以揽仲舒，别向、歆，传载眭孟、夏侯胜、京房、谷永、李寻之徒所陈行事”，而每一条灾异的记载则是典型的“征-应”模式②，“征”是各种灾异事件，“应”则有政治性阐释，如上例中刘向所说吕氏之祸；也有五行相生相克之说或易经占候，如例证中引到的京房《易传》。《搜神记》辑采这则材料时，“征”的部分没有变化，“应”中只保留了京房《易传》之论，具体的政治阐释，即刘向所说的“吕氏之乱”则节略不用。上表中“有所删减”的篇章基本都是这种情况，删减的都是“应”的部分，尤其是政治性阐释多被略而不取。

上表中的“合二为一”指的是一条记载分别取自两处，但它们

---

① [汉]班固撰，[唐]颜师古注《汉书》，中华书局，1962年，第1466-1467页。

② 游自勇《中古〈五行志〉的“征”与“应”》，《首都师范大学学报》（社会科学版）2007年第6期，第10-16页。

不是简单地组合在一起，而是一主一副、一繁一简，如卷十一的《马狗生角》条，由“吴地有马生角”和“雍城门外有狗生角”两事组成，前一记载来自《汉书·五行志下之上》，后者出自《汉书·五行志中之上》，前者较详，后者则只选取了简略的一句话，主次之分非常清晰，能看出干宝在撰作《搜神记》时的剪裁之功。

二、以“五行故事”为主要取材对象

《搜神记》从《汉书》中取材在内容上非常集中，28 篇中，有 23 篇取自《汉书·五行志》，属于五行征兆类。其余 5 篇出自列传，但卷十五的《鹏鸟赋》和《翟宣》也是反映的天人感应之论，从故事类型上也属于五行征兆类故事。所以，以数字来说，有 25 篇都可归类为五行故事。

《搜神记》取材《汉书》的这一倾向非常具有代表性，其从其他史书中取材时也多是符瑞、灾异之事。据本章第三节所示，《搜神记》中约有 113 篇故事取自 33 部史部书，其中五行征兆类故事达半数以上。取材数量较多的除《汉书》外，其他如司马彪《续汉书》有 16 篇，王隐《晋书》有 10 篇，《竹书纪年》有 5 篇等，数量都颇为可观。其实不仅《搜神记》从史书中取材多五行征兆类，反之亦然，后来史书取材《搜神记》时，也集中于五行类，沈约《宋书》和唐人修《晋书》都有《五行志》，二者前后相继，从《搜神记》中取材不下数十条[①]，可以说，五行类题材是小说与史书之间最直接的关联点。

如果将取材内容进一步细化，我们发现干宝似乎只是对某些五行故事感兴趣，粗略表现是所有的取材集中于《五行志中》和《五行志下》，未有一条来自《五行志上》；细看内容，则全部属于反常怪异事，而未有灾害事件。在古人眼中，灾和妖（怪）是有明显区别的，《左传·宣公十五年》：“天反时为灾，地反物为妖，民反德为

① 余作胜《唐修〈晋书〉取材〈搜神记〉原因探析》，《宁夏大学学报》（人文社会科学版）2008 年第 3 期，第 80–83 页。

乱。乱则妖灾生。”[①]整个《汉书·五行志》资料丰赡，有独特的叙述体例，但所记各类“征”不外“灾”“异”二途，“《五行志》将所有灾异分为五行之失、五事之失与皇之不极等十一大类，在五事、皇极类又分出罚、极、妖、孽、祸、疴、眚、祥、沴等不同条目”[②]，其中的“五行之失”主要是“灾”类，主要分布于《五行志上》，细分为“木不曲直、火不炎上、稼穑不成、金不从革、水不润下”，体现在行文中就是“灾”字频现，如“御廪灾”“齐大灾”“西宫灾”“宋灾”“郑灾”“柏梁台灾”“太上皇庙灾”等，不一而足，多数是大雨、洪灾、火灾、大旱、时疫等自然灾害，《搜神记》对此一无所取。“五事、皇极类”则主要是“妖”类，细分为“妖、孽、祸、疴、眚、祥、沴”，“凡草物之类谓之妖。妖犹夭胎，言尚微。虫豸之类谓之孽。孽则牙孽矣。及六畜，谓之祸，言其著也。及人，谓之疴。疴，病貌，言浸深也。甚则异物生，谓之眚；自外来，谓之祥，祥犹祯也。气相伤，谓之沴”[③]，包括各种植物、动物、人的变异以及服妖、诗妖等，分布于《五行志中》和《五行志下》。《搜神记》的取材就是集中于此，主要有三大类，第一类是动物变异，数量最多，有 15 篇，如卷十的《洧渊龙斗》《马生人》，卷十一的《龙见温陵井》《马狗生角》等，这些动物变异有些是自然现象，如龙斗、蛇斗、乌斗、犬咬死鹅雁等；有些应该是畸形，如五足的牛、生角的马狗、马生角、牛足生在牛背上等。第二类是人之变异，计 6 篇，如卷十的《魏女子化丈夫》、卷十一的《下密人生角》等，其变异包括头生角、男变女、女变男等，大体属于病变或生殖畸形，也有可能因民间传言，以讹传讹。第三类是植物变异，数量不多，只有两篇：卷十一的《茅乡社大槐树》和《零陵树变》，皆为树木复生事。

由以上分析可知，《搜神记》从《汉书》中取材集中于五行征兆类，具体内容上，全部是“妖”（怪）事件，即反常怪异的事情，而没有灾害事件。这或许有《搜神记》早已佚失，后人辑佚不全的因

① 杨伯峻编著《春秋左传注》，中华书局，2009 年，第 833 页。

② 程苏东《〈汉书·五行志〉体例覆覈》，《中国史研究》2020 年第 4 期，第 49-68 页。

③ [汉]班固撰，[唐]颜师古注《汉书》，中华书局，1962 年，第 1353 页。

素，但更有可能是因为干宝为史家，其取材《汉书》有一定倾向性。干宝是在修《晋纪》之余开始撰写《搜神记》[①]，其作为史官领修国史，又刚经历了西晋动乱，总结晋祚中断原因是应有之义[②]，这一点可以从两方面论据加以说明。一方面，取自《汉书·五行志》的这些篇章在"应"上多是权臣、外戚之乱等，即多与王政更迭有关，常有"王德衰，下人将起""强盛而蔽君德"之论，如出自《五行志下》的篇章基本都属于"皇极"类，即皇权中断，"'皇之不极，是谓不建'，皇，君也。极，中；建，立也。人君貌言视听思心五事皆失，不得其中，则不能立万事"[③]。另一方面，《搜神记》卷十至卷十五为"妖怪篇"，干宝对"妖怪"的界定为："妖怪者，盖是精气之依物者也……本于五行，通于五事。虽消息升降，化动万端，然其休咎之征，皆可得域而论矣。"即五行灾异论，其所记除取自《汉书·五行志》《续汉书·五行志》等以外，还有不少篇章是干宝自撰晋以来的五行灾异事，其征应的政治事件集中于西晋末年的动乱以及东晋王敦之乱，所论多有"贾后专治，谤杀太子""贾后谗戮愍怀，俄而祸败亦及""下人逾上之妖""王敦陵上之应"等，能明显看出干宝是将西晋末的动乱主要归咎于贾后专权，而王敦不臣也导致东晋政权不稳。从以上两个方面来看，干宝关注的五行灾异事件多与"以下凌上"有关，这应该与干宝作为史家，有意识地反思晋祚危亡有很大关联。所以，《搜神记》取材《汉书》时体现出内容集中、有明显倾向性的特点应是干宝基于现实政治反思而进行有意选择的结果。

三、从史书到小说：继承与变迁

魏晋南北朝时期的志怪小说常被认为"非有意为小说"之作，整体上尚不脱史家之藩篱，《搜神记》与史书也关系密切，体现在多个方面，如干宝本身就是史学家，《搜神记序》中一再强调其"实录"

---

① 李剑国《干宝考》，《文学遗产》2001 年第 2 期，第 14-29，142 页。

② 李传印《〈晋纪·总论〉的史学价值》，《史学月刊》2007 年第 8 期，第 11-16 页。

③ ［汉］班固撰，［唐］颜师古注《汉书》，中华书局，1962 年，第 1458 页。

的创作态度；《隋书·经籍志》《旧唐书·经籍志》中，《搜神记》都被载入“史部杂传类”；后来的史书如《宋书》《晋书》等多采录于《搜神记》。《搜神记》从《汉书》中取材也能说明志怪小说与史书存在着直接关联，从数量上即可以看出史书是志怪小说最主要的故事来源之一。另外，二者的紧密关系还体现在取材时更为“信实”，比较来看，《搜神记》从史书中取材时，文句原文照搬的比例更高，如取材《汉书》的每一篇章总有部分字句完全一样，而从其他典籍，尤其是一些志怪小说，如《列异传》《博物志》等取材时，往往只是故事一样，具体的字句表达却差异较大。总之，从取材上能更为清楚地展现出在小说发展初期阶段，在创作态度和内容上，史书对志怪小说的滋养。

以《搜神记》为代表的六朝志怪小说在汲取史传营养的基础上，也逐渐挣脱史家之窠臼，对这一问题，学者们多从“虚构”和“叙事”入手加以分析，如刘勇强《宗教信仰制约下的艺术想象——〈搜神记〉小说品格的反思》认为《搜神记》从不同方面体现了奇幻思维发育初期的艺术趣味与水平①；尹策《传承与新变：论六朝志怪小说的“自觉”》一文也认为六朝志怪中的一些故事内容、结构手法、叙述视角几乎与后世小说无异②。这一问题如果从取材方面审视的话，答案会更为直接。《搜神记》取材《汉书》，除少数原文照搬外，大约有三分之二的篇目都有变化，这些“或有意或无意”的变化体现出干宝撰作《搜神记》的“自觉”，即在与史书最紧密的篇章中也展现出分离的姿态。

第一，《搜神记》从《汉书》取材，使素材成为志怪小说，赋予文本独立意义。《汉书》具有史书的文体特色，不管是纪传体还是志、表都有完整的叙事框架，《搜神记》所选取的内容在《汉书》的叙事体系中只是一个片段、一段素材，服务于整篇的主旨所在，承担着

① 刘勇强《宗教信仰制约下的艺术想象——〈搜神记〉小说品格的反思》，《中国高校社会科学》2019 年第 4 期，第 107-117，159-160 页。

② 尹策《传承与新变：论六朝志怪小说的“自觉”》，《青海社会科学》2019 年第 4 期，第 154-159 页。

表现人、事或论说证据的功用。但当这些素材被纳入《搜神记》的叙事体系后，就成为一篇篇独立故事，虽篇幅短小，甚至在艺术上乏善可陈，但每一篇都是独立而完整的文本，具有完全不同于原文的叙事主体和立意。如卷八的《东海孝妇》，取自《汉书·于定国传》，在《于定国传》中，故事旨在颂扬于定国之父于公的功德，东海孝妇事是为了展现于公之德而举的例证。在《搜神记》中，孝妇则成为主角，是一篇首尾完整的冤报故事，孝妇的言行构成整个叙事主体，而于公虽依旧存在，但只是作为孝妇之冤的一个见证者。

第二，部分五行故事政治阐释弱化或消失，从而使异事叙事更加突出，整体故事性加强了。《搜神记》取材《汉书》的篇章还是以《五行志》为主导，上文已论及五行叙事是志怪小说与史书的最紧密关联处，但这只是问题的一个方面。另一方面，我们发现大约有三分之二的篇章在文字上比原出处更为简洁，而且非常有规律。上文已提到，9 篇“有所删减”的篇章在文字上的删减处是一样的，都保存了“征”(异事)，而删除了“应”中的政事类阐释。“概述其意”和“合二为一”的篇章也有这种倾向，干宝通过“概述其意”，用非常简略的语句代替《五行志》中不厌其烦的政治解说，“应”的部分在篇幅上不再占优，如卷十《五足牛》，取自《汉书·五行志下之上》，原文中“五足牛”兆应之事罗列了多件，诸如“广大宫室”“复起阿房”“民力转输”等[1]，《搜神记》中只概括为一句“时秦世丧用民力”。“合二为一”的篇章中亦是如此，即兆应的政治阐释或概述之或被删略。

《搜神记》取材《五行志》的这一改动所带来的变化显而易见，“应”的内容被弱化或消失，所记“征”(异事)就被动地凸显出来，进而成为叙事的主体。《五行志》“征-应”叙事中，重在“应”，所以会不避烦琐，每一条灾异下往往会罗列两三家说法，但对“征”

---

① [汉]班固撰，[唐]颜师古注《汉书》，中华书局，1962 年，第 1447 页。

（异事）则只简单记录，交代事情始末，未有多余摹写之处。《搜神记》对“征”（异事）部分原文照搬，虽依旧粗疏，但因“应”的变化，叙事的重心自然转到各种异事上，异事本身成为整篇叙事的主体。当然，从文学层面看，这些取自《五行志》的五行故事依旧非常粗陋，但这种变化无疑是难能可贵的，也昭示着进一步丰富的可能性，如《搜神记》五行故事有些篇章已颇有叙事婉转之态，如卷十三《荧惑星》、卷十四《张骋牛言》、卷十五《东莱陈氏》《聂友板》等，篇幅都显著增加，不仅叙事周详，也时有文学手法，如对话描写、细节刻画等。

第三，这种弱化政治阐释的倾向应该是干宝有意为之，因为有相同变化的篇章数量不少，也非常有规律。自然，我们也不宜把这种“有意”太过夸大，干宝并非有明确的文体意识，这种情况多半是因干宝撰《搜神记》是在修撰国史之余，虽然依旧秉持着史家态度和实录原则，但在行文中会对二者加以区分。可以说，《搜神记》取材《汉书》时在具体笔法上已有不同，因叙事侧重点的变化而使故事性有所提升，这一变化可看作小说脱离史籍的第一步。

第八章 《拾遗记》引书考辨

在魏晋南北朝志怪小说中，《拾遗记》是比较突出，也非常独特的一部作品，突出在于其艺术成就较高，是同时期小说作品中的翘楚之作；独特则因为它的内容和体例都有不同于其他志怪小说的地方，故而争议也很多。《拾遗记》用的是史书体例，但记事则诡异怪诞，于史无征，以往论者多认为这是道士王嘉凭空想象，自构虚辞，《史通·杂述》："如郭子横之《洞冥》，王子年之《拾遗》，全构虚辞，用惊愚俗。"[①]《四库全书总目》卷一四二："嘉书盖仿郭宪《洞冥记》而作，其言荒诞，证以史传皆不合。"[②]实际上《拾遗记》在素材选择上也"有迹可循"，就成书来说，《拾遗记》可谓最接近通常意义上的小说创作，其并非直接将其他典籍中的素材取来，而是经过了加工再创作，将虚和实杂糅在一起，从而形成了以历史脉络为框架，以逸闻轶事为血肉，又偏重奇珍异物的叙事文本。神话学家袁珂在论及《拾遗记》时有一段话，恰是本研究旨意所在："《拾遗记》记叙很杂，许多事情，看来确实恢诡不经。但要说它全是凿空杜撰，一个人的头脑绝难有此力量。它总要根据一些材料，或古籍记载，或民间口传，来进行写作。在写作的过程中，也有可能掺入一些自己虚幻的构想，所以它是真赝杂糅的东西……"[③]

---

① [唐]刘知几撰，黄寿成校点《史通》，辽宁教育出版社，1997年，第82页。

② [清]永瑢等撰《四库全书总目》，中华书局，1965年，第1207页。

③ 袁珂《中国神话史》，上海文艺出版社，1988年，第197页。

第一节 神话基因与桑间濮上:《皇娥宴歌》的征引与虚构

十卷本《拾遗记》叙事从上古到两晋，又兼奇珍异物、八大仙山，内容可谓丰赡，而怪诞虚妄之言似俯拾皆是，其中，常被举以例证者是卷一《少昊》中的“皇娥宴歌”事。杨慎《丹铅总录》:“其书全无凭证，直讲虚空。首篇谓少昊母有桑中之行，尤为悖乱。”胡应麟《少室山房笔丛》卷三十二:“(《拾遗记》)中所记无一事实者。皇娥等歌，浮艳浅薄。”《四库全书总目提要》:“嘉书盖仿郭宪《洞冥记》而作，其言荒诞，证以史传皆不合。如皇娥宴歌之事，赵高登仙之说，或上诬古圣，或下奖贼臣，尤为乖迕。”《汉魏丛书·拾遗记》王谟跋:“其甚者，至以《卫风·桑中》托始皇娥，为有淫佚之行。诬罔不道如此。”[①]马骕《绎史》卷六:“帝子圣母而有桑中之戏，清歌七言，乃见轩皇之世乎？子年之妄极矣。”[②]这诸多说法意思相似，一是斥其虚妄，二是怒其诬蔑先贤，认为帝子圣母不会有桑中之行。实际上，“皇娥宴歌”是一篇难得的爱情神话，有着妙曼的故事和清灵隽永的文字表达，将其称为唐前最唯美的爱情故事也不为过。其文曰:

少昊以金德王。母曰皇娥，处璇宫而夜织。或乘桴木而昼游，经历穷桑沧茫之浦。时有神童，容貌绝俗，称为白帝之子，即太白之精，降乎水际，与皇娥宴戏，奏㛹娟之乐，游漾忘归。穷桑者，西海之滨，有孤桑之树，直上千寻，叶红椹紫，万岁

---

① 以上引文见[晋]王嘉撰，[梁]萧绮录，齐治平校注《拾遗记》中“附录”，中华书局，1981年，第252-254页。

② [清]马骕纂，刘晓东等点校《绎史》，齐鲁书社，2001年，第66页。

一实，食之后天而老。帝子与皇娥泛于海上，以桂枝为表，结熏茅为旌，刻玉为鸠，置于表端，言鸠知四时之候，故《春秋传》曰“司至”，是也。今之相风，此之遗象也。帝子与皇娥并坐，抚桐峰梓瑟。皇娥倚瑟而清歌曰：“天清地旷浩茫茫，万象回薄化无方。浛天荡荡望沧沧，乘桴轻漾着日傍。当其何所至穷桑，心知和乐悦未央。”俗谓游乐之处为桑中也。《诗》中《卫风》云:“期我乎桑中。”盖类此也。白帝子答歌:“四维八埏眇难极，驱光逐影穷水域。璇宫夜静当轩织。桐峰文梓千寻直，伐梓作器成琴瑟。清歌流畅乐难极，沧湄海浦来栖息。”及皇娥生少昊，号曰穷桑氏，亦曰桑丘氏。至六国时，桑丘子著阴阳书，即其余裔也。少昊以主西方，一号金天氏，亦曰金穷氏。时有五凤，随方之色，集于帝庭，因曰凤鸟氏。金鸣于山，银涌于地，或如龟蛇之类，乍似人鬼之形，有水屈曲亦如龙凤之状，有山盘纡亦如屈龙之势，故有龙山、龟山、凤水之目也。亦因以为姓，末代为龙丘氏，出班固《艺文志》；蛇丘氏，出《西王母神异传》。①

这是一则美丽而浪漫的故事，仙娥和帝子的相识相恋被置于天清地旷的浩渺宇宙苍穹中，似乎这是混沌天地间最美丽的颜色、最动听的情歌，那穷桑之巅、沧茫之浦都是这曲恋歌的见证者，天地无穷，山水迢迢，唯有皇娥、帝子并坐抚琴的身影是亘古不变的温暖亮色。只是过去的那些冬烘先生们囿于成见，就算“关雎”之歌都需要遮蔽上一层“温柔敦厚”的面纱，更何况《拾遗记》这样直白明快的爱情赞歌，惹人非议也可以理解。除了爱情为理学家们诟病外，斥责“皇娥宴歌”完全虚构则是过于夸大了，这则故事是《拾遗记》虚实结合的典型例证，而且是一种有意识虚构，将来于前典的各种文化因素糅于虚拟的爱情故事中，形成一种虚实之间水乳交融的非常精彩的叙事文本。

① [晋]王嘉撰，[梁]萧绮录，齐治平校注《拾遗记》，中华书局，1981年，第12-14页。

一、少昊神话的支撑意义

袁珂《中国神话通论》中认为“皇娥宴歌”来源于《春秋纬元命苞》中的一段记载[①]，《春秋纬元命苞》：“大星如虹，下流华渚，女节梦接，意感而生朱宣。”魏宋均注：“华渚，渚名也；朱宣，少昊氏。”[②]纬书中的这条记载是一则感生神话，《帝王世纪》也有采用，并融合了其他说法：“少昊帝，名挚，字青阳，姬姓也。母曰女节，黄帝时，有大星如虹，下流华渚，女节梦接意感，生少昊，是为玄嚣。”[③]女节感星而孕，生白帝朱宣，虽然这则记载中的名、地、时与《拾遗记》都不一样，但少昊为“星之子”的设定为《拾遗记》演化少昊为太白星精之子打下了基础，而“皇娥宴歌”整段故事实质上就是为介绍少昊的诞生，把干巴巴的感生神话加工成具体生动的两性相悦。另外《拾遗记》将“大星如虹”具象为太白金星，也与汉人对太白星的重视有关，张守节《史记正义》注《天官书》“察日行以处位太白”时引《天官占》，曰：“太白者，西方金之精，白帝之子。”故而《拾遗记》叙曰“有神童，容貌绝俗，称为白帝之子，即太白之精”，呼其为“帝子”或“白帝子”。我国自先秦时就祀五方神，西方为白帝，只是在史家的叙述话语中，白帝另有其神，《史记·天官书》：“其内五星，五帝坐。”张守节《正义》曰：“黄帝坐一星，在太微宫中，含枢纽之神。四星夹黄帝坐：苍帝东方灵威仰之神；赤帝南方赤熛怒之神；白帝西方白昭矩之神；黑帝北方叶光纪之神。五帝并设，神灵集谋者也。”[④]在神话体系中，少昊为白帝的说法早在《山海经》中就有记载，《西山经》曰：“又西二百里，曰长留之山，其神白帝少昊居之。”[⑤]后来，秦国起于西垂，自以为承于少昊，《史记·封禅书》：“秦襄公既侯，居西垂，自以为主少皞

---

① 袁珂《中国神话通论》，四川人民出版社，2019 年，第 172 页。

② 安居香山、中村璋八辑《纬书集成》，河北人民出版社，1994 年，第 590 页。

③ 徐宗元辑《帝王世纪辑存》，中华书局，1964 年，第 26 页。

④ [汉]司马迁撰，[宋]裴骃集解，[唐]司马贞索隐，[唐]张守节正义《史记》，中华书局，2011 年，第 1212-1213 页。

⑤ 袁珂校注《山海经校注》，巴蜀书社，1992 年，第 61 页。

之神，作西畤，祠白帝，其牲用骝驹黄牛羝羊各一云。”[①]显然，《拾遗记》在这里巧妙地联系起了“白帝”的称谓，将汉人太白金星为“白帝子”的说法嫁接过来，少昊成了太白金星之子，表面看来似乎神格有所下降，不过不得不说这是神来之笔。

在《拾遗记》之前，典籍中没有任何关于“皇娥”的记载，“白帝之子”也未被想象为“容貌绝俗”的神童，但有关“少昊氏”的神话传说很多，很多细节为《拾遗记》所吸收，成为支撑这则浪漫神话的骨架。如：

第一，少昊邑在穷桑，《尸子》：“少昊金天氏，邑于穷桑，日五色，互照穷桑。”[②]又《帝王世纪》曰：“（少昊）邑于穷桑，以登帝位，都曲阜，故或谓之穷桑帝。”[③]《拾遗记》中皇娥与白帝子相遇于穷桑，“母曰皇娥，处璇宫而夜织。或乘桴木而昼游，经历穷桑沧茫之浦。时有神童……降乎水际，与皇娥宴戏，奏嫚娟之乐，游漾忘归”，而且将“穷桑”具象化为一株千寻孤桑：“穷桑者，西海之滨，有孤桑之树，直上千寻，叶红椹紫，万岁一实，食之后天而老。”《拾遗记》卷五还记有“寿木之林”，二者异曲同工：“有寿木之林，一树千寻，日月为之隐蔽。若经憩此木下，皆不死不病。”二者皆有高大、不死的特征，有着天地树、不死树的影子。

第二，少昊被称为百鸟王，即以鸟（凤鸟、玄鸟、燕子）为图腾的原始族群[④]，《左传·昭公十七年》对此有段历史化的解读：“我高祖少昊挚之立也，凤鸟适至，故纪于鸟，为鸟师而鸟名：凤鸟氏，历正也；玄鸟氏，司分者也；伯赵氏，司至者也；青鸟氏，司启者也；丹鸟氏，司闭者也。祝鸠氏，司徒也；鴡鸠氏，司马也；鸤鸠氏，司空也；爽鸠氏，司寇也；鹘鸠氏，司事也。五鸠，鸠民者也。五雉为五工正，利器用、正度量，夷民者也。九扈为九农正，扈民

① [汉]司马迁撰，[宋]裴骃集解，[唐]司马贞索隐，[唐]张守节正义《史记》，中华书局，2011 年，第 1261 页。

② 张景、张松辉译注《黄帝四经·关尹子·尸子》，中华书局，2020 年，第 369 页。

③ 徐宗元辑《帝王世纪辑存》，中华书局，1964 年，第 26 页。

④ 袁珂《中国神话通论》，四川人民出版社，2019 年，第 167-169 页。

无淫者也。”[①]这里说少昊初立时，恰凤凰飞来，所以以“鸟”命官，所列“鸟官”五花八门，其中最引人注目的“伯赵氏”以及数量最多的“五鸠”，《拾遗记》中叙皇娥和帝子泛舟海上时，将“鸠”置于桅杆顶端的描写应该就是源于少昊氏的这一图腾标识，文中曰：“帝子与皇娥泛于海上，以桂枝为表，结熏茅为旌，刻玉为鸠，置于表端，言鸠知四时之候，故《春秋传》曰‘司至’，是也。”[②]这一段话中实际上已经点明了这一情节的来源，其中“《春秋传》曰”指的就是上文所引《左传》中的这段话。虽说鸠鸟为候鸟，能表明四时节气，但将玉鸠置于船只桅杆顶端，“知四时之候”只是象征意义，它实际的作用则应该看作一种氏族图腾，是借以表明身份和种属的徽章。

另外，《拾遗记》在描写皇娥与白帝子清歌酬唱时特意强调了伴奏的“梓瑟”，在文中共叙及三次，“帝子与皇娥并坐，抚桐峰梓瑟”“皇娥倚瑟而清歌”“桐峰文梓千寻直，伐梓作器成琴瑟”。《山海经》中也记有少昊的琴瑟，二者或许有因缘关系，《大荒东经》：“东海之外大壑，少昊之国。少昊孺帝颛顼于此，弃其琴瑟。”郝懿行注云：“此言少皞孺养帝颛顼于此，以琴瑟为戏弄之具而留遗于此也。”[③]看来少昊这一系除了是白鸟之王外，音乐才能也不容忽视。

二、对《诗经·桑中》的超越式呼应

《拾遗记》描述皇娥与白帝子在穷桑沧茫之浦游玩嬉戏、清歌抒情，明清时的论者多斥责其为“桑中之乐”“淫佚之行”，就《拾遗记》本身的叙述来看，作者王嘉毫不避讳这是桑中之乐，但其态度显然不同于后来的道学家们，而是一种认同、欣赏的平和之态：“俗谓游乐之处为桑中也。《诗》中《卫风》云：‘期我乎桑中。’盖类此也。”没有汉儒靡靡之音、亡国之乐的论调，只是将“桑中”称为“游乐之处”，而且说“期我乎桑中”大概就类似于皇娥与白帝子的恋歌，

① 杨伯峻编著《春秋左传注》，中华书局，2016年，第1539-1541页。
② [晋]王嘉撰，[梁]萧绮录，齐治平校注《拾遗记》，中华书局，1981年，第13页。
③ 袁珂校注《山海经校注》，巴蜀书社，1992年，第390-391页。

在“桑间濮上”几乎已经被定性为淫逸之地的汉魏时期，王嘉此说不啻为石破天惊，具有伟大的超前性，体现出独有的眼光和见地。

《拾遗记》曰“期我乎桑中”出于“《诗》中《卫风》”，这是一个笼统的说法，此句出自《诗经・鄘风・桑中》。《诗经》十五国风中包括“郑风”“邶风”“鄘风”“卫风”四部分，这就是常被人论及的“郑卫之风”，卫国是因周王将邶、卫、鄘三地一并封予康叔而成为统一国家，《汉书・地理志》：“故《书序》曰：‘武王崩，三监畔。’周公诛之，尽以其地封弟康叔，号曰孟侯，以夹辅周室；迁邶、庸之民于洛邑，故邶、庸、卫三之诗相与同风。”[1]所以“邶风”“鄘风”“卫风”都可以称为卫地民歌，《拾遗记》此说虽不够准确，但大抵没错。对于《桑中》一诗，《毛诗》云：“《桑中》，刺奔也。卫之公室淫乱，男女相奔，至于世族在位，相窃妻妾，期于幽远，政散民流而不可止。”注曰：“卫之公室淫乱，谓宣惠之世，男女相奔，不待媒氏以礼会之也。世族在位，取姜氏、弋氏、庸氏者也。窃，盗也。幽远，谓桑中之野。”[2]自孔子斥“郑诗淫”以来，“郑卫之音”“桑间濮上”的政治化、教化式解读成为最主要的声音。这种解读从先秦一直延续到明清，中间或有异词，如明代中后期，在心学思潮的影响下，也出现了肯定郑卫之音写真情的说法，但“淫奔”依旧是其底色。在这样的思想氛围之下，再看《拾遗记》对“游乐之处为桑中”的认识，是在刨除政治化、道德化外衣后，一种本质而质朴的认识，非常难能可贵。

王嘉是一道士，既避世，又入世，且避世很深，入世又带些玩世不恭的色彩，《晋书・王嘉传》：“轻举止，丑形貌，外若不足，而聪睿内明。滑稽好语笑，不食五谷，不衣美丽，清虚服气，不与世人交游。”[3]王嘉外貌甚“丑”而内有乾坤，又不与世人交游，很符合中国文化里对道家高人的一般性描摹。王嘉入世以后，受到苻坚

---

① [汉]班固撰，[唐]颜师古注《汉书》，中华书局，1962 年，第 1647 页。

② [汉]毛亨传，[汉]郑玄笺，[唐]孔颖达疏《毛诗正义》，北京大学出版社，2000 年，第 225 页。

③ [唐]房玄龄等撰《晋书》，中华书局，1974 年，第 2496 页。

和姚苌的礼遇，但其所作答问都是“好为譬喻，状如戏调”，让人摸不到头脑，终于惹得姚苌暴怒，进而被杀。从这些经历可以看出，王嘉是一典型道教徒，不畏权贵，对时局也有卓尔不凡的见识，所以言当时事多能应验。这样一个超于世俗的道士，对儒家的人伦、礼制自然不会苟同，王嘉对《桑中》有不一般的见解应与他的道家思想有直接关联。王嘉不流于世俗的见解不仅体现在“皇娥宴歌”中，卷四《秦始皇》中的“赵高登仙”也颇不落俗套，《四库全书总目》斥其为“下奖贼臣，尤为乖迕”[①]。自《史记·李斯传》中叙赵高指鹿为马、弄权窃国之后，赵高作为乱臣贼子受到千万人唾骂，但王嘉在叙子婴诛赵高事时则态度迥异，赵高不仅有神异护体，而且被杀后有千家泣送。张春红《〈拾遗记〉文献价值反思——以赵高登仙条为例》一文从赵高身世入手，分析赵高作为赵国宗室，入秦是为赵国复仇，从赵国立场来看，赵高也有些“忠臣义士”的面目，文章基于以上分析认为《拾遗记》对赵高的记载具有一定文献价值，不能以虚妄视之[②]。

三、有意虚构的“草蛇灰线”

“皇娥宴歌”是王嘉虚构的神话故事，虽没有直接的材料来源，但包含了诸多真实的文化元素，恰如上文所分析的，有神话、民俗等，它们共同支撑着这则“新神话”。同时，我们还应该注意的是作者似乎有意留下一些虚构的痕迹，似是在昭示其“假”之处，如“皇娥”的取名。在《拾遗记》以前的记载中，少昊母或名为女节，或为嫘祖，但王嘉另起炉灶，名其为“皇娥”，袁珂分析此命名应来源于舜妻“娥皇”之倒：“《拾遗记》不着时代，开头就说‘少昊母曰皇娥……’，似乎更能得神话初相；而且‘皇娥’一名，适为舜妻‘娥皇’之倒，恐怕都是由帝俊妻‘常羲’一名演变而来，是东

① [清]永瑢等撰《四库全书总目》，中华书局，1965年，第1207页。

② 张春红《〈拾遗记〉文献价值反思——以赵高登仙条为例》，《赤峰学院学报》（汉文哲学社会科学版）2013年第6期，第160-163页。

夷系统神话人物的名称。”[①]不只舜妻为“娥皇”，远古大帝俊的妻子也是“娥皇”，《山海经·大荒南经》载：“大荒之中，有不庭之山，荣水穷焉。有人三身，帝俊妻娥皇，生此三身之国，姚姓，黍食，使四鸟。”[②]抛开神话的生成、衍化以及相互交融外，就“皇娥”的命名来说，更应看作王嘉有意为之，其刻意舍弃女节、嫘祖等，而用了一个全新的名字，但又不是毫无依凭，从而产生了一种似真似幻，“假作真时真亦假”的艺术效果。

皇娥与白帝子清歌酬唱时用的七言形式也具有和“皇娥”命名类似的立意所在。皇娥与白帝子在文中是上古神祇的形象，其酬唱的表现形式其实可有多种选择，如四言、骚体，甚至更为古朴、随意的民歌，如《拾遗记》卷五载汉武帝《落叶哀蝉曲》，从体裁到意境都更有古意。皇娥与白帝子的唱和则是用了成熟的七言诗，而且是非常晚出的柏梁体，让人一看即感觉为假，如明代钟惺、谭元春《诗归》开篇即皇娥的《皇娥歌》和白帝子的《答歌》，评价颇高，“奇浑高妙，自非汉以下所办”，但又认为“想皆后人用其事拟作，如拟古乐府之类。一辨即痴”[③]。阎尔梅有皇娥、白帝子歌的仿作，并按语曰：“本辞，皇娥六句，白帝子七句，纯是西汉柏梁体，岂当时已有七言诗耶？余未之敢信也。乃其歌有乐而不淫之意，拟诸本集之首，仿三百篇之《关雎》云。”[④]袁珂先生在编选古代神话时，将此篇选入，但特意删除了皇娥和白帝子的清歌：“子年为神话作出了卓越的贡献，子年不妄。不过‘清歌七言’，确实也渲染得过分了些，马骕的批评是恰当的，所以这里的引文就干脆删去‘清歌七言’的部分，以见神话原有的精神。”[⑤]可以看出，多数读者在面对偶对、用韵都较为成熟的皇娥歌和白帝子歌都一眼便知其假，知其明显不可能产生于三皇五帝时期。对于这样一种表达效果，我们认

① 袁珂《中国神话通论》，四川人民出版社，2019 年，第 172 页。

② 袁珂校注《山海经校注》，巴蜀书社，1992 年，第 422 页。

③ [明]钟惺、谭元春选评《诗归》，湖北人民出版社，1985 年，第 1-2 页。

④ [明]阎尔梅著，王汝涛、蔡生印编注《白耷山人诗集编年注》，中国文联出版社，2002 年，第 682 页。

⑤ 袁珂《中国神话史》，上海文艺出版社，1988 年，第 197 页。

为这是王嘉有意为之，刻意彰显故事“虚构”的地方，在实和虚的交融、碰撞中完成了这则“新神话”的表达。

第二节 《拾遗记》与《帝王世纪》

在各家目录书中，《拾遗记》常被看作杂史或传记类，从体例来看，《拾遗记》的确有着严正的史家面孔，纪事按时间顺序，从上古到晋代，皇帝的前后承袭、庙号、系年也都于史可证，“这部书从三皇五帝一直叙述到后赵石虎，不但有帝王的名号，而且有年代有事迹，煞像一部史书”[①]。从内容上看，虽然“十不一真”，但也并不是全无依凭，也有蓝本，有来历，如较为明显的是《拾遗记》中的“三皇五帝”即来自《帝王世纪》。本书首先将致力于这“一真”处，在王嘉所营造的天马行空的奇幻想象中找寻其从前代典籍汲取素材的地方，或许剥落迷幻的外壳，能找寻些许零星史料，也能借此窥见王嘉著述的立意所在。因《帝王世纪》较为典型，本书以此为主要参照对象。

一、体例来源于《帝王世纪》的“世系体”

《隋书·经籍志》将《拾遗记》著录为杂史类，齐治平先生认为《拾遗记》即继承了杂史传统，“到了魏晋以后，由于社会文化各方面的影响，摭拾传闻，造作杂史的风气更盛极一时。在王嘉《拾遗记》以前，据《隋志》著录，有韦昭《洞纪》四卷、皇甫谧《帝王世纪》十卷（以上两书还有臧荣绪、何茂林的续作）、来奥《帝王本纪》十卷，吉文甫《十五代略》一卷（两《唐志》俱作十卷），这些书都是从庖牺叙至汉魏，和《拾遗记》前九卷体例大约相同，特别是《十五代略》一书，和《拾遗记》之‘文起羲、炎以来，事讫西晋之末，五运因循，十有四代’者更为符合。……这些书今天都已

---

① 齐治平《拾遗记前言》，见[晋]王嘉撰，[梁]萧绮录，齐治平校注《拾遗记》，中华书局，1981年，第4页。

亡佚，但根据辑本、佚文和章宗源、姚振宗等的考证，其内容性质大抵也和《拾遗记》相差不多。从这里我们可以看出当时杂史撰著之盛，也不难测知《拾遗记》在体裁上和故事来源上和这些杂史一定有其因袭的关系。”[①]此说良有以也，但也过于笼统。目录学上，“杂史”的分类较为宽泛，所举几本史著虽然叙事皆始自庖牺，但内容和体例都不尽相同，如韦昭《洞纪》，《隋书·经籍志》只有小注：“韦昭撰。记庖牺已来，至汉建安二十七年。”[②]韦昭曾入狱，在上书自辨时提到《洞纪》：“因昔见世间有《古历注》，其所纪载既多虚无，在书籍者亦复错谬。因寻按传记，考合异同，采摭耳目所及，以作《洞纪》，起自庖牺，至于秦、汉，凡为三卷，当起黄武以来，别作一卷，事尚未成。”[③]刘知几《史通·表历第七》也论及《洞纪》：“若诸子小说，编年杂记，如韦昭《洞纪》、陶弘景《帝代年历》，皆因表而作，用成其书。既非国史之流，故存而不述。”[④]由这些评论，再结合目前可看到的佚文，可以推测《洞纪》应该以编年形式展开，材料来源于“采摭耳目所及”的“传记”，以记天文灾异为主[⑤]。比较来看，《帝王世纪》保存佚文较多，学者们持续的辑佚整理有助于得窥其大体面目[⑥]，而其传播和影响力也远超于《洞纪》《十五代略》等，从文本来看，《拾遗记》受到《帝王世纪》影响的指征更为显豁，

① 齐治平《拾遗记前言》，见[晋]王嘉撰，[梁]萧绮录，齐治平校注《拾遗记》，中华书局，1981年，第5页。

② “建安二十七年”的疑义，参见姚振宗《隋书经籍志考证》卷三；罗新《走马楼吴简中的建安纪年简问题》（《文物》2002年第10期）一文也有探讨。

③ 韦昭《因狱吏上辞》，见严可均《全三国文》卷七十一。

④ [唐]刘知几著，[清]浦起龙通释，王煦华整理《史通通释》，上海古籍出版社，2009年，第50页。

⑤ 唐燮军《韦昭〈洞纪〉考论》认为“对刘歆《三统历》既颇相讥弹又多所因循的它（《洞纪》），以日蚀星变及与之相对应的人间变故为考述对象，无论形式抑或性质，皆与《隋书·天文志》所谓的‘灾变应’或《晋书·天文志》所界定的‘史传事验’别无二致”。文章载于《宁波大学学报》（人文科学版）2013年第1期，第56-60页。

⑥ 《帝王世纪》原书已佚失，但因影响大，常被征引，保存较多佚文，后来学人多有辑佚，如清宋翔凤、钱保塘、张澍等，可考知的辑本约有十二家十四种，参见安正发《〈帝王世纪〉辑本述评》（《宁夏师范学院学报》2015年第5期，第39-48页）。本研究所用为今人徐宗元所辑《帝王世纪辑存》（中华书局，1964年）；吴希禹《〈帝王世纪〉辑考》（东北师范大学硕士论文，2013年）也有所补益。

首先体现在体例上。

《帝王世纪》为魏晋时皇甫谧的作品，恰逢私家著史开始兴盛，除《帝王世纪》外，史类著作还有《高士传》《逸士传》《列女传》等，可见皇甫谧的史学功底不容小觑，其最值得关注的是体例上的拓展。在皇甫谧之前，史学发展已有成熟的体例，也有成功的范例，可谓高峰林立，对后来的史家来说在体例上可有的选择并不多，皇甫谧则是在已有的“本纪”和“列传”上深耕，《帝王世纪》就主要记载了从三皇五帝到汉魏的帝王世系，在帝系更迭、血脉承继的框架下叙年代、事迹和都邑、户口等方面，这实际上可称为“世系体”。这一体例较早的作品应是《世本》，《汉书·艺文志》曰：“《世本》十五篇。古史官记黄帝以来讫春秋时诸侯大夫。”[①]司马贞《史记索隐》载：“刘向云：‘《世本》，古史官明于古事者之所记也。录黄帝已来帝王诸侯及卿大夫系谥名号，凡十五篇也。’”[②]《帝王世纪》根源于《世本》，同时又吸收了《史记》“本纪”的写法[③]，将帝王功绩、重要臣属、某些典章制度也熔铸其间，多有考论，某一帝系之内以编年排列[④]，如《汉第七》中有一段分封姬周后裔的记载较为完整，曰：“汉武帝元鼎四年，东巡河洛，思周德，乃封姬嘉三千户，地方三十里，为周子男君，以奉周祀。元帝初元五年，嘉孙延年，进爵为承休侯，在此城也。平帝元始四年，进为郑公。光武建武十三年，封于观，为卫公。”[⑤]再如光武皇帝刘秀，《帝王世纪》

---

① [汉]班固撰，[唐]颜师古注《汉书》，中华书局，1962年，第1714页。

② [汉]司马迁撰，[宋]裴骃集解，[唐]司马贞索隐，[唐]张守节正义《史记》（第十册），中华书局，1982年，第2页。

③ 顾颉刚先生归纳过《史记·本纪》的叙事特点：“《史记》的‘本纪’无疑是效法《春秋》的，它用帝王的次序和年代扣住许多重要的事情，来见出盛衰兴亡的线索。不过它已把《春秋》式的文体解放了，不再用很精简的句子来记述一件事情，也不再有记言和记事的区别，而把档案式的《尚书》体裁和杂记式的《国语》体裁汇合在一起，使得人们一览之下就可明白这件事情的全貌。至于没有年代可寻的，如《五帝本纪》，当然效法于《尚书》的《尧典》，只把现存材料略略分出先后而贯穿起来。” 参见顾颉刚《史记序》，《顾颉刚古史论文集》（卷十一），中华书局，2010年，第639页。

④《帝王世纪》在隋志、新旧唐志中都列杂史类，但被《宋史·艺文志》列入编年类，虽说分类不当，但其注意到了帝系之下的编年叙事。

⑤ 徐宗元辑《帝王世纪辑存》，中华书局，1964年，第110页。

载曰："光武皇帝出自景帝也，名秀，字文叔。更始元年为偏将军，破王邑，杀王寻，诛王郎。更始二年，立为萧王。建武元年四月，更始降赤眉。六月，光武即帝位于常山鄗阳千秋亭，都洛阳，在位三十三年。中元二年二月，崩于洛阳南宫，年六十三。"[①]由这些例证基本可明晰《帝王世纪》的体例和纪事特点。

在体例框架上，《拾遗记》也属于"世系体"，帝系之下以编年编排，只是在内容上与《帝王世纪》差异较大，更为虚妄怪诞。除第十卷外，《拾遗记》都是以"帝系"排序，前四卷更是以帝王标目[②]，如卷三"周穆王""鲁僖公""周灵王"，卷四"燕昭王""秦始皇"；卷五至卷九虽以朝代标目，但同样先以帝系排列顺序，如前汉七位帝王为汉高祖、汉惠帝、汉武帝、汉昭帝、汉宣帝、汉成帝、汉哀帝；东汉五位，分别为汉明帝、汉章帝、汉安帝、汉灵帝、汉献帝。帝王之后继以编年，记载年份比较多的是周成王和燕昭王，周成王出现的年份有"成王即政三年""四年""五年""六年""七年"，燕昭王的纪年有"王即位二年""四年""七年""八年""九年"，其他则或没有编年，或只出现一二年份。当然，因《拾遗记》所叙事件多于史无征，其编年自然也无从考证，但不能说《拾遗记》的编年完全是小说家言，对比部分可征验史实看，王嘉的态度是非常审慎的，有些具有不容忽视的史料价值。如在周成王五年纪事中，有"封泰山"一说，此事在其他典籍中也有简要提及，如《管子》、司马相如《封禅文》、《史记·封禅书》、《汉书·郊祀志》等，但具体史实不可确考。《拾遗记》在叙成王四年事时也叙及"封泰山"事，但并非就是将此事系于成王四年，说法符合《史记》《汉书》，较为审慎，文曰："及成王封泰山、禅社首之后，文采炳耀。"再如周昭王的卒年："二十四年。……时东瓯献二女，一名延娟，二名延娱。……及昭王沦于汉水，二女与王乘舟，夹拥王身，同溺于水。"周昭王是周王朝由盛转衰的帝王，功绩不显，史家对其无好言，连生卒年都未明言，这给后来学者的考证带来较大麻烦，其卒年常采用《竹书

① 徐宗元辑《帝王世纪辑存》，中华书局，1964年，第111-112页。

② 有些出入的是卷二，齐治平校注本的标目为"夏禹""殷汤""周"，其所用底本为"顾氏世德堂"本，卷二标目为"夏""殷""周"。

纪年》“周昭王十九年”的说法[①]，但需要注意的是《竹书纪年》还有“周昭王末年”的提法：“周昭王末年，夜有五色光贯紫微。其年，王南巡不返。”[②]日本学者新城新藏认为昭王在位年数为二十四年，其说正与《拾遗记》的记载相互印证[③]。

基于上文的分析可以看出，《拾遗记》在体例上应是承继《帝王世纪》而来，形成以帝王更替为主要框架的“世系体”，具体的叙事顺序又系之以编年。这一体例应导源于《世本》，但《帝王世纪》又吸收了《史记·本纪》的写法，《拾遗记》在全篇的框架体例上也基本上承袭了《帝王世纪》。

二、《拾遗记》完全采纳《帝王世纪》的“三皇五帝”说

《拾遗记》受到《帝王世纪》影响除体现在体例上外，还有卷一所记古帝故事。“三皇五帝”的帝号和顺序采纳了《帝王世纪》中的说法，进而慢慢演变为对“三皇五帝”的主流认定。同时叙事中所体现的“五德始终”“帝王圣德”等观念都是一脉相承。

《帝王世纪》最突出的贡献在于构建出一套完整的古史帝系，目前所见《帝王世纪》佚文也集中于这一方面，如吕思勉曾评价《帝王世纪》曰：“稍后于太史公而述古史者，亦不乏人，其通行最广，诸家称引最多，虽已亡佚，仍时可见其遗文者，以皇甫谧《帝王世纪》为最。”[④]在文字出现以前，文明的进程悠久而模糊，多数只保留下一鳞半爪的神话传说，徐旭生先生定义其为“中国古史的传说时代”[⑤]，多被学界所接受。在这些古史传说中，“三皇五帝”最为人关注，但帝号、具体所指则说法各异，《史记》中只有《五帝本纪》，记黄帝、颛顼、帝喾、尧、舜之事。上文所提到的《世本》因佚失，

---

① 参见李仲操《再论周昭王在位年数——兼与张闻玉同志商榷》，《人文杂志》1995 年第 2 期，第 67-70 页。

② 方诗铭、王修龄撰《古本竹书纪年辑证》，上海古籍出版社，2005 年，第 46 页。

③ [日]新城新藏著，王睿译《周初之年代》，见朱凤瀚、张荣明编《西周诸王年代研究》，贵州人民出版社，1998 年，第 36-46 页。新城新藏原文载《东洋天文学史研究》第二编，中华学艺社，1933 年。

④ 吕思勉《先秦史》，上海古籍出版社，1982 年，第 17 页。

⑤ 徐旭生《中国古史的传说时代》，文物出版社，1985 年。

各辑本中的说法也不同，如“王谟本”三皇为伏羲、女娲、黄帝，五帝名目下列少皞、颛顼、帝喾、尧、舜；“陈其荣增订本”的古帝顺序是伏羲、神农、黄帝、少皞、帝喾、帝挚、尧、舜[①]。其他如《风俗通义》引《尚书大传》将天皇遂人、人皇伏羲、地皇神农称为三皇；《春秋元命苞》以伏羲、女娲、神农为三皇；《白虎通》则有两说，一为伏羲、神农、祝融，二为伏羲、神农、遂人。有学者总结过出现的“三皇”说和“五帝”说都有六七种以上[②]，足见其多样，在这些说法中，与《拾遗记》相同的是《尚书序》和《帝王世纪》：

孔安国《尚书序》：“伏牺、神农、黄帝之书，谓之‘三坟’，言大道也。少昊、颛顼、高辛、唐、虞之书，谓之‘五典’，言常道也。”[③]

皇甫谧《帝王世纪》以伏羲、神农、黄帝为三皇，少昊（皞）、颛顼、高辛（帝喾）、唐尧、虞舜为五帝。[④]

《拾遗记》卷一：春皇庖牺、炎帝神农、轩辕黄帝、少昊、

---

① [汉]宋衷注，[清]秦嘉谟等辑《世本八种》，商务印书馆，1957年。

② 迪拉娃尔·吐尼亚孜《“三皇五帝”传说的记录和流传对中华民族形成的意义》（《黑龙江史志》2012年第4期，第44-45，54页）总结有六种“三皇”说和六种“五帝”说；刘俊男《原文化意义上的三皇五帝考论》（《中国文化研究》2009年冬之卷，第172-182页）则罗列八种“三皇”说和十种“五帝”说。

③ [汉]孔安国传，[唐]孔颖达正义，廖名春等整理《尚书正义》，北京大学出版社，2000年，第4页。

④ 由目前所见《帝王世纪》佚文来看，伏羲之下还有女娲，帝喾之下有帝挚，但他们不是自为一代，帝挚的记载较为明显，其是帝喾子，以年长得帝位，但“在位九年，政微弱”，所以禅位唐尧，“挚服其义，乃率群臣造唐而致禅”。但女娲赫名，在其他文献中也位列三皇之一，《帝王世纪》的佚文惹人疑窦，为此徐宗元辑本下加有按语曰：“案《五行大义》卷五云：‘《帝王世纪》以羲皇、神农、黄帝为三皇，少昊已下为五帝。’《史记·五帝本纪》索隐云：‘皇甫谧《帝王代纪》及孙氏注《系本》皆以伏羲、神农、黄帝为三皇，少昊、高阳、高辛、唐、虞为五帝。’又正义亦云：‘皇甫谧《帝王世纪》孙氏注《世本》并以伏牺、神农、黄帝为三皇，少昊、颛顼、高辛、唐、虞为五帝。’《补三皇本纪注》云：‘三皇，纪者不同，谯周以燧人为皇，宋均以祝融为皇，而郑依《春秋纬》以女娲为皇，承伏羲，皇甫谧亦同。’盖女娲袭庖牺制度，为女皇，非自为一代也。”目前佚文中也有“女娲氏，风姓，承庖羲制度，开作笙簧，无所革造，故《易》不载，不序于行。蛇身人首，是也”。

颛顼、高辛、唐尧、虞舜

在诸多纷繁的说法中，可以看出《尚书序》是较早把“伏羲、神农、黄帝”三者并列的，只是并未冠以“三皇五帝”之称，也没有具体事迹的描述。皇甫谧的《帝王世纪》则重在记叙帝王传承，尤其是对古帝帝系的构建是其最主要功绩，《拾遗记》完全因袭了《帝王世纪》的古帝帝系，其名号、顺序都本于《帝王世纪》，正如萧绮在卷一文末的“录”中有云：“稽考群籍，伏羲至于轩辕、少昊、高辛、唐、虞之际，禅业相袭，符表名类。”由此，《帝王世纪》所架构的“三皇五帝”成为古帝帝系的重要一脉，在唐以后，得到更多认同①。

除了对古帝帝系的承袭，《拾遗记》在叙述各古帝功业时，在思想倾向上也与《帝王世纪》相同，体现比较明显的是两点，一是“五德始终”，一是“帝王圣德”。“五德始终”说始于战国邹衍，汉人又推波助澜，借助五行相生理论，把五行与帝王德运联系起来，循环往复，《帝王世纪》和《拾遗记》都体现了这一思想：

《帝王世纪》：伏羲“继天而生，首德于木，为百王先”；黄帝“以土德王”；少昊“以金承土”；颛顼“以水承金，位在北方，主冬”；唐尧“以火承木”。

《拾遗记》：伏羲“以木德称王，故曰春皇”；黄帝“以土德称王”；少昊“以金德王”“少昊以主西方，一号金天氏，亦曰金穷氏”；颛顼“必叶水德而王”；唐尧“游海者铭曰‘沉燃’，以应火德之运也”。

“帝王圣德”指的是帝王具有至高无上的道德，以德流布天下，帝王修德才能抚民致远，远近皆服。在《帝王世纪》和《拾遗记》中，这种观点都俯拾皆是，“帝王圣德”不仅能使天下咸服，也使得祥瑞纷呈，这两点在这两部书中都有呈现，尤其是《拾遗记》，其对帝王

① 安正发《〈帝王世纪〉研究史述略》，《宁夏师范学院学报》2016年第4期，第87-98页。

功业的反映并不是介绍式的，而是主要通过远国异民的臣服和各种祥瑞的出现来表现的。举一二例证以兹说明：

《帝王世纪》:“太昊帝庖牺氏，风姓也，蛇身人首，有圣德”；“炎帝神农氏，姜姓也，人身牛首，长于姜水，有圣德”；“神农氏衰，黄帝修德化民，诸侯归之”；帝尧“观者叹曰：‘大哉，帝之圣德也。’……于是景星耀于天，甘露降于地，朱草生于郊，凤凰止于庭，嘉禾孳于亩，醴泉涌于山，焦侥民来贡没羽，厨中自生肉脯，其薄如翣形，摇鼓自生风，使食物寒而不臭，名曰翣脯，又有草夹阶而生，随月生死，王者以是占日月之数，惟盛德之君应和而生，故尧有之，名曰萱荚。”

《拾遗记》：炎帝“圣德所感，无不著焉。神芝发其异色，灵苗擢其嘉颖，陆地丹蕖，骈生如盖，香露滴沥，下流成池，因为豢龙之圃。朱草蔓衍于街衢，卿云蔚蔼于丛薄，筑圆丘以祀朝日，饰瑶阶以揖夜光。奏九天之和乐，百兽率舞，八音克谐，木石润泽，时有流云洒液，是谓‘霞浆’，服之得道，后天而老”；“帝尧在位，圣德光洽。河洛之滨，得玉版方尺，图天地之形。又获金璧之瑞，文字炳列，记天地造化之始”；“舜乃祷海岳之灵，万国称圣。德之所洽，群祥咸至矣”。

帝王圣德、修德的说法不仅体现在古帝中，《拾遗记》所记其他帝王故事也常见，如卷二禹时“行遍日月之墟，惟不践羽山之地，皆圣德之感也”；卷三子韦进谏宋景公，“德之不均，乱将及矣，修德以来人，则天应之祥，人美其化”；卷五汉惠帝时，有道士越海而来，“云是东海神使，闻圣德洽乎区宇，故悦服而来庭”。

要之，《拾遗记》虽虚幻博杂，但其与史书的联系也显而易见。《拾遗记》的源头之一是史传，这其中，《帝王世纪》与《拾遗记》之间的关联最为显豁，一是在体例上采用“世系体”；二是二书在记载古帝方面相同处较多，古帝号、序列完全相同，在“五德始终”“帝王圣德”等思想倾向上也一脉相承。

第三节 《拾遗记》与《洞冥记》

对《拾遗记》有重要影响的另一部作品是《洞冥记》，二者的关联也早被多方论及。唐人常将二书并举，刘知几将其归为一类，《史通·杂述》曰："逸事者，皆前史所遗，后人所记，求诸异说，为益实多。及妄者为之，则苟载传闻，而无铨择。由是真伪不别，是非相乱。如郭子横之《洞冥》，王子年之《拾遗》，全构虚辞，用惊愚俗。"[①]苏鹗在《杜阳杂编序》中侧重于二书虚诞的内容："予髫年好学，长而忘倦。尝览王嘉《拾遗记》、郭子横《洞冥记》，及诸家怪异录，谓之虚诞。"[②]《四库全书总目》则明确提出"嘉书盖仿郭宪《洞冥记》而作"[③]。现代学者也多注意到《洞冥记》和《拾遗记》的关联，《唐前志怪小说史》："《洞冥记》对后世小说创作很有影响，晋王嘉的《拾遗记》、唐苏鹗的《杜阳杂编》等都是对它的效仿，即以王朝天子为纲，通过外邦进贡来展开别国的神奇描写，并把一代君王之事扩展为历代王朝或一朝诸帝之事。"[④]《文言小说审美发展史》："从体例看，《洞冥记》显示出'博物'体与杂传融合的迹象。……遂使《洞冥记》在体例上开了《拾遗记》的先河。"[⑤]王国良《汉武洞冥记研究》："两者可能存有连锁关系，大概不会错。"[⑥]对这一问题讨论最充分的是齐治平先生，在《拾遗记》校注的"前言"中，列举了不少例证，非常有说服力[⑦]。齐治平先生认为《拾遗记》在"文章风格、篇章结构、故事情节、事物名称"方面模拟了《洞

① [唐]刘知几撰，黄寿成校点《史通》，辽宁教育出版社，1997 年，第 82 页。

② 见《全唐文》卷八一三。

③ [清]永瑢等撰《四库全书总目》，中华书局，1965 年，第 1207 页。

④ 李剑国《唐前志怪小说史》，人民文学出版社，2011 年，第 195 页。

⑤ 陈文新《文言小说审美发展史》，武汉大学出版社，2002 年，第 86-87 页。

⑥ 王国良《汉武洞冥记研究》，文史哲出版社，1989 年，第 23 页。

⑦ 齐治平《拾遗记前言》，见[晋]王嘉撰，[梁]萧绮录，齐治平校注《拾遗记》，中华书局，1981 年，第 6 页。

冥记》，并在故事情节和事物名称方面加以举例说明。齐治平先生的观点不仅具有针对性，也较为全面，本书也将沿着这一思路，在全面梳理文本的基础上，具体探讨《拾遗记》对《洞冥记》的因袭。

一、叙述风格相似：缛艳、丰美、铺陈

在唐前小说中，《拾遗记》在艺术风格上无疑非常突出，也历来受到好评，明代顾氏世德堂本《拾遗记》跋曰："搜抉典坟，符证秘隐，辞藻灿然。"[①]《四库全书总目》评曰："然历代词人，取材不竭，亦刘勰所谓'事丰奇伟，辞富膏腴，无益经典，而有助文章'者欤。"[②]周中孚《郑堂读书记》的观点类似："徒以辞条丰蔚，颇有资于词章。"[③]谭献《复堂日记》更是直接称赞《拾遗记》为"艳异之祖，恢谲之尤"[④]。鲁迅《中国小说史略》称赞《拾遗记》"文笔颇靡丽"[⑤]，《唐前志怪小说史》也承前说，论曰："本书是六朝志怪上选之作，作者虽为道士，意在弘扬神仙，但颇重藻思文心，文字缛丽，铺彩错金，艺术风格类似《洞冥记》、《十洲记》等而辞藻更为丰美。"[⑥]从以上这些评价来看，"靡丽""丰美"是概括《拾遗记》艺术风格的关键词，而这些词汇用于《洞冥记》也不为过。《洞冥记》常被认定为汉代小说的代表作品，撰者为郭宪[⑦]，作为一本方士所撰小说，《洞冥记》与《拾遗记》一样也具有浓厚的神仙色彩，其出色的艺术成就也早为人称道，如杨慎《谭苑醍醐》卷七"小说"曰："说者云宋人小说不及唐人，是也。诸不知唐人小说，不及汉人。……郭子横《丽娟传》云：'玉肤柔软，吹气胜兰，不欲衣缨

① [晋]王嘉撰，[梁]萧绮录，齐治平校注《拾遗记》，中华书局，1981年，第252页。

② [清]永瑢等《四库全书总目提要》，中华书局，1965年，第1207页。

③ [清]周中孚撰《郑堂读书记》，商务印书馆，1959年，第1306页。

④ 转引自[晋]王嘉撰，[梁]萧绮录，齐治平校注《拾遗记》，中华书局，1981年，第255页。

⑤ 鲁迅撰《中国小说史略》，上海古籍出版社，1998年，第35页。

⑥ 李剑国《唐前志怪小说史》，人民文学出版社，2011年，第429页。

⑦ 《洞冥记》的作者、成书问题还存在不少争议，本研究采用李剑国《唐前志怪小说史》中的观点。

拂之，恐体痕也。’此岂唐人可及？”[①]四库馆臣则评其为“缛艳”，与对《拾遗记》“辞富膏腴”的评价异曲同工，《四库全书总目提要》卷一四二：“又词句缛艳，亦迥异东京。”后来学者也多相似看法，周中孚《郑堂读书记》卷六十六曰：“又词华艳丽，亦不类东汉之文。”[②]姚振宗：“又词句缛艳，亦迥异东京，或六朝人依托为之。然所言影娥池事，唐上官仪用以入诗，时称博洽。后代文人词赋引用尤多，盖以字句妍华，足供采摭，至今不废，良以是耳。”[③]从这些评价可以看出，“缛艳”“靡丽”等意思相近的词语被用于描述《洞冥记》《拾遗记》的艺术风格，二者都具有丰富、鲜明、感染力突出的艺术特点，在给读者的阅读体验上非常相似。

二书艺术风格上的相似与相同的内容表达有一定关联，二书都是记载远国异民、奇珍异物的博物之作，浓厚的神仙意识刺激起天马行空的想象。这两点应是其艺术风格形成的先决条件，但这并不是最核心的要素，艺术手段的选择及应用起到了更突出的作用，如语言的华美、精细，上文所引杨慎的观点中已经说到《洞冥记》中的一个很好的例证，所言《丽娟传》见于《洞冥记》卷四：“玉肤柔软，吹气胜兰，不欲衣缨拂之，恐体痕也。”这样的句子在《拾遗记》中俯拾皆是，如东瓯献给周成王的二女，“此二人辩口丽辞，巧善歌笑，步尘上无迹，行日中无影”；广延国献给燕昭王的两名舞姬，“并玉质凝肤，体轻气馥，绰约而窈窕，绝古无伦”；刘备的甘后“体貌特异，至十八，玉质柔肌，态媚容冶。先主召入绡帐中，于户外望之如月下聚雪”。可谓满目的美词丽句，读来让人印象深刻。

《洞冥记》和《拾遗记》都具有缛艳、丰美的艺术风格还在于铺陈手法的运用。铺陈在赋体中的运用广泛而成熟，但在小说中并不常见，尤其在唐前小说中，多数还都是粗陈梗概的尺寸短书。《洞冥记》是最早用到铺陈手法的，只是还较为简单，多数是一种并列式的描述，将同类事物顺次罗列，或者对某一事物的不同角度描述，

① 杨慎《谭苑醍醐》，丛书集成初编本，商务印书馆，1936年，第55页。
② [清]周中孚撰《郑堂读书记》，中华书局，1993年，第1306页。
③ 姚振宗《后汉艺文志》卷三，适园丛书，民国五年刻本，第三本，第48页。

形成一种反复的、依次呈现的阅读美感，进而形成一种富丽堂皇的、丰美的艺术表达。《拾遗记》则完全传承了《洞冥记》的铺陈手法，而且踵事增华，描摹得更加细腻，铺陈的篇幅有了大幅度增加，艺术感染力得到了极大提升。分别列举两例来说明二书中的铺陈手法：

《洞冥记》卷二：山顶有井，云起井中。若土德王则黄云出；火德王则赤云出；水德王则黑云出；金德王则白云出；木德王则青云出。

《拾遗记》卷一：（马脑）其色如血者，则日行万里，能腾空飞；脑色黄者，日行千里；脑色青者，嘶闻数百里；脑色黑者，入水毛鬣不濡，日行五百里；脑色白者，多力而怒。

《洞冥记》卷一：露池西有昆灵池，方四百步。有连钱荇、浮根菱、倒枝藻。连钱荇，荇如钱文；浮根菱，根出水上，叶沉波下，实细薄，皮甘香，叶半青半白，霜降弥美，因名青冰菱也；倒枝藻者，枝横倒水中，长九尺余，如结网，有野鸭、秋凫及鸥鹭来翔水上，入此草中，皆不得出，如缯网也。亦名水网藻。中有转羽舫、逐龙舫、凌波舫，帝尝游宴于此。

《拾遗记》卷六：（背明国）五谷皆良，食之后天而死。有泱日之稻，种之十旬而熟；有翻形稻，言食者死而更生，夭而有寿；有明清稻，食者延年也；清肠稻，食一粒历年不饥。有摇枝粟，其枝长而弱，无风常摇，食之益髓；有凤冠粟，似凤鸟之冠，食者多力；有游龙粟，叶屈曲似游龙也；有琼膏粟，白如银，食此二粟，令人骨轻。

前一组例证是对某一事物的铺陈，语句整齐，将一种意思或一种特点一而再、再而三地表达出来，让人印象深刻；句子之间以排比形式呈现，既有韵律感，又能产生冲击力。后一组例证是多个同类事物的铺陈，《洞冥记》中汉武帝灵池中的各种水生植物，《拾遗记》背明国的各种谷物，二书都不避烦琐，一一叙写。比较来看，第二种方式的铺陈在《洞冥记》和《拾遗记》中都更为多见，尤其是在

《拾遗记》中，同类物少则三五种，多则数十种，如卷六背明国中仅罗列的植物就达 26 种，真可谓其文如海，在烂漫想象的支撑下，笔力肆意，让人目不暇接，把铺陈手法运用到了极致。

总之，《拾遗记》很好地吸收了《洞冥记》所开创的铺陈式叙事技巧，同时在语言选择上也力求华美，最终二书呈现出非常相似的艺术风格。

二、篇章结构类同：叙事单元串联模式

齐治平先生认为《拾遗记》的篇章结构也是模拟《洞冥记》的，的确如此。虽然《拾遗记》整体上是帝王世系的框架，但具体到每一卷中，从内容到行文都与《洞冥记》较为相似。内容上都是记载远国异民、奇珍异物，是博物小说中非常常见的内容选择，在此不赘。从行文上看，则形成了以帝王为纲、以时间为线、以博物为骨肉的叙事结构，而且每一种异物、异国或异人都可以作为独立的叙事单元；单个的叙事单元在某一系年之下，又成为一个大的叙事单元，这是一种以时间串联叙事单元的篇章结构，可以称之为“叙事单元串联模式”。

以帝王为纲、以时间为线，这在《洞冥记》和《拾遗记》中都比较清晰，只是《洞冥记》仅有汉武帝一位帝王，《拾遗记》则扩大到数十位；《洞冥记》中的时间线从汉武帝出生起，出现的系年从建元二年（前 139）到天汉二年（前 99）、武帝暮年、元封三年（前 108），共 15 个年份，从汉武帝早年到暮年，叙次清晰，唯有最后的年份元封三年比较突兀。《拾遗记》整体上是由帝王世系来框架全篇，具体每个帝王下的系年则多少不一，有些无系年，只是以帝王加以区分，有系年的多少不等，如卷五所叙前汉事，第三位帝王为汉武帝，先叙汉武帝怀思李夫人事，后依次记元封元年、太初二年、天汉二年、太始二年，虽年份不多，但起的作用都是使文章有比较清晰的叙事脉络。这与其他的博物体小说有较大区别，如《山海经》是以地理方位来体现叙事顺序，今本《博物志》是以“类别”来区分，《洞冥记》《拾遗记》的“时间法”与史书更为接近。

二书中每一时间下都有描摹亭台园囿、远国异物、神仙方士或异士美人的内容，这些内容都分别成为独立的叙事单元，彼此之间联系不大，尤其是一些远国异物异俗方面，其独立性更为明显。因多数都子虚乌有，来自天马行空的想象，所以其与作为纲的帝王和作为线的时间就没有那么紧密的黏合度，似乎可以随意调换。当然这种情况到《拾遗记》时，有了一定的改善。因《拾遗记》记载了不同的帝王，而且比较侧重于圣明君主和末世君主，圣明君主多祥瑞，而末世君主时，奇材异物就带有了警世、征兆的意义。如后汉明帝、章帝有“王母之桃”“王公之瓜”及太平喜乐时出现的“鵁鶄”鸟，而安帝、灵帝败德，则记卖官之事、裸游馆内奢靡物事等。另外，在“异士美人”的叙事单元中，也能看出《拾遗记》的提升之处，在《洞冥记》中，有东方朔、董谒、李充、孟岐、郭琼、黄安等，全部都是方士，部分神仙色彩浓厚，女性有西王母、巨灵和丽娟，而前两者的设定都是神仙，唯有丽娟为后宫妃子。到《拾遗记》中，除了方士外，还有数量众多的各色人物，从卷二的傅说、师延始，到卷九的美人姚馥、博物君子张华，人物身份不一，既有儒家赞扬的君子风范，有些也有道家方士的影子；所记后宫女性也井喷式出现，不同类型有不一样的思想价值[①]，而且这些叙事单元与帝王紧密结合在一起，不再是《洞冥记》中比较松散、分别独立的样貌。

三、故事情节类似：同类型情节的“嫁接”

《洞冥记》对《拾遗记》的影响还体现在情节上，二书有不少相似情节，而且在行文上也非常相似，如《洞冥记》卷三记汉武帝向东方朔问神仙术，《拾遗记》卷四有燕昭王问甘需神仙术，二文都是君臣问答方式，东方朔和甘需又都是以“现身说法”的方式来讲神仙术。这样类似的情节还有很多，甚至到《拾遗记》时，同样的情节设置多次出现，如《洞冥记》开篇记汉景帝“梦一赤彘从云中直下，入崇芳阁”，《拾遗记》中不仅有感梦而生的情节，而且出现了

---

① 王兴芬《〈拾遗记〉女性命运的文化透视》，《北方论丛》2008 年第 3 期，第 21-24 页。

三次，卷一“高辛”：“妃常梦吞日，则生一子，凡经八梦，则生八子。”卷七“魏”：“母孕夏时，梦人遗之一箧衣云：‘夫人必产贤明之子也，为帝王之所崇。’母记所梦之日。”卷八“吴”：“孙坚母妊坚之时，梦肠出绕腰，有一童女负之绕吴阊门外，又授以芳茅一茎。”感梦而生的精神内核大体相似，《拾遗记》也不例外，甚至更为直白、显豁，如《洞冥记》还只是描述所感之梦，暗示武帝之不凡，《拾遗记》中薛夏母梦中，有人直接告诉其“必产贤明之子”，孙坚母梦肠中女童也直言：“此善祥也，必生才雄之子。今赐母以土，王于翼、轸之地，鼎足于天下。百年中应于异宝授于人也。”《拾遗记》的谶纬思想是比较强烈的，也乐于阐释得非常清晰，所征兆之事也明确而直白。

《洞冥记》《拾遗记》情节相似还存在这样一种情况：对《洞冥记》中的一些典型情节，《拾遗记》有种更为巧妙的因袭，即将其“嫁接”到其他人物身上。如《洞冥记》中有汉武帝会西王母的情节，这一情节流传很广，类似的记载也见于《汉武故事》《汉武帝内传》中。《拾遗记》也记载汉武帝故事，却舍弃了会西王母之事，而是将相似的叙写移植到秦穆王和燕昭王身上，尤其是燕昭王相会西王母之事，《拾遗记》前未见记载，但又与《洞冥记》中的汉武帝会西王母事极为相似，如二人相会都是通过方士来搭桥沟通；相会过程中穿插各种仙界奇物，能助长生是其主要特点；帝王求仙都以失败告终。这些相似之处都说明《拾遗记》中西王母与人间帝王相会的情节受到汉武帝、西王母故事的影响，这是一种很成功的“嫁接”，从艺术手法来说虽简单但巧妙，能收到出其不意的效果，燕昭王与西王母的故事就由此传播开了，影响深远。

情节“嫁接”的方式在《拾遗记》中并不罕见，用得也非常巧妙，比较典型的如《洞冥记》有汉武帝以衣带系丽娟之袂，《拾遗记》有汉成帝以翠缨系飞燕之裙；《洞冥记》有董谒苦学，《拾遗记》载任末苦学。这些情节都非常相似，属于同一类型，在行文表达上也相通，会给人一种似曾相识的阅读体验，所以说在情节内容上，《拾遗记》有不少借鉴《洞冥记》的地方。

四、事物名称相仿

《洞冥记》和《拾遗记》从内容上看都是博物体小说，琳琅满目的远国异民、奇珍异物是二书的描摹重点，在这一方面，《拾遗记》也从《洞冥记》中吸收了不少“养分”。从大处说，二书所写“物”的类型基本一样，如《洞冥记》所记主要有四大方面：神仙术士、池苑台阁、远方异物、遐方异俗①，《拾遗记》差不多也是这些内容，而且“池苑台阁”类并非是博物体小说常见的内容，《洞冥记》有首创之功，《拾遗记》承袭而来，更加多样，描写也更加细致。从小处看，《拾遗记》直接沿用《洞冥记》创造的名物，如“波祇国”，首见《洞冥记》卷一：“波祇国，亦名波弋国，献神精香草。”《拾遗记》则两次用到了这个远方异国，卷四：“乃设麟文之席，散荃芜之香。香出波弋国，浸地则土石皆香……”卷五：“亲侍者觉帝（汉武帝）容色愁怨，乃进洪梁之酒，酌以文螺之卮。卮出波祇之国。”《洞冥记》中记载的另一个比较重要的方士是董谒，《拾遗记》把招魂李夫人事安排在他身上②。另外，还有不少虽不完全一样，但能看出有关联，简单列表加以比对，见表6：

表6　《洞冥记》《拾遗记》异物对比表

异物	《洞冥记》	《拾遗记》
凤膏和龙膏	卷一：（汉武帝）常得丹豹之髓、白凤之膏，磨青锡为屑，以苏油和之，照于神坛。夜暴雨，火光不灭。	卷十：海人乘霞舟，以雕壶盛数斗膏，以献昭王。王坐通云之台，亦曰通霞台，以龙膏为灯，光耀百里，烟色丹紫……

---

① 王国良《汉武洞冥记研究》，文史哲出版社，1989年，第16-19页。

② 齐治平校注本为“李少君”，下有注曰：“此处李少君，《广记》七一及《御览》八一六俱作董仲君。王士禛《居易录》云：‘汉武帝李夫人事，《史·武纪》、《封禅书》作少翁，桓谭《新论》作李少君，《拾遗记》作董仲君’云云，似王所见《拾遗记》与今本不同。按董亦方士，见葛洪《神仙传》。”见齐治平校注《拾遗记》，中华书局，1981年，第117页。董仲君应为董仲玄，谭正璧曾议此讹误曰：“《拾遗记》所载的人名虽为董仲君，但这一望便知是董仲玄的异文，因为当时和武帝最接近而为武帝所信任的，在其他书里只有董谒而没有另外的董仲君。”见谭正璧《煮字集》，东方出版社，2019年，第5页。

续表

异物	《洞冥记》	《拾遗记》
奔雷室和云雷宫	卷一：有降灵坛、养灵池，分光殿五间，奔雷室七间。	卷六：（汉成帝）造飞行殿，方一丈，如今之辇，选羽林之士，负之以趋。帝于辇上，觉其行快疾，闻其中若风雷之声，言其行疾也，名曰“云雷宫”。
照魅金镜与照神之珠 支祇国与祇支国	卷一：上有青金镜，广四尺。元封中，支祇国献此镜，照见魑魅，百鬼不获隐形。	卷四：时有黑鸟白头，集王之所，衔洞光之珠，圆径一尺。此珠色黑如漆，悬照于室内，百神不能隐其精灵。 卷一：有祇支之国献重明之鸟。
浮根菱与倒生菱	卷一：浮根菱，根出水上，叶沉波下，实细皮薄，味甘香，叶半青半白，霜降弥美，因名青冰菱也。倒枝藻者，枝横倒水中，长九尺余，纵横而生，状如结网。	卷六：亦有倒生菱，茎如乱丝，一花千叶，根浮水上，实沉泥中，名“紫菱”，食之不老。
茎靡香与蘅芜香	卷二：阁上烧茎靡香屑，烧粟许，其气三月不绝。	卷五：（汉武帝）卧梦李夫人授帝蘅芜之香。帝惊起，而香气犹著衣枕，历月不歇。
浮金轻玉之磬与浮金之钟、沉明之磬	卷二：其上悬浮金轻玉之磬。浮金者，色如金，自浮于水上；轻玉者，其质贞明而轻。	卷一：（颛顼）有浮金之钟，沉明之磬，以羽毛拂之，则声振百里。石浮于水上，如萍藻之轻，取以为磬，不加磨琢。
明茎草和宵明草	卷三：有明茎草，夜如金灯，折枝为炬，照见鬼物之形。仙人宁封常服此草，于夜暝时，辄见腹光通外，亦名洞冥草。	卷六：有宵明草，夜视如列烛，昼则无光，自消灭也。

续表

异物	《洞冥记》	《拾遗记》
梦草	卷三：有梦草似蒲，色红。昼缩入地，夜则出，亦名怀莫。怀其叶，则知梦之吉凶，立验也。	卷六：有梦草，叶如蒲，茎如蓍，采之以占吉凶，万不遗一。
凤葵草和琼膏粟	卷三：有凤葵草，色丹，叶长四寸，味甘，久食令人身轻肌滑。	卷六：琼膏粟，白如银，食此二粟，令人骨轻。
花蹄牛与骈蹄牛	卷二：元封三年，大秦国贡花蹄牛。其色驳，高六尺，尾环绕，角端有肉，蹄如莲花，善走多力。	卷七：（魏文帝）驾青色骈蹄之牛，日行三百里。此牛尸屠国所献，足如马蹄也。
生金树与漱金鸟	卷三：有生金树，破之皮间有屑，如金而色青，亦名青金树。	卷七：昆明国贡嗽金鸟。……帝得此鸟，畜于灵禽之园，饴以真珠，饮以龟脑。鸟常吐金屑如粟，铸之可以为器。
指星之木与指星麦	卷二：有碧草如麦，割之以酿，则味如酒而酽烈，看之则颜色如醉。饮一合，三旬不醒。 卷三：帝常见彗星，东方朔折指星之木以授帝。帝以木指彗星，星寻则没也。	卷九：胡中有指星麦，四月火星出，麦熟而获之。蘖用水渍麦三夕而萌芽，平旦鸡鸣而用之，俗人呼为“鸡鸣麦”。以之酿酒，醇美，久含令人齿动；若大醉，不叫笑摇荡，令人肝肠消烂，俗人谓为“消肠酒”。
翻明鸡与重明鸟	卷三：名曰翻明鸡。鸡如鹄大，色紫，有八翼，翼下有目，亦曰目羽鸡。	卷一：有祇支之国献重明之鸟，一名“双睛”，言双睛在目。

从表6可以看出，在异国、异物的命名上，《拾遗记》从《洞冥记》中汲取了不少“养分”，有直接采用的，如“波祇国”“梦草”；有仿作的，如“指星之木”与“指星麦”，“翻明鸡”与“重明鸟”，“花蹄牛”与“骈蹄牛”等。当然，我们不能不注意到《拾遗记》“活学活用”的地方，如“支祇国”与“祇支国”，以及“浮根菱”与“倒

生菱”之间，有刻意求变的倾向；如有不少名字相同或相似的异物，但特点或功用并不相同。如梦草，其在《洞冥记》中如名字所示，怀之，能够知道梦的吉凶，在《拾遗记》中则不止占梦，而是“采之以占吉凶，万不遗一”，能占万物了；《洞冥记》中的“指星木”，汉武帝用之指彗星，彗星就不见了，《拾遗记》中的“指星麦”则是火星出，能酿美酒的麦子就熟了，这里“指”有“指示”的意思。也有命名、功用相似，但属于不同物类的，最有代表性的是“生金树”与“嗽金鸟”，虽一种为植物，一种为动物，但都能吐出金子，命名也简单直白，是实用主义和浪漫想象相互碰撞的产物。

《拾遗记》是博物体小说的优异之作，描述的异国异物数量非常可观，如植物就有七十余种，动物有五十多种，表 6 中所列只是很少的一部分，反映出其对《洞冥记》构思异物思路的巧妙吸收，这不仅是二书之间有紧密关联的佐证，在一定意义上也将有助于思考整个博物体小说在构建其博物体系时的根基和源头问题。

第九章　任昉《述异记》引书考辨

在南北朝时期的志怪小说中，任昉的《述异记》在引书问题上也非常突出，它有较多的篇章都取自他书。《四库全书总目提要》曾以此入手，批评《述异记》是“剽剟诸小说”而成，是唐人伪作，而非任昉作品。四库馆臣的看法一方面揭示出《述异记》大量引录他书的特点，但另一方面囿于成见，不明志怪小说从旧书中取材的成书惯例，只从表面上看到《述异记》与他书在题材上有关联，并没有细究这些“关联”的具体面目。实际上，《述异记》在取材他书时有着统一而鲜明的特点，不管是引书来源还是引书方式都与其他志怪小说有较为明显的区别。

学界对《述异记》的研究还较为薄弱，对其撮取旧籍的成书特点虽多有论及，但基本都是一笔带过，最详尽的还是《四库全书总目提要》，列举了十一条例证，但就《述异记》三百余条的篇幅来说，还只是冰山一角。本研究将在梳理文本的基础上，全面展示《述异记》辑采旧籍的方式和特点，一方面可以总结其不同于其他志怪小说的引书规律，另一方面也能借引书进一步厘清今本《述异记》的某些文献问题以及与其他博物体小说的异同之处。

第一节　《述异记》引书问题的已有讨论

《述异记》撮取旧籍的成书特点不是一个新鲜的论题，虽缺乏详尽的讨论，但探讨《述异记》的论著多涉及这一问题。徐世昌《随庵丛书》中据宋刻本重刊《述异记》，前后有序，李剑国先生推测此序恐怕是梁朝后期人所撰[①]，其中有载："大梁天监二年，昉迁中书舍人，家藏书三万卷，故多异闻，采于秘书，撰新《述异记》上下两卷，皆得所未闻。"[②]宋人《中兴馆阁书目》亦曰："昉家书三万卷，多异闻，又采于秘书，撰此记。"[③]这一说法也能从任昉本传中得到旁证，《梁书·任昉传》："昉坟籍无所不见，家虽贫，聚书至万余卷，率多异本。昉卒后，高祖使学士贺纵共沈约勘其书目，官所无者，就昉家取之。"[④]《中兴馆阁书目》的说法几乎为后来者全盘接受，晁公武的《郡斋读书记》卷十三"小说类"载："天监中，采辑前代之事，纂《新述异》，皆时所未闻，将以资后来属文之用，亦博物之意。"[⑤]马端临《文献通考》卷二百十五《经籍考》四十二子部小说家类录《述异记》二卷，全文引录晁公武的说法，王应麟《玉海》卷五十七亦云："昉家书三万卷，多异闻，又采于秘书，撰此记。"[⑥]王谟《述异记序》亦引用晁公武说法。到《四库全书总目》时，承前说，但更加详细，举了较多例证，《四库全书总目》卷一百四十二子部小说家类三：

> 其书文颇冗杂，大抵剽剟诸小说而成。如开卷盘古氏一条，即采徐整《三五历记》。其余精卫诸条，则采《山海经》。园客诸条，则采《列仙传》。龟历诸条，则采《拾遗记》。老桑诸条，则采《异苑》。以及防风氏、蚩尤、夜郎王之类，皆非僻事，不得云世所未闻。其武陵源一条，则袭陶潜所记，而于桃外增李，移其地于吴中。周礼孤竹之管、空桑之琴瑟二条，则附会竹生东海，空桑生大野山，尤为拙文陋识。[⑦]

首先，这几条例证都较为典型，如盘古、精卫、防风氏、蚩尤、桃

① 李剑国《唐前志怪小说史》，人民文学出版社，2011年，第532页。
② 丁锡根《中国历代小说序跋集》，人民文学出版社，1996年，第70页。
③ 许逸民、常振国编《中国历代书目丛刊》（第一辑），现代出版社，1987年，第425页。
④ [唐]姚思廉撰《梁书》，吉林人民出版社，2005年，第150页。
⑤ [宋]晁公武撰，孙猛校证《郡斋读书志校证》，上海古籍出版社，1990年，第546页。
⑥ [宋]王应麟辑《玉海》卷五十七，清嘉庆十一年江宁藩署刻本。
⑦ [清]永瑢等撰《四库全书总目》，中华书局，1965年，第1214页。

花源等，是《述异记》中非常有代表性的篇章，目前学界讨论《述异记》辑采旧文的问题，也多围绕这些篇章来展开论述。其次，四库馆臣在举例的同时，还加了一句评论“皆非僻事，不得云世所未闻”，这是针对晁公武《郡斋读书记》中“皆时所未闻”的说法，也即《中兴馆阁书目》“采于秘书”。从今本《述异记》看，虽然大部分篇章都“渊源有自”，但不可否认还有不少篇目目前所见是首见于《述异记》，如“小儿果”和“木兰舟”。《西游记》中人参果的设定应导源于《述异记》的“小儿果”，此前未见记载。同样，鲁班刻木兰舟的说法也是首见，宋人王观国《学林》卷第八《木兰》已提及：“文士用木兰舟、兰棹、兰桡，无所经见。唯小说《述异记》曰：‘江州有木兰洲，鲁班尝于洲用木兰造船，因谓之木兰舟。’文士用木兰舟自此始。观国案：《画图本草》木兰注文亦引《述异记》木兰舟事，当止见于《述异记》，他书所不载也。”[①]《述异记》中的确有不少这种前所未闻的记载，如前人推测不罔的话，它们或许来自“秘书”，当然更有可能是年岁久远，典籍佚失的缘故，如《述异记》中提到潘岳的《公主峰记》：“公主山在华山中。汉末王莽秉政，南阳公主避乱，奔入此峰，学道后得升仙，至今岭上有一双朱履。传云：公主既于山中得道，驸马王咸追之不及，故留二履以示之。潘安仁有《公主峰记》。”[②]而《公主峰记》的具体面目则无从得知。再如《述异记》卷下记载较多天时异象，雨粟、雨钱甚至雨小儿等，都冠以时间，类似的内容应该有所依凭，但绝大多数都无法从现存典籍中找到早于《述异记》的记载。《述异记》还保存有不少古谚、童谣，但不少并非任昉当世流传，如“始皇二十六年，童谣云”“汉末大饥，江淮间童谣”“汉世古谚”等，据常理推测，这些内容也应该有典籍依据，但今天已很难找到。

学者在论及《述异记》辑采旧籍时，也注意到新变之处，如侯忠义《汉魏六朝小说史》：“而任昉的《述异记》则不同，它采录旧文和异闻传说，广览博收，类似张华《博物志》，属于博物类小说。

① [宋]王观国《学林》，岳麓书社，2010年，第200页。

② [梁]任昉撰《述异记》，丛书集成初编据《汉魏丛书》本排印，中华书局，1991年，第22页。

但在内容的记载上，亦自具特色。如记古代神话传说，往往能翻出新意；记奇花异草、珍禽怪兽，常和人事羼杂；记山川风物、古迹遗址，又能结合历史逸闻；记神鬼灾异、祥瑞吉凶变化，有时又富有社会意义。"[①] 吴志达《中国文言小说史》也认为《述异记》的最大特点是"袭古翻新"，尤其在神话方面"《述异记》先列出前人著作中的资料，然后加上新传说，使神话故事更加完整，且具新意"[②]，但例证只列举盘古、蚩尤、精卫等，而且对于原出资料只是一笔带过，不及详情，如"关于轩辕与蚩尤的神话，散见于《山海经》、《龙鱼河图》、《列子》诸书，任昉予以综合，推陈出新，浑然一体"[③]。当然也有学者认为《述异记》因为多辑采前籍而成就不高，"任昉《述异记》成就不高，主要是名副其实的'异闻'太少"[④]。近年来有数篇硕士论文以任昉《述异记》为研究对象，也多有触及这个问题，如刘晓丽《任昉〈述异记〉研究》有"《述异记》中的故事原型研究"，分析了三个故事——海鹄、王质烂柯、白水素女在不同典籍中的记载[⑤]；宋晓玉《齐梁志怪小说研究》有"《述异记》引书考"一节，列表罗列《述异记》引书二十四种[⑥]。

从以上列举可以看出，《述异记》辑采旧籍的成书方式已为学界熟知，有着贬褒不同的声音，但就具体研究来看，目前只是处于起步阶段，还停留在罗列几篇代表作、概而述之的状况，对《述异记》引书全貌缺乏梳理，也就无法全面地评价《述异记》的成书特点。

第二节 "行文中引书"多直引、多诗赋

在志怪小说中，标注出处的直接引用并不突出，但《述异记》

---

① 侯忠义《汉魏六朝小说史》，春风文艺出版社 1989 年，第 152-153 页。

② 吴志达《中国文言小说史》，齐鲁书社，1994 年，第 107 页。

③ 同上，第 108 页。

④ 陈文新《文言小说审美发展史》，武汉大学出版社，2002 年，第 100 页。

⑤ 刘晓丽《任昉〈述异记〉研究》，西北师范大学硕士论文，2011 年。

⑥ 宋晓玉《齐梁志怪小说研究》，郑州大学硕士论文，2014 年。

是例外，不仅数量可观，而且较为独特，不同于一般志怪小说引书侧重于子、史，而是着重引用诗赋。这些引用具有文献价值，即原文大都佚失，部分内容因为《述异记》的征引而保留下来。下文具体介绍其引书情况，为了便于与《述异记》原文对应起来，先后顺序按照《述异记》中出现的次序来排列。

1. 伏滔《帝尧功德铭》

> 《述异记》卷上："陶唐之世，越裳国献千岁神龟，方三尺余，背上有文，皆科斗书，记开辟已来。帝命录之，谓之'龟历'，伏滔述帝功德，铭曰：胡书龟历之文。"
>
> 《述异记》卷上："崆峒山中有尧碑禹碣，皆籀文焉，伏滔述帝功德，铭曰：尧碑禹碣，历古不昧。"[①]

伏滔，字玄度，平昌安丘（今山东安丘西南）人，东晋学者、文人。伏滔少知名，有才学，作大司马桓温参军，征淮南有功，封闻喜县侯，也颇受晋孝武帝礼遇，《世说新语·宠礼》中记东晋孝武帝司马曜在百人高会时问道："伏滔何在？在此不？"[②]曾任著作郎，专掌国史，其事迹《晋书》有录。《晋书·伏滔传》抄录《正淮论》，存；《隋书·经籍志》著录《伏滔集》十一卷；《旧唐书·经籍志》《新唐书·艺文志》著录《伏滔集》五卷，均已佚。严可均《全上古三代秦汉三国六朝文》中辑文六篇：《望涛赋》、《长笛赋》、《登故台诗序》、《正淮论》（上下）、《论青楚人物》和《帝尧功德铭》，其中《帝尧功德铭》即辑自《述异记》，只录一句"胡书龟历之文"，但未录第二句佚文"尧碑禹碣，历古不昧"。严可均将这篇残文命名为《帝尧功德铭》，应是基于《述异记》所记"龟历"为帝尧时，但第二句佚文则提到"尧碑禹碣"，又似不止帝尧。

---

① 《述异记》的这两条记载都见于《太平御览》，前者录于《太平御览》卷九三一，后者见卷五八九，但所引两处伏滔铭文都是双行小字注，《太平广记》《类说》等所引《述异记》都录于正文中。

② [南朝宋]刘义庆著，[南朝梁]刘孝标注，余嘉锡笺疏《世说新语笺疏》，上海古籍出版社，1993 年，第 723 页。

2. 袁宏《宫赋》、表

《述异记》卷上:“今宜都有吴王射亭、木棠苑。木棠果名,似梨而甜。宜都七里溪,吴王射堂,堂之柱础,皆如伏龟。袁宏《宫赋》曰‘海龟之础’是也。”

袁宏,字彦伯,陈郡阳夏(今河南太康)人,东晋文学家、史学家。袁宏少有逸才,为谢尚赏识,引为参军,后为桓温记室,《世说新语·文学》载桓温北伐时,命袁宏作露布,袁宏倚马书之,俄而作七纸,故而有成语“倚马可待”[①]。袁宏著述颇丰,有《后汉纪》三十卷、《正始名士传》三卷、《竹林名士传》三卷、《中朝名士传》若干卷,另有《袁宏集》二十卷。严可均《全上古三代秦汉三国六朝文》及逯钦立《先秦汉魏晋南北朝诗》录有袁宏诗、赋、序、赞等多篇,但未载《宫赋》,其他典籍中也未见征引,可能影响不大,较早就佚失了。有学者著《六朝诗话钩沉》一书,辑有“袁宏九则”,其中就收录了《述异记》“吴王射堂”的这段记载,题曰“袁宏宫赋句”[②]。在《述异记》中,引用袁宏《宫赋》并非评论“吴王射堂”,而是一种“以诗为证”。

《述异记》卷下:“永嘉之乱,洛中饥荒。怀帝遣人观市,珠玉金银,阒委市中,而无粟麦。袁宏表云‘田亩由是邱墟,都市化为珠玉’是也。”

袁宏的这篇表目前所见唯遗此残句,《全上古三代秦汉三国六朝文》也只录入此句。

3. 李尤《果赋》《七命》

《述异记》卷上:“番禺有酸柿甜梅,李尤《果赋》:‘生物

① [南朝宋]刘义庆著,[南朝梁]刘孝标注,余嘉锡笺疏《世说新语笺疏》,上海古籍出版社,1993年,第273页。

② 郁沅、张明高编《六朝诗话钩沉》,中国广播电视出版社,1997年,第316页。

之偏，梅甜柿酸。'"[①]

《述异记》卷下："防陵定山有朱仲李园三十六所。潘岳《闲居赋》云'防陵朱仲之李'，李尤《果赋》云'三十六园朱李'是也。山中有缥李大如拳者，呼'仙李'。李尤《果赋》曰'如拳之李'，陆士衡《果赋》曰'中山之缥李'，又云'仙李缥而神李红'。"

李尤，字伯仁，广汉雒（今四川广汉雒城）人，东汉文学家。汉和帝时，李尤拜为兰台令史；汉安帝时，任谏议大夫；顺帝初，迁乐安相。李尤少年时即以文著称，被称赞有司马相如、扬雄之风，见录于《后汉书·文苑列传》，曰"受诏与谒者仆射刘珍等俱撰《汉记》（《东观汉记》）""所著诗、赋、铭、诔、颂、《七叹》、《哀典》凡二十八篇"[②]，但《文心雕龙·才略》认为其才力不足："李尤赋铭，志慕鸿裁，而才力沉膇，垂翼不飞。"[③]李尤文集已佚失，梅鼎祚《东汉文纪》、张溥《汉魏六朝百三家集》、严可均《全上古三代秦汉三国六朝文》都有辑佚，尤以严本收罗最丰，但未收《果赋》。程章灿《魏晋南北朝赋史》辑李尤《果赋》残句二条："三十六园桃李""如拳之李"[④]，注出《述异记》。《历代辞赋总汇》只辑"三十六园桃李"一句[⑤]，都未辑"生物之偏，梅甜柿酸"条。彭春燕《汉赋系年考证》将《果赋》系年于"永元八年（96）至永建元年（126）在京时"[⑥]。

《述异记》卷上："汉元和元年，大雨，有一青龙堕于宫中。帝命烹之，赐群臣龙羹各一杯。故李尤《七命》曰：'味兼龙羹。'"

---

① 原文作"生物赋偏，梅甜柿酸"，据《永乐大典残卷》卷二千八百十引《述异记》改。

② [清]王先谦撰《后汉书集解》，中华书局，1984年，第914-915页。

③ 王运熙、周锋撰《文心雕龙译注》，上海古籍出版社，1998年，第427页。

④ 程章灿《魏晋南北朝赋史》，江苏古籍出版社，2001年，第338页。

⑤ 马积高主编《历代辞赋总汇·先秦汉魏晋南北朝卷》，湖南文艺出版社，2014年，第280页。

⑥ 彭春燕《汉赋系年考证》，上海古籍出版社，2017年，第176页。

“七”体为赋体之一，《文选》卷三十五收录张协《七命》，未见李尤《七命》。上文所引《后汉书·文苑列传》载李尤作《七叹》，宋王灼《糖霜谱》第二：“宋玉《招魂》、景差《大招》、枚乘《七发》、傅毅《七激》、崔骃《七依》、李尤《七疑》、元鳞《七说》、张衡《七辨》、曹植《七启》、徐干《七喻》、刘邵《七华》、张协《七命》、陆机《七征》、湛方生《七欢》、萧子范《七诱》，水陆动植之产，搜罗殆尽。”[①]《全上古三代秦汉三国六朝文》辑有《七款》，梅鼎祚《东汉文纪》卷十四又作《七欵》，胡克家《文选考异》认为《七叹》《七疑》《七款》《七欵》为一书，《文选·长笛赋》注引“李尤《七疑》”，胡氏于此云：“‘疑’当作‘欵’，各本皆讹。范书《文苑传》可证。《七命》注、《答东阿王笺》注作‘叹’，亦讹也，他不悉出。”[②]程章灿《魏晋南北朝赋史》辑有《七难》和《七疑》佚文各一句，并认同《文选考异》的观点，认为《七难》《七疑》《七款》为一文[③]，《历代辞赋总汇》将《七款》《七难》《七叹》《七疑》分列为四篇[④]。《述异记》这里所引李尤《七命》，如不是传刻有误，或与《七叹》《七疑》等为一篇，《述异记》所记这句残文未被诸家收录，具有补佚价值。

4. 潘岳《闲居赋》

> 《述异记》卷下：“防陵定山有朱仲李园三十六所。潘岳《闲居赋》云‘防陵朱仲之李’……”
>
> 潘岳《闲居赋》：张公大谷之梨，梁侯乌椑之柿，周文弱枝之枣，房陵朱仲之李，靡不毕植。

防陵，当作“房陵”。《通典》卷一七五“房陵”县条载：“汉初

① [宋]王灼《糖霜谱》，丛书集成初编本，商务印书馆，1936年，第2页。

② 胡克家《文选考异》卷六，嘉庆刻本。

③ 程章灿《魏晋南北朝赋史》，江苏古籍出版社，2001年，第338页。

④ 马积高主编《历代辞赋总汇·先秦汉魏晋南北朝卷》，湖南文艺出版社，2014年，第280-281页。

曰防陵，后改曰房陵县。”[①]今人编辑的《文赋房陵》介绍曰：“秦置防陵县，汉末改为房陵县。”[②]

5. 陆机《果赋》、失题诗

《述异记》卷下：“防陵定山有朱仲李园三十六所。……陆士衡《果赋》曰‘中山之缥李’，又云‘仙李缥而神李红’。”

严可均《全上古三代秦汉三国六朝文》卷九二据《太平御览》卷九六八所引《述异记》，将“三十六园之朱李”“仙李缥而神李红”辑为潘岳《果赋》，这是把李尤及陆机《果赋》张冠李戴了，王晓东《潘岳研究》认为潘岳无《果赋》[③]。《全上古三代秦汉三国六朝文》卷九七辑陆机《果赋》一句“中山之缥李”，程章灿《魏晋南北朝赋史》也只辑一句“仙李缥而神李红”[④]。“仙李缥而神李红”一句也有认为是李尤《果赋》者，但从《述异记》文意连贯来看，系于陆机《果赋》更为恰当[⑤]。

《述异记》卷下：“东北岩海畔有大石龟，俗云鲁班所作。夏则入海，冬复止于山上。陆机诗云：‘石龟尚怀海，我宁忘故乡。’”

陆机此诗只余此残句，无法睹其全貌。《陆机集校笺》从《述异记》此条辑录为陆机失题诗[⑥]。

① [唐]杜佑撰《通典》，浙江古籍出版社，2007年，第928页。

② 陈程主编《文赋房陵》，珠海出版社，2011年，第250页。

③ 王晓东《潘岳研究》，上海古籍出版社，2011年，第143页。

④ 程章灿《魏晋南北朝赋史》，江苏古籍出版社，2001年，第374页。

⑤ 彭春艳《汉赋系年考证》：“仙李缥而神李红句《太平御览》卷九百六十八、《事类赋》卷二十六、《格致镜原》卷七十四作李尤《果赋》；《述异记》卷下、《九家集注杜诗》卷十七、《广群芳谱》卷五十五、《佩文韵府》卷一之四、《分类字锦》卷五十二、《历代诗话》卷十六作陆士衡《果赋》；《记纂源海》卷九十二、《山堂肆考》卷二百五作《李果赋》。据文献学从先原则，依《述异记》属仙李缥而神李红为陆士衡《果赋》。”参见彭春艳《汉赋系年考证》，上海古籍出版社，2017年，第170页。

⑥ [晋]陆机著，杨明校笺《陆机集校笺》，上海古籍出版社，2016年，第915页。

6. 阚泽《除橘籍上表》[①]

《述异记》卷上："越多橘柚园。越人岁多橘税，谓橙橘户。吴阚泽表曰'请除臣之橘籍'是也。"[②]

阚泽，字德润，会稽郡山阴县（今浙江绍兴）人，三国时期吴国大臣、学者。阚泽汉末举为孝廉，黄武元年（222），孙权称帝，阚泽被任命为尚书，后官至太子太傅、中书令。阚泽行迹见《三国志·吴书·张严程阚薛传》，传云："家世农夫，至泽好学，居贫无资，常为人佣书，以供纸笔。"可见阚泽出身贫寒，《述异记》所引上表证明其隶属"橘籍"。此事后来成为诗赋用典之一，宋人朱翌《咏慈溪普济寺古松》："三国名臣宅，千楹释子宫。但求除橘籍，不见老松公。"宋吴淑《事类赋》卷二七"橘"中有"南越亦云有税，阚泽抗表以除籍"之句，所用典故都是《述异记》中的这则记载。

7. 《汉书·货殖志》

《述异记》卷上："中山有楸户，掌楸木者。楸子为竹器。《汉书·货殖志》：'千年楸。'"

《汉书》卷九十一《货殖传》："淮北荥南河济之间千树萩；陈、夏千亩漆。"

8. 桓谭《新论》

《述异记》卷上："桂林东南边海，有裸川，桓谭《新论》云'呈衣冠于裸川'，海上有裸人乡。"

桓谭《新论·谴非》："呈衣冠于裸川。"

---

① 题目为笔者所加。

② "吴阚泽表曰"本作"吴书阚尚表"，据《太平御览》卷九六六、《天中记》卷五二、《浙江通志》九三等改。

9. 孙绰《望海赋》

《述异记》卷上："伺潮鸡，潮水上则鸣。孙绰《望海赋》曰'石鸡清响而应潮'是也。"

孙绰，字兴公，太原中都（今山西平遥）人。孙绰少有高尚之志，游荡山水，后袭父爵为长乐侯，历任太学博士、尚书郎、永嘉太守、散骑常侍、领著作郎等。孙绰博学善文，是东晋玄言诗的代表人物，《隋书·经籍志》录孙绰集十五卷，又梁时有二十五卷，皆佚失。《全上古三代秦汉三国六朝文》辑《孙绰集》二卷，《汉魏六朝百三名家集》收《孙廷尉集》一卷。《望海赋》只余残篇，《述异记》所引残句是佚文来源之一。

10.《诗经》

《述异记》卷下："杜陵有金李。李之大者谓之夏李，尤小者呼为鼠李。桃之大者谓之木桃，诗云'投我以木桃'是也。"

《诗经·卫风·木瓜》："投我以木桃，报之以琼瑶。"

《述异记》卷下："卫有淇园出竹，在淇水之上。诗云'瞻彼淇澳，绿竹猗猗'是也。"

《国风·卫风·淇奥》："瞻彼淇奥，绿竹猗猗。有匪君子，如切如磋，如琢如磨，瑟兮僩兮，赫兮咺兮。"

11.《左传》

《述异记》卷下："晋末，荆州久雨，粟化为蛊虫害民。《春秋》云'谷之飞为蛊'是也。"

《左传·昭公元年》："赵孟曰：'何谓蛊？'对曰：'淫溺惑乱之所生也。于文，皿虫为蛊。谷之飞亦为蛊。在《周易》，女惑男，风落山，谓之蛊。皆同物也。'"

12. 王义兴《因灾异上表》

《述异记》卷下："晋末，荆州久雨，粟化为蛊虫害民。《春秋》云'谷之飞为蛊'是也。中郎王义兴表奏曰：'臣闻尧生神禾，而晋有蛊粟，陛下自以圣德何如？'帝有惭色。"

严可均《全上古三代秦汉三国六朝文》辑录此残句，题名为《因灾异上表》，注出《太平御览》卷八百四十，《太平御览》所引用的即《述异记》此条。

13. 王朗《怀旧赋》

《述异记》卷下："晋永嘉乱，既已至江诸公主不得随去。安阳公主、平城公主奔入两河界，悉为民家妻。常怏怏不悦，有故乡之思，村民感之，共筑一台以居之，谓之'公主望乡之馆'，至今岿然。王朗《怀旧赋》云：'将军出塞之台，公主望乡之馆。'"

王朗，字景兴，初名严，东海郡郯县（今山东临沂郯城）人，汉魏时期重臣、经学家。王朗在灵帝时以通经拜郎中，魏文代汉后，任司空，封乐平乡侯，明帝即位，为兰陵侯，代华歆为司徒。《世说新语》中记载其与华歆的故事，《三国演义》中虚构有"骂死王朗"的故事，在小说中是一个被演绎化的形象。王朗以经学著称，有集三十四卷，其诗赋多不传，王朗《怀旧赋》未见他书记载，《述异记》的引用有一定文献价值。

14. 嵇康《养生论》

《述异记》卷下："萱草一名紫萱，又呼为忘忧草，吴中书生呼为疗愁花。嵇中散《养生论》云'萱草忘忧'。"

嵇康《养生论》："合欢蠲忿，萱草忘忧，愚智所共知也。"

15.《海南地记》

《述异记》卷下：“桂林有睡草，见之则令人睡，一名醉草，亦呼为懒妇箴。出《海南地记》。”

《海南地记》，具体情况不详。

16.《汉魏宫志》

《述异记》卷下：“甘泉宫有木园，武帝时园也，今俗呼为仙草园。出《汉魏宫志》。”

《汉魏宫志》，具体情况不详，《隋志》《唐志》中未见著录。毕沅《关中胜迹图志》卷二十七“木园”条：“《汉魏宫志》：甘泉宫有木园，武帝时园也，俗呼为仙草园。”[①]《陕西通志》卷七十二“宫阙”引《汉魏宫志》解释“木园”曰：“甘泉宫有木园，武帝时园也，今俗呼为仙草园。”[②]皆出自《述异记》。

17.《汉官仪》

《述异记》卷下：“洛阳有芝茜园，《汉官仪》云：‘染园出芝茜，供染御服’，是其处也。”

《述异记》卷下：“蓃园在定陵，《汉官仪》曰：‘蓃园供染绿纹绶。’小蓝曰‘蓃’。”

18. 曹丕《折杨柳行》

《述异记》卷下：“湘州栖霞谷，昔有桥顺二子于此得仙，服飞龙一丸，十年不饥。故魏文诗曰：‘西山有仙童，不饮亦不

① 中国西北文献丛书编辑委员会编《西北稀见丛书文献》第12卷，兰州古籍书店，1990年，第444页。

② [清]刘於义等修，[清]沈青崖等纂《敕修陕西通志》第72卷，三秦出版社，2014年，第80页。

食。'即此也。"

19.《九微志》

《述异记》卷下:"人间三十六洞天,知名者十耳。余二十六天出《九微志》,不行于世也。"

《九微志》,具体情况不详,即如文中所说是"不行于世"的地理书。任昉本传称其"聚书至万余卷,率多异本",而地理书应是其中的大部头,佚失也非常严重,《隋书·经籍志》载:"《地记》二百五十二卷,梁任昉增陆澄之书八十四家,以为此记。其所增旧书,亦多零失。"①《九微志》,包括上文的《海南地记》《汉魏宫志》应该都属于"零失"的地理书。

20. 晋木玄虚《海赋》

《述异记》卷下:"南海中有鲛人室,水居如鱼,不废机织,其眼泣则出珠。晋木玄虚《海赋》云:'天琛水怪,鲛人之室。'"

《文选》卷十二录木玄虚《海赋》,其笔力雄厚,极写大海之广阔浩渺,神怪精灵多出其间,文章写得壮丽多姿。《述异记》所引此句的原文曰:"尔其水府之内,极深之庭。……其垠则有天琛水怪,鲛人之室。"《文选》李善注曰:"《今书七志》曰:木华,字玄虚。华集曰:为杨骏府主簿。傅亮《文章志》曰:广川木玄虚为《海赋》,文甚隽丽,足继前良。"②《隋书·经籍志》集部《杂赋注本》下小注曰:"萧广济注木玄虚《海赋》一卷。"③

21. 无法确定具体来源的几处直接引用

《述异记》卷上:"余干县有白鹿,土人皆传千年矣。晋成

① [唐]魏徵等撰《隋书》,中华书局,1973年,第984页。
② [南朝梁]萧统编,[唐]李善注《文选》,上海古籍出版社,2019年,第553页。
③ [唐]魏徵等撰《隋书》卷三十五,中华书局,1973年,第1083页。

帝遣人捕得，有牌在角后，书云：汉元鼎二年，临江所献白鹿。”

“洞庭湖中有钓洲。昔范蠡乘扁舟至此遇风，止钓于洲上，刻石记焉。……古乐府云‘梧宫秋吴王愁’是也。”

“邺中铜驼乡，魏武帝陵下，铜驼、石犬各二，古诗云：石犬不可吠，铜驼徒尔为。”

“一说，香水在并州，其水香洁，浴之去病。……古诗云：安得香水泉，濯郎衣上尘。俗说魏武帝陵中亦有泉，谓之香水。”

“汉成帝常与赵飞燕游太液池，以沙棠木为舟。其木出昆仑山，人食其实，入水不溺。诗曰：安得沙棠木，刳以为舟船[①]。”

《述异记》卷下：“先儒说：夏禹时，天雨金三日。古诗云‘安得天雨金，使金贱如土’是也。”

“大禹时，天雨稻。古诗云：‘安得天雨稻，饲我天下民。’”

“席萁一名塞路，生北方胡地。古诗云：‘千里席萁草’。”

这些引用都没有明确出处，所引多数为五言诗，只标注为“古诗云”，今天更难以考知具体情况。一方面，《述异记》对这些古诗的引用具有保存佚文的文献价值；另一方面，这些古诗与具体事例联系在一起，对后人理解这些古诗的内涵也大有助益。

上文所列即《述异记》中直接引用的基本情况，由以上分析，我们大体可以总结出如下特点：

第一，其直接引用的数量在魏晋南北朝时期志怪小说中是较为突出的。直接引用出现在三十余条故事中，能确定的引用典籍为二十三部，就《述异记》的篇幅来说，占比百分之十左右，远超于《搜神记》《拾遗记》等，略逊色于《博物志》。

第二，从体裁看，多数为诗赋，就以“诗词入小说”来说，《述异记》是唐前的标志性作品。在唐前的文学作品中，对《诗经》的引用较为常见，志怪小说中也是如此，《博物志》《搜神记》《幽明录》

---

① 晋郭璞有《沙棠》诗：“安得沙棠，制为龙舟，泛彼沧海，眇然遐游。”与《述异记》所引古诗意思一样，但一四言，一五言，具体字句也略有差异。

《拾遗记》中都引用过《诗经》，但引用其他诗赋的只有零星例证，如《世说新语》中引用过《古诗十九首》。《述异记》对诗赋的引用不仅有《诗经》，也有像《古诗十九首》这样的佚名五言古诗，更有曹丕、陆机、潘岳、李尤、袁宏等人的诗赋，对于《述异记》来说，它们可以被称为“近代作品”，而非《诗经》那样的“经典”。从小说史进程来说，《述异记》无疑可算作“引诗入小说”的第一家。

从作用看，这些引用主要起到“以诗证事”的作用，即引诗赋以证明或支持事例，学者余才林认为这是延续了《韩诗外传》的方式，并进而对唐诗本事产生了深刻影响：“以《韩诗外传》为代表的引《诗》证事的方式后来蔓延到小说领域，进而对唐诗本事产生深刻影响。南朝梁时任昉《述异记》中的二则故事沿用了这种诗、事结合的方式：‘东北岩海畔有大石龟，俗云鲁班所作。夏则入海，冬复止于山上。陆机诗云：“石龟尚怀海，我宁忘故乡。”（卷下）’‘相州栖霞谷，昔有桥、顺二子，于此得仙，服飞龙一丸，十年不饥，故魏文诗曰：“西山有仙童，不饮亦不食。”即此也。（卷下）’《述异记》为小说，这两则故事当然以叙事为主体，诗句仅为故事提供佐证，因此合于引诗证事的体例。不过，两处引用的并非《诗》句，而是后世诗人的诗句，而且诗句为故事提供直接佐证，诗、事如一，这两点又与《韩诗外传》有所不同，因此，这两篇故事可视为从《韩诗外传》到唐诗本事的过渡环节。”[①]从我们上文罗列可以看出，《述异记》所引用的除了曹丕和陆机的诗，还有较多赋作，它们都是韵文形式，而且起的作用一样。

第三，引用的具体标注形式较为灵活。从大类上看，它们都属于直接引用，并标注了引文出处；但在标注引文的具体方式上并非千篇一律，如大部分冠以“某某云”，标以作品名或作者名，或作者、作品二者皆有；也有“出某某”的方式，如“甘泉宫有木园，武帝时园也，今俗呼为仙草园。出《汉魏宫志》”，标注方式都较为清晰。

---

① 余才林《唐诗本事研究》，上海古籍出版社，2010年，第19-20页。

第四，《述异记》的这些直接引用具有突出的辑佚价值。在《述异记》前，《博物志》的直接引用也较多，但所引典籍多数都为人熟知，《述异记》则不同，除《诗经》《左传》《汉书》《新论》《养生论》等为常见文献外，其他多数诗、赋、表都是已佚失作品，《述异记》的引用就具有不容忽视的辑佚价值，严可均《全上古三代秦汉三国六朝文》对伏滔《帝尧功德铭》、李尤《七命》、陆机《果赋》、王义兴《因灾异上表》等的辑佚都是来自《述异记》。其他如佚名古诗、民谣、俗谚等在《述异记》中都保存较多，其文献辑佚价值不容忽视。

第三节 《述异记》辑采类引书：同类志怪小说占优

除了注明出处的引用外，《述异记》辑采类引书的数量更为可观，据笔者统计约 53 部：

《三五历记》、《五运历年纪》、《国语》、《龙鱼河图》、《山海经》、《帝王世纪》、《博物志》、《拾遗记》、《史记》、《周礼》、《异物志》、《抱朴子》、《玄中记》、孟康《汉书音义》、《吴越春秋》、《邺中记》、《神异经》、《荆州记》、《尔雅》、《搜神记》、《十洲记》、《地理志》、纪义《宣城记》、《郡国志》、王孚《安城记》、《列仙传》、《管子》、《淮南子》高诱注、郑缉之《东阳记》、《南康记》、《异苑》、《东方朔别传》、《洞冥记》、《风俗通义》、张勃《吴录》、《道书福地志》、张僧鉴《寻阳记》、《论衡》、《穆天子传》、《竹书纪年》、《战国策》、祖台之《志怪》、陆机《要览》、曹丕《列异传》、《西京杂记》、王嘉《名山记》、《后汉书》[①]、《徐偃王志》、《宋纪》、扬雄《蜀王本纪》、《杂

① 《述异记》中有两篇可以断定出于《后汉书》：哀牢神话和夜郎神话。这两则族源神话在《述异记》之前都广被记载，如哀牢神话起于汉杨终的《哀牢传》，其后《风俗通义》《华阳国志》《后汉书·西南夷列传》等都有记载，虽说后来诸书都是源自《哀牢传》，但文句表达上会有些细微的差别。通过文字比对，《述异记》与《后汉书·西南夷列传》中的记载更为接近。

道书》、晋罗含《湘中记》、《晋中兴书》、《幽明录》[①]

《述异记》的辑采类引书有不少是多次引用，如有10条记载出自《拾遗记》，出自《山海经》和《博物志》的有8条，《史记》和《神异经》有6条，《国语》《抱朴子》《搜神记》《十洲记》《异苑》及《洞冥记》皆有3条，《周礼》《尔雅》《列仙传》《论衡》《西京杂记》《蜀王本纪》《帝王世纪》《后汉书》等都有2条。

从类属看，《述异记》对前典的辑采具有明显倾向性，有两类作品在数量上更为突出，一是与《述异记》性质相同的志怪小说类，共计 16 部：《山海经》《十洲记》《洞冥记》《神异经》《蜀王本纪》《徐偃王志》《列异传》《博物志》《穆天子传》《玄中记》《搜神记》《拾遗记》《名山记》《异苑》《幽明录》《志怪》[②]。上述志怪小说还有一半以上属于博物体志怪小说，与《述异记》同属一类。二是地理类作品数量也不少，如《异物志》《地理志》《邺中记》《荆州记》《宣城记》《郡国志》《安城记》《东阳记》《南康记》等，在注明出处的直接引用中，也有《海南地志》等地理书。学者多推测《述异记》的成书大约与任昉编撰《地记》、广收各类地理书有关联，引用书目中多地理书也支持了这一推测。

学者在讨论《述异记》辑采旧典问题上已关注到其多关联新说的特点，即将当下流传的风物传说、逸闻轶事与典籍记载结合起来，能给人以较为新鲜的阅读体会。其实这只是《述异记》辑采旧典时的特点之一，通过对比《述异记》文本与引文原出处的异同，能更为细致、全面地说明《述异记》的成书问题。《述异记》能考订出的引文不在少数，一一列举未免烦琐，所以将选择《四库全书总目提要》所提及例文来加以列表对比（见表7），以期更为清楚地展示《述异记》引录前典的特点。

---

① 典籍的排列以在《述异记》中出现的前后为次。

② 对某些典籍性质的认定，学界还存在争议，本研究参照李剑国先生《唐前志怪小说史》和《唐前志怪小说辑释》厘定志怪小说范畴。

表 7 《四库全书总目提要》所举例证列表

篇目	《述异记》文本	旧籍出处
盘古氏	卷上：昔盘古氏之死也。头为四岳、目为日月、脂膏为江海、毛发为草木。秦汉间俗说：盘古氏头为东岳、腹为中岳、左臂为南岳、右臂为北岳、足为西岳。先儒说：盘古氏泣为江河、气为风、声为雷、目瞳为电。古说：盘古氏喜为晴，怒为阴。吴楚间说：盘古氏夫妻阴阳之始也。今南海有盘古氏墓，亘三百余里。俗云后人追葬盘古之魂也。桂林有盘古氏庙，今人祝祀。 卷上：南海中盘古国，今人皆以盘古为姓。昉按：盘古氏，天地万物之祖也。然则生物始于盘古。	《绎史》卷一引《五运历年纪》：首生盘古，垂死化身，气成风云，声为雷霆，左眼为日，右眼为月，四肢五体为四极五岳，血液为江河，筋脉为地里，肌肉为田土，发髭为星辰，皮毛为草木，齿骨为金石，精髓为珠玉，汗流为雨泽，身之诸虫，因风所感，化为黎氓。 （《艺文类聚》卷一引《三五历纪》：天地混沌如鸡子，盘古生其中，万八千岁。天地开辟，阳清为天，阴浊为地，盘古在其中，一日九变，神于天，圣于地。天日高一丈，地日厚一丈，盘古日长一丈。如此万八千岁，天数极高，地数极深，盘古极长。后乃有三皇。数起于一，立于三，成于五，盛于七，处于九，故天去地九万里。①）
精卫	卷上：昔炎帝女溺死东海中，化为精卫，其名自呼。每衔西山木石填东海，偶海燕而生子。生雌状如精卫，生雄如海燕。今东海精卫誓水处，曾溺于此川，誓不饮其水。一名鸟誓、一名冤禽，又名志鸟，俗呼帝女雀。	《山海经·北山经》：又北二百里，曰发鸠之山，其上多柘木。有鸟焉，其状如乌，文首、白喙、赤足，名曰精卫，其鸣自叫。是炎帝之少女名曰女娃，女娃游于东海，溺而不返，故为精卫，常衔西山之木石，以堙于东海。漳水出焉，东流注于河。

① 《四库全书总目提要》认为“盘古氏”采自徐整的《三五历纪》，但原书已佚失，目前所见佚文与《述异记》所记有一定差距，徐整另一作品《五运历年纪》中有关盘古氏的佚文与《述异记》更有关联性。吕思勉认为：“《五运历年记》、《三五历记》之说盖即象教东来之后，杂彼外道之说而成。《述异记》首数说，即《五运历年记》之说。”参见吕思勉《盘古考》，《古史辨》第七册，海南出版社，2003 年。

续表

篇目	《述异记》文本	旧籍出处
园客	卷上：园客者，济阴人，貌美，邑人多欲妻之。客终不娶，常种五色香草，积十余年，服食其实。忽有五色蛾集香草上，客荐之以布，生华蚕焉。至蚕时，有一女自来助养蚕，以香草食之，得茧一百二十枚，茧大如瓮，每一茧缫六七日丝方尽，缫讫此女与客俱神仙去。	《列仙传》卷下：园客者，济阴人也。姿貌好而性良，邑人多以女妻之，客终不取。常种五色香草，积数十年，食其实。一旦，有五色蛾，止其香树末，客收而荐之以布，生桑蚕焉。至蚕时，有好女夜至，自称客妻，道蚕状。客与俱收蚕，得百二十头，茧皆如瓮大。缫一茧，六十日始尽。讫则俱去，莫知所在。故济阴人世祠桑蚕，设祠室焉。或云，陈留济阳氏。
龟历	卷上：陶唐之世，越裳国献千岁神龟，方三尺余，背上有文，皆科斗书，记开辟已来。帝命录之，谓之“龟历”，伏滔述帝功德，铭曰：胡书龟历之文。	《拾遗记》卷一：帝尧在位，圣德光洽。河洛之滨，得玉版方尺，图天地之形。又获金璧之瑞，文字炳列记天地造化之始。① 《尚书中候》：尧沉璧于洛，玄龟负书而出，背有赤文绿字。
老桑	卷上：东阳郡永康县，吴时，有人入山，逢大龟，担之，未至家遇夜揽舟于岸。见老桑呼龟曰：“元绪，汝当死矣。”龟呼桑树曰：“子明，无苦也，虽然尽南山之樵不能溃我。”对曰：“诸葛恪明敏，祸必及于予。”明日其人将龟献吴王，命煮之，三日三夜不死。	《异苑》卷三：吴孙权时，永康县有人入山，遇一大龟，即束之以归。龟便言曰：“游不量时，为君所得。”人甚怪之，担出欲上吴王。夜泊越里，缆舟于大桑树。宵中，树忽呼龟曰：“劳乎元绪，奚事尔耶？”龟曰：“我被拘系，方见烹臛。虽然尽南山之樵，不能溃我。”

① 《四库全书总目提要》认为“龟历”条出自《拾遗记》，但今本《拾遗记》中未见越常国（越裳国）献千年神龟的记载，在《述异记》前的典籍中不乏越常国的资料，也未见献神龟事。或许为《拾遗记》佚文。

续表

篇目	《述异记》文本	旧籍出处
老桑	遂问诸葛恪，恪曰："此龟有精，须得多载老桑为薪，煮之立烂。"遂令以老桑斫之为薪，既燃即烂。	树曰："诸葛元逊博识，必致相苦，令求如我之徒，计从安簿？"龟曰："子明无多辞，祸将及尔。"树寂而止。既至建业，权命煮之，焚柴万车，语犹如故。诸葛恪曰："燃以老桑树乃熟。"献者乃说龟树共言。权使人伐桑树煮之，龟乃立烂。今烹龟犹多用桑薪，野人故呼龟为元绪。
防风氏	卷上：今吴越间防风庙，土木作其形，龙首牛耳，连眉一目。① 卷上：昔禹会涂山，执玉帛者万国。防风氏后至，禹诛之。其长三丈，其骨头专车。今南中民有姓防风氏，即其后也，皆长大。越俗祭防风神，奏防风古乐，截竹长三尺，吹之如嗥，三人披发而舞。	《国语·鲁语下》：既彻俎而宴，客执骨而问曰："敢问骨何为大？"仲尼曰："丘闻之：昔禹致群神于会稽之山，防风氏后至，禹杀而戮之，其骨节专车。此为大矣。"②
蚩尤	卷上：轩辕之初立也，有蚩尤氏兄弟七十二人，铜头铁额食铁石。轩辕诛之于涿鹿之野。蚩尤能作云雾。涿鹿今在冀州，有蚩尤神。俗云人身牛蹄，	《艺文类聚》卷十一引录《龙鱼河图》：黄帝时，有蚩尤，兄弟八十一人，并兽身人语，铜头铁额，食沙石子，造立兵杖，刀戟大弩，威振天下，

① 《述异记》卷上："南海小虞山中有鬼母，能产天地鬼。一产十鬼，朝产之，暮食之。今苍梧有鬼姑神是也。虎头龙足，蟒目蛟眉【蟒蛇目圆，蛟眉连生】，今吴越间防风庙，土木作其形，龙首牛耳，连眉一目。"在今本所作条目划分中，鬼母、鬼姑神、防风庙为一条记载，防风庙明显与前二者没有任何关系，应属于防风氏故事中。

② 禹斩防风氏在古籍中出现的记载颇多，《国语·鲁语》《左传·哀公七年》《史记·孔子世家》《说苑·辨物》《孔子家语·辨物篇》《竹书纪年》《河图玉版》《括地图》《博物志》等都有记载，内容上也大体一致。

续表

篇目	《述异记》文本	旧籍出处
蚩尤	四目六手。今冀州人掘地得髑髅如铜铁者，即蚩尤之骨也。今有蚩尤齿，长二寸，坚不可碎。秦汉间说：蚩尤氏，耳鬓如剑戟，头有角，与轩辕斗，以角抵人，人不能向。今冀州有乐名蚩尤戏，其民两两三三，头戴牛角而相抵。汉造角抵戏，盖其遗制也。 卷上：太原村落间，祭蚩尤神，不用牛头。今冀州有蚩尤川，即涿鹿之野。汉武时，太原有蚩尤神昼见，龟足蛇首，首疫，其俗遂为立祠。	诛杀无道，不仁慈。万民欲令黄帝行天下事，黄帝仁义，不能禁蚩尤，黄帝仰天而叹，天遣玄女下，授黄帝兵信神符，制伏蚩尤，帝因使之主兵，以制八方。蚩尤没后，天下复扰乱，黄帝遂画蚩尤形像，以威天下，天下咸谓蚩尤不死，八方万邦，皆为弭伏。
夜郎王	卷下：夜郎县者，西南远夷国名也。其先有女子浣纱，忽见三节竹流入足间，闻其中有号声，剖竹视之，得一男，归而养之。及长，有武略自立为夜郎侯，以竹为姓。汉武帝元鼎六年征西南夷，改为牂牁郡，夜郎侯迎降，天子赐以玉印绶，后卒。夷獠咸以竹王，非血气所生，众为立庙，今夜郎县有竹王神，是也。	《后汉书·西南夷列传》：夜郎者，初有女子浣于遁水，有三节大竹流入足间，闻其中有号声，剖竹视之，得一男儿，归而养之。及长，有才武，自立为夜郎侯，以竹为姓。武帝元鼎六年，平南夷，为牂柯郡，夜郎侯迎降，天子赐其王印绶，后遂杀之。夷獠咸以竹王非血气所生，甚重之，求为立后。牂柯太守吴霸以闻，天子乃封其三子为侯，死，配食其父。今夜郎县有竹王三郎神是也。

续表

篇目	《述异记》文本	旧籍出处
武陵源	卷下：武陵源在吴中，山无他木，尽生桃李，俗呼为桃李源。源上有石洞，洞中有乳水。世传秦末丧乱，吴中人于此避难，食桃李实者，皆得仙。	陶渊明《桃花源记》：晋太元中，武陵人捕鱼为业。缘溪行，忘路之远近。忽逢桃花林，夹岸数百步，中无杂树，芳草鲜美，落英缤纷。渔人甚异之，复前行，欲穷其林。林尽水源，便得一山，山有小口，仿佛若有光。……自云先世避秦时乱，率妻子邑人来此绝境，不复出焉，遂与外人间隔。问今是何世，乃不知有汉，无论魏晋。
竹生东海	卷上：东海畔有孤竹焉，斩而复生，中有管。周武王时，孤竹之国献瑞笋一株。	《周礼·春官宗伯·大司乐》："孤竹之管，云和之琴瑟，云门之舞，冬日至，于地上圜丘奏之。"
空桑生大野山	卷上：空桑生大野山中。为琴瑟之最者，空桑也。	《周礼·春官宗伯·大司乐》：空桑之琴瑟，咸池之舞，夏日至，于泽中之方丘奏之。

结合表7所列例证，对比其他志怪小说的成书特点，我们大体可以梳理出《述异记》在辑采旧典以成书方面的整体面貌。

第一，原文引用依旧占有最高比例，在可判定辑采来源的篇目中，与原出处基本相同的引录接近半数，这与《博物志》《搜神记》等的引用情况相似。

第二，将前典记载与当下的风物传说、逸闻轶事结合起来，即学界诸贤已多次提及的"含有新说""翻陈出新"之处。实际上，称其为"翻出新说"有所拔高，应该是"连缀新旧说"更为恰当些，以多篇古老神话最为突出，如盘古、蚩尤、精卫、防风氏等，侯忠义先生曾分析"盘古氏"条曰："前四条（笔者按：此句中的"前四条”指的是‘昔盘古氏’‘秦汉间说’‘先儒’‘古说’四说）见于徐整《三五历记》和《五运历年记》，早于《述异记》；文字大同小异。《吴楚间说》条，当来源于当地民间传说，不见记载，属于新说；至于‘盘古氏墓’‘盘古氏庙’‘盘古国’等，大约出于作者实地采访、考察的遗迹；最后是作者的议论和判断，给人以总体的认识。”①其他几篇也莫不如是，蚩尤故事中也有“俗说”“秦汉间说”这样的表达②，也就是把众说罗列在一起，既有来源于《述异记》前的典籍记载，也有任昉所了解到的、当下的民间俗说、风土人情等。志怪小说的成书主要有两种途径，一是从已有的典籍文献中汲取素材，一是记录口耳相传的各种说法和民间故事。通常来看，多数志怪小说中这两类素材来源都是“并行不悖”，即一条记载或引录于前人典籍，或记录当下传说，很少像《述异记》这样将各说集于一处的，如“精卫”，不仅《山海经》，《博物志》中也记载这则神话，其他如左思《吴都赋》、郭璞《山海经图赞》等也用到精卫填海的典故，内容一脉相承，没有太大变化，但《述异记》又增加精卫偶海燕、精卫誓水处和四种异名，这些说法都颇为新鲜，不见他处记载，从内容推测来说，精卫偶海燕应该出自民间俗说，而精卫誓水处和四种异名颇有些文化意趣，或许来自他书，只是今天已无从考知。

第三，《述异记》的叙事重点还保留在介绍事或物基本面的层次上，并不关注叙事的生动性和感染力，或者说《述异记》中“小说因素”更弱一些，《述异记》与所征引前典的文字异同也能清楚地说明这一叙事倾向。如上表所示，第一印象即《述异记》与所征引原

① 侯忠义《中国文言小说史稿》，北京大学出版社，1990 年，第 132 页。

② 《述异记》中，以“古说”“秦汉间说”等为先导词的表述有好几篇，但具体表达内涵可能有所不同，如“盘古氏”条中，侯忠义先生认为它们都指的是《三五历纪》和《五运历年纪》，笔者同意这种看法，但认为这是任昉自神其说的模糊化手法，盘古神话在三国吴徐整《三五历纪》前未见任何完整的记载（也有学者认为盘古神话早在东汉已出现），应该属于一种“新神话”，所以类似“秦汉间说”这种表达的确无从说起，而且虽然文句差异较大，这几说与《三五历纪》和《五运历年纪》中盘古死后化身万物的思路都是一样的，所以我们认为“古说”“秦汉间说”等在“盘古氏”故事中应是一种“虚指”。但蚩尤故事中，情况有所不同，有关蚩尤神话影响广泛，记载多见，虽不能完全对应，但有些蛛丝马迹，这里的“秦汉间说”或许为“实指”。

文在篇幅上都有明显差距，从征引内容看，《述异记》绝大部分都比原出处更为简略，如盘古氏、精卫、园客、老桑、蚩尤、武陵源等篇章都是如此。毫无疑问，在原典籍中，这些记载都较为精彩，也有些表现手法的运用，如人物对话、细节描写或背景扩展等，但在《述异记》中，多数又倒退为一种“粗陈梗概”的状态。具体来看，主要表现为两种形式，一是概述始末式，如精卫、蚩尤、武陵源等篇都属于这类，最典型的是“武陵源”，陶渊明的《桃花源记》是一篇叙事婉转生动、条理分明、起承转合间文气勾连而又余韵悠然的作品，全篇近四百字，是历来为人称赏的佳作，但《述异记》中的记载则不足百字，只交代了概貌：武陵源地点、尽生桃李和有石洞的地貌、秦末避乱得仙，而且文字表达极为平实。二是删减了部分文字，代表性的如园客、老桑、夜郎等篇，整篇故事与原出处之间基本保持一致，只删减了一两处文字，不加以比对的话，容易认为这只是一种文本传抄过程中出现阙文，但实际上应是《述异记》辑录时主动删减，如“老桑”条，删减了三处，一处是“龟便言曰：‘游不量时，为君所得。’人甚怪之，担出欲上吴王”，一处是“献者乃说龟树共言”，一处为“今烹龟犹多用桑薪，野人故呼龟为元绪”，前两处前后关联，最后一处为叙述者角度的补充说明，删减后对故事表达的影响力几乎可以忽略不计。再如“夜郎王”，《述异记》中主要删减的是“牂柯太守吴霸以闻天子，乃封其三子为侯，死，配食其父”，在《后汉书》中，史家态度决定了其会优先记录政治事件，而《述异记》删除这段，并不会影响夜郎王故事的完整性，而且更为紧凑集中。

第四，《述异记》在引用前典时还有少量附会演化之文，如《四库全书总目》言“周礼孤竹之管、空桑之琴瑟二条，则附会竹生东海，空桑生大野山”，《周礼》中只简单提到“孤竹之管”“空桑之琴瑟”，《述异记》则附会出地名，“孤竹之管”还与孤竹国联系起来[①]，似乎将孤竹、空桑落到实处，但又虚无缥缈，无处追寻，这是博物

① 郑玄注曰：“孤竹，竹特生者。”

体小说地理叙事中的常见表述。再如卷上的“猰貐”篇：“猰貐，兽中最大者。龙头，马尾，虎爪，长四百尺，善走，以人为食。遇有道君即隐藏，无道君即出食人。”此篇应是借助《山海经》和《尔雅》附会而来，《山海经·海内南经》载：“窫窳龙首，居弱水中，在狌狌之西，其状如龙首，食人。”《尔雅·释兽》载：“猰貐类貙，虎爪，食人，迅走。”在外表和食人上综合了二书说法，而“遇有道君即隐藏，无道君即出食人”则是附会之说，有些《神异经》刻画穷奇、饕餮、混沌、不孝鸟等异兽的影子[①]。

综上所述，《述异记》在引书方面展现出不同于其他志怪小说的新鲜之处，最主要有三个方面：

一是直接引用诗赋入小说的手法，这是中国小说发展史上运用诗赋等韵文形式来辅助叙事的首次尝试。在《述异记》前的志怪小说中，对诗赋的运用基本局限于《诗经》，数量也极少，但《述异记》所引，多数都是年代距《述异记》不远的诗赋，更具有浅近、生动的当下性，如果是当时人阅读的话，其感染力应该更为强烈而直接。《述异记》引诗赋入小说在作用上主要是用于进一步证明、说明，紧密作用于主体叙事，使叙事对象更为鲜明，也增加了叙事的多样性和生动性。《述异记》的引诗赋入小说与唐以后小说中的诗笔相比，在形式和作用上都还较为单一，但其首创之功不容忽视。

二是引书的类型非常集中，尤其是与《述异记》同类型的志怪小说占比突出。在其他志怪小说的引书中，虽也从同类小说典籍中辑采素材，但数量上并不占优，而《述异记》引书几乎覆盖了汉魏以来的代表性志怪小说，这无疑昭示出小说特性的清晰化，任昉虽没有明确的小说概念，但其取材对象的高度集中则能从侧面说明一种不自觉的对著述的清晰认识。

三是将前人已有说法与当下传言结合起来组成“新旧交织”的叙事文本，这样一种引用不是文本的简单抄录，如从小说到小说的

① 《神异经》在描写异人异物时，往往在奇异描写之上寄予一定道德批判，如浑沌“人有德行而往牴触之，有凶德则往依凭之”，穷奇“闻人斗，辄食直者；闻人忠信，辄食其鼻；闻人恶逆不善，辄杀兽往馈之”，等等。

原文照搬；也不是赋予文本独立意义，如从篇幅较长的子、史作品中摘抄故事；而是将辑采文本用于新的框架中，其作用是叙事素材之一。这样一种引书的运用在《拾遗记》中已经体现，也是后世小说最常见的利用前人素材的方面，这一运用在《述异记》中有非常成功的范本，如盘古氏、蚩尤、精卫等新神话，不仅在内容上补益新说，其创造新神话的方式也值得关注。

第十章 《冤魂志》引书考辨

《冤魂志》是较为后期的志怪小说，被认为是颜之推入隋以后的作品。其内容集中于善恶报应，素材来源于他书所载和当下耳闻目睹，也属于引书式成书的典型代表。

第一节 《冤魂志》引书目录及特点

与其他志怪小说类似，《冤魂志》也是从前人典籍和现实见闻中取材，不同的是所取古书较为明晰，所引故事大多较有名，有些还被多部典籍反复记载。

一、《冤魂志》引书列表

先贤时彦已在《冤魂志》辑采古籍方面做了不少工作，《四库全书总目》卷一四二："然齐有彭生，晋有申生，郑有伯有，卫有浑良夫，其事并载《春秋传》；赵氏之大厉，赵王如意之苍犬，以及魏其、武安之事，亦未尝不载于正史。"①王国良："颜之推在编撰《冤魂志》时，曾参考或者引录了不少载籍，所知约有：《左传》、《史记》《汉书》、《后汉书》、《三国志》、《魏书》、《吴越春秋》、《三辅决录》、《华阳国志》、《十六国春秋》、《洛阳伽蓝记》、《高僧传》、《管子》、《墨子》、《论衡》、《汉武故事》、《搜神记》、《异苑》、《述异记》、《小说》、谢氏《鬼神列传》等二十一种。当然，由于文献不足，必然有

① [清]永瑢等《四库全书总目》，中华书局，1965 年，第 1209 页。

不少故事我们无法考知其确切来源。另外，有一部分应该是作者耳闻目见所做的记录了。”[①]罗国威《〈冤魂志〉校注》在注释中也多罗列他书记载。借助这些已有成果，考订《冤魂志》辑采古籍目录见表8：

表8 《冤魂志》引书列表

篇名	引文出处典籍	引文与原出处间异同	其他典籍记载（前于《冤魂志》）
杜伯	《墨子·明鬼下》《说苑·立节》	部分相同，《冤魂志》增加了情节	《国语·周语》《论衡·死伪》
公子彭生	《左传》桓公十八年	基本相同	《管子·匡君大匡》《史记·齐太公世家》《史记·鲁周公世家》《列女传·孽嬖传·鲁桓文姜》《论衡·订鬼》《汉书·五行志中之下》
燕臣庄子仪	《墨子·明鬼下》	基本相同	《论衡·死伪》
公孙圣	《吴越春秋·夫差内传》	《吴越春秋》中公孙圣之死及鬼报与他事编排在一起，《冤魂志》择其要者	《越绝书·越绝外传记吴王占梦》
汉王如意	《史记·吕太后本纪》	《冤魂志》择其要者	《汉书·高五王传》《论衡·死伪》
窦婴	《史记·魏其武安侯列传》	《冤魂志》择其要者	《汉书·窦田灌韩传》《汉武故事》

① 王国良《颜之推冤魂志研究》，文史哲出版社，1995年，第16-17页。

续表

篇名	引文出处典籍	引文与原出处间异同	其他典籍记载（前于《冤魂志》）
苏娥	《搜神记》	基本相同	《风俗通义》①、谢承《后汉书》、《列异传》
涪令妻	《华阳国志》卷十中“广汉士女”、陈寿《益部耆旧传》②	情节相同，具体表述上略有差异	《后汉书·独行传》
游殷	《三辅决录》	基本相同	—
王宏	《后汉书》卷六十六《王允传》附王宏	情节相同，具体表述上略有差异	—
宋皇后	《后汉书》卷十《孝灵帝宋皇后纪》	基本相同	司马彪《续汉书》
王济婢	殷芸《小说》卷八	基本相同	—
于吉③	《搜神记》	基本相同	《洞仙传》

① 陶宗仪《南村辍耕录》卷一四引《风俗通义》曰：“汉何敞为鬼苏珠娘，按诛亭长龚寿。”应为佚文。

② 《益部耆旧传》失传，从目前佚文看应载有王忳“飞被走马”和“遇鬼”二事，而且“信哉少林世无偶，飞被走马与鬼语”的民谣目前仅见于《益部耆旧传》。《太平御览》卷四六五引《益部耆旧传》曰：“王忳，字少林。诣京师于客舍，见诸生病甚困，生谓忳曰：‘腰下有金十斤，愿以相与，乞收藏尸骸。’未问姓名，呼吸因绝。忳卖金一斤，以给棺殓，九斤置生腰下。后署大度亭长。到亭日，有马一匹到亭中。其日大风，有一绣被随风以来。后忳骑马突入，金彦父见曰：‘真得盗矣。’忳说马状，又取被示之，彦父怅然曰：‘被马俱止，卿有何阴德？’忳具说葬诸生事，彦父曰：‘此吾子也。’遣迎彦丧，金具存。民谣之曰：‘信哉少林世为遇，飞被走马与鬼语。’”《北堂书钞》卷七九“游徼杀涪令妻”：“《益部耆旧传》：王纯为郿令，厘亭有鬼，每杀止客。纯直入亭止宿，至夜半召问游徼，具服其罪。”《渊鉴类函》卷一百十七、《古今图书集成》卷六百五十八也引《益部耆旧传》，稍详：“王纯为郿令，厘亭有鬼，每杀止客。纯直入亭止宿，至夜半，有女子称冤，曰：‘妾涪令妻也。过此亭，亭长杀妾十余口，埋楼下，夺取财物。亭长今门下游徼是也。’其旦召问，游徼具服其罪。”

③ 古书中“干”与“于”常混淆，这里即当作“干吉”。见李剑国《新辑搜神记》卷二“干吉”条注释（[晋]干宝撰，李剑国辑校《新辑搜神记》，中华书局，2007年，第51页）。

续表

篇名	引文出处典籍	引文与原出处间异同	其他典籍记载（前于《冤魂志》）
王凌	《三国志·魏书·王毋丘诸葛邓钟传》、《异苑》卷六	《冤魂志》融合了二书所载	—
夏侯玄	《异苑》卷六	基本相同	夏侯玄生平事迹载《三国志·魏书·诸夏侯曹传》
孙峻	《三国志·吴书·诸葛滕二孙濮阳传》中诸葛恪传、孙峻传	《冤魂志》概而述之，文字上有些相同之处	《搜神记》
徐光	《搜神记》	基本相同	—
王敦	《建康实录》卷六	事同而文异	—
李期	《魏书》卷九六“李期”“李寿”	《冤魂志》概而述之	《华阳国志》卷九《李特雄期寿势志》
殷涓	《搜神后记》	《冤魂志》叙事更详	—
苻永固	《魏书》卷九五《姚苌传》	《冤魂志》概而述之，文字有部分相同处	《十六国春秋·后秦录》中《姚苌传》、祖冲之《述异记》
孙元弼	谢氏《鬼神列传》	《冤魂志》叙事更详	—
昙摩谶	《高僧传》	事同，《冤魂志》文字略简	《魏书》卷九十九《沮渠蒙逊传》
太乐伎	祖冲之《述异记》	《冤魂志》叙事更详	—

续表

篇名	引文出处典籍	引文与原出处间异同	其他典籍记载（前于《冤魂志》）
邓琬	《宋书》卷八四《邓琬传》	《冤魂志》概而述之，文字有部分相同处。	—
羊道生等14篇	王曼颖《补续冥祥记》	基本相同	—
元徽	《洛阳伽蓝记》卷四	《冤魂志》概而述之，文字有部分相同处。	《太平御览》卷三九七引《后魏书》，事同，文字略简
支法存	《异苑》卷六	基本相同	—

从表8可以看出，《冤魂志》引书目录如下：《左传》、《史记》、《三国志》、《后汉书》、《宋书》、《吴越春秋》、《华阳国志》、《建康实录》、《魏书》、陈寿《益部耆旧传》、《三辅决录》、《高僧传》、《墨子》、《说苑》、《搜神记》、《搜神后记》、谢氏《鬼神列传》、祖冲之《述异记》、殷芸《小说》、《异苑》、《洛阳伽蓝记》、王曼颖《补续冥祥记》，共计二十二部，与王国良统计有部分差异。《冤魂志》有部分篇章在多部典籍中被记载，但文字上的表述各不相同，不宜都列为来源文献，只有那些故事、情节相同，文字表达有关联的才具有源流关系，王国良先生应是全部都列入了，略失之审慎。另外，王曼颖《补续冥祥记》需略加解说，《法苑珠林》和《太平广记》是收录《冤魂志》佚文最多的类书，二者所收佚文有重复的地方，也有区别，其中有十四篇在《太平广记》中引自《还冤记》（《冤魂志》），但在《法苑珠林》中则引自《冥祥记》。这十四篇分别为：《羊道生》《乐盖卿》《张绚》《朱贞》《释僧越》《江陵士大夫》《弘氏》《梁武帝》《韦载》《康季孙》《北齐文宣帝》《真子融》《魏辉俊》《后周女子》。这十四篇记载所发生时间较早的也在梁普通年间，远晚于《冥祥记》成书

时间。《冥祥记》是“释氏辅教之书”的典型作品，作者为南朝齐王琰，其成书当在南齐和帝中兴元年（501）之前，李剑国先生认为其成书于永明年间①，故而《法苑珠林》所指《冥祥记》或应该是王曼颖《补续冥祥记》。《隋书·经籍志》杂传类著录《补续冥祥记》一卷，王曼颖撰，《旧唐书·经籍志》著录《续冥祥记》十一卷，姚振宗《隋书经籍志考证》卷二〇曰：“案王琰先有《冥祥记》十卷，此补续其书，《唐志》殆合为一编，故十一卷。”②

二、《冤魂志》引书特点

将《冤魂志》与前籍原文字对比的话，大体可分为三种情况：

一是文字基本相同的，大体属于一种“原文照录”的形式，如《公子彭生》《宋皇后》《王济婢》《于吉》《夏侯玄》《徐光》《苏娥》《支法存》等，另外出自《补续冥祥记》的《羊道生》等十四篇也差异不大，从文献来源看，与《冤魂志》类属相同的志怪小说占据多数，如《搜神记》、《异苑》、殷芸《小说》及《补续冥祥记》。它们在体例上相同，都是单篇独立故事的形式，叙事完整，主旨明确，《冤魂志》的原文引录从文字到立意都保持着“原汁原味”。

二是《冤魂志》在原出处文本基础上有所概括，记事相同，也有部分文字完全一样，显示出二者的紧密关联，如《公孙圣》《汉王如意》《窦婴》《王凌》《孙峻》《李期》《苻永固》《邓琬》《元徽》等，这些篇章多取自史书，史书的叙事体例不同于小说，往往按照时间顺序记录传主生平，史实较多，头绪也繁，《冤魂志》在引录时会择其要者，并对一些关联史实概而述之，这样就使整个叙事集中而紧凑，因果报应的主旨更为突出，如《苻永固》：

> 秦姚苌字景茂，赤亭羌也。父弋仲事石勒，石氏既灭，苌随其兄襄与苻永固战于三原，军败襄死，苌乃降永固。即受禄

① 李剑国《唐前志怪小说史》，人民文学出版社，2011 年，第 593 页。

② 王承略、刘心明主编《二十五史艺文经籍志考补萃编》第十五卷，清华大学出版社，2011 年，第 894 页。

位，累加爵邑。及转龙骧将军，督梁、益州诸军事，永固谓之曰：“朕昔以龙骧建业，此号未曾假人，今持山南委卿，故特以相授。”其蒙宠任优隆如此。后随子固子叡讨慕容泓，为泓所败，睿独死之。苌遣长史诣永固谢罪，永固怒既甚，即戮其使，苌益恐惧，遂奔西州，邀聚士卒，而自树置。永固频为慕容冲所败，冲转侵逼。永固又见妖怪屡起，遂走五将山，苌即遣骁骑将军吴中围永固，中执永固以送苌，即曰囚之，以求传国玺及令禅让，永固不从，数以叛逆之罪，苌遂杀之，遂称帝。后又掘永固尸，鞭挞无数，裸剥衣裳，荐之以棘，掘坎埋之。及苌遇疾，即梦永固将天官使者鬼兵数百，突入营中，苌甚怵愕，走入后宫，宫人逆来刺鬼，误中苌阴，鬼即相谓曰：“正着死所。”拔去矛刃，出血石余，忽然惊寤，即患阴肿，令医刺之，流血如梦。又狂言曰：“杀陛下者臣兄襄耳，非臣苌罪，愿不赐枉。”后三曰，苌死。[1]

《苻永固》引录自《魏书》卷九五《姚苌传》：

羌姚苌，字景茂，出于南安赤亭，烧当之后也。祖柯回，助魏将绊姜维于沓中，以功假绥戎校尉、西羌都督。父弋仲，……弋仲有子四十二人，苌第二十四，随兄襄征伐，襄甚奇之。襄之败也，苌率子弟降于苻坚。从坚征伐，频有战功，历宁、幽、兖三州刺史，封益都侯，邑五百户。苻坚伐司马昌明，以苌为龙骧将军，督益梁州诸军事。谓苌曰：“朕本以龙骧建业，龙骧之号，初未假人，今特以相授。山南之事，一以委卿。”坚左将军窦冲进曰：“王者无戏言，此将不臧之征也，惟陛下察之。”坚默然。及慕容泓起兵华泽，坚遣子卫大将军叡讨之，战败，为泓所杀。时苌为睿司马，惧罪奔马牧，聚众万余，自称大将军、大单于、万年秦王，号年白雀。数月之间，众至十余万，

① 罗国威《〈冤魂志〉校注》，巴蜀书社，2001 年，第 45-47 页。

与慕容冲连和，进屯北地。苻坚出至五将山，苌执而杀之。登国元年，僭称皇帝，置百官，国号大秦，年曰建初，改长安曰常安。以其太子兴镇长安，自击苻登安定，败之。苌病，梦苻坚将天官使者、鬼兵数百，突入营中，苌惧走后宫，宫人迎苌刺鬼，误中苌阴。鬼相谓曰："正中死处。"拔矛出血石余。寤而惊悸，遂患阴肿，医刺之，出血如梦。苌乃狂言，或称"臣"，或称"苌"，"杀陛下者兄襄，非臣之罪，愿不枉臣"。苌死，子兴袭位，秘不发丧。[①]

两相对比非常明显，《冤魂志》主要保存了苻坚对姚苌的恩遇和姚苌病中梦苻坚之鬼刺之，文字表达也直接承袭《魏书》。《魏书》中有较多笔墨介绍姚苌的家世背景，《冤魂志》都略去不用。《魏书》和《冤魂志》中都记载苻坚和姚苌反目的原因，但《魏书》叙述更重在介绍事件，较为平实，而《冤魂志》则侧重描写了苻坚和姚苌的表现，将二人矛盾的产生表达得更加明确而直接。《冤魂志》的这一点改动虽然比较微小，但对主旨的烘托非常有利。另外，姚苌梦苻坚之鬼的故事充满了民间传说的色彩，此事的最早记载应是祖冲之的《述异记》："姚苌既杀苻坚，与苻登相拒于陇东。苌夜梦坚将天帝使者，勒兵驰入苌营。以矛刺苌，正中其阴，苌惊觉，阴肿痛，明日遂死。"[②]《魏书》录事颇杂，正是其为人诟病之处，"修史者言词质俚，取舍失衷，其文不直，其事不核，终篇累卷，皆官爵州郡名号，杂以冗委琐曲之事"[③]。这一民间传说被录入史书，《冤魂志》又加以辑采，突显出苻坚、姚苌之间的恩怨因果。从《述异记》到《冤魂志》，也能完整地勾勒出一则民间故事日渐丰富的过程。

三是《冤魂志》有所增饰的篇章，如《杜伯》《涪令妻》《王敦》《殷涓》《孙元弼》《太乐伎》等，与原出处文本相比，不仅在文字、篇幅上有增加，而且故事情节更为复杂、多样，使得整个叙事

① [北齐]魏收撰《魏书》，中华书局，2017 年，第 2252-2253 页。

② 鲁迅《鲁迅全集》（第八卷），人民文学出版社，1973 年，第 286 页。

③ 《旧本魏书目录叙》，见[北齐]魏收撰《魏书》，中华书局，2017 年，第 3329 页。

更为完整而细腻，如《冤魂志》中的上乘之作《太乐伎》，这个故事又见于祖冲之《述异记》，主要刻画乐伎报仇，篇幅不长：

陶继之元嘉末为秣陵令，杀劫，其中一人，是大乐伎，不为劫，而陶逼杀之。将死曰："我实不作劫，遂见枉杀，若见鬼，必自诉理。"少时，夜梦伎来云："昔枉见杀，诉天得理，今故取君。"遂跳入陶口，仍落腹中，须臾复出，乃相谓云："今直取陶秣陵，亦无所用，更议王丹阳耳！"言讫，遂没。陶未几而卒。王丹阳果亡。①

《冤魂志》对这一故事的记载如下：

宋元嘉中，李龙等夜行劫掠。于时丹阳陶继之为秣陵县令，微密寻捕，遂擒龙等。龙所引一人是太乐伎，忘其姓名，劫发之夜，此伎推同伴往就人宿，共奏音声。陶不详审，为作款列，随例申上。及所宿主人士贵宾客并相明证，陶知枉滥，但以文书已行，不欲自为通塞。遂并诸劫十人，于郡门斩之。此伎声艺精能，又殊辩慧，将死之日，亲邻知识，看者甚众。伎曰："我虽贱隶，少怀慕善，未尝为非，实不作劫，陶令已当具知。枉见杀害，若死无鬼则已，有鬼必自陈诉。"因弹琵琶，歌曲而就死。众知其枉，莫不殒泣。月余日，陶遂夜梦伎来至案前云："昔枉见杀，实所不分，诉天得理，今故取君。"便入陶口，仍落腹中，陶即惊寤，俄而倒绝，状若风癫，良久方醒。有时而发，发辄夭矫，头反着背，四日而亡。亡后家便贫悴，二儿早死，余有一孙，穷寒路次。②

《冤魂志》在篇幅上有大幅增加，在情节上增加了太乐伎被冤杀

① 鲁迅《鲁迅全集》（第八卷），人民文学出版社，1973 年，第 296-297 页。
② 罗国威《〈冤魂志〉校注》，巴蜀书社，2001 年，第 64-66 页。

的过程，在“所宿主人士贵宾客”都能作证的情况下，陶继之明知其冤，只是因为“文书已行，不欲自为通塞”而斩之。《述异记》中仅有“逼杀”二字，读者虽然猜测其冤，但远不及《冤魂志》详细介绍所产生的冲击力，《冤魂志》这样写对陶继之这样蔑视小民生命、滥杀无辜的官吏的揭露和批判也更为强烈。另外，《冤魂志》也增加了富有表现力的细节描写，如“因弹琵琶，歌曲而就死。众知其枉，莫不殒泣”，不仅突显出太乐伎的美好形象，也进一步强化了其被冤杀的悲剧性，从而使后面的复仇更具有痛快淋漓的感染力。

第二节 从引书看《冤魂志》是否为“释氏辅教之书”

《冤魂志》的思想主旨常被看作宣扬佛教的因果报应之说，这一说法始自《四库全书总目》，卷一四二载：

> 自梁武以后，佛教弥昌，士大夫率皈礼能仁，盛谈因果。之推《家训》有《归心篇》，于罪恶尤为笃信。故此书所述，皆释家报应之说。[①]

《四库全书简明目录》则更为圆融，提出“不尽佛氏之说”：“所述皆冤报之事，之推《家训》有归心篇，精信因果，此书盖犹是志。然自左传以来，即有是事，亦不尽佛氏之说也。”[②]随后鲁迅的《中国小说史略》将《冤魂志》看作“释氏辅教之书”：

> 释氏辅教之书，《隋志》著录九家，在子部及史部，今惟颜

① [清]永瑢等《四库全书总目》，中华书局，1965 年，第 1208-1209 页。
② [清]永瑢撰《四库全书简明目录》，上海古籍出版社，1985 年，第 554 页。

之推《冤魂志》存，引经史以证报应，已开混合儒释之端矣，

而余则俱佚。遗文之可考见者，有宋刘义庆《宣验记》，齐王琰《冥祥记》，隋颜之推《集灵记》，侯白《旌异记》四种，大抵记经像之显效，明应验之实有，以震耸世俗，使生敬信之心，顾后世则或视为小说。[①]

此后《冤魂志》为“释氏辅教之书”成为学界通常看法[②]，在具体讨论时，也多沿袭了《四库全书总目》的思路，从两个方面论析《冤魂志》和佛教的关系：一是梁武以来，士大夫盛谈佛教，佛教的因果报应之说大倡，《冤魂志》是这一风气的产物；二是颜之推笃信佛教，最有力的证据是《颜氏家训·归心篇》，辩驳世俗对佛教的各种误解，其一曰：“形体虽死，精神犹存。人生在世，望于后身似不想属；及其殁后，则与前身似犹老少朝夕耳。世有魂神，示现梦想，或降童妾，或感妻孥，求索饮食，征须福佑，亦为不少矣。今人贫贱疾苦，莫不怨尤前世不修功业；以此而论，安可不为之作地乎？”[③]同时《归心篇》载有“杨思达”的故事，《冤魂志》中有此篇。但《冤魂志》所记又似乎与佛教没有直接关系，既不见六朝时兴盛的观世音信仰，也没有为佛教徒张目[④]。同时佛教比较主要的一些观念如地狱、轮回、三生、戒杀等在《冤魂志》中都不明显，而最核心的因果报应之说并不仅是佛家之论，故而有学者延续《中国小说史略》中“混合儒释之端”的提法，对《冤魂志》的“佛化”问题提出新的看法，高国藩：“《冤魂志》并非全盘佛化，并非‘皆释家报应之说’，而是儒佛道多元思想的集合体，托梦托鬼索报只是

① 鲁迅《中国小说史略》，上海古籍出版社，1998 年，第 32 页。

② 李剑国《论南北朝的“释氏辅教之书”》，《天津师大学报》1985 年第 3 期，第 62-68 页；王枝忠《颜之推与〈冤魂志〉》，《古典文学知识》1997 年第 3 期，第 44-51 页；冷艳《魏晋南北朝佛教与志怪小说研究》，吉林大学博士论文，2019 年。

③ 庄辉明、章义和撰《颜氏家训译注》，上海古籍出版社，1999 年，第 254 页。

④ 《冤魂志》中与佛教徒有关的篇章只有三篇：《牛牧寺僧》《昙摩谶》《释僧越》，但这些僧人都是作为受害者出现，所报仇的方式都未见任何佛法神异，还是传统的鬼报方式。

描述神经病（笔者按：心理病态）的需要，非佛化需要。”[①]此说可取，四库馆臣等先贤的看法固然有许多可取之处，但完全从释家入手则失之偏颇，应该说《冤魂志》还是以儒家思想为主，其材料来源及叙述方式都是传统的，而非佛家的，《宣验记》《冥祥记》等才是典型的释氏辅教之书[②]，而颜之推《冤魂志》则宜与《搜神记》《异苑》《述异记》等同列。本书将从引书、引文这个角度对此问题略加解说，希望对深化《冤魂志》的认识有所助益。

第一，素材来源于传统子史，其思想倾向是共通的。如上文所述，《冤魂志》共征引书目二十二部，以古典目录学分类看，全部属于史、子两类，以今人对书籍性质的区分来看，则主要是史书和小说两类，尤其是史书，达到十四部，《冤魂志》的这一成书特点在《四库全书总目》和《中国小说史略》中也无法否认，所以才有“不尽释氏”的补充说法，但需要强调的是儒家思想不是补充释家，而是在《冤魂志》中占有主导地位。颜之推家族世传儒学，儒家信仰为幼承庭训而来，《北齐书·颜之推传》：“世善周官、左氏，之推早传家业。”[③]他在历经动乱之后写就的《颜氏家训》依旧坚守儒家思想道德为安身立命之道，其中的《归心篇》比较特殊，是服膺佛教之说，批驳世人对佛教的指责，对佛教的颂扬是不遗余力的，由文章可以看出，颜之推信仰佛教是毋庸置疑的。但同时还应注意到颜之推又很理智，并非盲目的佛教徒，其教导后辈对佛教的基本态度是“勿轻慢”，而且用其更为擅长的儒家学说来为佛家张目，“内典初门，设五种禁；外典仁义礼智信，皆与之符。仁者，不杀之禁也；义者，不盗之禁也；礼者，不邪之禁也；智者，不酒之禁也；信者，不妄

① 高国藩《论敦煌本〈冤魂志〉》，《固原师专学报》（社会科学版）1988 年第 4 期，第 30 页。

② 唐临《冥报记序》中谈到六朝佛教小说源流时并未提及《冤魂志》，颜之推也算一时之名流，与唐临相去不远，未被提及也能从侧面看出时人之态度。《冥报记序》载：“晋高士谢敷、宋尚书令傅亮、太子中舍人张演、齐司徒从事中郎陆杲，或一时令望，或当代名家，并录《观世音应验记》，及齐竟陵王萧子良作《宣验记》、王琰作《冥祥记》，皆所以征明善恶，劝戒将来，实使闻者深心感悟。”见唐临《冥报记》，中华书局，1992 年，第 2 页。

③ ［唐］李百药撰，陈勇等标点《北齐书》，吉林人民出版社，2014 年，第 331 页。

之禁也”[①]，在解说时往往以儒家举例，如“项橐、颜回之短折，伯夷原宪之冻馁，盗跖、庄蹻之福寿，齐景、桓魋之富强，若引之先业，冀以后生，更为通耳”[②]，所以颜之推认为儒、佛有相通之处，既深谙儒学，又不废佛教。《冤魂志》从引书对象上能显示颜之推对传统子、史的熟稔，这些冤报故事在原书的叙事体系中所表达的意蕴与《冤魂志》是一样的，而且很多都广被征引，不能从内容上来臆断是佛家或儒道，如《抱朴子·内篇》是典型的道家论著，也广泛征引这些素材，《论仙》篇云：“若夫辅氏报施之鬼，成汤怒齐之灵，申生交言于狐子，杜伯报恨于周宣，彭生托形于玄豕，如意假貌于苍狗，灌夫守田蚡，子义掊燕简，蓐收之降于莘，栾侯之止民家，素姜之说谶纬，孝孙之著文章，神君言于上林，罗阳仕于吴朝，鬼神之事，著于竹帛，昭昭如此，不可胜数。”[③]其中的杜伯、彭生、如意、田蚡、子义也都见于《冤魂志》中，可见贯穿始终的是冤报故事本身，而不能武断认为是道家或佛家。另外，《冤魂志》在征引前典时，不仅承袭故事情节，在叙事方式上也一脉相承，即用一种全知的、客观的、实录式的叙事倾向，作者往往隐藏在叙事者背后，或者二者合二为一，有学者从叙述者的角度称之为“史官式”[④]，《冤魂志》全部篇章都是采用客观、全知的史官式叙述者视角，几乎未见任何主观评论或主观情感的流露。所以，从《冤魂志》的素材来源看，其与传统子、史的关系更为紧密，尤其是史书占有主导位置，这与颜之推家传儒学，对传统子、史典籍极为熟稔有关，考虑《冤魂志》的思想倾向，不能忽视其素材来源的性质。

第二，报应和报冤思想渊源有自，《冤魂志》所反映的更多是中国传统的善恶报应观。俗语常云：“善有善报，恶有恶报，不是不报，时候未到。”这说明报应观念是我国古代非常普遍的思想观念，其影响一直持续到现在。《冤魂志》就是一部讲报应的志怪小说，“因果

---

① 庄辉明、章义和撰《颜氏家训译注》，上海古籍出版社，1999 年，第 241 页。

② 同上，第 250 页。

③ 张松辉译注《抱朴子内篇》，中华书局，2011 年，第 62 页。

④ 王平《中国古代小说叙事研究》，河北人民出版社，2001 年，第 10-11 页。

报应”是佛家语，但中国早就形成了善恶报应观念，要远远早于佛教的传入，“报应”一词最早见于《汉书·刑法志》：“孙、吴、商、白之徒，皆身诛戮于前，而功灭亡于后。报应之势，各以类至，其道然矣。”①而善恶报应的观念更是不绝于书：

《尚书·伊训》：“惟上帝不常，作善降之百祥，作不善降之百殃。”②

《易传·文言》：“积善之家，必有余庆。积不善之家，必有余殃。”③

《老子》七十三章：“天网恢恢，疏而不失。”④

《墨子·法仪》：“爱人利人者，天必福之；恶人贼人者，天必祸之。曰杀不辜者，得不祥焉。”⑤

《晏子春秋·内篇谏上》：“人行善者天赏之，行不善者天殃之。”⑥

《春秋繁露》：“正直者得福也，不正直者不得福，此其法也。”⑦

《淮南子·人间训》：“夫有阴德者必有阳报，有阴行者必有昭名。”⑧

《史记·吴王濞列传》：“为善者，天之报以福；为非者，天报之以殃。”⑨

《说苑·敬慎》：“老子曰：得其所利，必虑其所害；乐其所

---

① [汉]班固撰，[唐]颜师古注《汉书》，中华书局，1962年，第1089页。

② 周秉钧注译《尚书》，岳麓书社，2001年，第66页。

③ [魏]王弼注，[唐]孔颖达疏，卢光明等整理《周易正义》，北京大学出版社，1999年，第36页。

④ [魏]王弼注，楼宇烈校释《老子道德经注》，中华书局，2011年，第190页。

⑤ [清]孙治让点校《墨子问沽》，见许嘉璐主编《孙治让全集》，中华书局，2009年，第22页。

⑥ 晏婴撰《晏子春秋》，中华书局，1985年，第10页。

⑦ 张世亮、钟肇鹏、周桂钿译注《春秋繁露》，中华书局，2012年，第602页。

⑧ 张双棣撰《淮南子校释》，北京大学出版社，2013年，第1897页。

⑨ [汉]司马迁撰，[宋]裴骃集解，[唐]司马贞索隐，[唐]张守节正义《史记》，中华书局，2011年，第2471页。

> 成，必顾其所败。人为善者，天报以福；人为不善者，天报以祸也。故曰：‘祸兮福所倚，福兮祸所伏。’”[①]

类似的说法还有更多，在此种思想之上所形成的传说故事更是数量众多，甚至形成了志怪小说中的一大故事类型[②]。

中国传统的善恶报应观念与佛家的因果报应之说有相通之处，也有明显的不同，“中国传统报应观具有伦理性、家族性、现世性和功利性，保持印度精神的佛教果报观具有戒律性、个体性、出世性和精神性”[③]，比如中国传统报应观判断善恶的标准是伦理道德，报应的承受者是行为者及其子孙，报应的世界是行为者或子孙的真实的现世人生；佛教因果报应的善恶标准则是戒律，报应都是在本人身上，不会及于子孙，而且报应可以在三世、三界、五道的生死轮回中进行。以此区别来观照《冤魂志》，会发现《冤魂志》中所反映的报应之说正是中国传统的善恶报应。《冤魂志》虽篇目不少，但故事的模式化程度比较高，即基本都是某人被冤杀，杀人者最终会付出死亡代价，甚至会累及子孙。被冤杀者的原因在具体事例中虽各不相同，但大体可分为这样几类：一是在上者草菅人命，从一国之君到普通官吏皆有，如《杜伯》《燕臣庄子仪》《公孙圣》《王济婢》《徐光》《羊聃》《万默》《牛牧寺僧》《太乐伎》《羊道生》《杨思达》《释僧越》《江陵士大夫》《弘氏》《康季孙》《真子融》《后周女子》等；二是政治争斗中德行更“好”的一方被杀，这向来为民意所同情，如《公子彭生》《汉王如意》《窦婴》《宋皇后》《于吉》《夏侯玄》《王凌》《王敦》《李期》《张祚》《殷涓》《苻永固》《萧嶷》《萧续》

① [汉]刘向撰，向宗鲁校证《说苑校证》，中华书局，1987年，第246页。

② 马李莉《宋代文言小说报应题材研究》，南京师范大学硕士论文，2019年；朱志强《唐代报应故事研究》，西南大学硕士论文，2016年；郑玲《魏晋南北朝小说报应观念探析》，湖南师范大学硕士论文，2015年；刘畅《〈太平广记〉报应故事研究——以唐代为例》，陕西师范大学硕士论文，2010年；朱文广《〈夷坚志〉报应故事所见南宋民众观念与基层社会》，陕西师范大学硕士论文，2006年。

③ 陈筱芳《中国传统报应观与佛教果报观的差异及文化根源》，《社会科学研究》2004年第3期，第67页。

《元徽》《北齐文宣帝》等；三是普通民众因财、色等各种私欲无辜被杀，如《苏娥》《涪令妻》《孔基》《孙元弼》《诸葛元崇》《张稗》《徐铁臼》《支法存》等。这三类恩怨中的施暴者皆可称之为德行有亏之人，为不仁、不义、不法之徒。《冤魂志》中的报应都是“现世报”，虽然报冤的方式有所不同，有鬼现身直接索命者，有借梦复仇者，也有借助外部力量，如诉诸上帝或现实中贤明的官吏来伸冤者，但无一例外施暴者都付出了死亡的代价，甚至祸及子孙，如：

《夏侯玄》：寻而景王薨，遂无子。其弟文王封次子为齐，继景王后。攸薨，攸子冏嗣立，又被杀。及永嘉之乱，有巫见帝云：“家倾覆，正由曹爽、夏侯玄二人，诉冤得申故也。”

《太乐伎》：（太乐伎鬼魂）便入陶口，仍落腹中，陶即惊寤，俄而倒绝，状若风癫，良久方醒。有时而发，发辄夭矫，头反着背，四日而亡。亡后家便贫悴，二儿早死，余有一孙，穷寒路次。

《吕庆祖》：诸同见者，事事相符，即焚教子，并其二息。[①]

《支法存》：王谈得病，恒见法存守之，少时遂亡。劭之（按：王谈之子）至杨都，又死。

《孔基》：从此之后，数数见形。孔氏无几，大儿向厕，忽便绝倒，络绎往看，已毙于地。次者寻复病殂。兄弟无后。

在以上几桩事例中，最典型的就是《太乐伎》和《孔基》，无后或者儿孙穷苦潦倒对重视血缘和传承的传统伦理道德的中国人来讲就是最重的惩罚。

第三，《冤魂志》中的佛教因素并不突出，未见直接引用佛法、佛理之处，即使是佛教徒冤死报仇也没有诉诸佛法，如《牛牧寺僧》：

宋高祖平桓玄后，以刘毅为抚军将军荆州刺史，到州，便收牛牧寺僧主，云藏桓家儿度为沙弥，并杀四道人。后夜梦见

① 罗国威《〈冤魂志〉校注》，巴蜀书社，2001 年，第 74 页。

此僧来，云："君何以枉见杀贫道？贫道已白于天帝，恐君亦不得久。"因遂得病不食，日弥羸瘦。当发扬都时，多有诤竞，侵凌宰辅，宋高祖因遣人征之。毅败，夜单骑突出，投牛牧寺，僧白："抚军昔枉杀我师，我道人自无报仇之理，然何宜来此，亡师屡有灵验，云天帝当收抚军于寺杀之。"毅便叹咤出寺，后岗上大树自缢而死也。

牛牧寺僧人无辜被杀，其复仇的方式是"白于天帝"，后来刘毅败亡于牛牧寺，则是"天帝当收抚军于寺"，这里的"天帝"与佛祖或观音没有任何关系，在《冤魂志》中更是多次出现，"天""上帝""天帝"是《冤魂志》中善恶的最高审判者：

《宋皇后》：今宋后及悝自诉于天，上帝震怒，罪在难救，梦殊明察。

《王济婢》：枉不可受，要当讼府君于天。

《夏侯玄》：吾得诉于上帝矣，司马子元无嗣也。

《孙元弼》：吾孙元弼也，诉怨皇天，早见申理……

《张稗》：我已上诉，事获申雪……

《太乐伎》：诉天得理，今故取君。

《萧嶷》：我已诉天帝，帝许还东邸，当判此事。

"天""帝"或者"天帝""上帝"是中国远古以来根深蒂固的信仰载体，具有至高无上的地位和权威，又是善恶的最终裁定者，如《尚书·商书·伊训》云："惟上帝无常，作善降之百祥，作不善降之百殃。"《国语·周语》云："天道赏善而罚淫。"[①]这些论说与上文所引秦汉以来中国传统报应观念都将天、天帝作为至高无上的"神灵"存在，从远古到秦汉，其具体观念虽有变化[②]，但其至上性、

① [春秋]左丘明撰，李维琦点校《国语》，岳麓书社，2006 年，第 17 页。

② 邹昌林《中国古代至上神——天帝的起源》，《世界宗教研究》2004 年第 4 期，第 125-137 页；陈筱芳《西周天帝信仰的特点》，《史学月刊》2005 年第 5 期，第 27-32 页；蒋立甫《〈诗

权威性及公正性是一以贯之的，《冤魂志》从诸多子、史中取材，也是传统“天”“帝”观念的集中表现。

此外，《冤魂志》全部篇目都是通过鬼魂报仇的方式来进行的，死后有知是《冤魂志》的另一强烈观念，常以死前誓咒的方式表达出来，具有强烈的感染力，如《燕臣庄子仪》：“死者无知则已，若其有知，不出三年，必使君知之。”《窦婴》：“若死无知则已，有知，要不独死。”《太乐伎》：“若死无鬼则已，有鬼必自陈诉。”所以受害者死后并非如佛家所言进入轮回转世，而是死后有知，并能延续世间恩怨，以现世报的方式完成报怨过程。这种死后有知的观念自然与鬼神观念畅行有关，同时这也是中国传统善恶报应观念的核心要义之一，“善恶报应以相信鬼神可以赏善罚恶祸福人世为基础，是一种既幻想来世幸福，又祈求现世安乐的宗教观念，是一种介于宗教与封建迷信之间、神学宗教与原始宗教之间的一种奇特的宗教观念”[①]。

基于以上三点分析，我们应该对《冤魂志》是“释氏辅教之书”的说法重新加以思考。从颜之推生平以及作品来说，虽然其不排斥佛家教义，但儒家思想还是占有主导地位，就《冤魂志》来说，现存六十篇故事中，几乎没有太多佛家因素，更多的是中国传统以儒家为主导的思想观念的反映。其素材多来源于旧籍，史书占有较大比例，所选故事也多为人熟知，而且叙事方式也一脉相承，采用的是“史官式”叙述视角。《冤魂志》的报应主旨也非佛家的因果报应之说，而是中国传统的恩怨报应观念，这从其以道德伦理判定善恶、现世报、报应祸及子孙等都能体现出来。此外，《冤魂志》中将冤情诉诸“天”“帝”以及鬼神报怨的观念也都是中国自远古以来早就形成的信仰观念，与佛家的信仰对象迥异。所以，从《冤魂志》的素材来源看，《冤魂志》的佛家因素较少，还是反映了以儒家思想为主的中国传统的恩怨报应主题。

经〉中“天”“帝”名义述考》，《安徽师大学报》（哲学社会科学版）1995年第4期，第434-440，474页。

① 刘道超《中国善恶报应习俗》，陕西人民出版社，2004年，第152页。

第十一章 其他志怪小说引书辨析

除上文单独讨论过的《搜神记》等志怪小说代表作品外，还有几部作品也能考索出部分辑采式引书出处，故而一并加以考察。一方面可以更加全面地展示辑采式引书的情况，另一方面也能从引书角度加深对志怪小说文本的理解。本章选取了四部小说加以考察——《搜神后记》、《幽明录》、祖冲之《述异记》、王琰《冥祥记》，同时附录殷芸《小说》的引书情况，能为其他志怪小说引书研究提供参照。

第一节 《搜神后记》引书辨析

《搜神后记》，陶渊明撰，是魏晋南北朝志怪小说的代表作品。现行《搜神后记》十卷本，明代以来存在多种版本，汪绍楹先生以《学津讨原》本为底本，逐条做过考辨和校注①，其中有不少条目没有文献依据是来自《搜神后记》。正因为明人的十卷本《搜神后记》存在诸多问题，李剑国先生重新加以整理辑校，共辑录九十九条故事。本研究即以李本《新辑搜神后记》为文本依据，考察其引书情况。

《搜神后记》中绝大多数条目的故事性都较强，而且多当时的民间故事，引用前典的篇章只占少数，“材料除少数取自《孔氏志怪》《灵鬼志》等志怪书外，绝大部分采自当时传闻，多有新鲜优美的故事”②。

① [晋]陶潜撰，汪绍楹校注《搜神后记》、中华书局，1981年。
② 李剑国《唐前志怪小说史》，人民文学出版社，2011年，第472页。

经过梳理考证，《搜神后记》中可以确定的辑采类引书如下，见表9：

表9 《搜神后记》"文本辑采类引书"目录

引书书名	《搜神后记》条目
《志怪》	卷一"袁栢根硕"①、卷二"腹瘕病"②、卷八"干宝父妾"③、卷十"张姑子"④、卷十"卢充"⑤
《孝子传》	卷一"吴猛"⑥
《甄异传》	卷一"谢允"
《灵鬼志》	卷二"胡道人"、卷二"沙门昙猷"、卷九"曹公载妓船"
《神异传》	卷二"虹丈夫"
《列异传》	卷四"华子鱼"
《抱朴子·登涉篇》	卷六"林虑山亭"

《搜神后记》中，目前能考知的辑采类引书共计 7 部典籍，共涉及13则故事，有多则故事或出自同一部典籍，如《志怪》和《灵鬼志》。通观《搜神后记》的引书情况，有以下三点值得关注：

第一，《搜神后记》中"文本辑采类引书"并不占优势，从引书

① 汪绍楹先生认为其取自《志怪》。《隋书·经籍志》共载有四部题名《志怪》的书籍，都佚失不传，鲁迅《古小说钩沉》辑有祖台之《志怪》、孔氏《志怪》和曹毗《志怪》，但此条未见。另外，殷芸《小说》卷六也有两条故事注出《志怪》，同样未见鲁迅辑三本《志怪》。

② 《太平御览》卷九三二引《志怪》："昔有人与奴俱得心腹病，治不能愈。奴死，乃刳腹视之，得一白鳖，赤眼，甚鲜净。以诸药内鳖口中，终不世。后有人乘白马来者，马溺溅鳖，缩头藏脚，乃试取马溺灌之，豁然消成水。病者顿饮一升，即愈。"《古小说钩沉》本孔氏《志怪》辑有另一心腹病故事，但事有不同："后汉末，有一人腹内痛，昼夜切痛；临终，敕其子曰：'吾气绝后，可剖视之。'其子不忍违言，剖之，得一铜枪，容可数合。后华佗闻其病而解之，便往，出巾箱内药以投之，枪即化为清酒。"

③ 见孔氏《志怪》。

④ 《古小说钩沉》辑入《神怪录》。

⑤ 见孔氏《志怪》。

⑥ 此条应部分出自《孝子传》，《太平御览》卷九四五引《孝子传》曰："吴猛年七岁时，夏日伏于母床下，恐蚊虻及父母。"

比例来看，在我们所考察的数本志怪小说代表作中，属于数量较少者，这或许与陶渊明的志趣有些关联。学界长期以来对陶渊明撰作《搜神后记》存在疑问，其中一个原因是从陶渊明诗文来看，他似乎对鬼神之说不太感兴趣，《怨诗楚调示庞主簿邓治中》："天道幽且远，鬼神茫昧然。"《连雨独饮》："世间有松乔，于今定何间。"所以陶渊明没有类似干宝"发明神道之不诬"的编撰目的，而且陶渊明愿意"采菊东篱下"，过着除草架秧、与农人为伍的生活，自然也不会像张华那样著书有"炫博"的需要，所以《搜神后记》并不刻意从前人典籍中搜寻素材，而应是多来自"街谈巷议""道听途说"，以民间故事为主，多当代事。在《搜神后记》中，绝大部分故事发生在三国两晋时期，于陶渊明来说，这大体可属于"近代"之事，或许一直都在大家的口耳相传中流传。《搜神后记》中辑采类引书少的特点也能进一步说明陶渊明撰作此书应是出于个人志趣。陶渊明虽不信鬼神，但也是作意好奇之人，颜延之《陶征士诔》称其"心好异书"，陶渊明写过《读山海经》十三首，其中有言"泛览周王传，流观山海图"，应该是喜读《山海经》和《穆天子传》等，对《山海经》中诸多神话颇为熟稔，并兴趣盎然。猜测陶渊明撰作《搜神后记》与千年之后的蒲松龄写《聊斋志异》有异曲同工之妙，"喜人谈鬼，闻则命笔"大约是其创作缘起，故而对从前人典籍中征引鬼怪故事并不热衷，而是多采当时事。

第二，《搜神后记》所引书目中，同类型的志怪小说占绝大多数，《志怪》《甄异传》《灵鬼志》《神异传》《列异传》都被鲁迅辑入《古小说钩沉》。征引同类典籍虽说是魏晋南北朝辑采类引书的特点之一，但在《列异传》《博物志》《搜神记》等较为前期的作品中并不突出，而在《搜神后记》《幽明录》《异苑》以及殷芸《小说》等作品中则较为明显。粗略地看这一作品序列，《搜神后记》等恰好是同一时期的作品，作品内容更多集中于鬼怪方面，它们在引书上的趋同性也说明作品在内容上相对更为集中，这一倾向与《博物志》《搜神记》等较为前期的志怪小说有所不同。

第三，《搜神后记》是否引书《搜神记》？从目前所考证的引书目录看，《搜神后记》并没有征引过《搜神记》，不过对于《搜神后记》的文本来说，有不少条目在前人的记载中往往有两说，或出于《搜神记》，或出于《搜神后记》[①]。李剑国先生在辑校《搜神记》和《搜神后记》时都做了考证和区分，如有些篇章在时间上能明确判断出自《搜神后记》，如卷一“武昌山毛人”，开篇曰“晋孝武帝世”[②]，自然出自《搜神后记》无疑。但有些篇章则不易区分开来，如卷二的“雷公”“吴望子”，卷四的“猿母”“流俗道人”，卷九的“曹公载妓船”等都没有令人信服的依据证明其是出自《搜神记》或《搜神后记》，所以在明代以来通行的《搜神记》和《搜神后记》中，有不少篇章往往两出，如“吴望子”“曹公载妓船”等都是比较突出的例证。对于这些篇章，还能有的一种可能是这些条目的确是出现在两本书中，《搜神记》是《搜神后记》的辑采对象之一。一方面，从时间跨度来说，《搜神后记》有辑采《搜神记》的可能；另一方面，有学者认为陶渊明也有读到《搜神记》的机缘，据《晋书·翟汤传》载，干宝与翟汤有通家之好，而陶渊明的后妻翟氏应是出于浔阳翟氏家族，所以陶渊明是有机缘读到干宝《搜神记》的[③]。

第二节　《幽明录》引书辨析

在魏晋南北朝小说史中，《幽明录》是常被与《搜神记》相提并论的作品，不仅在于其保留下了较多的故事[④]，还在于其内容丰富

---

① 这种情况也见于《搜神记》，如《搜神记》卷一“丁令威”的故事，唐宋类书等征引到这条故事的典籍中有出自《搜神记》者，有标注出自《续搜神记》者，原《搜神后记》辑入，李剑国新辑本认为其为《搜神记》中一篇。见[晋]干宝撰，李剑国辑校《新辑搜神记》，中华书局，2007年，第39-40页。

② [宋]陶潜撰，李剑国辑校《新辑搜神后记》，中华书局，2007年，第470页。

③ 李剑锋《谈陶渊明创作〈搜神后记〉的三种可能性》，《九江师专学报》2004年第4期，第7-9页。

④ 鲁迅《古小说钩沉》辑二百六十五则，郑晚晴辑二百八十五则故事，文学艺术出版社，1988年。

多样，文笔也较为优美细腻。从引书角度看，《幽明录》中有部分条目也是辑采于前人典籍，虽数量并不突出，但也能与其他志怪小说引书相互参照，并有些新鲜的内容。

对于《幽明录》的引书，学界已有一些颇值得关注的讨论，鲁迅《中国小说史略》中有言："然似皆集录前人撰作，非自造也。"[①]李剑国先生《唐前志怪小说史》曰"本书和《世说》一样，当系刘义庆令门客集体纂集而成，亦多采前人书，如《异闻记》、《列异传》《博物志》、《异林》、《搜神记》、孔约《志怪》、曹毗《志怪》、祖台之《志怪》、《灵鬼志》、《甄异传》、《搜神后记》等，大部分是晋人书。但采自旧书者不足四分之一。"[②]张传东博士曾列表统计过《幽明录》抄录其他志怪小说的条目，共计四十条[③]，来源典籍有：《搜神记》、《灵鬼志》、《搜神后记》、祖冲之《述异记》、陈寔《异闻记》、曹毗《志怪》、《列异传》、孔约《志怪》、《甄异传》、陆氏《异林》[④]。这些研究都对进一步探讨《幽明录》的辑采类引书问题有所助益，参照这些已有研究成果，考索《幽明录》的辑采类引书目录见表10所示（本研究所用底本为《古小说钩沉》本，但"钩沉本"未分卷，也未标目，使用起来也有些不便，所以也参考郑晚晴本，尤其在标目上）。

表10 《幽明录》"文本辑采式引书"目录

引书书名	《幽明录》条目
伏滔《北征记》	老子庙井
盛弘之《荆州记》	朝夕塘 衡山三峰

① 鲁迅《中国小说史略》，上海古籍出版社，1998年，第29页。

② 李剑国《唐前志怪小说史》，人民文学出版社，2011年，第485-486页。

③ 有些条目出自《搜神记》，如"贾雍""的尾""饭麴易处"等实际上都是《搜神记》误辑，汪绍楹在注解中已有说明，李剑国《新辑搜神记》都未辑入这些篇章。

④ 张传东《魏晋南北朝志怪小说集成书研究》，山东大学博士论文，2018年，第219-221页。

续表

引书书名	《幽明录》条目
《列异传》	望夫石[①] 冯贵人 王周南 素书
孔约《志怪》	大鹏雏
《搜神记》	患[②] 狸客 张氏钩 陈仲举 吴先主 葛祚 庞企远祖 蛇悼母 焦湖庙巫
祖台之《志怪》	藻居[③]
《洞冥记》	雨中灯
《何氏家传》	何比干
《博物志》	忠孝侯印 涧中龟

① 《太平御览》卷五二也引此条出自《世说》，“武昌阳新县北山上有望夫石，状若人立者，传云，昔有贞妇，其夫从役远赴国难，携弱子饯送此山，立望而化为石”。

② 此条亦见载《东方朔别传》，应是“积愁”的最早记载，后《搜神记》征引，故事更为细致。《幽明录》的此条记载非常简略，但从文字表述来看，应是出于《搜神记》。“患”的条目名来自李剑国《新辑搜神记》，郑晚晴命名为“酒消积愁”。采自《搜神记》条目的命名皆采自《新辑搜神记》。

③ 这一条目名采自李剑国《唐前志怪小说辑释》，郑晚晴命名其为“水底弦歌”。类似不同命名的条目还有不少，不再另外出注。

续表

引书书名	《幽明录》条目
《搜神后记》	陈阿登 毛宝军人 阿马 绛绫香囊 顾恺之 白头公 陈良 白狗变形 鲁肃墓 徐玄方女 死人头
陈寔《异闻记》	冢中大龟
陆氏《异林》	钟繇
《阮瞻别传》	无鬼论
祖冲之《述异记》	吴龛
戴祚《甄异传》	常丑奴
曹毗《志怪》	劫灰
《灵鬼志》	嵇康① 舒甄仲

目前统计到的征引自前人作品的条目共计 41 则，《幽明录》目前所存条目则达二百条以上，从数量来讲，辑采类引书在《幽明录》中并不占优势，采自街谈巷议、口耳传说或者自造的作品占多数，这一点在上一节谈《搜神后记》辑采类引书时已有所涉及。同时应注意到，《幽明录》引书基本都是“新书”，虽说是前人典籍，但距离《幽明录》成书年代都不远，17 本引书中，除了《洞冥记》年代较早外（常被认为是东汉作品），其他都是三国以来作品，而且半数都是东晋时期的。不仅引书多东晋作品，非征引类条目的故事发生

① 此条首出《语林》。

时间也多在晋宋之间。李剑国先生曾评价《幽明录》曰："全书有较强的时代感。"[①]良有以也。

《幽明录》中征引次数最多的典籍是《搜神后记》，共计11则，从文本异同来看，除一两篇有明显的增饰外，多数都略有删减，但基本保留了故事精髓所在：

> 《幽明录》：习凿齿为荆州主簿，从桓宣武出猎，见黄物，射之，即死，是老雄狐，臂带绛绫香囊。
>
> 《搜神后记》卷六：襄阳习凿齿，为荆州主簿，从桓宣武出猎。时大雪，于江陵城西见草上雪气出，伺视，见一黄物，射之，应箭死。往取，乃一老雄狐，脚上戴绛绫香囊。
>
> 《幽明录》：王仲文为河南主簿，居缑氏县，夜归，道经大泽中。顾车后有一白狗，甚可爱，便欲呼取；忽变为人形，长五六尺，状似方相，或前或却，如欲上车。仲文大怖，走至舍，捉火来视，便失所在。月余日，仲文将奴共在路，忽复见，与奴并顿伏，俱死。
>
> 《搜神后记》卷六：王仲文为河南郡主簿，居缑氏县北。得休息归，因晚行，道经水泽。见车后有一白狗，仲文甚爱之，欲便取之。忽变如人，长六尺，状似方相，目赤如火，磋牙嚼舌，甚可憎恶。欲击之，或却或前，如欲上车。仲文大怖，便使奴打，不能奈何。因下车，佐奴共又打，亦不禁。并力尽，不能复打，于是舍走。告人家，合十余人，持刀捉火，自来视之，便不知所在。月余日，仲文将奴共在路，忽复见之。与奴并走，未到人家，伏地俱死。

总体来说，在文本异同上以略有删减为主，文字改动都不多，也没有形成明显的规律性，但整体表达更为简洁明了。另外，对于《幽明录》从《搜神后记》征引多条材料所带来的第一个疑问是在《世

① 李剑国《唐前志怪小说史》，人民文学出版社，2011年，第486页。

说新语》未提到陶渊明的情况下，《幽明录》因何多次征引《搜神后记》？这基本很难给出确定答案，只能给出大致的推测：《世说新语》不收陶渊明可能原因多样[①]，但不可否认的是，《幽明录》编撰时，陶渊明的作品已为人所熟知。范子烨《大隐的缺席——陶渊明不入〈世说新语〉原因辨析》一文通过分析《世说新语·识鉴》第16条关于孟嘉的记载，认为刘义庆及其幕府文士在编撰《世说新语》时，《陶渊明集》已经是其取材的对象。那么《幽明录》的编撰情况应与《世说新语》差不多，完全可以取材《搜神后记》。《世说新语》《幽明录》等的编撰主要在刘义庆出任江州时，而江州的治所在浔阳，即陶渊明的隐居之地。刘义庆到江州时，陶渊明已去世十多年，但身后声名渐起，其作品至少对刘义庆的编书班子来说不会陌生。这一点，也能找到一些佐证，如刘义庆的幕僚之一鲍照，有《学陶彭泽体诗——奉和王义兴》一诗，这是后来众多“学陶”“和陶”诗的开端，而且直接命名为“陶彭泽体”，可见其意识到陶渊明诗歌的独特风格。另外需要注意的是，鲍照此诗也是一首奉和之作，这说明“学陶”并不是鲍照的个人行为，虽然不能说陶渊明作品的影响已蔚为大观，但也能看出已经有一定的接受度。由此可见，《世说新语》不取陶渊明，但《幽明录》却取材于《搜神后记》，这是因为陶渊明其人其事还未见载于典籍，但其作品却已流传开来，为人所重视。

《幽明录》的辑采类引书中还有一种现象值得关注，即有一些条目既见《世说新语》，又见《幽明录》，还有不少条目在类书引用时注出《世说》，但又不见于今本《世说新语》，《古小说钩沉》多将这些条目辑入《幽明录》。郑晚晴本也依据这一标准，又辑佚11条为

① 对此问题的讨论颇多，说法也众多，如陶渊明不符合《世说新语》的选人原则、陶渊明门第不够、陶渊明的追求和行事非“魏晋风度”、时间上有差池、《世说新语》采撷旧书而其时陶渊明的言行举止还未见载于书籍中，等等说法，不一而足。参见卞东波《大隐的缺席——陶渊明不入〈世说新语〉新释》，《古典文学知识》2006年第4期，第24-29页；王慧刚《论陶渊明与魏晋风流的背离和补充——兼谈〈世说新语〉何以不收陶渊明》，《船山学刊》2011年第2期，第129-132页；宁稼雨《〈世说新语〉何以不收陶渊明》，《天中学刊》2000年第3期，第48-50页；范子烨《大隐的缺席——陶渊明不入〈世说新语〉原因辨析》，《光明日报》2021年1月25日13版。

《幽明录》佚文。这些“两出”文本的具体情况如表 11 所示：

表 11　《世说新语》《幽明录》两出的条目

《幽明录》	《世说新语》
郭景纯	《世说新语・术解》
长星	《世说新语・雅量》
折臂三公	《世说新语・术解》
嵩高山大穴	《初学记》五引刘义庆《世说》,《御览》二十九同
张华	《太平御览》卷八百三十引《世说》
爰琮	《太平御览》卷八百三十引《世说》，下注《幽明录》同
广陵散	《太平御览》卷八八四引《世说》
王东亭①	《太平御览》卷三九九引《世说》
郑子产	《太平御览》卷四一四引《世说》
徐干木	《太平御览》卷九二〇引《世说》
龙肉鲊	《太平御览》卷八六二引《世说》
的卢	《艺文类聚》（兽部上）引《世说》②
防风鬼	《艺文类聚》卷四四引《世说》
陈庄	《太平御览》卷九八一引《世说》
曹爽	《太平御览》卷十三引《世说》
王子乔墓	《太平广记》卷二二九、《事类赋》卷十三引《世说》
张衡、蔡邕	《续谈助》卷四引《世说》
孙皓	《白孔六帖》引《世说》

这种“两出”现象很早之前就已引起学者关注，叶德辉在《世说新语佚文・序》中论析到《世说新语》与《幽明录》“互见之处”：“《世

① 此下数篇为郑晚晴本辑录。当然郑氏所辑还不够全面，范子烨《魏晋风度的传神写照——〈世说新语〉研究》一书中在谈到《世说新语》应多有“事涉神怪的条目”时，辑录注出《世说》有怪异之说的佚文 30 篇。

② 此条在《三国志・蜀志・先主传》注引《世语》，晋郭颁作。

说新语》佚文引见唐宋人类书者……又有与《幽明录》相出入者。《幽明录》亦临川撰，其中与《世说》互见之处，如折臂三公及雷震柏木二事，均在今《术解》篇中。又各书引《世说》，……或错见《幽明录》，而各书标题有称刘义庆《世说》者，有注载出《世说新语》者，疑临川著书时颇涉神怪，久而析出，别为一书，诸书称引犹题《世说》，盖从其朔也。又《预览》引爰综梦得交州条注云：'《幽明录》同。'今《幽明录》反失载此事。是宋时所存二书，事本互见，其又非引者之误可知矣。"叶德辉认为《幽明录》为《世说新语》析出之书，此观点可备一说。鲁迅等将部分涉及怪异之说的篇章辑入《幽明录》，大约以为是唐宋类书对书名的混用[①]。现在学者专门讨论这一问题的不常见，单篇论文笔者所见仅有《小说匠心——对〈世说新语〉与〈幽明录〉重合条目的互文性分析》一文[②]，文章虽只就文本异同提出了一些艺术性的解读，但"互文性"这个提法颇有启发性。魏晋南北朝时期的小说概念不仅较为模糊，也非常宽泛，而且神鬼观念普遍存在，一些神怪之说可能在当时人看来就是平常事。今天对魏晋南北朝小说多数情况下还是遵从鲁迅"志人""志怪"的看法，这二者之间似乎存在对立关系，实则不然，志人小说中有不少"志怪"的内容，《语林》、殷芸《小说》都是极好的说明[③]，志怪小说中也不乏"名士风采"[④]。所以，志怪小说与志人小说之间具有"互文性"在魏晋南北朝时期是一种较为普遍的现象，《世说新语》和《幽明录》常有"两出"的条目是这一现象的体现。

---

① 《古小说钩沉·幽明录》中"嵩高山大穴"条下有按语曰："案今本《世说》无此文，唐宋类书引《幽明录》时亦题《世说》也。"

② 贾骄阳《小说匠心——对〈世说新语〉与〈幽明录〉重合条目的互文性分析》，《铜仁学院学报》2020 年第 5 期，第 10-14 页。

③ "嵇康灯下弹琴遇鬼""宗岱青牛髯奴"等比较有名志怪故事都是首出于《语林》。殷芸《小说》从《异苑》《幽明录》中引书颇多，参见本章附录。

④ 可参看袁济喜《六朝名士与幽明世界》，《学术研究》2019 年第 9 期，第 143-149 页；高玉海《鬼蜮世界的名士风流——谈魏晋风度在志怪小说中的折射》，《辽宁大学学报》（哲学社会科学版）2000 年第 5 期，第 50-54 页；任敬文《试论魏晋南北朝志怪小说的文人化书写》，《天中学刊》2021 年第 3 期，第 105-111 页。

第三节　祖冲之《述异记》引书辨析

在中国文化史上，祖冲之作为数学家、天文学家为人所熟知，殊不知，范阳祖氏亦是文学世家，在中国小说史上占有一席之地。祖冲之的四世祖祖台之撰有《志怪》一书，是较早的直接以“志怪”命名的小说，祖冲之撰有《述异记》，是刘宋时期志怪小说的代表作品。

《隋书·经籍志》杂传类著录《述异记》十卷，祖冲之撰，但约宋时已佚失，而且明清时未有辑本。鲁迅《古小说钩沉》辑九十条故事，虽有疏误，但是目前所见最全的本子[①]。祖冲之《述异记》所述多为鬼怪妖异之事，题材较为广泛，多是传统志怪的路子，但故事多发生于晋宋时期，应多是来自口耳相传，出自前人载籍者并不占优，能考知的辑采类引书情况如表 12 所示：

表 12　祖冲之《述异记》“文本辑采类引书”目录

祖冲之《述异记》条目	引书书名
康王谷	张僧鉴《浔阳记》
梦口穴	任昉《述异记》亦载
陷湖	《淮南子》高诱注 《搜神记》卷二七“由拳县”也是陷城故事，具体说法有所不同 任昉《述异记》亦载
园客	《列仙传》 任昉《述异记》亦载
封使君	任昉《述异记》亦载 《博物志》卷二“江陵猛人”和《搜神记》卷二十“貙人”为同一类故事

① 目前学人也在钩沉本的基础上做进一步的校勘、辑佚，如李剑锋《唐前小说史料研究》中辑五条佚文；徐胜男《〈述异记〉佚文考订补遗》（《古籍整理研究学刊》2017 年第 3 期）辑七条佚文，可参看。

续表

祖冲之《述异记》条目	引书书名
败鳊赤鳞鱼	任昉《述异记》亦载
桓豁	《异苑》卷七 《太平广记》卷二七六载此条，注曰“出《甄异记》，许本作出《述异记》”
刘遁	《搜神后记》卷九
周访	《寻阳记》
张骏	《十六国春秋·前凉录》
梁清	《异苑》卷六也载有一梁清事，二文记载不同，一与鬼友，一与鬼斗，唯有鬼就婢女乞食事相类
刘幡	《异苑》卷三
山猱	《搜神后记》卷七
李道豫家犬	《异苑》卷四
犬歌	任昉《述异记》亦载
黄父鬼	《异苑》卷六 《神异经·东南荒经》最早载有“黄父鬼”
张氏少女	《太平广记》卷三八三载此故事注引《还冤记》，但今本颜之推《冤魂志》（又名《还冤记》）未载，罗国威《〈冤魂志〉校注》有此条
柳元景	《太平广记》一四二引此条，注出《神鬼传》
荀环	任昉《述异记》亦载
陈敏	王浮《神异记》

由表12可知，祖冲之《述异记》辑采的前典并不多，比较值得关注的是《甄异传》《神异经》《搜神后记》《异苑》等，都是同类型的志怪小说，这一特点在《搜神后记》《幽明录》的辑采类引书中也较为突出。

祖冲之《述异记》的引书问题，还有一现象较为突出，即有七条故事又见载于任昉《述异记》。两本《述异记》同名，时间上虽一前一后，但相距并不远，唐宋诸书引《述异记》除少数篇章题名祖冲之外，绝大部分都未署撰人，的确有些难以区分。一般而言，多认为祖冲之《述异记》多为神鬼变化、妖异征兆之事，多故事性较强的传闻传说，而任昉《述异记》则侧重博物和地理，表达一般较为简略。李剑国先生的判断可备一说："按'梦口穴'、'朱休之'二条均详于今本任书，可能是二书并载，其余五条或与任书文同或有删缩，实际都出任书，不宜辑入。"①

第四节　《冥祥记》引书辨析

在佛教发展史上，魏晋南北朝是其中的关键时期之一，不仅表现为教众的增加，教义的宣扬、佛家典籍的发展也非常迅速，这其中就包括由佛教徒创作的以弘扬佛家教义、主张奉佛避难为主题的小说，鲁迅《中国小说史略》中将其称为"释氏辅教之书"。《中国小说史略》中列举五本释氏辅教之书：刘义庆《宣验记》、王琰《冥祥记》、颜之推《冤魂志》和《集灵记》、侯白《旌异记》。在上一章中已单独分析过《冤魂志》，并从引书角度对"释氏辅教之书"提出质疑，其他几本中，以《冥祥记》佚文最多，《古小说钩沉》辑一百三十一则，前有王琰自序，中国台湾学者王国良先生在钩沉本的基础上又补辑了两条。本书参考王国良的《冥祥记研究》，将《冥祥记》辑采类引书情况列为表13：

表13　《冥祥记》"文本辑采类引书"目录

引书书名	《冥祥记》条目
东晋袁宏《后汉纪》十 《牟子理惑论》	汉明帝

① 李剑国《唐前志怪小说史》，人民文学出版社，2011年，第524页。

续表

引书书名	《冥祥记》条目
《幽明录》	赵泰 桓温 王凝之妻 石长和
傅亮《观世音应验记》	竺长舒 窦传 吕竦 徐荣 竺法义
《异苑》	卫士度 庾绍之 竺慧炽
《灵鬼志》	张应
《宣验记》	郭宣之 孙道德[1] 郑鲜之 郭诠 竺惠庆 程德度 顾迈 卞悦之 史俊 陈玄范妻
《续观世音应验记》	徐义

从表 13 可以看出，目前可考知的《冥祥记》中辑采类引书数量

① 钩沉本《宣验记》辑录佚文未备，“孙道德”“竺惠庆”“顾迈”“卞悦之”条未录，陆杲《系观世音应验记》曰《宣验记》有此四文，“释法纯道人”中曰：“临川康王《宣验记》又载竺惠庆、释道听、康兹、顾迈、俞文、徐广等遭风。”“有人姓台”条曰：“《宣验记》又载卞说之、孙道德求男事。”借助《冥祥记》的征引可窥见这四条目的内容。

共计二十五条，引书八部，主要是两大类：一是志怪小说，如《灵鬼志》《幽明录》《异苑》；一是释氏辅教之书，如《宣验记》《观世音应验记》《续观世音应验记》。对于征引前典，王琰两次提到傅亮，即《观世音应验记》的撰者，“徐荣”条中载：“时与荣同船者，有沙门支道蕴，谨笃士也，具见其事。后为傅亮言之，与荣所说同。”“竺法义”条中更是直言：“自竺长舒至义六事，并宋尚书令傅亮所撰。”但目前所见只有五事。

《冥祥记》引书最多的是《宣验记》，共计十则，从文字异同来看，也与其他志怪小说一样，既有文字相同者，如“史俊”“陈玄范妻”，也有文字上有增删者，“郭宣之”条略有删减，“郑鲜之”“程德度”“郭诠”条都文字增益不少，但不管是删减还是增益，都能看出《冥祥记》在叙事上要更为生动、鲜活：

> 《宣验记》：晋义熙十一年，太原郡郭宣与蜀郡文处茂，先与梁州刺史杨收敬为友。收敬以害人被幽，宣与处茂同被桎梏。念观世音十日已后，夜三更，梦一菩萨慰喻之，告以大命无忧。亦觉而锁械自脱，及晓还着。如是数遍。此二人相庆发愿，若得免罪，各出钱十万，与上明寺作功德。共立重誓。少日，俱免。宣依愿送钱向寺。处茂违誓不送。虏循起兵，茂在戎，于查浦为流矢所中。未死之间，曰：“我有大罪。”语讫而死也。
>
> 《冥祥记》：晋郭宣之，太原人也。义熙四年，为杨思平梁州府司马。杨以辄害范元之等被法，宣亦同执在狱，唯一心归向观世音菩萨。后夕将眠之际，忽亲睹菩萨光明照狱，宣瞻觌礼拜，祈请誓愿，久之乃没。俄而宣之独被恩赦。既释，依所见形，制造图像，又立精舍焉。后历零陵、衡阳，卒官。
>
> 《宣验记》：程德度，武昌人。昔在浔阳，夜见屋里自明。先有燕窠，忽有小儿，长尺余，洁白，从窠中出，至床前曰，却后三年，当得长生之道。寻暗而灭。甚秘密之。
>
> 《冥祥记》：宋程德度，武昌人，父道惠，广州刺史。度为卫军临川王行参军，时在寻阳，屋有燕窠，夜见屋里忽然白明，

有一小儿，从窠而出，长可尺余，洁净分明，至度床前曰："君却后三年，当得长生之道。"倏然而灭。德度甚秘异之。元嘉十七年，随王镇广陵，遇禅师释道恭，因就学禅，甚有解分。到十九年春，其家武昌空斋，忽有殊香芬馥，达于衢路。阖境往观，三日乃歇。

《宣验记》：益州刺史郭铨，亡已二十余年。以元嘉八年，乘舆导从如平生，见形于女婿刘凝之家，曰，"仆谪事未了，努力为作四十九僧会法集斋，乃可得免。"言讫，忽然不见。

《冥祥记》晋顺阳郭诠，字仲衡，晋益州刺史。义熙初，以党附桓玄被诛。亡后三十余载，元嘉八年，忽见形诣女婿南郡刘凝之家，车卫甚盛。谓凝之曰："仆有谪事，可见为作四十僧会，当得免也。"言终不见。刘谓是魍魉，不以在意。后夕，诠又与女梦言："吾有谪罚，已告汝婿，令为设会。何以至今，不能见矜耶？"女晨起，见诠从户过，怒言："竟不能相救？今便就罪。"女号踊留之，问："当何处设斋？"答云："可归吾舍。"倏然复没。凝之即狼狈供办，会毕，有人称诠信，与凝之相闻，言："感君厚惠，事始获宥。"言已失去，于是而绝。

"郭宣之"条不仅在文字上有所删减，从故事和立意上都有改变，《宣验记》中是将郭宣之和文处茂糅杂在一起叙述，宣扬颂佛得报，但违誓身亡的旨意，对比的写法令人印象深刻，但也强化了"送钱向寺"的酬报关系，佛家无形中就流于市侩化了。《冥祥记》则舍弃了二人的对比，只保留了郭宣之的故事，也去除了"出钱十万"的酬谢之愿，只是"念观世音十日"即得以保命，可谓鲜明地传达出向佛即可得报之意，其弘佛意图的表达鲜明而直接。"程德度"和"郭铨"都在文字上丰富了不少，使故事更为详细生动，尤其是"郭铨"条，增加了不少情节，颇有一波三折之效，从而使做"僧会"之事显得更加紧要迫切，故事的渲染作用增强了很多。

《冥祥记》内容丰富，叙事也精彩，常成为后来佛教典籍取法的对象，《高僧传》《比丘尼传》《出三藏记集》《系观世音应验记》《法苑珠林》等都曾频繁征引到《冥祥记》[①]，这些征引情况都说明了《冥祥记》的影响力。

附：殷芸《小说》引书

殷芸《小说》常被看作志人小说，但其内容上实际上较为博杂，志人、志怪皆有，更有少数无“小说意味”的上表、诏令、书信等，在一定意义上是较为切合魏晋南北朝时期小说概念的一部作品。本书在这里会讨论到殷芸《小说》，则主要因为其文本保存较为完整，而且绝大多数条目都标注了出处，能较好地反映“辑采类引书”的基本情况，其引书目录也能为其他小说引书情况提供参照。

殷芸《小说》的文献整理相对较好，鲁迅先生、余嘉锡先生都曾做过辑校[②]，今人周楞伽、魏代富又做过整理、补校等工作[③]。其引书除了原书注明出处的外，余、周、魏都有考证、补充，也有学者以单篇论文的形式整理过[④]。基于以上研究成果，其引书情况如表 14 所示：

表 14　殷芸《小说》引书目录[⑤]

引书书名	《小说》条目
《三齐要略》	卷一（1）[⑥]
《地理志》	卷一（3）
《汉高帝敕》	卷一（4）

① 参看王国良《冥祥记研究》，文史哲出版社，1999 年，第 9-23 页。

② 鲁迅《古小说钩沉》本，辑一百三十五条，题名殷芸《小说》；余嘉锡《殷芸小说辑证》，辑一百五十四条，十卷，题名《殷芸小说》。

③ [南朝梁]殷芸编纂，周楞伽辑注《殷芸小说》，上海古籍出版社，1984 年；[梁]殷芸撰，魏代富补证《殷芸小说补证》，山东人民出版社，2018 年。

④ 罗宁《论〈殷芸小说〉及其反映的六朝小说观念》，《明清小说研究》2003 年第 1 期，第 20-33 页。

⑤ 这一引书目录包括“行文中引书”和“文本辑采类引书”。

⑥ 小括号内数字表示条目数，同周楞伽和魏代富本。

续表

引书书名	《小说》条目
《西京杂记》	卷一（5）、（7）、（9）、（11）、（12）、（13）、（14）、（16），卷二（53）、（56）、（61）、（62）
《异苑》	卷一（6），卷二（36）、（48），卷三（77），卷四（89），卷五（97）、（100）、（104），卷六（119）、（128），卷七（139）、（141）、（142）、（143）、（144）
《幽明录》	卷一（8）、（32），卷二（57），卷三（64），卷五（111）、（117），卷七（138）、（139），卷七（145）①
《瑞应图》	卷一（10）②
《说苑》	卷一（10）
《典论》	卷一（10）
《世说新语》	卷一（15）、（17）、（18）、（19）、（24）、（25）、（26）、（29）、（30）、（31），卷二（37）③，卷三（66）、（84），卷四（85）、（87）、（88），卷五（96）、（102）、（103）、（113）、（114）、（116），卷六（124）、（131），卷七（133）、（135）、（140），卷八（148）、（150），卷九（156）
《晋敕》	卷一（21）
《杂语》	卷一（22），卷九（160）
《杂记》	卷一（23），卷六（118）

① 《初学记》《太平广记》《太平御览》多注此条出自《世说》，鲁迅《古小说钩沉》辑入《幽明录》。

② 卷一的第 10 条包括三则直接引文，分别出自《瑞应图》《说苑》《典论》。

③ 原注出《世说》，今本《世说新语》未见。卷三第 66 条、卷五第 116 条、卷七第 140 条同。

续表

引书书名	《小说》条目
《郭子》	卷一（27），卷五（110）
《语林》	卷一（28），卷三（67）、（79），卷五（108）、（112）、（115），卷六（121）、（122），卷七（136）、（147），卷八（149），卷九（154）、（158）
《宋武手敕》	卷一（33）、（34）
《濑乡记》	卷二（38）、（39）
《冲波传》	卷二（40）、（41）、（42）、（43）、（44）、（45）、（46）
山谦之《吴兴记》	卷二（49）
《山谷先生书》	卷二（50）
《张良书》	卷二（51）
《简文谈疏》	卷二（52）
盛弘之《荆州记》	卷二（54）
庾穆之《湘州记》	卷二（55）
《东方朔传》	卷二（58）、（59）、（60）
《俞益期笺》	卷三（63）
《马融列传》	卷三（68）
《李膺家传》	卷三（69）、（70）、（71）、（72）、（73）、（74）、（75）
《徐稚别传》	卷三（76）
《何颙别传》	卷三（78）
东阳无疑《齐谐记》	卷三（81）
《郑玄别传》	卷三（82）、（83）
《许劭别传》[①]	卷四（86）

① 《许劭别传》不见他书，所存只此一条。余嘉锡、周楞伽认为或出自《汝南先贤传》。

续表

引书书名	《小说》条目
《祢衡别传》	卷四（90）
《俳谐文》[①]	卷四（91）
《魏武杨彪传》[②]	卷四（92）
《司马徽别传》	卷四（93）、（94）
《郑劭公对颍川太守》	卷四（95）
《三国志·魏志·管辂传》[③]	卷五（101）
《傅子》	卷五（105）
《笑林》	卷五（106）、（107），卷六（125）、（126）
《襄阳记》	卷六（120）
《志怪》[④]	卷六（123）、（129）
志咸《彻心记》	卷六（130）
《羊琇别传》	卷七（146）
《裴頠别传》	卷九（153）
《小史》	卷九（155）
《阮瞻别传》[⑤]	卷九（159）

① 此条《艺文类聚》卷八十、《太平御览》卷八百六十九、《太平广记》卷二百五十八均引作《笑林》，周楞伽认为实出自魏邯郸淳《笑林》。

② 余嘉锡认为应为《魏略杨彪传》。

③ 周楞伽认为出自《三国志·魏志·管辂传》。或出自《管辂传》，但未必为《三国志》，见[梁]殷芸撰，魏代富补证《殷芸小说补证》，山东人民出版社，2018 年，第 179-180 页。

④ 《隋书·经籍志》中有四种题名《志怪》的书，祖台之《志怪》、孔氏《志怪》和曹毗《志怪》在鲁迅《古小说钩沉》都有辑录，但三书均未收此二条。

⑤ 《阮瞻别传》不见他书，此事又见《幽明录》。

参考文献

【古代文献】

[1][魏]王弼、韩康伯注，[唐]孔颖达等正义. 周易正义. 见：十三经注疏. 北京：中华书局，1983.
[2][汉]郑玄注，[唐]贾公彦疏. 周礼注疏. 见：十三经注疏. 北京：中华书局，1983.
[3][晋]杜预注，[唐]孔颖达疏. 春秋左传正义. 见：十三经注疏. 北京：中华书局，1983.
[4][三国吴]韦昭注. 国语. 上海：上海古籍出版社，1988.
[5]方诗铭、王修龄撰. 古本竹书纪年辑证. 上海：上海古籍出版社，2005.
[6][魏]王弼注，楼宇烈校释. 老子道德经注. 北京：中华书局，2011.
[7][清]王先谦. 庄子集解. 见：诸子集成. 北京：中华书局，1986.
[8]吴毓江撰，孙启治点校. 墨子校注. 北京：中华书局，1993.
[9][清]孙诒让. 墨子间诂. 北京：中华书局，2009.
[10][清]王先谦. 荀子集解. 见：诸子集成. 北京：中华书局，1986.
[11]晏婴撰. 晏子春秋. 北京：中华书局，1985.
[12]黎翔凤撰，梁运华整理. 管子校注. 北京：中华书局，2004.
[13][清]王先慎. 韩非子集解. 见：诸子集成. 北京：中华书局，1986.
[14][汉]刘向集录. 战国策. 上海：上海古籍出版社，1985.
[15][汉]高诱注. 吕氏春秋. 见：诸子集成. 北京：中华书局，1986.
[16][汉]郑玄注，[唐]孔颖达疏. 礼记正义. 见：十三经注疏. 北京：中华书局，1983.

[17]王利器撰. 新语校注. 北京：中华书局，1986.
[18]汪荣宝撰，陈仲夫点校. 法言义疏. 中华书局，1987.
[19]张世亮、钟肇鹏、周桂钿译注. 春秋繁露. 北京：中华书局，2012.
[20][汉]刘安. 淮南子. 见：诸子集成. 北京：中华书局，1986.
[21]张双棣撰. 淮南子校释. 北京：北京大学出版社，2013.
[22][汉]司马迁撰，[宋]裴骃集解，[唐]司马贞索隐，[唐]张守节正义. 史记. 北京：中华书局，1975.
[23][汉]桓宽. 盐铁论. 见：诸子集成. 北京：中华书局，1986.
[24]王利器校注. 盐铁论校注. 北京：中华书局，1992.
[25][汉]刘向撰，向宗鲁校证. 说苑校证. 北京：中华书局，1987.
[26][汉]刘向撰，赵善诒疏证. 说苑疏证. 上海：华东师范大学出版社，1985.
[27]石光瑛校释，陈新整理. 新序校释. 北京：中华书局，2001.
[28]刘向撰. 列仙传. 上海：上海古籍出版社，1990.
[29][东汉]王充. 论衡. 上海：上海人民出版社，1974.
[30][清]陈立撰，吴则虞点校. 白虎通疏证. 北京：中华书局，1994.
[31][汉]班固撰. 汉书. 北京：中华书局，1962.
[32][汉]许慎撰，[清]段玉裁注. 说文解字注. 上海：上海古籍出版社，1981.
[33]周生春撰. 吴越春秋辑校汇考. 上海：上海古籍出版社，1997.
[34][东汉]应劭撰，吴树平校释. 风俗通义校释. 天津：天津人民出版社，1980.
[35]徐宗元辑. 帝王世纪辑存. 北京：中华书局，1964.
[36][晋]陈寿撰，[宋]裴松之注. 三国志. 北京：中华书局，1959.
[37][晋]张湛注. 列子. 见：诸子集成. 北京：中华书局，1986.
[38][晋]葛洪. 抱朴子内篇. 王明校释. 北京：中华书局，2002.
[39][晋]葛洪. 抱朴子外篇. 四部丛刊景明本.
[40]张松辉译注. 抱朴子内篇. 北京：中华书局，2011.
[41][晋]葛洪撰，胡守为校释. 神仙传校释. 北京：中华书局，2010.
[42][宋]范晔撰，[唐]李贤等注. 后汉书. 北京：中华书局，1965.

[43][梁]沈约撰. 宋书. 北京：中华书局，1974.
[44]王运熙、周锋撰. 文心雕龙译注. 上海：上海古籍出版社，1998.
[45][梁]萧统编. [唐]李善注. 文选. 北京：中华书局，1977.
[46][南朝梁]慧皎等撰. 高僧传合集. 上海：上海古籍出版社，2011.
[47][北魏]郦道元撰，陈桥驿点校. 水经注. 上海：上海古籍出版社，1990.
[48]王利器撰. 颜氏家训集解. 北京：中华书局，1993.
[49][唐]欧阳询撰，汪绍楹校. 艺文类聚. 上海：上海古籍出版社，1982.
[50][唐]房玄龄等撰. 晋书. 北京：中华书局，1974.
[51][唐]李百药撰. 北齐书. 北京：中华书局，1972.
[52][唐]魏徵、令孤德棻撰. 隋书. 北京：中华书局，1973.
[53][唐]李延寿撰. 北史. 北京：中华书局，1974.
[54][唐]李延寿撰. 南史. 北京：中华书局，1975.
[55][唐]许嵩撰，张忱石点校. 建康实录. 北京：中华书局，1986.
[56][唐]李肇. 唐国史补. 明崇祯津逮秘书本.
[57][唐]莫休符. 桂林风土记. 清初传录明谢氏小草斋钞本.
[58][后晋]刘昫等撰. 旧唐书. 北京：中华书局，1975.
[59][宋]欧阳修、宋祁撰. 新唐书. 北京：中华书局，1975.
[60][宋]李昉等撰. 太平御览. 北京：中华书局，1960.
[61][宋]王钦若编. 宋本. 册府元龟. 北京：中华书局，1989.
[62][元]脱脱. 宋史. 北京：中华书局，1977.
[63]二十五史补编. 北京：中华书局，1956.
[64][清]王谟辑. 汉唐地理书钞. 北京：中华书局，1961.
[65][明]胡应麟. 少室山房笔丛. 北京：中华书局，1958.
[66][清]永瑢等撰. 四库全书总目. 北京：中华书局，1965.
[67][清]周中孚撰. 郑堂读书记. 北京：中华书局，1993.
[68]袁珂校注. 山海经校注. 上海：上海古籍出版社，1980.
[69]陈成译注. 山海经. 上海：上海古籍出版社，2009.
[70][晋]葛洪撰. 西京杂记. 程毅中点校. 北京：中华书局，1985.
[71]郑学弢校注. 列异传等五种. 北京：文化艺术出版社，1988.

[72][晋]张华撰，范宁校证. 博物志校证. 北京：中华书局，1980.
[73]唐久宠. 博物志校释. 台北：学生书局，1980.
[74][晋]干宝撰，汪绍楹校注. 搜神记. 北京：中华书局，1979.
[75][晋]干宝撰，李剑国辑校. 新辑搜神记. 北京：中华书局，2007.
[76][宋]陶潜撰，李剑国辑校. 新辑搜神后记. 北京：中华书局，2007.
[77][南朝宋]刘义庆著，[南朝梁]刘孝标注，余嘉锡笺疏，周祖谟、余淑宜、周士琦整理. 世说新语笺疏. 北京：中华书局，2007.
[78][晋]王嘉撰，[梁]萧绮录，齐治平校注. 拾遗记. 北京：中华书局，1981.
[79][南朝梁]殷芸编纂，周楞伽辑注. 殷芸小说. 上海：上海古籍出版社，1984.
[80][南朝宋]刘敬叔撰，范宁校点. 异苑. 北京：中华书局，1996.
[81][南朝宋]任昉. 述异记. 徐氏随庵丛书本.
[82][北齐]颜之推著，罗国威校注. 《冤魂志》校注. 成都：巴蜀书社，2001.
[83]王国良. 颜之推《冤魂志》研究. 台北：文史哲出版社，1995.
[84][唐]刘餗撰，程毅中点校. 隋唐嘉话. 北京：中华书局，1979.
[85][唐]张鷟撰，赵守俨点校. 朝野佥载. 北京：中华书局，1979.
[86][唐]李冗撰. 独异志. 张永钦、侯志明点校. 北京：中华书局，1983.
[87][唐]李冗撰. 宣室志. 张永钦、侯志明点校. 北京：中华书局，1983.
[88][唐]刘肃撰. 大唐新语. 许德楠、李鼎霞点校. 北京：中华书局，1984.
[89]李剑国辑校. 唐五代传奇集. 北京：中华书局，2015.
[90]李时人编校，何满子审定. 全唐五代小说. 西安：陕西人民出版社，1998.
[91]丁如明、李宗为、李学颖等校点. 唐五代笔记小说大观. 上海：上海古籍出版社，2000.
[92][唐]段成式撰. 酉阳杂俎. 方南生点校. 北京：中华书局，1981.

[93][唐]牛僧孺撰. 玄怪录. 北京：中华书局，2006.
[94][唐]李复言撰，程毅中点校. 续玄怪录. 北京：中华书局，2006.
[95][唐]戴孚撰. 广异记. 方诗铭辑校. 北京：中华书局，1992.
[96][唐]谷神子撰. 博异志. 北京：中华书局，1980.
[97][唐]薛用弱. 集异记. 北京：中华书局，1980.
[98][五代]孙光宪撰. 北梦琐言. 贾二强点校. 北京：中华书局，2006.
[99]汪辟疆校录. 唐人小说. 北京：中华书局，1959.
[100]程毅中编. 古体小说钞. 北京：中华书局，1995.
[101]鲁迅. 古小说钩沉. 见：鲁迅辑录古籍丛编. 北京：人民文学出版社，1999.
[102]鲁迅. 唐宋传奇集. 见：鲁迅辑录古籍丛编. 北京：人民文学出版社，1999.
[103]王重民、周一良等编. 敦煌变文集. 北京：人民文学出版社，1984.
[104][宋]李昉等编. 太平广记. 北京：中华书局，2003.
[105][宋]洪迈撰，何卓点校. 夷坚志. 北京：中华书局，2006.
[106][宋]刘斧撰辑. 青琐高议. 上海：上海古籍出版社，1983.
[107][宋]徐铉撰. 稽神录. 白化文点校. 北京：中华书局，1996.
[108]上海古籍出版社编. 宋元笔记小说大观. 上海：上海古籍出版社，2001.
[109][清]蒲松龄. 聊斋志异. 长沙：岳麓书社，1988.
[110][清]纪昀. 阅微草堂笔记. 上海：上海古籍出版社，1980.

【研究专著】

[1]杜而未. 山海经神话系统. 华明书局，1950.
[2]陈梦家. 尚书通论. 北京：商务印书馆，1957.
[3]姜亮夫. 张华年谱. 上海：上海古典文学出版社，1957.
[4]马鬃霍. 说文解字引群书考. 北京：科学出版社，1959.
[5]丁山. 中国古代宗教与神话考. 上海：龙门联合书局，1961.

[6]严一萍. 太平广记校勘记. 台北：艺文印书馆，1970.
[7]郑德坤. 水经注引书考. 台北：艺文印书馆，1974.
[8][日]中津滨涉. 艺文类聚引书索引. 中文出版社，1977.
[9][日]中津滨涉. 初学记引书引得. 汇文堂书店，1977.
[10]钱锺书. 管锥编. 北京：中华书局，1979.
[11]王重民. 敦煌古籍叙录. 北京：中华书局，1979.
[12]闻一多. 天问疏证. 上海：三联书店，1980.
[13]程毅中. 古小说简目. 北京：中华书局，1981.
[14]袁行霈，侯忠义. 中国文言小说书目. 北京：北京大学出版社，1981.
[15]朱天顺. 中国古代宗教初探. 上海：上海人民出版社，1982.
[16]杜而未. 中国古代宗教研究. 台北：学生书局，1983.
[17][美]丁乃通著，孟慧英等译. 中国民间故事类型索引. 沈阳：春风文艺出版社，1983.
[18]王国良. 魏晋南北朝志怪小说研究. 台北：文史哲出版社，1984.
[19]陆侃如. 中古文学系年. 北京：人民文学出版社，1985.
[20]刘叶秋. 古典小说笔记论丛. 天津：南开大学出版社，1985.
[21]吴光. 黄老之学通论. 杭州：浙江人民出版社，1985.
[22]徐旭生. 中国古史的传说时代. 北京：文物出版社，1985.
[23][日]冈元凤. 毛诗品物图考. 北京：中国书店，1985.
[24]李剑国辑释. 唐前志怪小说辑释. 上海：上海古籍出版社，1986.
[25]李丰楙. 六朝隋唐仙道类小说研究. 台北：学生书局，1986.
[26]弗洛伊德著. 图腾与禁忌. 北京：中国民间文艺出版社，1986.
[27]侯忠义. 汉魏六朝小说史. 沈阳：春风文艺出版社，1989.
[28]龚维英. 原始崇拜纲要——中华图腾文化与生殖文化. 北京：中国民间文艺出版社，1989.
[29]侯忠义. 中国文言小说史稿. 北京：北京大学出版社，1990.
[30]萧兵. 楚辞文化. 北京：中国社会科学出版社，1990.
[31]罗宗强. 玄学与魏晋士人心态. 杭州：浙江人民出版社，1991.
[32]张素卿. 《左传》称诗研究. 台北：台湾大学出版中心，1991.
[33]于天池. 古代小说与民间文学. 沈阳：辽宁教育出版社，1992.

[34]李德芳，于天池．古代小说与民间文学．沈阳：辽宁教育出版社，1992.
[35]王传书， 张钧成主编．林业哲学与森林美学问题研究．北京：科学出版社，1992.
[36]丁鼎、杨洪权．神秘的预言——中国古代谶言研究．太原：山西人民出版社，1993.
[37]华夫．中国古代名物学大典．济南：济南出版社，1993.
[38][日]小南一郎著，孙昌武译．中国的神话传说与古小说．北京：中华书局，1993.
[39]吴志达．中国文言小说史．济南：齐鲁书社，1994.
[40][日]安居香山、中村璋八辑．纬书集成．石家庄：河北人民出版社，1994.
[41]杨义．中国古典小说史论．北京：中国社会科学出版社，1995.
[42]宁宗一主编．中国小说学通论．合肥：安徽教育出版社，1995.
[43]石昌渝．中国小说源流论．上海：三联书店出版社，1995.
[44]李炳海．部族文化与先秦文学．北京：高等教育出版社，1995.
[45]邓炎熙、邹湛基．中国树木文化大观．南昌：百花洲文艺出版社，1995.
[46]陆思贤．神话考古．北京：文物出版社，1995.
[47]王孝廉．水与水神．北京：学苑出版社，1996.
[48]丁锡根编著．中国历代小说序跋集．北京：人民文学出版社，1996.
[49]宁稼雨撰．中国文言小说总目提要．济南：齐鲁书社，1996.
[50]王枝忠．汉魏六朝小说史．杭州：浙江古籍出版社，1997.
[51]程国斌．唐代小说嬗变研究．广州：广东人民出版社，1997.
[52]李剑国．唐五代志怪传奇叙录．天津：南开大学出版社，1998.
[53]乌丙安．中国民间信仰．上海：上海人民出版社，1998.
[54]张强．桑文化原论．西安：陕西人民教育出版社，1998.
[55]程金造编著．史记索隐引书考实．北京：中华书局，1998.
[56][德]埃利希·诺伊曼著，李以洪译．大母神——原型分析．北京：东方出版社，1998.

[57]谢明勋. 六朝志怪小说故事考论. 台北：里仁书局，1999.
[58]朱迪光. 民间信仰影响下的古典小说创作. 北京：中国文联出版社，1999.
[59]李剑国. 宋代志怪传奇叙录. 天津：南开大学出版社，1997.
[60]萧登福. 谶纬与道教. 台北：文锦出版社有限公司，2000.
[61]李剑国辑校. 宋代传奇集. 北京：中华书局，2001.
[62]李稚田. 古代小说与民俗. 沈阳：辽宁教育出版社，2001.
[63]程章灿. 魏晋南北朝赋史. 南京：江苏古籍出版社，2001.
[64]宋镇豪. 中国风俗通史. 夏商周卷. 上海：上海文艺出版社，2001.
[65]杜泽逊. 文献学概要. 北京：中华书局，2001.
[66]罗宗强. 魏晋南北朝文学思想史. 北京：中华书局，2002.
[67]李建国. 中国狐文化. 北京：人民文学出版社，2002.
[68]陈文新. 文言小说审美发展史. 武汉：武汉大学出版社，2002.
[69]格非. 小说叙事研究. 北京：清华大学出版社，2002.
[70]黄涛. 语言民俗与中国文化. 北京：人民出版社，2002.
[71]罗二虎. 汉代画像石棺. 成都：巴蜀书社，2002.
[72]靳之林. 生命之树与中国民间民俗艺术. 桂林：广西师范大学出版社，2002.
[73]鲁迅. 中国小说史略. 上海：上海古籍出版社，2004.
[74]曹道衡、沈玉成. 中古文学史料丛考. 北京：中华书局，2003.
[75]张国风. 《太平广记》版本考述. 北京：中华书局，2004.
[76]万晴川. 巫文化视野中的中国古代小说. 北京：中国社会科学出版社，2003.
[77]姜剑云. 太康文学研究. 北京：中华书局，2003.
[78]陈平原. 中国散文小说史. 上海：上海人民出版社，2004.
[79]李剑国. 古稗斗筲录——李剑国自选集. 天津：南开大学出版社，2004.
[80]张毅. 宋代文学思想史. 北京：中华书局，1995.
[81]杨义. 中国叙事学. 北京：人民出版社，2004.
[82]李道和. 岁时民俗与古小说研究. 天津：天津古籍出版社，2004.

[83]熊明. 杂传与小说：汉魏六朝杂传研究. 沈阳：辽海出版社，2004.
[84]李鹏飞. 唐代非写实小说之类型研究. 北京：北京大学出版社，2004.
[85]李伟昉. 英国哥特小说与中国六朝志怪小说比较研究. 北京：中国社会科学出版社，2004.
[86]李立. 汉墓神画研究：神话与神话艺术精神的考察与分析. 上海：上海古籍出版社，2004.
[87][日]青木正儿著，范建明译. 中华名物考（外一种）. 北京：中华书局，2005.
[88]余英时著，何俊编，侯旭东等译. 东汉生死观. 上海：上海古籍出版社，2005.
[89]李剑国. 唐前志怪小说史. 天津：天津教育出版社，2005.
[90]潘建国. 中国古代小说书目研究. 上海：上海古籍出版社，2005.
[91]万晴川. 中国古代小说与方术文化. 北京：中国社会科学出版社，2005.
[92]卢锦堂.《太平广记》引书考. 台北：花木兰文化出版社，2006.
[93]王青. 西域文化影响下的中古小说. 北京：中国社会科学出版社，2006.
[94][英]J.G.弗雷泽著，徐育新、汪培基、张泽石译，刘魁立审校. 金枝. 北京：新世界出版社，2006.
[95]江守义. 唐传奇叙事. 合肥：安徽人民出版社，2006.
[96]李莉编著. 中国传统松柏文化. 北京：中国林业出版社，2006.
[97][俄]弗拉基米尔·雅科夫列维奇·普罗普著，贾放译. 神奇故事的历史根源. 北京：中华书局，2006.
[98]李剑国主编. 唐宋传奇品读辞典. 北京：新世界出版社，2007.
[99]李剑国、陈洪主编. 中国小说通史. 北京：高等教育出版社，2007.
[100]蒲慕州. 墓葬与生死——中国古代宗教之省思. 北京：中华书局，2008.
[101]张庆民. 陆氏《异林》之钟繇与女鬼相合事考论. 北京：人民

文学出版社，2008.
[102]龚云表. 此树彼树——多元艺术视野中的树. 上海：上海书店出版社，2008.
[103]祁连休、程蔷、吕微主编. 中国民间文学史. 石家庄：河北教育出版社，2008.
[104]余才林. 唐诗本事研究. 上海：上海古籍出版社，2010.
[105]王晓东. 潘岳研究. 上海：上海古籍出版社，2011.
[106]马铁浩. 《史通》引书考. 北京：学苑出版社，2011.
[107]刘守华. 中国民间故事史. 北京：商务印书馆，2012.
[108]喻意志. 《乐府诗集》成书研究. 长沙：湖南文艺出版社，2012.
[109]刘惠卿. 佛经文学与六朝小说母题. 北京：中国社会科学出版社，2013.
[110]夏传才、唐绍忠校注. 曹丕集校注. 石家庄：河北教育出版社，2013.
[111]陈才训. 古代小说家、评点家文化素养论. 北京：中国社会科学出版社，2014.
[112]张明. 刘孝标《世说新语注》引书研究 经部和子部. 长春：东北师范大学出版社，2015.
[113]吕思勉. 先秦学术概论. 南京：译林出版社，2016.
[114]李剑锋. 唐前小说史料研究. 济南：山东教育出版社，2016.
[115]张乡里. 唐前博物类小说研究. 上海：上海古籍出版社，2016.
[116]罗欣. 汉唐博物杂记类小说研究. 北京：中国社会科学出版社，2016.
[117]熊明辑校. 汉魏六朝杂传集. 北京：中华书局，2017.
[118]刘志伟. “英雄”文化与魏晋文学. 上海：上海古籍出版社，2018.
[119]袁珂. 中国神话通论. 成都：四川人民出版社，2019.
[120]张成全. 朱有燉戏曲与明初社会. 天津：南开大学出版社，2022.

后　记

“艰难苦恨繁霜鬓，潦倒新停浊酒杯”，年轻时只看到了诗句的美，中年时知其味，却也只能停杯枯坐，一声叹息。

好在人生路上还有无数温暖的人、美好的事，它们如清风朗月，亦如暗夜明灯，让人心生喜悦，也指引着人生前路。

我的家乡位于鲁中山区，在我童年的记忆里，东山、西山、北山都可通行。初中时住校，每个周末，我都会翻过东山的山头，背着书回家，又背着煎饼返校。那些连绵的山脉其实有一个很正式的名字：长白山，当然此“长白山”不是彼“长白山”，它海拔不高，是一个山头连着另一个山头的连绵丘陵，崎岖的山路上是十里八乡人们来来往往的足迹：我奶奶曾颠着小脚爬过长白山的一座山头，用整整一天的时间走到另一座山头，去取传说中的“神水”；山路上也走过无数个像我一样背着干粮去读书的孩子，带着祖祖辈辈丘陵般绵长的期冀，走出去，去征服更远方的“山路”。后来无意中读到一则有关清代文人王士禛的记载，说他年轻时曾结庐长白山读书，王士禛作品中现在还存有《长白山录》一卷，如今读来，倍感亲切。

大学时就读中文系，略读了几本书后，颇有几分志得意满，犹记得大二暑假，我在小院中看《聊斋志异》，挽着裤脚的爷爷在树荫下纳凉，那天的风很轻，平时恼人的蝉鸣也只有偶尔一两声。读到《绿衣女》一篇时，我开始朗诵，大约有几分显摆的意思，也存着要给爷爷讲解一番的念头。谁知老师的派头未起，爷爷就接话了：“蒲松龄就在咱们这儿毕家写的《聊斋志异》，以前呀，那里有好几座牌楼和不少石像生，可惜后来都给砸了……”在我还迷惑“石像生”是什么时，爷爷竟然背了一段《绿衣女》，这大约就是老一辈读书人的“童子功”吧。爷爷曾经是他那个年代里我们村唯一的读书人，奈何时运不济，命运多舛，外出讨过生活，又被迫入过匪帮，新中国成立后他在天津轧钢厂工作，后来却兜兜转转还是回到四面环山的小村子。从那以后，能证明爷爷是读书人的大约就是村子里的对联了，爷爷的一笔“柳体字”装点过小山村的每家每户。

在我求学的过程中，遇到过不少知识渊博又和蔼可亲的老师，刘敬圻先生就是其中之一。记得有位师长说过，刘老师是那种有一千个人站在一起，也能第一眼被看到者。从刘老师身上，我第一次领略到了真正的女性知识分子具有的风采和气度，并一直引以为范，可惜天资愚钝，又兼怠惰疏漏，终是难以望其项背，辜负了刘老师的谆谆教诲。记得第一次见到刘老师时，我懵懂无知而又忐忑不安，生怕说错什么，但刘老师既没问我学习，也没同我谈学问，只是聊了些生活杂事，那是当时的我能搭上的话题。离开时，刘老师送了我一本《说诗说稗》，这是她与陶尔夫先生的学术论文集，也是我得到的第一本学者赠书，犹记得刘老师当时的话：“只是一些旧作，借机总结一下学术方法。”语气谦和而亲切，像对着朋友，而不是我这样一个研一新生。很多学子都曾感受过刘敬圻先生近乎完美的人格魅力，那是集女性的温柔与细腻、学者的睿智与达观、老师的宽和与谨严为一体的美与爱的协奏。在烦乱嘈杂的日子里，我改变了很多，也放弃了很多，但我从没想过要放弃学术研究，我想这大概得益于刘老师对我的影响。

本研究获得了国家社科的资助，这是对我踯躅独行的学术生涯的巨大鼓励。在课题的完成过程中，我的女儿也完成了初中学业，开启了更具挑战的高中生活。她是一个勤勉而自律的孩子，懂事得让人心疼。她是我生活中最大的动力，不离不弃，静待花开！

张黎明

2023 年 10 月 30 日